涵养性灵
唤醒诗意

古典诗词

名句今用 1400 例

于海洲　于雪棠　编著

中国纺织出版社

内容提要

本书以“名句”立目，精选古典诗词中十分精彩且于后代应用频率最高的几百句，介绍作者、篇名，对原句进行注释、今译，并附上用法说明和今用例文。“今用”包括用法介绍和诗词的现代用例。

本书适合古典诗词爱好者、文艺创作者，尤其是中学语文教师和学生阅读，参考。

图书在版编目（CIP）数据

古典诗词名句今用1400例 / 于海洲，于雪棠编著. --北京：中国纺织出版社，2016.7（2024.1重印）

ISBN 978-7-5180-2599-2

Ⅰ. ①古… Ⅱ. ①于… ②于… Ⅲ. ①古典诗歌—名句—中国 Ⅳ. ①I207.22

中国版本图书馆CIP数据核字（2016）第100343号

责任编辑：李伟楠　　责任印制：储志伟

中国纺织出版社出版发行

地址：北京市朝阳区百子湾东里A407号楼　邮政编码：100124

销售电话：010—67004422　传真：010—87155801

http: //www.c-textilep. com

E-mail: faxing@c-textilep. com

中国纺织出版社天猫旗舰店

官方微博http://weibo.com/2119887771

北京兰星球彩色印刷有限公司　　各地新华书店经销

2016年7月第1版　2024年1月第3次印刷

开本：710×1000　1/16　印张：21

字数：297千字　定价：59.80元

凡购本书，如有缺页、倒页、脱页，由本社图书营销中心调换

前言

Qian Yan

古典诗词名句今用，是一种普遍的语言现象。用得恰到好处，可使作品增加涵蕴，文采斐然，富于诗意，引人入胜。

本书从当代书刊中搜集选取了大量引用古典诗词（含少量散曲和对联）名句的例文，写成“古典诗词名句今用”短文306篇。以“名句”（含少量句组和短诗）立目，正文包括：名句出处（作者所处朝代、姓名和名句所在篇目）、原作（长篇节选片段）、释难、今译、评析（酌引古代诗话）、用法及用例（一般每个条目为3~5例）。不仅是一部古典诗词名句的精选注译本，也是一本诗词选、诗评诗话选。尤其是所收千余条诗词今用例文，多为精彩语段，给人以教益和启发，为读者写作提供了丰富的参考范文，很有实用价值。需要说明的是，有些例句引录古人诗词名句，个别处与原作用字有所出入，本书为尊重例文作者，一律保留其原貌。

本书适合具有初中以上文化程度的各界人士阅读。初、高中学生，大学学生，中、小学语文教师，各种文艺工作者……一书在手，对提高古典诗词修养和文章写作水平，无疑会大有裨益。

于海洲　于雪棠

2016年2月

前言

目录

古典诗词名句今用1400例

几处早莺争暖树，谁家新燕啄春泥。/ 27

三　画

飞流直下三千尺，疑是银河落九天。/ 29

三十功名尘与土，八千里路云和月。/ 30

三万里河东入海，五千仞岳上摩天。/ 31

三山半落青天外，二水中分白鹭洲。/ 32

三月三日天气新，长安水边多丽人。/ 33

大江东去，浪淘尽、千古风流人物。/ 34

大漠孤烟直，长河落日圆。/ 35

大鹏一日同风起，扶摇直上九万里。/ 36

上穷碧落下黄泉，两处茫茫皆不见。/ 37

山外青山楼外楼，西湖歌舞几时休。/ 38

山雨欲来风满楼。/ 39

山重水复疑无路，柳暗花明又一村。/ 40

小荷才露尖尖角，早有蜻蜓立上头。/ 41

小楼一夜听春雨，深巷明朝卖杏花。/ 42

马思边草拳毛动，雕眄青云睡眼开。/ 43

千山鸟飞绝，万径人踪灭。孤舟蓑笠翁，独钓寒江雪。/ 44

千呼万唤始出来，犹抱琵琶半遮面。/ 45

千里莺啼绿映红，水村山郭酒旗风。/ 46

千淘万漉虽辛苦，吹尽狂沙始到金。/ 47

夕阳无限好，只是近黄昏。/ 48

门前冷落鞍马稀，老大嫁作商人妇。/ 49

四　画

历览前贤国与家，成由勤俭破由奢。/ 50

丑女来效颦，还家惊四邻。寿陵失本步，笑杀邯郸人。一曲斐然子，雕虫丧天真。/ 51

天长地久有时尽，此恨绵绵无绝期。/ 52

天生我材必有用，千金散尽还复来。/ 53

天苍苍，野茫茫，风吹草低见牛羊。/ 54

天涯何处无芳草。/ 55

天意怜幽草，人间重晚晴。/ 56

天街小雨润如酥，草色遥看近却无。最是一年春好处，绝胜烟柳满皇都。/ 57

不识庐山真面目，只缘身在此山中。/ 57

不畏浮云遮望眼，只缘身在最高层。/ 58

不要人夸好颜色，只留清气满乾坤。/ 59

日月忽其不淹兮，春与秋其

五 画

六 画

竹外桃花三两枝，春江水暖鸭先知。/ 131

华开不并百花丛，独立疏篱趣未穷。宁可枝头抱香死，何曾吹落北风中。/ 132

好一似食尽鸟投林，落了片白茫茫大地真干净！/ 133

好风频借力，送我上青云。/ 134

好雨知时节，当春乃发生。/ 135

红豆生南国，春来发几枝？劝君多采撷，此物最相思。/ 135

红杏枝头春意闹。/ 136

会当凌绝顶，一览众山小。/ 137

江山代有才人出，各领风骚数百年。/ 138

江东子弟多才俊，卷土重来未可知。/ 139

江作青罗带，山如碧玉簪。/ 140

江南有丹橘，经冬犹绿林。岂伊地气暖，自有岁寒心。/ 141

江畔何人初见月？江月何年初照人？人生代代无穷已，江月年年只相似。/ 142

安得广厦千万间，大庇天下寒士俱欢颜，风雨不动安如山！呜呼！何时眼前突兀见此屋，吾庐独破受冻死亦足！/ 143

亦余心之所善兮，虽九死其犹未悔。/ 144

汝果欲学诗，工夫在诗外。/ 145

衣带渐宽终不悔，为伊消得人憔悴。/ 146

问君能有几多愁？恰似一江春水向东流。/ 147

七 画

李杜文章在，光焰万丈长。/ 149

赤条条，来去无牵挂。/ 150

两个黄鹂鸣翠柳，一行白鹭上青天。/ 151

两岸猿声啼不住，轻舟已过万重山。/ 152

两情若是久长时，又岂在朝朝暮暮！/ 153

却看妻子愁何在，漫卷诗书喜欲狂。/ 154

杨家有女初长成，养在深闺人未识。/ 155

还君明珠双泪垂，恨不相逢未嫁时。/ 156

远上寒山石径斜，白云生处有人家。停车坐爱枫林晚，霜叶红于二月花。/ 157

志士幽人莫怨嗟，古来材大难为用！/ 158

鸡声茅店月，人迹板桥霜。/ 158

吟安一个字，捻断数茎须。/ 159

别时容易见时难。/ 160

男儿有泪不轻弹，只因未到伤心处。/ 161

君不见青海头，古来白骨无人收。新鬼烦冤旧鬼哭，天阴雨湿声啾啾。/ 162

删繁就简三秋树，领异标新二月花。/ 163

何以解忧，唯有杜康！/ 164

作诗火急追亡逋，清景一失后难摹。/ 165

八　画

十一画

十二画

十三画

十四画

十五画

十六画

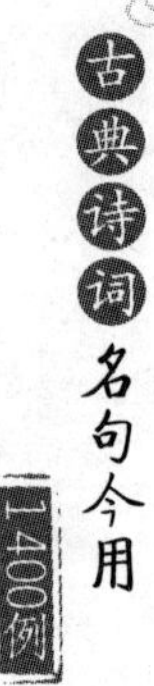

十七画

二十一画

古诗名句今用例说

中华古典诗词，历史悠久，源远流长。自西周、战国迄于明、清，“江山代有才人出”，作品浩如烟海，成为中华民族文化宝库中光芒四射的璀璨明珠，不仅对诗词本身的繁荣与发展具有深远的影响，而且为其他文学创作提供了丰富的营养。当我们漫步在绚丽多姿、姹紫嫣红的文学艺术百花园中时，随处可以发现，作者常引用一些脍炙人口的古典诗词名句，以增强语言的表现力和文章的感染力。散文、小说、报告文学、论文、杂谈、影视剧本……古诗今用，比比皆是。有些千古传诵的名句，其被引用率之高，几乎胜过一般成语。用得好，有如锦上添花，画龙点睛，可以丰富文章的涵蕴，使作品增添诗的韵味。古诗名句今用，是一种相当普遍的语言现象。

从修辞角度上看，“古诗名句今用”属于“引用格”。引用之法，多有变化，总体来说分“明引”和“暗引”两种。

一、明引。即给引文加上引号，有的同时交待作者和篇目，使人一看便知是引用古人诗词名句。例如：

①“云想衣裳花想容”，多少少男少女像星星追逐阳光、蓓蕾憧憬怒放那样追求着美的仪表，美的形体，美的风度。（摘自龚春华《青春美的断想》）

②伴着秋虫的鸣声，老槐树上一些枯黄的叶子飘落下来，铺满了山路，有的还掉在湖面上，随着徐徐流动的湖水浮游开去。这时我脑子里忽然想起古代诗人唱的“无边落木萧萧下”句子，多少传出了一种悲凉的心境。（摘自贺青《绿叶赋》）

③我背着我的笔纸，开始一县接一县地走动，真所谓过起温庭筠曾描写过这里的生活了：“鸡声茅店月，人迹板桥霜。”（摘自贾平凹《在商州山地——〈小月前本〉写后》）

④俗话说：“马上看将军，花间看美人。”用景物烘托人物，也是常用的一种手法。唐代诗人崔护的名句“人面桃花相映红”（《题都城南庄》），那盛开的鲜艳桃花烘托姑娘的美容，以美衬美，可谓曲尽其妙。（摘自崔新民《谈“烘托”》）

例①，“云想衣裳花想容”，语出唐·李白《清平词调》。文中加上引号，虽未说明作者、出处，但一看便知是引用诗句。例②，“无边落木萧萧下”，语出唐·杜甫《登高》。加了引号，并交待出是“古代诗人唱的”“句子”。例③，明确交待是“温庭筠描写过”，语出《商山早行》。例④，引文前交待“唐代诗人崔护的名句”，后面又用括号注明诗题。

二、暗引。既不说明出处，也不加引号，而是直接把古诗词名句组织在自己的文章中。例如：

①年光似水人易老，红了樱桃，绿了芭蕉。一晃就是几十年过去了。（摘自嵇鸿《火山口邂逅》）

②你看，不是有一股疏香冷气吗？我说真是梅枝疏淡潇洒，梅花含苞欲放，遥知不是雪，为有暗香来。（摘自金肇野《和邓拓同志在一起的日子里》）

③对我来说，也无风雨也无晴并不十分困难，可是有风有雨的心境却更合自然些。（摘自三毛《夏日烟愁·一定去海边》）

例①“红了樱桃，绿了芭蕉”，语出宋·蒋捷《一剪梅·舟过吴江》；例②“遥知不是雪，为有暗香来”，语出宋·王安石《梅花》；例③“也无风雨也无晴”，语出宋·苏轼《定风波·三月七日沙湖道中遇雨》，都未说明出处，也未加引号，均属“暗引”。

在“明引”“暗引”总的范畴内，还有一些变化，可归纳为以下几种：

（一）整引。即引用原作的整句、整段、整篇。如前举“明引”例①、例②、例④和“暗引”例③都是引一“整句”；“明引”例③和“暗引”例①、例②都是引两“整句”（一“整联”）。再如：

①何谓多余的东西？这就是机械模仿、东抄西凑的东西，千部一腔、千人一面、陈词滥调的东西。唐代大诗人李白曾有诗云：“丑女来效颦，还家惊四邻。寿陵失本步，笑杀邯郸人。一曲斐然子，雕虫丧天真。”辛辣地讽刺了诗坛上那种因循守旧、蹈袭前人的没出息作风。（摘自何新《有感于歌德的几则诗话》）

②“新竹高于旧竹枝，全凭老干相扶持。明年再有新生者，十丈龙孙绕凤池。”培养年轻干部，是老干部离开第一线前后的一件意义深远的事。（摘自郑赟《应该授予他们大功勋章——记一位老干部选拔、培养年轻干部的事迹》）

例①，引用李白《古风五十九首》之三十五诗中一小段整六句。例②，引用清·郑燮《题画竹》全诗一整篇。

（二）断引。即只引某句中的部分语词，不引整句。这是根据行文需要，“断章取义”的引用法。例如：

①时代变了，价值观念能不跟着跑么？人们都在“四海为家日”，何必尽是“萧萧芦荻秋”？他拣生活可为喜悦的方面给了观众。（摘自黄永厚《朱修立和他的画》）

②他要把西湖比西施，我们又何妨把这首诗来比隐与秀呢？“水光潋滟”是秀美的模样；“山色空蒙”是隐美的模样；真挚高卓的情感思想就等于是西子那天成的丰姿美韵。（摘自傅庚生《文学赏鉴论丛·论文学的隐与秀》）

例①，唐·刘禹锡《西塞山怀古》尾联云：“今逢四海为家日，故垒萧萧芦荻秋。”黄文中断引十字，分两句。例②，苏轼《饮湖上初晴后雨》首联云：“水光潋滟晴方好，山色空蒙雨亦奇。”傅文中断引八字，亦分两句。

（三）拆引。即把一句或一联古诗词拆开来，中间嵌入若干字词的引用法。例如：

①但是，也有的青年人不以为然，说是“好雨知时节，当春乃发

生。”天意若真怜幽草，这雨就不该如此姗姗迟来。（摘自方激《塞上的雨》）

②当时我理解朱总司令的中心意思是干革命要牺牲个人的一切，包括生命在内，赤条条枪林弹雨来去无牵挂。（摘自刘南昌《革命莫为官——访李聚奎将军》）

③文学作品要想引人入胜，就要悬念丛生，让读者既有“山重水复疑无路”的困惑，又为“柳暗花明又一村”感到喜悦，从而扣动读者的心弦。（摘自张毓书《藏头露尾　摇心移神——小说悬念漫笔》）

例①，唐·李商隐《晚晴》云：“天意怜幽草”，方文中拆引，中间嵌入“若真”二字。例②，《红楼梦》二十二回引清·邱圆《寄生草》云：“赤条条，来去无牵挂。”刘文中拆引，中间嵌入“枪林弹雨”四字。例③，宋·陆游《游山西村》颔联云：“山重水复疑无路，柳暗花明又一村。”张文中拆引，中间嵌入五字，分为两句。

（四）套引。即把不同作品中的两句套在一起作为一联加以引用，类同“集句”。例如：

①分手的时候，露易丝伸出自己的小手让约翰·斯诺久久地握着，末了，还悄悄地加上一句，“中国有一句古诗，‘今朝有酒今朝醉，莫使金樽空对月’。……”（摘自庄维明《报价》）

②舞台两旁的朱漆圆柱上，贴着一副对联：“此曲只应天上有，何人不动故园情。”

光看这布置，就充满着乡思乡愁、离别的情绪和气氛，难怪六七百人的听众席上竟鸦雀无声。（摘自季仲《南曲声中》）

例①，“今朝”句语出唐·罗隐《自遣》；“莫使”句语出李白《将进酒》；例②，“此曲”句语出杜甫《赠花卿》；“何人”句语出李白《春夜洛城闻笛》（原句为“何人不起故园情”），均“套引”。

（五）翻引。即在保持原作基本格调的基础上，改动数字，翻造新句，用修辞上的“仿拟格”，“引”古今用。例如：

①1977年写成了《红楼梦魇》，用十年时间，写了14万字。她自己说：“十年一觉迷考据，赢得红楼梦魇名”。（摘自李伟《折翼的凤凰——文坛“怪才”张爱玲》）

②他（吴佩孚）在行前声言，今后不问军事、政治，将以饮酒、看

花终老。谢觉哉闻之，乃仿王昌龄诗写道："白日青天竟倒吴，炮声送客火车孤。洛阳亲友如相问，一片雄心在酒壶。"讽刺可谓入木三分。（摘自苏新《"一片雄心在酒壶"》）

例①，翻引唐·杜牧《遣怀》"十年一觉扬州梦，赢得青楼薄幸名。"例②，翻引唐·王昌龄《芙蓉楼送辛渐》"寒雨连江夜入吴，平明送客楚山孤。洛阳亲友如相问，一片冰心在玉壶。"

（六）改引。即根据行文需要，将古诗句改动一二字后引入自己文中。与"翻引"略有不同。"翻引"是"仿拟"原句（诗）格调，别出新意，"改引"只改一二字，以适己文，原句意思基本不变，或截然相反。例如：

①"春光一刻值千金"。正当春回大地，万木复苏的大好时光，让我们尽情地投入大自然的怀抱，去观赏祖国大好河山的壮丽景色吧！（摘自黄渭铭《和风送暖话春游》）

②元遗山有这样两句诗："鸳鸯绣了从教看，莫把金针度与人"。这是不正确的态度，而我们是要"勤把金针度与人"。训练学生养成查字典的习惯，就正是学习汉字的"金针"之一。（摘自张寿康《中学语文课的文学教学工作》）

例①，苏轼《春夜》曰："春宵一刻值千金"，写的是"夜"，故用"宵"；而黄文写的是"春回大地"的"大好时光"，故改"宵"为"光"。例②，金·元好问（遗山）《论诗》主张"不度"（金针）；而张文主张"要度"，故改"不"为"勤"，一反其意。"改引"是有意而改，与一时失记而"误引"不同。时文中古诗今用，作者朝代、姓名、诗句文字有错误者，不乏其例，读者不可不予注意。

一画

一寸光阴一寸金。

语出唐·王贞白《白鹿洞》二首之一。诗曰："读书不觉已春深，一寸光阴一寸金。不是道人来引笑，周情孔思正追寻。"有人著文介绍说："诗中记述自己正专心读书而被人引笑的经历，说明了时间宝贵以及应该深刻探讨、学习古人优秀的道德情操和思想品格的道理。"周情：周公的道德情操。孔思：孔子的思想学问。这句诗的意思是：（勤勤恳恳地读书，不知不觉地春天已快结束了，）真是一寸光阴犹如一寸金子那样宝贵啊。后人常引用来说明时光的宝贵，要特别珍惜。

例如

①走出很远了，老人的余音仍在耳边飘荡，我忽然感到，世间最宝贵的金色，不是金子，不是稻谷，不是钢花，而是阳光和时间，"一寸光阴一寸金，寸金难买寸光阴"。（摘自马继红等《在海的怀抱》）

②教育家说时间就是知识，医学家说时间就是生命，军事家说时间就是胜利，经济学家说时间就是财富。"一寸光阴一寸金，寸金难买寸光阴。"（摘自孟平《莫等闲，白了少年头》）

③经过整顿之后，财源滚滚而来。……这个"时间就是金钱"，不是没有道理的。现在很多人骂我，其实这句话也不是我发明创造的。中国很早就讲了："一寸光阴一寸金"，它说得比我还厉害，时间重于金钱！（摘自李士非《热血男儿——国际歌》）

④"一寸光阴一寸金，寸金难买寸光阴"，时间管理是高效率人士的成功利器。（摘自白文军等《油菜花开遍京城》）

一川碎石大如斗，随风满地石乱走。

语出唐·岑参《走马川行奉送出师西征》。诗曰："君不见，走马川行雪海边，平沙莽莽黄入天。轮台九月风夜吼，一川碎石大如斗，随风满地石乱走。匈奴草黄马正肥，金山西见烟尘飞，汉家大将西出师……"川：指旧河床。走：滚动。这两句诗紧承"轮台九月风夜吼"

而来，意思是：满河床的碎石其大如斗，随着夜风的吼叫，遍地石块乱滚。此诗开头几句主要是描写走马川一带环境的艰险，用夸张的手法，通过风吼石走，渲染出征前所面临的险恶气候，以衬写将军的坚毅。后人常引用这两句诗来描述新疆戈壁一带自然环境的险恶。

例如

①山上山下，沙砾旋舞，石碛横飞。我不禁记起了唐代边塞诗人岑参的诗句："一川碎石大如斗，随风满地石乱走"。而王维的"大漠孤烟直"在这儿也有了新注脚：原来大漠中的"孤烟"也可以是龙卷风刮起的沙柱。（摘自张行《赞一弓城》）

②车到和硕如同进了秋天的冬瓜园，满目尽是大小不均的鹅卵石，大如磨盘，小如鹅卵，真是"一川碎石大如斗，随风满地石乱走"。（摘自蔡焕琦《新疆万里行》）

③罗布泊地区天气复杂多变，五级以上大风每年150余天，最大风速每秒28米，真可谓"一川碎石大如斗，随风满地石乱走。"（摘自刘敬智《马兰——大漠深处的原子城》）

④以前读岑参的边塞诗，很难理解边塞的绮丽瑰异风光，直到今天，车行其上，这才想起岑参笔下的"一川碎石大如斗，随风满地石乱走"，拿眼前的景象与岑参的诗一对照，越发觉得这茫茫的戈壁滩，竟是这般的壮阔和奇丽。（摘自陆林森《车行戈壁滩》）

⑤嘉峪关，地处广袤的戈壁滩上，自然景色奇特，黄土飞扬，尘沙漫天，"醉卧沙场君莫笑，古来征战几人回"的沧桑悲壮与"一川碎石大如斗，随风满地石乱走"的豪迈气象相呼应，又会把人带到"饮马长城窟，水寒伤马骨"的边塞世界里。（摘自白英《长城饮马嘉峪关》）

一夫当关，万夫莫开

语出唐·李白《蜀道难》。诗中句曰："其险也若此，嗟尔远道之人胡为乎来哉！剑阁峥嵘而崔嵬，一夫当关，万夫莫开。所守或匪亲，化为狼与豺。"剑阁：在今四川省剑阁县北七里，是大剑山和小剑山之间的一座雄关，又名剑门关，古有栈道自蜀经此关通汉中。峥嵘、崔嵬：都是形容山势险要、突兀不平的样子。夫：成年男子。当：把守。这两句诗的意思是：一个人守关，上万人也攻打不开。承上句进一步夸说剑阁地势的险要。后人常引用这两句诗来形容关隘地势雄险，易守难攻，或夸说事情难办。

例如

①关头上的城堡，居山腰，临桃河，靠绵山，一夫当关，万夫莫开，向为兵家必争之地。（摘自张崇发《中华名胜古迹趣闻录·娘子关与平阳公主》）

②难道真是“一夫当关，万夫莫开”？他不为一次出国，而是为了争一口气，也为今后的科学研究寻求一席之地，还要继续斗争。（摘自刘大平《一个科技人员的第二条战线》）

③可见，凡事应作两面观：一方面，我们反对重复出版，不能因为别人拟翻译出版某书，自己便日夜兼程粗制滥造，以求抢先一步应市；另一方面，又要提倡竞争，保护竞争，翻译著作要有自己独特的风格，不能“一夫当关，万夫莫开”。（摘自郝铭鉴《并非“圈地运动”》）

④娄山关距遵义市区50公里，位于遵义县和桐梓县交界处，是川黔交通要道上的重要关口，海拔1576米，是黔北第一要塞，有一夫当关万夫莫开之说，也是历来兵家必争的咽喉之地。（摘自陈杰《而今迈步从头越》）

⑤五大哨口是进入井冈山腹地的必经之路，颇有“一夫当关，万夫莫开”之势。（摘自林木《井冈山会师》）

一去紫台连朔漠，独留青冢向黄昏。

语出唐·杜甫《咏怀古迹五首》之三。诗曰：“群山万壑赴荆门，生长明妃尚有村。一去紫台连朔漠，独留青冢向黄昏。画图省识春风面，环佩空归月夜魂。千载琵琶作胡语，分明怨恨曲中论。”去：离开。紫台：即紫宫，皇帝的宫殿，这里指汉代后宫。连：这里指连姻。朔漠：北方沙漠，匈奴所居之地。王昭君（嫱）曾远嫁匈奴。《汉书·匈奴传》：“竟宁元年，单于复入朝，……自言愿婿汉氏以自亲。元帝以后宫良家子王嫱字昭君赐单于。”青冢（zhǒng）：指王昭君的坟墓，在今内蒙古自治区呼和浩特市南二十里。《归州图经》：“胡中多白草，王昭君冢独青，号青冢。”《太平寰宇记》：王嫱墓“其上草色常青，故曰青冢。”向黄昏：指王昭君死后凄凉冷落。这两句诗本于南朝·江淹《恨赋》：“若夫明妃去时，仰天太息。紫台稍远，关山无极。”意思是：王昭君独身一人离开汉宫，到北方大漠去嫁给匈奴主单于，如今只剩下孤零零的青冢，黄昏后更显得凄凉冷落。此诗借咏昭君之怨以寄托作者自己的身世家国之情。首联感叹昭君生前及死后的凄凉。清·朱瀚《杜诗解意》说：“‘连’字写出塞之景，‘向’字写思汉之心，笔下有神。”两句极有概括力，雄浑苍凉，写尽昭君一生的悲剧。现在说到王嫱或昭君墓时，常常引用这两句诗。

例如

①一步步上行，视线越来越开阔了。我望着墙外坦荡的原野，听着墙内游人的笑语，心海里激荡着澎湃的心潮，“一去紫台连朔漠，独留青冢向黄昏”的诗句又回响在我的心头。（摘自张莉《此情绵绵无绝期——访昭君墓》）

②“一去紫台连朔漠，独留青冢向黄昏。”昭君来到匈奴之后，嫁给了匈奴的一个单于呼韩邪，生了两个儿子。（摘自雷鸣《民族友好的使者——王昭君》）

③不管昭君是自尽还是从胡俗，她毕竟始终未归汉，而是“独留青冢向黄昏”了。（同②）

④“一去紫台连朔漠，独留青冢向黄昏。”名唤昭君的绝代女子，放弃了绿柳夹河而列，长风携云朵蹁跹而来的长安，放弃了歌舞升平的华丽后宫，担负起维系和平安定的重任，用一生的流年换取大汉百姓的安定，撑起大汉王朝的半边天。（摘自《从历史长河看担当》）

⑤这种心态不足为怪，因为自古及今塞外边疆在诗人的吟咏中，早已凝成“瀚海阑干百丈冰，愁云惨淡万里凝”的景象，演出“一去紫台连朔漠，独留青冢向黄昏”的传说。（摘自李彬《边疆，边疆》）

一年好景君须记，最是橙黄橘绿时

语出宋·苏轼《赠刘景文》。诗曰：“荷尽已无擎雨盖，菊残犹有傲霜枝。一年好景君须记，最是橙黄橘绿时。”最，一作“正”。首写荷叶已尽，次写菊花亦凋。这两句诗以好景“最是橙黄橘绿时”作结，意思是：您要记住，一年中最好的景致，最数橙子要黄、橘子快熟的时候。诗写自然景物，能抓住特征，给人以生意盎然之感，借以表达对友人的情意。后人常引用这两句诗来嘱咐他人要特别记住某一段最值得记忆的日子，或是景色最美好的时光。

例如

①“一年好景君须记，最是橙黄橘绿时。”正当人们的心扉饱含了甜情蜜意，沉浸在认真选择的时候，蓦地，一位五十开外的华侨，也许抑制不了内心的激动，抚摸着一株垂枝的金橘，高亢激昂地吟诵起苏东坡的诗句，招来了许多人的瞩目。（摘自黄春安《金橘初嫁炎荒》）

②“一年好景君须记，最是橙黄橘绿时。”去年十月初，正是橙黄橘绿的时节，笔者有幸访谒了北宋著名文学家苏洵、苏轼、苏辙父子三人的故居。（摘自隆生《访三苏故居》）

③“一年好景君须记，最是橙黄橘绿时。”到了这时节，柑橘之乡宜昌便成了各种会议的活动选址的热点，当地人戏称之为“橘子会”。（摘自孟宁《探胜寻幽小三峡》）

④“一年好景君须记，最是橙黄橘绿时”。秋季是迷人的，它既有无边落木萧萧下的凄美与惆怅，更有历经播种耕耘后收获的欣喜。（摘自木子《品味秋天》）

⑤“一年好景君须记，最是橙黄橘绿时。”中年况味，正在奋斗。（摘自严介和《中年况味是奋斗》）

一封朝奏九重天，夕贬潮州路八千。

语出唐·韩愈《左迁至蓝关示侄孙湘》。诗曰：“一封朝奏九重天，夕贬潮州路八千。欲为圣明除弊事，肯将衰朽惜残年！云横秦岭家何在？雪拥蓝关马不前。知汝远来应有意，好收吾骨瘴江边。”一封：指诗人晚年上皇帝《论佛骨表》的奏章。《旧唐书·韩愈传》：韩愈上书谏迎佛骨，“疏奏，宪宗怒甚。间一日，出疏以示宰臣，将加极法”。因裴度、崔群等力争，乃贬为潮州刺史。九重天：借指皇帝。潮州：又称潮阳郡，治所在潮阳（今广东省潮阳市）。潮阳距长安八千里。这两句诗的意思是：一封《论佛骨表》的谏书早上奏献给皇帝，晚上就被贬迁到距京城八千里远的潮州。当韩愈出京到达距京不远的蓝田县时，他的侄孙韩湘，赶来送行。诗人此时，悲歌当哭，慷慨激昂，抒发了自己“虽九死其犹未悔”的感情。这两句诗，表面看，似乎淡淡写来，简单地交待被贬出京的事实，但从“朝奏”“夕贬”看来，极言其得罪之速，暗透出得罪之重，已预示出后果的严重性，必是一去不复返了。后人说到韩愈被贬及说到潮州，或指某一事物被抛弃，也常引用这两句诗。

例如

①“一封朝奏九重天，夕贬潮州路八千”，下放到瘴湿不毛之地，算是从轻发落。有的一句话忤了圣意，龙颜大怒，立即推出午门问斩哩。（摘自杨闻宇《真话小识》）

②到底是年轻得志，不知天高地厚，出于对当时昏愦政治的愤慨，他卷入了一场流产的政治革新，结果却落得像韩愈那样“一封朝奏九重天，夕贬潮州路八千”的下场，被逐出京师。（摘自穆福田《柳宗元植绿柳州》）

③须知，在多种方案中进行抉择时，我们往往会受到“希望原则”的诱惑，在不知不觉中抉取众方案中那个最合乎自己希望的方案。然而事实上，这个方案往往是违背客观现实的错误方案，那种真正合乎客观规律的正确方案却“夕贬潮州路八千”了。（摘自朱健国《警惕“希望原则”》）

④时下，有一种非正常现象，某些单位或某人出了问题，群众反映了、举报了，可往往到领导那儿就没“戏”了；或大事化小，小事化了；或“一封朝奏九重天”，如石沉大海，杳无音讯。（摘自楚奇《“官‘了’主义”当戒》）

⑤唐人韩愈，抱有“本为圣朝除弊政”的初衷，却落个“一封朝奏九重天，夕贬潮州路八千”的下场。（摘自姚桓《讲真话的“尴尬”》

一点浩然气，千里快哉风。

语出宋·苏轼《水调歌头·快哉亭作》。词曰：“落日绣帘卷，亭下水连空。知君为我，新作窗户湿青红。长记平山堂上，攲枕江南烟雨，渺渺没孤鸿。认得醉翁语，山色有无中。 一千顷，都镜净，倒碧峰。忽然浪起，掀舞一叶白头翁。堪笑兰台公子，未解庄生天籁，刚道有雌雄。一点浩然气，千里快哉风。”快哉亭：在湖北黄州江边，建于元丰六年（1083年）六月。浩然气：《孟子·公孙丑上》：“我善养吾浩然之气。……其为气也，至大至刚，以直养而无害，则塞于天地之间。”古人把这种“浩然之气”看作最高的正气和节操。南宋·文天祥《正气歌》也有“天地有正气，杂然赋流形。下则为河岳，上则为日星；于人曰浩然，沛乎塞苍冥”之句。快哉风：宋玉《风赋》：“有风

一画

飒然而至，王乃披襟而当之曰：‘快哉此风！’”这两句词的意思是：胸中光明正大，有了这一点浩然之气，才能领略到千里快哉之风的顺畅。后人常引用这两句词来表述博大的襟怀之类。

例如

①他曾筑亭于住所之旁，在那里可以纵览江山的胜概，苏轼名之为“快哉亭”，并作《水调歌头》以赠，词中有“一点浩然气，千里快哉风”之句。（摘自吴战垒《一首清冷的月光曲——读苏轼〈记承天寺夜游〉》）

②你们应当像苏东坡一样，“一点浩然气，千里快哉风”，你们的思想应如天岸的骏骑，在无限的空间凭虚御风。（摘自范曾《扬起生命的风帆》）

③“一点浩然气，千里快哉风”，我们的心里，有一种辞旧迎新，“会须一饮三百杯”的豪情。（摘自《新年，我们一起努力》）

④苏东坡有词说：“一点浩然气，千里快哉风。”人在安静时，内心涵养了天地浩然之气，就会眉宇轩昂；行动起来时，乘风千里，快意人生。“千里快哉风”，是何等痛快淋漓啊！（摘自于丹《趣品人生》）

⑤是“侠之大者，为国为民”的浩然，抑或“身许汗青事，男儿长不归”的决绝；是“一剑万钧，情思寸两”的红尘滚滚，抑或“一点浩然气，千里快哉风”的飘逸洒脱，侠客的形象跃然纸上，清晰而又模糊。（摘自刘帅池《从金庸笔下典型人物成长过程浅析中国侠客形象》）

一种相思，两处闲愁。此情无计可消除，才下眉头，却上心头。

语出宋·李清照《一剪梅》。词曰：“红藕香残玉簟秋。轻解罗裳，独上兰舟。云中谁寄锦书来？雁字回时，月满西楼。　花自飘零水自流。一种相思，两处闲愁。此情无计可消除，才下眉头，却上心头。”无计：没有办法。王世贞《花草蒙拾》认为后三句是从范仲淹《御街行》“都来此事，眉间心上，无计相回避”语化出，“李特工耳”。这几句词的意思是：一种相思之苦，两处独居之愁。这种寂寞无主之情是没法排遣的，皱着的眉头方才舒展开，而思绪却又涌上了心头。伊世珍《琅嬛记》："赵明诚易安结褵（lí）未久，明诚即负笈远游，易安殊不忍别，觅锦帕，书《一剪梅》以送之。"从词中可以看出作者新婚初别时对丈夫的真挚感情。写"愁"极其形象，与李煜《乌夜啼》的"剪不断，理还乱，是离愁，别是一般滋味在心头"，意境相似，异曲同工。后人常引用这几句词或只引后三句、或只引"此情无计可消除"一句来描述离愁、愁情。

例如

①还是八百年前的女词人李清照写得透："一种相思，两处闲愁。此情无计可消除，才下眉头，却上心头。"侯德建在万籁俱寂的京华之夜，写了一首歌《啊，我需要孤独一会儿》，献给远方的妻子……（摘自胡思升《生命的三分之一》）

②上头一听有理，便下令停办。停办不难，可这些孩子咋办？双职工的后顾之忧咋解？"此情无计可消除，才下眉头，却上心头。"（摘自文竹《此愁何计能消除》）

③华人华侨，离乡别井，飘泊海外，每逢中秋之夜，对月思乡，对月思亲，大有"此情无计可消除"之苦。（摘自祝德泉《举头明月又中秋》）

④离学校最近的商场跑了很多趟，但每次都只是试试，因为每个月父母给的生活费是没有多余的，"此情无计可消除，才下眉头，却上心头"，为了"此情"，我去咖啡厅端盘子，坐一个多小时车程做家教，在平和堂前发广告宣传单，终于攒齐了500多元，够鞋子钱了！（摘自彭银河《我的篮球情缘》）

⑤爱神尤垂青于青年，无论是"梦里寻他千百度，蓦然回首，那人却在灯火阑珊处"的苦苦追寻，还是"倚门回首，却把青梅嗅"的初恋萌动，或是"冬雷震震，夏雨雪，乃敢与君绝"的山盟海誓，抑或"此情无计可消除，才下眉头，却上心头"的别愁离情，都有一份美丽，一份动人。（摘自彭秋平《人生四盅茶》）

一语天然万古新，豪华落尽见真淳。

语出金·元好问《论诗三十首》之四。诗曰："一语天然万古新，豪华落尽见真淳。南窗白日羲皇上，未害渊明是晋人。"这是一首赞美晋代陶渊明诗歌的诗。一语天然：朱熹《朱子语类》："渊明诗平淡出于自然。”严羽《沧浪诗话》：“渊明之诗质而自然。”元好问另一首《继愚轩和党承旨雪诗》：“愚轩具诗眼，论文贵天然。颇怪今时人，雕镌穷岁年。君看陶集中，饮酒与归田。此翁岂作诗，真写胸中天。天然对雕饰，真赝殊相悬。乃知时世妆，粉绿徒争怜。枯淡足自乐，勿为虚名牵。”都是赞美陶诗具有自然之美。豪华落尽：南宋·胡仔《苕溪渔隐丛话》前集卷四十八引《正法眼藏》云：“石头一日问药山，曰：‘子近日作么生？’山曰：‘皮肤脱落尽，惟有真实在。’鲁直《别杨明叔》诗云：‘皮毛剥落尽，惟有真实在。’全用药山禅语也。”真淳：指真挚纯朴的情感。萧统《陶渊明诗集序》：“语时事则指而可想，论怀抱则旷而且真”。这两句诗的意思是：陶渊明的诗出语一任自然，给人以万古常新之感，完全不用豪华的辞藻，却表达了他那纯朴真挚的情怀。后人常引用这两句诗来赞美某人作品的自然朴实，不事雕琢。

例如

①金代元遗山《论诗》就说：“一语天然万古新，豪华落尽见真淳。”在近代，鲁迅的文章之所以好，其中一个重要的因素，也是他讲真话。尽管鲁迅自己说他并没有全讲真话，但我认为：说自己没讲真话，这本身就是真话。（摘自地震出版社《写作趣谈·序言》）

②露而拙，隐而巧，确实是处理艺术技巧的一条不可忽视的规律。摒弃露而拙，力求隐而巧，正是达到“无技巧”境界的真功夫。这样的境界，正是：“一语天然万古新，豪华落尽见真淳。”（摘自赵鹰《“无技巧”境界》）

③元好问说：“一语天然万古新，豪华落尽见真淳”（见《论诗三十首》），刘熙载说：“盖文惟其是，惟其真”（《艺概·文概》）。要写得清新，就必须“天然”、“真切”。（摘自江秀荣《〈夜〉的景物描写琐谈》）

④不是那种人为加工修饰的精巧、富贵和艳丽，而是原生态的自然天成的朴拙，可谓“一语天然万古新，豪华落尽见真淳”。（摘自徐放鸣等《后现代语境下的原生态诗学》）

⑤俗话说“题好一半文”，好的题目往往用精警的词语，对课文内容和主旨做富有特色的浓缩和概括，立意高妙，引人入胜，可谓“一语天然万古新”。（摘自杨金美《让“质疑”点燃思维的火种》）

一骑红尘妃子笑，无人知是荔枝来。

语出唐·杜牧《过华清宫绝句》三首之一。诗曰：“长安回望绣成堆，山顶千门次第开。一骑红尘妃子笑，无人知是荔枝来。”一骑（jì）红尘：马飞奔时，尘土扬起。红尘：微红色的尘土。《新唐书·杨贵妃传》：“妃嗜荔支，必欲生致之，乃置骑传送，走数千里，味未变，已至京师。”这两句诗的意思是：为了让皇帝获得杨贵妃满意的动情一笑，一路人骑马飞奔，扬起了飞尘，不知实情的人还以为是传送紧急国文，谁也不知道这是专为贵妃送来了南方的物产新鲜荔枝啊。此诗通过送荔枝这一典型事件，鞭挞了唐玄宗与杨贵妃骄奢淫逸的生活，有见微知著的艺术效果。虽未作议论语，而谴责之意已跃然纸上。苏轼《荔支叹》云：“宫中美人一破颜，惊尘溅血流千载”。把杜诗“一骑”句的含义对比得更强烈；“颠坑仆谷相枕藉，知是荔支龙眼来”，反用杜诗“无人”句，指斥得更直露。后人常引用这两句诗来指斥封建统治者的骄奢。

例如

①也许荔枝是岭南独有的特产，又具有如此众多的诱人特色，所以，历史上的各个朝代，几乎都把它列为贡品。于是乎，也就是唐玄宗曾因杨贵妃爱吃荔枝，而选快马、昼夜兼程地把荔枝从产区驰送到长安城去，致使诗人杜牧有“一骑红尘妃子笑，无人知是荔枝来”的名句；宋代大文豪苏东坡南谪广东时，甚至还有“日啖荔枝三百颗，不辞长作岭南人”之句吧！（摘自容彦《真有如生活在水果之乡》）

②可是，这绿树碧檐，朱门红墙之内，贵妃池里已不见凝脂，晾发台上早失红颜，荷花阁里已无处寻觅“一骑红尘妃子笑”的鲜荔，望湖楼上再也看不见“二月中旬已进瓜”的佳果。可见虽尊为帝王，如果不励精图治，不造福于民，也逃脱不了“荣枯咫尺异，惆怅再难述”的命运的。（摘自柳嘉《骊骏图——西北纪行》）

③宋美龄天天要吃水果。她祖籍是广东，喜欢吃新鲜的荔枝和菠萝。好在运输方便，吃荔枝，不必像唐代杨贵妃“一骑红尘妃子笑”而出动大队人马了。（摘自何秉《宋美龄轶事》）

④从“行路难”的慨叹，到“春风得意马蹄疾”的高兴，再到“一骑红尘妃子笑”的奢靡，又或者“廿里长街八码头，陆多车轿水多舟”

的繁华，古人的出行方式及规格等级可窥一斑。（摘自方木鱼《古人出行讲规格》）

⑤“一骑红尘妃子笑，无人知是荔枝来”，在没有冷藏设备的情况下，将岭南的荔枝新鲜地送到长安，这便是快递响应的供应链实践。（摘自邱伏生等《中国供应链发展30年》）

二画

二句三年得，一吟双泪流。

语出唐·贾岛《送无可上人》题诗后。原诗有“独行潭底影，数息树边身”之句，贾岛自注曰：“二句三年得，一吟双泪流。知音如不赏，归卧故山秋。”意思是：我的这两句诗写得很精彩，竟花去三年工夫，每当吟诵起来，便流下两行热泪。知心朋友如果不加欣赏的话，那么我只好回乡高卧，不再吟诗了。其实他的“独行”两句诗写得并没有什么出奇的地方，只不过对仗工整罢了。“二句三年得”未免太慢，“一吟双泪流”洵属夸张。但从这两句注诗中可以看出诗人“苦吟”的程度。贾岛素有“诗囚”（元好问《放言》：“长沙一湘累，郊岛两诗囚。”）之称，以“苦吟”著名。后人常引用这两句诗来说明写作的艰辛，或表示宁肯慢也绝不粗制滥造的严肃的创作态度。

例如

①贾岛说：“二句三年得，一吟双泪流”。我们不必三年只得两句，那样的速度未免太慢了，但像贾岛这样提炼诗句的精神还是要提倡的。（摘自曹世钦《诗，不可没有佳句》）

②杜甫写诗：“语不惊人死不休”。贾岛写诗：“二句三年得，一吟双泪流。”都是提倡在语言上下工夫。（摘自曹世钦《诗画与抒情散文》）

③……而其他非名人者，纵“二句三年得”，付出不少艰辛，编辑们不屑一顾的情况也比比皆是。（摘自郭向《给〈文朋诗友〉编辑部的信》）

④有的作家“为求一字稳，耐得半宵寒”，有的“二句三年得，一吟双泪流”，还有的是“语不惊人死不休”，直到把诗文改得“丰而不余一字，约而不失一词”才肯住笔。（摘自韩慧《考场作文修改的技巧》）

⑤就拿我说吧！临高中毕业，还幻想着大学毕业后，搞文学创作，享受“用晨露烧茶，将夕阳下酒”的浪漫，感受“二句三年得，一吟双泪流”的苦涩与豪迈。（摘自王鹏《春草梦》）

十年一觉扬州梦，赢得青楼薄幸名。

语出唐·杜牧《遣怀》。诗曰："落魄江湖载酒行，楚腰纤细掌中轻。十年一觉扬州梦，赢得青楼薄幸名。"这是杜牧追忆在扬州当幕僚时那段生活所写的抒情之作。前两句诗是回忆昔日在扬州的放荡生活。觉（jué）：睡醒。赢得：博得。青楼：指妓院。李白《在水军宴韦司马楼船观妓》："对舞青楼妓，双鬟白玉童。"薄幸：薄情，负心。这两句诗的意思是：十年的扬州放荡生活已成过去，如一场大梦醒来，只博得个青楼薄情郎的名声，真是可叹。诗人不满于自己沉沦下僚，寄人篱下的境遇，追忆昔时的放荡生活，并不能感到惬意，于是发出内心的感叹，调侃之中含有辛酸、自嘲和追悔的味道。明人胡震亨论绝句说："多以第三句为主，而第四句发之"（《唐音癸签》），杜牧此篇，可谓深得其妙。后人常引用这两句诗来为杜牧的放荡生涯写照，或只引"十年一觉"之句来表示对过去某段生活的否定。

例如

①由此看来，虽然他（杜牧）曾经轻狂放荡，"十年一觉扬州梦，赢得青楼薄幸名"，如果他当了皇帝，会不会破国亡身。就很难说。（摘自牧惠《骏马犁田与老牛历险》）

②因此，即便是一篇爱情故事，即便是在姜兰、寒山那样的个人生活道路中，也包含着普遍性的历史经验，因为——尤其在十年动乱中——要把我们国家的政治生活和个人生活截然分开，那实在是太困难了。"十年一觉扬州梦"，就算是噩梦，也到了澄清一下黑白，把米和糠、金和沙分清楚的时候了。（摘自郭志刚《生命和信仰的丰碑——谈谭日超和长篇小说〈爱的复苏〉》）

③十年一觉神州梦，恶梦醒来并不都是早晨，对他们来说已近黄昏。当然，夕阳毕竟也是美好的。（摘自王颖《还像他们年轻的时候——记李焕之、李群夫妇》）

④1977年写成了《红楼梦魇》，用十年时间，写了14万字。她自己说："十年一觉迷考据，赢得红楼梦魇名"。（摘自李伟《折翼的凤凰——文坛"怪才"张爱玲》）

⑤在我们的短暂人生中，它只是一小截，只是二十世纪下半叶处于中间位置的一小截，十年而已。十年一觉扬州梦，转眼就过去了。（摘

自李零《小人物与大事变——关于〈七十年代〉的讲话》)

又是一年春草绿，依然十里杏花红。

语出一副对联，作者及朝代待考。意思是：光阴迅速，又到了新的一年，春草萌发，一片嫩绿，景物仍然美好，看十里杏花开放，红艳耀眼。此联描绘早春具有代表性的景物，色彩鲜明，创造出优美的意境，富有诗情画意。后人常引用这两句对联来描绘早春景物，或只引前一句来表明新的一年很快又来到了。

例如

①“又是一年春草绿，依然十里杏花红”，好是好，不过还是原来的样子；“无时人事日相催，冬至阳生春又来”，这是我们今天的现实，我们要紧紧拥抱这个现实。(摘自陶乐《新春话风俗》)

②又是一年春草绿，生机勃勃的一九八七年已经到来。回顾过去，瞻望未来，我们对新的一年满怀喜悦和希望。(摘自《中国钓鱼》编辑部《回顾与展望》)

③又是一年春草绿。兰宝彦像在冰雪下度过冬天的小草，经春风的抚摸和吹拂又展现出欣欣生机。(摘自文畅等《走出仕途》)

④又是一年春草绿，红色的花朵在枝头浅浅地微笑，绿色的新芽轻轻地低吟，甩掉冬的棉衣，迎接春的洗礼，我们迈着矫健的步伐，走在春的路上。(摘自彭德利《春来了》)

⑤又是一年春草绿，万类春天竞自由。一年四季，四季一年。春天是一年的初始，一年之计在于春，春光一刻值千金。(摘自霍强《万类春天竞自由》)

力去陈言夸末俗，可怜无补费精神。

语出宋·王安石《韩子》。诗曰：“纷纷易尽百年身，举世何人识道真？力去陈言夸末俗，可怜无补费精神。”韩子：指唐代散文大家韩愈。力去陈言：努力抛弃陈腐的语言。韩愈《答李翊书》：“惟陈言之务去”。末俗：不良的习俗。无补：没有什么补益。这两句诗的意思是：努力抛弃陈腐的语言，却夸耀不良的习俗，可惜白费精力，并没有什么补益。金·元好问曾借用其句，《论诗》云：“池塘春草谢家春，万古千秋五字新。传语闭门陈正字，可怜无补费精神。”“传语”句的意思是：请告诉闭门觅句的陈师道，他那种作诗的方式是白费精力，吟不出好诗的。陈正字，即陈师道。黄庭坚《病起荆江亭即事》：“闭门觅句陈无己，对客挥毫秦少游。”任渊注：“无己名师道，……坐党锢废，既而自棣学除秘书省正字。”陈师道苦思苦吟，锤炼字句，“平时出门，觉有诗思，便急归拥被，卧而思之，呻吟如病者，或累日方起”（见施国祁《元遗山诗集笺注》引）。后人常引“可怜无补费精神”一句来说明枉费精力，无补于世的创作，或用来讽刺心劳事拙的人。

例如

①我本来以前人不能解李商隐的《锦瑟》诗作比，自炫能读懂白石词，结果却落得元好问《论诗绝句》所谓“可怜无补费精神”！所以这次就不再把《姜白石合肥怀人词》收入这本集子里。（摘自夏承焘《月轮山词论集·前言》）

②如果一定要对号，恐怕就难尽如君意。相反，有的诗内容空虚，感情浮泛，即使再用一些诗眼，也是“可怜无补费精神”。（摘自古远清《诗眼杂谈》）

③……至于向往“西方极乐世界”，对其浮靡怪诞的音乐、舞蹈和时装崇拜仿效唯恐不及的，就不过是轻薄子弟缺乏教养，“可怜无补费精神”。（摘自高扬《论儿子看不起老子》）

力拔山兮气盖世，时不利兮骓不逝。

语出汉·项籍《垓下歌》。诗曰：“力拔山兮气盖世，时不利兮骓不逝。骓不逝兮可奈何！虞兮虞兮奈若何！”兮（xī）：楚地方音，相当于现代汉语的“啊”。骓（zhuī）：青白夹杂的马。逝：行。盖世：言笼盖一世。这两句诗的意思是：我力大可以拔山啊，勇气笼盖一世，天下无敌；时势对我不利啊，乌骓宝马也不再前驰了。项羽与刘邦争天下，在垓下（今安徽省灵璧县东南）被围，自刎前唱此诗发无限感慨。首句夸说自己的体力和勇气超人，显示出作者的气魄之大。后人说到项羽或某人力大气勇，威猛过人，也常引用前一句诗；或引后一句指命运不济，大势已去。有时或用来说明夸张。

例如

①“力拔山兮气盖世”的西楚霸王，逃不脱失败的命运；带了几十万大兵打进南京的永乐皇帝，对于手无寸铁的方孝孺却束手无策。（摘自冯英子《论“造一点舆论”》）

②试想，我方连折两员大将，那瓦尔德内尔余勇可贾，迎战他的又是承认对他感到怵头的江加良，怎不叫国人捏一把汗？但正是江加良，力拔山兮气盖世，于关键时刻力挽狂澜击败对手，为五星红旗增添了新的光彩。（摘自张帆《英雄泪》）

③如果说扩大夸张以“力拔山兮气盖世”的豪迈气势使人“披瞽而骇闻”（《文心雕龙》），那么缩小夸张有时却以“高射炮打蚊子”式的幽默叫人忍俊难禁。（摘自朱景顺等《缩小夸张趣谈》）

④彼时叱咤风云，此时阶下囚，显然是时不利兮骓不逝，不可同日而语。（摘自林帆《蒺藜集束》）

⑤项羽是“力拔山兮气盖世”的理想英雄，若在今日的中国，定是少男少女崇拜的对象。（摘自清语《楚汉战争之“人力管理”》）

人生七十古来稀。

语出唐·杜甫《曲江》二首之二。诗曰：“朝回日日典春衣，每日江头尽醉归。酒债寻常行处有，人生七十古来稀。穿花蛱蝶深深见，点水蜻蜓款款飞。传语风光共流转，暂时相赏莫相违。”这句诗的意思是：人生活到七十岁，古来少有啊！诗人借酒消愁，“每日江头尽醉归”，发此激愤之言，其当时困境与苦闷可想而知。后人将“人生七十古来稀”压缩为“古稀”，以代指七十岁，也常引用这一句来说明人生长寿不易。

例如

①节奏之快，连我这年轻人都感到精疲力竭……第二天，徐老又出现在调研行列之中，充沛的精力依然如故。古人云：人生七十古来稀。我怀着某种兴趣开始正面采访……（摘自丁冬《养怡之福，可得永年——访原航天工业部副部长徐昌裕》）

②过去，人们常说：“人生七十古来稀”。可是现在，在我们优越的社会制度下，百岁老人越来越多了。（摘自宋莱公《看似寻常事 坚持奏奇功——访百岁老人高惠芬》）

③常言道："人生七十古来稀"，今天的美国则认为"人活八十亦正常"。可无论哪种说法，对还不到50岁的麦克法兰来说都还不到时候。（摘自凌翔《麦克法兰"自杀"之谜》）

④"人生七十古来稀"，而郑勋华这位即将步入古稀之年的老者，却依然奋斗在印刷一线，且"战功显赫"。（摘自林畅茂《这个老头不简单》）

⑤人生七十古来稀，望着父亲不再挺拔的高大身材，时间的车轮还必须往回骑行。（摘自王芸《父爱，是一份懂得》）

人生自古谁无死，留取丹心照汗青。

语出宋·文天祥《过零丁洋》。诗曰："辛苦遭逢起一经，干戈寥落四周星。山河破碎风飘絮，身世浮沉雨打萍。惶恐滩头说惶恐，零丁洋里叹零丁。人生自古谁无死，留取丹心照汗青。"留取：留得。丹心：红心，指忠于祖国的心。汗青：史册。古代的书是写在竹简上的，制简时，先将青竹用火烤干消去水分（出汗），防蛀防腐，这种制作方法叫做"杀青"，也叫"汗青"，后来就用"汗青"代称书册。这两句诗的意思是：自古以来谁都难免一死，但应在史册上留下忠勇的英名，光照后世。充分表达了诗人在国破家亡、民族危难面前，忠于故国人民而保持崇高民族气节的爱国精神。这两句诗是全篇的警策，传诵千古的名言，不知影响过后世多少仁人志士。后人常引用来表达革命者不畏牺牲，愿留得一颗红心光耀于史册。

例如

①一刹间，竟匆匆翻阅了中华民族三千年的史册；那些古圣先贤们，他们都曾怀着美好的理想，为后代子孙们献出过心血和汗水，甚至献出了更为宝贵的生命……他们曾给我们留下过"人生自古谁无死，留取丹心照汗青"的悲歌；留下过"打倒列强"的壮语；留下过"天下为公"和"世界大同"的遗嘱；留下过……（摘自王树人《黄埔留影记》）

②多么美呀，伶仃洋！陆浩东雅兴骤起，打开本子拿出画笔就要作画，他指着远处海中一座小岛对孙文说："你看那岛多么像一艘船，宋元之间的战船。我一见到这岛总觉得文天祥坐在'船'里，耳旁仿佛听到他在吟咏'人生自古谁无死，留取丹心照汗青'。那岛屿后面水天相

接的地方不有一道黑线么，我看那大概是虎门的海岸了。”（摘自余松岩《地火侠魂》）

③爱国主义的传统诗篇哺育和影响了一代又一代的炎黄子孙：“天下兴亡，匹夫有责”，“位卑未敢忘忧国”，“人生自古谁无死，留取丹心照汗青”……震古烁今，华夏的热血儿女，包括当代大学生，又用南疆的烽烟，续写出“雪恨奔来生死场”，“化作青云励后人”……（摘自钟言《爱国·报国·振兴中华》）

④人生自古谁无死？没有人会在与死神搏斗中真正取胜。（摘自孟宪实《苏格拉底与商鞅的生死异同》）

⑤绿在含蓄：“万绿丛中一点红”；绿在豪放：“欸乃一声山水绿”；绿在自信：“最是一年春好处”；绿在忠诚：“留取丹心照汗青”。（摘自周军民《绿在哪里》）

人生得意须尽欢，莫使金樽空对月。

语出唐·李白《将进酒》。诗曰：“君不见，黄河之水天上来，奔流到海不复回！君不见，高堂明镜悲白发，朝如青丝暮成雪！人生得意须尽欢，莫使金樽空对月。天生我材必有用，千金散尽还复来。……”李白此诗大约作于出翰林“赐金放还”之后。诗人当时胸中积郁很深，借本篇抒发了感慨。得意：当指挚友相聚，互诉心曲，心气相通，而并不是指“志得意满，官运亨通”。樽（zūn）：古代盛酒的器具。这两句诗的意思是：人生在世上，当挚友相聚、心气相通的得意之时，便应当抓紧时间尽情地欢乐，不要举着金杯美酒空对着月光的流逝。看似宣扬及时行乐的思想，而实际上是诗人失意后发出的慨叹，流露出作者怀才不遇的愤懑心情。后人常引用这两句诗来表达及时行乐的思想，或有误与罗隐《自遣》中“今朝有酒今朝醉”之句套在一起使用者。

例如

①爱情触发了他的灵感。他一篇篇的作品问世了。“人生得意须尽欢，莫使金樽空对月”。结婚前的一个夜晚，一个电影剧本已通过终审的朋友请客，他和她从“聚合楼”酒家出来，他感到脚步有些不稳。（摘自李海音《越过崇山》）

②当然，在半个多世纪之前，身为银行的高级职员，有着如此的“全盘西化”派头，确实也标志着他的“高等华人”身份，并显示着

“人生得意须尽欢”的心态。（摘自刘心武《名门之后》）

③分手的时候，露易丝伸出自己的小手让约翰·斯诺久久地握着，末了，还悄悄地加上一句，“中国有一句古诗，‘今朝有酒今朝醉，莫使金樽空对月’。……”（摘自庄维明《报价》）

④在我看来，人生贵在“得而不喜，失而不忧”，有时候比“人生得意须尽欢”更重要的是“人生失意莫惆怅”。（摘自陈金田《成长的脚印》）

⑤酒的确是个很奇妙的东西，高兴的时候要饮它，“人生得意须尽欢，莫使金樽空对月”；忧伤的时候也需要它，“何以解忧，唯有杜康”；聚会时要喝酒，“兄弟相逢一碗酒”；独处寂寞时也要饮酒，“举杯邀明月，对影成三人”。（摘自汪小兵《喜忧参半酒文化》）

人间四月芳菲尽，山寺桃花始盛开。

语出唐·白居易《大林寺桃花》。诗曰：“人间四月芳菲尽，山寺桃花始盛开。长恨春归无觅处，不知转入此中来。”大林寺：在江西庐山牯岭西，相传为晋代僧人昙诜所造，为我国佛教胜地之一。有“花径”，旧属大林寺，相传白居易为书二字，刻于石碣之上。芳菲：花木，这里指春花。《文选》谢玄晖《休沐重还道中》：“赖此盈樽酌，含景望芳菲。”恨：遗憾，惋惜。觅：寻找。这两句诗的意思是：人间四月春归去，春花开过已凋谢，可是这高山古寺里却一片桃花，正在盛开。前两句纪事写景，这后两句借景抒怀，高山奇遇，桃花胜景，“给诗人带来一种特殊的感受，即仿佛从人间的现实世界突然步入到一个什么仙境，置身于非人间的另一世界”（《唐诗鉴赏辞典》）。释惠洪说：“诗者妙观逸想之所寓也。”（《冷斋夜话》）周济说：“有寄托则表里相宜，斐然成章。”（《介存斋论词杂著》）此诗作于诗人被贬江州之后。政治上的不幸，正使诗人大有“人间芳菲尽”之感。如此意外地见到这“桃花始盛开”的奇境，感情上必然有所触发，不难看出，诗的后两句表露出官场失意后，“穷则独善其身”的退隐山林之思。后人常引用这两句诗来说明地理位置高低的不同会影响物候的自然现象等。

例如

①我们离开昆明的时候，圆通山的樱花和海棠早凋谢了，而他这里正初放着报春花和映山红，虽然万年寺的秋色特佳，我们来的不是时候，但却因为追上春天，很有“人间四月芳菲尽，山寺桃花始盛开”的快感。（摘自洛汀《峨眉月》）

②“江南二月试罗衣，春到燕山雪尚飞。”这句诗，反映了纬度愈高的地方，天气就暖得愈晚的情景。“人间四月芳菲尽，山寺桃花始盛开。”这句诗，则描绘了海拔愈高的地方，春天也到来愈迟的物候。（摘自黎先耀《甘露如饴》）

③可惜此刻花径已是百花凋残，正是“人间四月芳菲尽”了。我们只在那里盘桓了片刻，便直奔大诗人李白曾赞为“天下之壮观”的五老峰而去。（摘自野曼《情满匡庐》）

④“人间四月芳菲尽，山寺桃花始盛开”。然而这里的稀有植物“天女木兰”，偏偏把花期推迟到盛夏，足见其孤标傲世与不合流俗。（摘自国靛青等《寻访天女花》）

⑤都说“人间四月芳菲尽”，而大兴安岭的杜鹃却得天独厚，“春来杜鹃花似海，夏日泉畔松涛声。”（摘自白雪等《兴安杜鹃别样红》）

人有悲欢离合，月有阴晴圆缺，此事古难全。但愿人长久，千里共婵娟。

语出宋·苏轼《水调歌头·丙辰中秋》。词下阕曰：“转朱阁，低绮户，照无眠。不应有恨，何事长向别时圆？人有悲欢离合，月有阴晴圆缺，此事古难全。但愿人长久，千里共婵娟。”此词在中国文学史上极负盛誉。胡仔《苕溪渔隐丛话》：“中秋词自东坡《水调歌头》一出，馀词尽废。”婵娟：美好的姿态。此用指月中嫦娥，代月亮。谢庄《月赋》：“美人迈兮音尘阙，隔千里兮共明月。”许浑《秋霁寄远》：“唯应待明月，千里与君同。”这几句词的意思是：人有时悲伤，有时欢乐，有时离别，有时聚合；月有时阴暗，有时晴朗，有时圆盈，有时缺虚，这些事情，从古以来就是难于十全十美的。只祝愿人心长久，健康长寿，虽然身隔千里，却可以共享明月的清辉。诗人以此寄托兄弟情思，体现了不为离愁所苦的达观思想，但仍可透过词句窥见作者内心深处掩藏着的无可奈何的悲伤。表达思念之情，缠绵惋恻，曲折动人。后人常引用这几句词来说明事物总有缺憾，或只引后两句来表达离别的美好祝愿。

例如

①坡翁词云："……人有悲欢离合，月有阴晴圆缺，此事古难全。但愿人长久，千里共婵娟。"十全十美的事是不可能的。有了新居，来了财气，除了客观污染，应该满足了。（摘自吴世茫《贺丁聪新居为大水所淹》）

②"月有阴晴圆缺，此事古难全。"她惆怅地说，"写信吧……另外，咱们找机会再见面——总会有机会的。"（摘自吴若增《离异——一个当代中国男人的内心独白》）

③人常说："月有阴晴圆缺"，随着星移斗转，我想照在丝瓜嫂那个小院里的"月儿"也许圆了吧！……（摘自魏绪强《丝瓜嫂》）

④当然，我们也有喁喁情话，情话里免不了"寒梅著花未"的问候，"千里共婵娟"的祝福，也免不了"终日望君君不至，举头闻鹊喜"的玩笑。（摘自金道行《语文教师在八小时之外》）

⑤我喜欢丰子恺的漫画，尤其那一帧《人散后，一勾新月天如水》，看画面上新月在天，而露台空寂，竹帘高卷，一缕"人有悲欢离合，月有阴晴圆缺"的伤感，自然而然地在心中漂浮起来。（摘自程耀恺《一勾新月天如水》）

人事有代谢，往来成古今。

语出唐·孟浩然《与诸子登岘山》。诗曰："人事有代谢，往来成古今。江山留胜迹，我辈复登临。水落鱼梁浅，天寒梦泽深。羊公碑尚在，读罢泪沾襟。"岘（xiàn）山：又名岘首山，在今湖北省襄阳县城南。代谢：更替变化。这两句诗的意思是：社会人事不断地更替变化，时间流驶，古往今来就构成了历史。后人常引用这两句诗来说明人类的历史就是在新旧不断更替的过程中发展前进的。

例如

①"人事有代谢，往来成古今"。作为后来者，我辈生逢其时，得天独厚，应该如何争取比往昔的先民更多地为历史留下一些可资忆念的东西呢？（摘自王充闾《古山幽情》）

②“人事有代谢，往来成古今”。人世间的事情都是发展变化着的，风俗习惯也不例外。（摘自陶乐《新春话风俗》）

③“人事有代谢，往来成古今。”他们所以这样做，当然不是庸人自扰，而是认识到“雏凤清于老凤声”符合事物发展的客观规律，是尊重历史辩证法的表现。（摘自杜新柱《雏凤清于老凤声——也谈不能总以职称还债》）

④“人事有代谢，往来成古今。”时间过得真快，转眼就是辛亥百年。（摘自章开沅《辛亥百年反思：百年锐于千载》）

⑤“人事有代谢，往来成古今”。做官一阵子，做人一辈子。（摘自褚清黎《村支部书记五问》）

几处早莺争暖树，谁家新燕啄春泥。

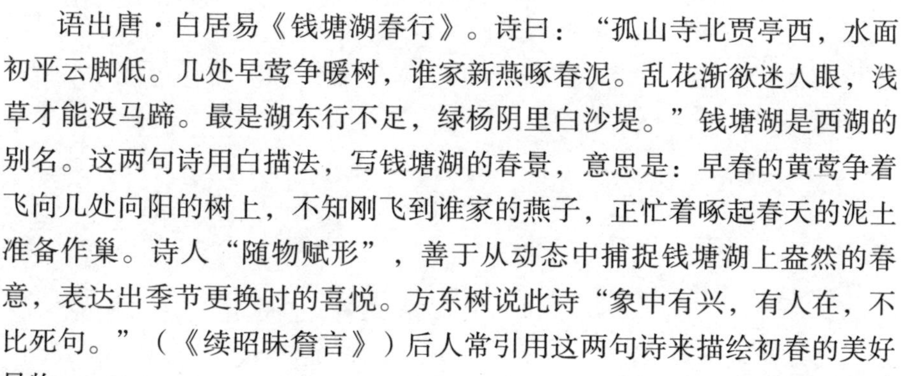

语出唐·白居易《钱塘湖春行》。诗曰：“孤山寺北贾亭西，水面初平云脚低。几处早莺争暖树，谁家新燕啄春泥。乱花渐欲迷人眼，浅草才能没马蹄。最是湖东行不足，绿杨阴里白沙堤。”钱塘湖是西湖的别名。这两句诗用白描法，写钱塘湖的春景，意思是：早春的黄莺争着飞向几处向阳的树上，不知刚飞到谁家的燕子，正忙着啄起春天的泥土准备作巢。诗人“随物赋形”，善于从动态中捕捉钱塘湖上盎然的春意，表达出季节更换时的喜悦。方东树说此诗“象中有兴，有人在，不比死句。”（《续昭昧詹言》）后人常引用这两句诗来描绘初春的美好景物。

例如

①这时的西湖呈现在人们眼前的，既不是“几处早莺争暖树，谁家新燕啄春泥”（白居易《钱塘湖春行》）的初春景象，也不是“飞来双鹭落寒汀，秋水无痕玉镜清”（道潜《秋日西湖》其一）的深秋景色，更不是“待伴痕边分草绿，鹤惊碎玉啄阑干”的严冬风光。（摘自张建明《杨万里和他的〈晓出净慈寺送林子方〉》）

②几处早莺争暖树，谁家新燕啄春泥——仲秋佳节刚过，庆贺创刊四周年的乐声甫绝，朋友们齐集一堂的笑语仍在耳边回荡，我们又伏案编发了一九八六年的第一期《海峡》——我们将她作为新年的一份薄礼，奉献给关心和爱护本刊的热心朋友们！（摘自《海峡》编辑部《写给春天——新年絮语》）

③我是浙江人。青年时期曾在省城杭州读书，对风光秀丽的西湖有着深深的热爱，但我总觉得它之所以能享有如此的盛名，毕竟和历代诗人——特别是曾任杭州地方官的白居易和苏东坡——的尽情歌颂分不开：有谁面对迷人的湖光山色，脑际不曾涌现出“几处早莺争暖树，谁家新燕啄春泥”和”水光潋滟晴方好，山色空蒙雨亦奇”的名句呢？（摘自王西彦《醉翁亭随想》）

④春天是“几处早莺争暖树，谁家新燕啄春泥”，夏天是“两个黄鹂鸣翠柳，一行白鹭上青天”，秋天是“长空雁过声啾啾”，冬天是“草枯鹰眼疾”；入夜有“明月别枝惊鹊”，雨天有“微雨燕双飞”。（摘自马艳琴《乡间鸟儿》）

⑤循着鸟鸣望去，绿意融融的屋檐下，牢牢镶嵌的碗状燕巢又添了些许新泥。此情此景，正应了那句古诗“几处早莺争暖树，谁家新燕啄春泥”。（摘自何旭《燕子衔春归》）

三 画

飞流直下三千尺，疑是银河落九天。

语出唐·李白《望庐山瀑布》二首之二："日照香炉生紫烟，遥看瀑布挂前川。飞流直下三千尺，疑是银河落九天。"三千尺：形容其高，不是确指。疑：怀疑，这里有似是非是的意思。银河：天河。九天：九重天，指天空的最高处。这两句诗的意思是：瀑布之水从极高处跌落而下，阳光一照闪闪发亮，简直使人觉得仿佛是天河落到人间。诗人用浪漫主义手法，发挥了丰富的想象，创造了生动的形象，写出了庐山瀑布的特色，热情地歌颂了祖国大好河山。后人常引用这两句诗或其中的一句来描绘瀑布或类似的壮观景象。

例如

①这里是山上几条大瀑布流过的地方，这儿的景色更迷人，"飞流直下三千尺，疑是银河落九天"，在大瀑布处有一座桥，行人在桥上漫步观赏，分外显出诗情画意，可惜这时天公不作美，下起雨来，人人都撑伞在雨中流连忘返。（摘自公盾等《富士山游》）

②凸凹而高高立起的山岩上，三米多高的水流倾泻而下，虽无"飞流直下三千尺"的气势，却也有飞珠泻玉的美丽；虽无"疑是银河落九天"的境界，却也有令人荡气回肠的力量。（摘自孙铁精《钢山瀑布》）

③评论界说，他把庐山飞瀑的神韵表现出来了。"疑是银河落九天"的庐山瀑布，从悬崖绝壁跳下，不仅获得了壮丽的一瞬，而且从舍生中获得了永恒，东流入海口。（摘自祖慰《困惑，在双轨上运行——教授和狼孩的同构》）

④庐山瀑布因李白的"飞流直下三千尺，疑是银河落九天"而令人神往，西湖风光因苏轼的"欲把西湖比西子，淡妆浓抹总相宜"而更加诱人，寒山寺因张继的"姑苏城外寒山寺，夜半钟声到客船"而吸引了无数游客。（摘自唐燕飞《凿破南荒千古闷——生态旅游视阈下的郑珍黔中山水诗解读》）

⑤水流经之处，万物得以繁衍生长，这是君子的仁义；浅处流动不息，深处渊然不测，这是君子的智慧；飞流直下三千尺时毫不迟疑，这

是君子的果敢；污浊之物融入水中，出来时光鲜洁净，这是君子的包容；水遇满则止，这是君子的原则与节制。（摘自张宇《上善若水任方圆 厚德如霖泽九州——浅析谭盾〈水乐〉的音乐特征及文化价值》）

三十功名尘与土，八千里路云和月。

语出宋·岳飞《满江红》。词曰："怒发冲冠，凭栏处、潇潇雨歇。抬望眼，仰天长啸，壮怀激烈。三十功名尘与土，八千里路云和月。莫等闲、白了少年头，空悲切。　靖康耻，犹未雪；臣子恨，何时灭！驾长车、踏破贺兰山缺。壮志饥餐胡虏肉，笑谈渴饮匈奴血。待从头、收拾旧山河，朝天阙。"三十：举其整数而言，当时岳飞已三十多岁。尘与土：比喻像尘土一样微不足道。"八千"句：写自己从事抗金活动，转战数千里，披星戴月的战场艰苦生活。《宋史·岳飞传》："飞大喜语其下曰：'直抵黄龙府，与诸君痛饮耳。'"故一说此句似指远驱"八千里路"直捣金国根据地黄龙府而言。这两句词，上句概括了岳飞自己半生的战斗生活，下句概括了祖国河山的壮美和自己直捣黄龙的愿望。意思是：孔子说过"三十而立"的话，我如今是三十开外的人了，虽说屡次立下战功，留得虚名，但金兵尚未能全退，这功名亦如尘土，微不足道；看这祖国锦绣河山，多么壮丽可爱，我定要披星戴月，继续转战沙场，把金兵赶回八千里之外的老家去。陈廷焯《白雨斋词话》说此词"千载后读之，凛凛有生气焉。"这两句以写景来点染，做到了情景交融，遂成了千古名句。后人常引用这两句词来感叹多年辛苦奔波，浮沉人海而无所成就；或只引后一句来表明壮行千里，充满豪情。

例如

①江河可以倒淌，星辰能够逆行，世上却绝无淡泊功名的军人！在这一点上，我们比不上老祖宗坦率。三十功名尘与土，八千里路云和月。这是谁说的？唔，是"精忠报国"的岳飞。了却君王天下事，赢得生前身后名！这又是谁？是辛弃疾。还有……脑子怎么不好用了？（摘自毕淑敏《昆仑殇》）

②你同所有有抱负的人一样，眼瞅着十年的光阴白白地从指缝间流逝了，从23岁到33岁，人生最美好的时辰丢掉了，"三十功名尘与土，

八千里路云和月。莫等闲、白了少年头，空悲切！”你，没有悲切，几声叹息过后，仍是壮怀激烈。（摘自田永元《老师啊，老师》）

③从《搭错车》到《走出死谷》，再到《喧闹的夏天》，四五个寒暑，八千里路云和月，泪水和歌声伴我们走过了万里行程。（摘自陈欲航《“〈搭错车〉现象”的自我思辨》）

④“三十功名尘与土”。在岳飞眼里，功名利禄，犹如尘土；国家利益，重如泰山。（摘自杨晓光《三十功名尘与土——清明祭岳飞》）

⑤二怒者南宋当局在我军即将光复中原剿灭敌寇之际，强将岳家军逼退鄂州，竟令岳飞十四年的战绩化为尘土，将岳飞“八千里路”收复的失地拱手送给金国入侵者，词中“三十功名尘与土，八千里路云和月”之句极为痛切。（摘自余锋《文学与陶瓷相配合的内容》）

三万里河东入海，五千仞岳上摩天

语出宋·陆游《秋夜将晓出篱门迎凉有感》。诗曰：“三万里河东入海，五千仞岳上摩天。遗民泪尽胡尘里，南望王师又一年。”河：古代专指黄河。仞：古代一种长度单位，相当于现在七尺。岳：指华山。摩：接。这两句诗的意思是：三万里长的黄河奔腾而来，向东流入大海；五千仞的华山高高耸立，顶峰几乎上接青天。写出祖国大好山河的无比壮观，表达了作者对祖国山河的热爱之情。后人常引用这两句诗来赞美祖国河山的壮丽。

例如

①不说，我们的“三万里河东入海，五千仞岳上摩天”的自然富丽；也不说，夏商周以来六千年来的文化优秀传统，在人类文明发展史上熠熠发光：只就文学这一个方面来看，诗歌，散文，小说，词赋，历来大作家，灿如北斗七星，照耀着文学史册。（摘自臧克家《民族自豪与崇洋媚外》）

②每个人都在一种文化状态中生活，每个人的生活都是一种文化状态，如同三万里河东入海，好似五千仞岳上摩天，改革的时代造就了他。（摘自唐老鸭《一个当代灵魂的苦与乐》）

③如陆游的“三万里河东入海，五千仞岳上摩天”这一由概数组合而成的诗句劈空而来，意境悲阔，使人更感伤于河山的沦陷，家国的破灭。（摘自陆红燕《一花一世界，一草一天堂——古诗词中景物诗英译

探讨》）

④此皆出于造物之灵——水之道：曾记否“九曲黄河万里沙，浪淘风簸自天涯”的豪情；曾记否“三万里河东入海，五千仞岳上摩天”的雄伟……无论如何，曲折至柔，变通则刚，且世事本应如此。（摘自李培《上善若水的美丽智慧》）

⑤曹操曾说“东临碣石，以观沧海”，李白感叹“君不见黄河之水天上来，奔流到海不复回”，陆游抒怀“三万里河东入海，五千仞岳上摩天”。大海既是伟大的又是平凡的。以“大海心态”对待工作，就是要学习海之低，海之平。（摘自赖富春《领导干部要保持“三种心态”》）

三山半落青天外，二水中分白鹭洲。

语出唐·李白《登金陵凤凰台》。诗曰：“凤凰台上凤凰游，凤去台空江自流。吴宫花草埋幽径，晋代衣冠成古丘。三山半落青天外，二水中分白鹭洲。总为浮云能蔽日，长安不见使人愁。”三山：在金陵城（今南京）西南长江上，三峰排列，南北相通，故名。陆游《入蜀记》：“三山，自石头（金陵城）及凤凰台望之，杳杳有无中耳。及过其下，则距金陵才五十余里。”二水：据史正志《二水亭记》载，秦淮河横贯金陵城中，由金陵城西流入长江，而自白鹭洲横截于其间。白鹭洲：《一统志》：“白鹭洲在应天府（今南京市）西南江中。”这两句诗的意思是：远远望去，三峰并列，杳杳然坐落在天边；白鹭洲横截长江，二水中分，气势磅礴。十四字用词精炼，画面开阔，层次分明。后人常引用这两句诗来描述山水佳境。

例如

①“三山半落青天外，二水中分白鹭洲”，李白这两句诗所描绘的佳境，恰在南京城外秦淮河畔。“白鹭上青天”又是南京名菜，鱼丸配以翠绿的素菜。（摘自胡思升《白鹭上青天——记南京汽车工业公司经理王步美》）

②青山之外是蓝色的群山，蓝山之外是悠然自得的白云，给人一种“三山半落青天外”的飘渺（当作“缥缈”）空灵之感。（摘自陈慧瑛《绝句：牧歌·玉瓶儿——碧瑶情调》）

③当年的十里秦淮，繁华的六朝风烟，引领着中华大地的风骚：

“三山半落青天外，二水中分白鹭洲”、“旧时王谢堂前燕，飞入寻常百姓家。”这些历史的名句，便是最好的证明。（摘自刘蜀宁《感悟南京》）

④吴先生在博物苑的设计中采用了象征和隐喻的手法，将南京历史上的城市意象，即“三山半落青天外，二水中分白鹭洲”，融入到建筑中去，取“三山半落，二水中分”之意象，主体建筑北高南低，形成山水骨架，并以绿水环绕湖心岛隐喻白鹭洲，形成完整的山水园林格局。（摘自都萤《织造遗韵楝亭歌——楝亭设计回眸》）

三月三日天气新，长安水边多丽人。

语出唐·杜甫《丽人行》。诗曰：“三有三日天气新，长安水边多丽人。态浓意远淑且真，肌理细腻骨肉匀。绣罗衣裳照暮春，蹙金孔雀银麒麟。……”三月三日：古人以三月三日为上巳节，多到水边春游祭祀，除灾求福，实际上成了游春宴饮的节日。长安水边：指长安东南的风景区曲江。唐·康骈《剧谈录》卷下描写曲江：“其南有紫云楼、芙蓉苑，其西有杏园、慈恩寺。花卉环周，烟水明媚，都人游玩，盛于中和上巳之节，彩幄翠帱，匝于堤岸，鲜车健马，比肩击毂。”这两句诗的意思是：三月三日上巳节这一天，天气清新，长安东南的曲江一带踏青的丽人十分众多。开头写了曲江春游盛况，意在讽刺杨国忠兄妹的骄奢淫逸。后人常引用这两句诗来描绘人们踏青春游的盛景等。

例如

①杜甫《丽人行》：“三月三日天气新，长安水边多丽人”——不仅辛辣地讽刺了杨国忠兄妹的骄奢淫逸，同时，也为我们了解古代的节日留下了极为形象的材料。（摘自彭和群《三月三日天气新》）

②人们带着春食春酒，席地野餐，或在江边“曲水流觞”相与为乐。“三月三日天气新，长安水边多丽人。”大诗人杜甫描绘的正是当时唐代长安城郊著名的曲江风景区游人踏青的盛景。（摘自张运华《春游诗话》）

③元代诗人杨铁崖把西湖春日的晴昼比作“天气浑如曲江节，野客正是杜陵翁”（《钱塘湖上》）。原来唐代京城长安有曲江，是著名的风景区，每逢三月三日，京都人士，倾城出游，这就是杜诗所谓“三月三日天气新，长安水边多丽人”，因命名这一天为“曲江节”。（摘自

斯尔螽《西湖诗话·“风月晴和人意好”》）

④“一觞一咏”，“畅叙幽情”，书圣王羲之“婉若游龙，翩若惊鸿”的《兰亭集序》展现了“流觞曲水，列坐其次”的上巳宴饮吟咏图景；“三月三日天气新，长安水边多丽人。”诗圣杜甫清新明快、隐含忧郁的诗作传达了当年太平盛世的繁华气象与朝野君臣的胜时游赏……这是历史，岁月深处，上巳节的风采令人追慕。（摘自何颖《民间上巳节的习俗流变》）

⑤古时踏青，人们是很注重衣着的，杜甫《丽人行》诗中写道：“三月三日天气新，长安水边多丽人。态浓意远淑且真，肌理细腻骨肉匀。绣罗衣裳照暮春，蹙金孔雀银麒麟。”踏青丽人仪态之娴雅、体姿之优美、衣着之华丽，可见一斑。（摘自刘锴《“踏青”诗话》）

大江东去，浪淘尽、千古风流人物。

语出宋·苏轼《念奴娇·赤壁怀古》。词上阕曰：“大江东去，浪淘尽、千古风流人物。故垒西边，人道是、三国周郎赤壁。乱石穿空，惊涛拍岸，卷起千堆雪。江山如画，一时多少豪杰！”赤壁：三国时东吴大将周瑜击破曹操大军之处，在今湖北省嘉鱼县东北长江南岸。苏轼所游的是另一处赤壁，在黄冈城外，也叫赤鼻矶，不是当年三国孙、刘联军与曹兵大战的赤壁。诗人只是借题怀古，抒发个人感慨。大江：长江。淘：淘洗，冲刷。风流人物；杰出的英雄人物。这两句词的意思是：浩浩荡荡的长江之水一直向东滚滚奔流而去，古往今来，淘洗尽无数杰出的英雄人物。这是苏轼47岁时谪居黄州，自觉功名事业未就而借怀古人来抒发个人怀抱的名作，极负盛誉。俞文豹《吹剑录》：“东坡在玉堂（翰林院），有幕士善讴。因问：‘我词比柳（永）词何如？’对曰：‘柳郎中词，只好十七八女孩儿，执红牙拍板，唱“杨柳岸晓风残月”；学士词，须关西大汉，执铁板，唱“大江东去。”’公为之绝倒。”后人常引用这两句词来说明千古英雄，都已随着历史长河的奔流而消逝。

例如

①如今登临眺望，江流滔滔，后浪推前浪。世事纷纭，犹似“大江东去，浪淘尽、千古风流人物。”诗人到此，唯有感慨系之而已！（摘自茗萱《〈滕王阁序〉的思想和艺术》）

②站在亭中纵览长江，把人们的游兴和怀古之情推向高潮，你会情不自禁地想起古往今来的许多人，许多事，真个是“浪淘尽、千古风流人物”……（摘自纪思《游甘露寺》）

③现实生活无比丰富多彩，既有“大江东去，浪淘尽、千古风流人物”，又有“杨柳岸，晓风残月”；既有刀光剑影，海啸山崩，富于传奇色彩，又有平淡恬静，花明风柔，一片田园风光。（摘自舒安娜《小说创作成功的秘密》）

④欣赏颜家龙先生的书法，有如钱塘观潮，泰山观日，你会受到一种强烈的震撼。细品他的作品，又如读太白的诗东坡的词，激起你深深的共鸣——“飞流直下三千尺”的气势，“大江东去，浪淘尽、千古风流人物”的豪迈，使你的心潮也随之澎湃，你无法抗拒那强大的震撼力和吸引力！（摘自苏美华《颜家龙书法艺术初探》）

⑤大雄宝殿门前的两副笔力遒劲的楹联，颇有“大江东去浪淘尽”的宏伟气势，一副是：两手把山河大地捏扁搓圆洒向空中毫无色相；一口将先天祖气咀来嚼去吞在肚里放大光明。另一副是……（摘自刘文华《资国禅寺与佛教文化》）

大漠孤烟直，长河落日圆。

语出唐·王维《使至塞上》。诗曰：“单车欲问边，属国过居延。征蓬出汉塞，归雁入胡天。大漠孤烟直，长河落日圆。萧关逢候骑，都护在燕然。”使：出使。塞上：边塞之上。大漠：广阔无际的沙漠。孤烟：用狼粪烧出的燧烟。宋·陆佃《埤雅》：“古之烽火用狼粪，取其烟直而聚，虽风吹之不斜。”长河：黄河。这两句诗的意思是：广阔无际的沙漠地带，烽火的浓烟聚集直上高天，长长的黄河流处，夕阳渐落，更显得又红又圆。写诗人出使边塞后所见到的塞外奇景，画面开阔，意境雄浑，成为“千古壮观”（王国维《人间词话》）的名句。《红楼梦》第四十八回说：“‘大漠孤烟直，长河落日圆’。想来烟如何直？日自然是圆的。这‘直’字似无理，‘圆’字似太俗。合上书一想，倒像是见了这景的，要说再找两个字换这两个，竟再找不出两个字来。”所谓“诗的好处，有口里说不出来的意思，想去却是逼真的；又似乎无理的，想去竟是有理有情的。”两句对仗工整，概括准确而又自然。后人常引用这两句诗来描绘塞外风光。

例如

①长长的列车碾着如泻光华急驶，在旷达隽远的茫茫夜戈壁留下巨大的喘息声。仿佛禅宗弟子之“顿悟”，一种苍凉悲壮的气概充溢胸怀，兀地领会到当年边塞诗人们的千古绝唱“中天悬明月，令严夜寂寥”，“大漠孤烟直，长河落日圆”……（摘自刘小敏《伟哉中华——一个南方女子的西行漫笔》）

②从上万米的高空，俯看这辽远、死寂的荒漠地带，我才开始感觉出“大漠孤烟直，长河落日圆”的妙意。理解了古往今来的诗人们描写沙漠荒原时那种可怕的笔调，那种神秘的滋味。（摘自李亚平《塔克拉玛干的故事》）

③“大漠孤烟、长河落日”、刀砍斧削的大坂、长蛇逶迤的峡谷，或是茫茫草原的踽踽独骑，或是浩浩瀚海的一叶驼舟……在大自然浑沌、苍茫的底色中，自然与心灵、肉体与灵魂既可幡然互相感悟、互相沟通，亦可截然雄峙对立。（摘自其纲《寓思致于平和 寄至味于淡泊——读〈那醒来的和睡着的〉》）

④我国西部地区聚集了丰富的地形地貌，如“大漠孤烟直，长河落日圆”的戈壁沙漠；“风吹草低见牛羊”的开阔悠远的草原；气势雄伟、峥嵘挺拔的雪域高原；博大精深、质朴雄浑的黄土高原……（摘自乌兰高娃《浅析中国当代西部风景油画的艺术特征》）

⑤我想起那句古老的诗：“大漠孤烟直，长河落日圆”，想象得出几千年前那片无垠的沙漠以及它上空那轮圆到极致的夕阳。放眼望去，除了黄色、还是黄色，黄沙虽广阔到无边，却静悄悄的，没有一丝流动。（摘自佟晨绪《夕阳散记》）

大鹏一日同风起，扶摇直上九万里。

语出唐·李白《上李邕》。诗曰：“大鹏一日同风起，扶摇直上九万里。假令风歇时下来，犹能簸却沧溟水。时人见我恒殊调，见余大言皆冷笑。宣父犹能畏后生，丈夫未可轻年少。”大鹏：传说中的大鸟。《庄子·逍遥游》：“北冥有鱼，其名为鲲，鲲之大，不知其几千里也。化而为鸟，其名为鹏，鹏之背不知其几千里也。怒而飞，其翼若垂天之云。”扶摇，一作“抟（tuán）摇”，由下而上的旋风。亦作“搏摇”，用翅膀拍打着旋风。《逍遥游》：“鹏之徙于南冥也，水击三千里，抟扶摇而上者九万里。”这两句诗的意思是：大鹏鸟一朝乘风起飞，搏击着由下而上的旋风，直上九万里云天。此为作者自比，表现了诗人狂傲自负的性格，很有气势。后人常引用这两句诗来比喻气魄之大，前途之远。

例如

①回首顾，千秋青史；抬头望，无限关山。让我们吟哦唐代伟大诗人李白的名句“大鹏一日同风起，扶摇直上九万里”，让我们举起垂天之翼，作一番长空的逍遥游！（摘自范曾《扬起生命的风帆》）

②“大鹏一日同风起，扶摇直上九万里”，祖国将在新的起跑线上起飞，向更高的目标冲刺！（摘自徐光荣《擎起来，祖国的翅膀》）

③李白青年时代就有“安社稷，济苍生”的抱负，相信“天生我材必有用”，幻想终有一天能够“大鹏一日同风起，扶摇直上九万里”。很想在政治上施展才能，实现抱负，有所作为。（摘自朱广院《上天与落地》）

④李白一生以大鹏自比。少年时，李白在《大鹏赋》中抒发他要“斗转而天动，山摇而海倾”的远大抱负；青年时期，李白在《上李邕》诗中说“大鹏一日同风起，扶摇直上九万里”；晚年《临终歌》，大鹏再也飞不动了，则是李白的长歌当哭。（摘自魏新宇《掬一杯盛唐的酒韵诗香》）

上穷碧落下黄泉，两处茫茫皆不见。

语出唐·白居易《长恨歌》。诗中句曰：“临邛道士鸿都客，能以精诚致魂魄。为感君王展转思，遂教方士殷勤觅。排空驭气奔如电，升天入地求之遍。上穷碧落下黄泉，两处茫茫皆不见。”穷：尽，这里指寻遍。碧落：道教所说的东方第一天始青天，有碧霞遍满，叫“碧落”，一般用作天上的代称。黄泉：挖地很深出水，叫作“黄泉”，一般用作地下的代称。茫茫：广阔辽远的样子。这两句诗写明皇李隆基命方士寻找杨玉环的魂魄，意思是：上天入地寻找个遍，天高地阔，都不见贵妃的踪影。后人常引用这两句诗来形容到处寻找而难于找到。

例如

①有形者易见，无形者难言。最怕的是无形的拦路虎。因为无形，

故易忽略；又唯其无形，只在隐约之间，“上穷碧落下黄泉，两处茫茫皆不见”，故特别令一些知识分子心怀惴惴。（摘自陈正宽《服色小议》）

②这一切究竟是怎样开始的？又会如何发展下去？他痛心疾首地瞻前顾后。

上穷碧落下黄泉，两处茫茫皆不见。

却看见了其间最污浊的一幕。就发生在他的家里，仲华的房间中……（摘自陶正《假释》）

③一时寻找肥源的运动，遍及全村上下，男女老幼，都在庄严地挖空心思，上穷碧落下黄泉，巴不得去认肥料公司的亲戚，或一夜开窍，发明一种造粪机。（摘自彭瑞高《田塘纪事》）

④这家“公司”在每人头上“开发”到五次录像的钱，在每张“出席证”上又开发到几毛钱，然而总共只组织了两次“交流”，从此销声匿迹了，馆呀，会呀，公司呀，“两处茫茫皆不见。”（摘自公今度《“学术”？“交流”？》）

⑤求助网络检索，有用信息亦少，乃借助于数据库和工具书，“上穷碧落下黄泉”，细大不捐，照单全收，虽零星碎简，终集腋成裘，经去伪存真，编排整理，于去疾先生的生平有了一个基本的轮廓。（摘自张峰《民盟前贤于去疾先生史事钩沉》）

山外青山楼外楼，西湖歌舞几时休。

语出宋·林升《题临安邸》。诗曰：“山外青山楼外楼，西湖歌舞几时休？暖风熏得游人醉，直把杭州作汴州。”这两句诗的意思是：青山之外还有青山，高楼之外还有高楼，在这千古佳丽之地，达官贵人们吃喝玩乐，听歌观舞，到什么时候才能有个休止呢？既写出了西湖一带美丽的景物，也寓有诗人的无限感慨。一句“几时休”的诘问，表达出诗人对“朱门酒肉臭”的南宋统治者们的无比忿恨之情。后人常引用“山外青山楼外楼”一句诗来描绘美好的景物，或借以表示美景之外更有美景，佳境之外更有佳境。

例如

①湖边没有“山外青山楼外楼”那样的景致，湖中也没有“映日荷花别样红”之类的点缀。它的岸边绵延着无边无际的大森林，秋风起

处，萧瑟肃杀，仿佛埋伏着千军万马。（摘自孙维熙《拉兹里夫湖畔的篝火》）

②既然黑妞的出场已令人神魂颠倒到这等地步，那么真的白妞出场一定会有“山外青山楼外楼”的新天地了。（摘自张选一《“门帘一挑”——〈明湖居听书〉人物虚出的生花妙笔》）

③据说有些广东人吃辣椒也不含糊呢！那儿出产一种小尖椒，辣得出奇，广东人敢成双地往嘴里填。真是“山外青山楼外楼”，能人之上有能人啊！（摘自徐志金《吃辣椒》）

④金秋的十月，“山外青山楼外楼，西湖歌舞几时休？”的一派旖旎繁华的风物重又在这座南宋的故都上演，而时过境迁，唯此时游人脸上洋溢的笑脸已取代800年前南宋文人的麦秀黍离之词。（摘自徐家钏《老街的文化复苏》

⑤书法有藏锋，藏锋让人觉得圆润而自然流畅；文学有含蓄，言有尽而意无穷给人留下回味想象的余地；绘画有“成竹”，静观默察烂熟于心，灵感来袭一挥而就；大师有“藏拙”，山外青山楼外楼，不显山不露水大智若愚乃真名流。（摘自胡安运《藏与露的智慧》）

山雨欲来风满楼

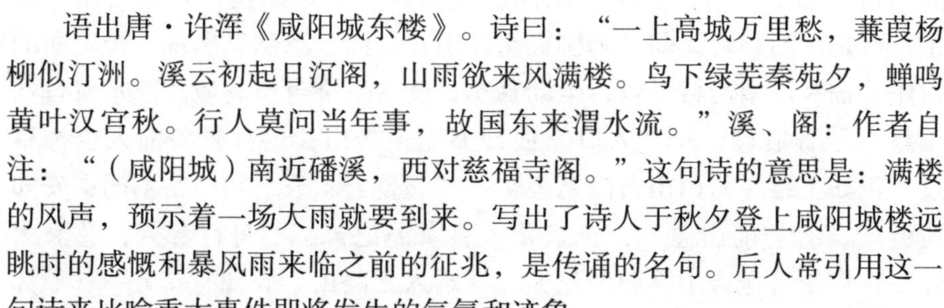
语出唐·许浑《咸阳城东楼》。诗曰：“一上高城万里愁，蒹葭杨柳似汀洲。溪云初起日沉阁，山雨欲来风满楼。鸟下绿芜秦苑夕，蝉鸣黄叶汉宫秋。行人莫问当年事，故国东来渭水流。”溪、阁：作者自注：“（咸阳城）南近磻溪，西对慈福寺阁。”这句诗的意思是：满楼的风声，预示着一场大雨就要到来。写出了诗人于秋夕登上咸阳城楼远眺时的感慨和暴风雨来临之前的征兆，是传诵的名句。后人常引用这一句诗来比喻重大事件即将发生的气氛和迹象。

例如

①“山雨欲来风满楼”，半夜，果然起风了，刮得闷热漆黑的世界战战兢兢。一种不可知力，将我从床上拉起来，逐出屋外。（摘自游慈琛《七月流火》）

②当神州风雨飘摇，中华民族危急存亡之秋，在举世震惊的“双十二”西安事变中，灞桥又载入史册，揭开了一幕“山雨欲来风满楼”的雄浑序曲，发生了动人的悲壮场面。（摘自罗丹《魂桥》）

③最近，他常在晚上抽空到小楼，和何兰亭、贺惘英谈论什么。今天谈起律师事务所的形形色色来访者，何老先生长叹一声："里湖小楼，真是山雨欲来风满楼了！"（摘自潮清《里湖小楼》）

④中大书院制的办学特色和成功经验于21世纪在大陆大学中迅速刮起一股旋风，引起不少大学纷纷仿效，大有一股山雨欲来风满楼之势，初步统计超过70所高校有行动。（摘自范双利等《论现代大学书院制的建设》）

⑤狮吼般的雷声伴着利剑般的闪电在海淀汇成"山雨欲来风满楼"的序曲，秋雨已经下了一下午，杏坛大学跑道上依然湿漉漉的，每一棵树，每一根电线杆，包括牟迪自己都可以拧出水来。（摘自魏礼庆《难忘秋雨》）

山重水复疑无路，柳暗花明又一村。

语出宋·陆游《游山西村》。诗曰："莫笑农家腊酒浑，丰年留客足鸡豚。山重水复疑无路，柳暗花明又一村。箫鼓追随春社近，衣冠简朴古风存。从今若许闲乘月，拄杖无时夜叩门。"这两句诗是作者描绘自己家乡山阴（今浙江绍兴）农村自然风光的名句，意思是：重重叠叠的山峦，曲曲弯弯的流水，眼前遮遮掩掩，阻阻拦拦，好像无路可通了，可是山回路转，却是垂柳成荫，山花烂漫，忽然又出现一带美丽的村庄。描写江南山村景色，生动真实，读者仿佛身历其境。流水对自然工整，不着痕迹，脍炙人口。钱钟书先生指出：这种景象前人也描摹过，例如王维《蓝田山石门精舍》："遥爱云木秀，初疑路不同；安知清流转，忽与前山通"；柳宗元《袁家渴记》："舟行若穷，忽又无际"；卢纶《送吉中孚归楚州》："暗入无路山，心知有花处"；耿沣《仙山行》："花落寻无径，鸡鸣觉近村"；周晖《清波杂志》卷中载强彦文诗："远山初见疑无路，曲径徐行渐有村"；还有王安石的《江上》："青山缭绕疑无路，忽见千帆隐映来"。不过要到陆游这一联才把它写得"题无剩义"。（见《宋诗选注》）后人常引用这两句诗来形容几经间阻，忽又进入一个别有天地的境界；或比喻绝路逢生的境况。"山重水复"，有时或引作"山穷水尽"。

例如

①人坐在车里，沿“回廊”前进，只见溪谷时现时隐，光线忽明忽暗，去路或通或阻，饶有“山穷水尽疑无路，柳暗花明又一村”之趣。（摘自黄玉逵《重访梅子镇》）

②文学作品要想引人入胜，就要悬念丛生，让读者既有“山重水复疑无路”的困惑，又为“柳暗花明又一村”感到喜悦，从而扣动读者的心弦。（摘自张毓书《藏头露尾 摇心移神——小说悬念漫笔》）

③犯了法，犯了罪，只要有勇气坦白，有勇气改正，前途总是光明的。有一句古诗说：“山重水复疑无路，柳暗花明又一村”。只要你有决心做一个新人，并为此付出努力，相信你有一天一定会挺胸抬头，成为一个堂堂正正的人！（摘自李迪《柳暗花明又一村》）

④儒家经典在当代中国的命运和兴衰，一如作为一个整体的儒家传统在当代中国的命运和兴衰，可用陆游《游山西村》这首脍炙人口的诗篇中的两句来比喻和形象地加以表达，所谓“山重水复疑无路，柳暗花明又一村”。（摘自彭国翔《当代中国的儒家经典与通识教育》）

⑤山重水复疑无路之际，上海黄浦警方从协查的一份人体痕迹比对材料中发现了狼踪，为破案提供了重要线索。（摘自景钟《神偷梦断花城》）

小荷才露尖尖角，早有蜻蜓立上头。

语出宋·杨万里《小池》。诗曰：“泉眼无声惜细流，树阴照水爱晴柔。小荷才露尖尖角，早有蜻蜓立上头。”这两句诗的意思是：小池里荷叶的一个尖尖的小角刚刚露出水面，早就有蜻蜓站立在上头了。诗人善于捕捉自然景物的特征，以浅近平淡的语句，描绘了一幅小池风光的图画。这两句是个特写镜头。钱钟书先生说：“兔起鹘落，莺飞鱼跃，稍纵即逝而及其未逝，转瞬即改而当其未改；眼明手捷，踪矢蹑风，此诚斋之所独也。”（《谈艺录》）后人常引用“小荷”一句来比喻某一事物的刚刚出现，但已显露出无限生机；也有全引来描述江南或类似江南的景物，亦用于比喻或象征。

例如

①谁说北国荷塘少？小荷才露尖尖角！辽宁省西丰县钓鱼乡一家三兄妹，在去年中央电视台与《东方少年》杂志联合举办的全国少儿诗歌

比赛中，一齐获奖。（摘自傅东缨《北国小荷》）

②从1983年的今天上推二十七八年，在我们这个蜚声海内外的风景秀丽的江南城市一个市属越剧团里，17岁的演员贺惘英“小荷才露尖尖角”，便风靡了全市，甚至饮誉大上海。（摘自潮清《里湖小楼》）

③“小荷才露尖尖角，早有蜻蜓立上头。”它的叶子一出水面，就被比喻为充满生机的新事物。（摘自未里《赏荷断想》）

④从文化的视野看开去，“微电影”当是“视觉艺术”的新家族，“小荷才露尖尖角”，孕育着旺盛的生命力。（摘自慕鲁《“微电影”小荷才露尖尖角》）

⑤回望当初，“小荷才露尖尖角”的跨境人民币业务只得到了少数业内人士的关注，现如今，有关“人民币贸易、投资便利化”的话题屡屡见诸报端，大有“接天莲叶无穷碧”之势。（摘自林远栋《从“小荷才露尖尖角”到“接天莲叶无穷碧”——渣打银行人民币跨境业务快速发展》）

小楼一夜听春雨，深巷明朝卖杏花。

语出宋·陆游《临安春雨初霁》。诗曰：“世味年来薄似纱，谁令骑马客京华？小楼一夜听春雨，深巷明朝卖杏花。矮纸斜行闲作草，晴窗细乳戏分茶。素衣莫起风尘叹，犹及清明可到家。”诗是陆游在临安时写的，反映了作者对于官场生涯冷淡的心情。这两句诗写作者在临安的见闻，意思是：住在小楼里，听过一夜淅淅沥沥的春雨声，早晨放晴，小巷中的卖花姑娘正在叫卖杏花。此情此景，正可消除种种恼人心绪。诗句写得清丽动人，有声有色。后人常引用这两句诗来描述春日雨后的美好景象。

例如

①正是那“小楼一夜听春雨，深巷明朝卖杏花”的美妙时节，我回到了不是江南、却胜似江南的故乡——医巫闾山脚下的一座历史古城。（摘自王祝文《梨花赋》）

②“小楼一夜听春雨，深巷明朝卖杏花。”这是一场好梦，他祈求宁静、安祥的梦。（摘自青竹禾《走向明天》）

③“小楼一夜听春雨，深巷明朝卖杏花。”多少年没听见卖杏花的叫声了，只在深秋时节，偶尔从巷口传来一两声叫卖白兰花的：“白兰

花要吗？两分钱，香三天！”（摘自陈一凡《风雨三题》）

④“小楼一夜听春雨，深巷明朝卖杏花”。杏花花期已过，而桂花开得热闹。（摘自费城《深巷桂花香》）

⑤而在与老百姓的生活息息相关的居住建筑领域，更是出现了地域文化危机，“小楼一夜听春雨，深巷明朝卖杏花”圆转无尽、欲开还闭的江南韵致与“小桥、流水、人家”的江南田园意境仿佛已经离人们的生活越来越远。（摘自申丽萍等《新江南民居——全球化思潮下的地域建筑探索》）

马思边草拳毛动，雕眄青云睡眼开。

语出唐·刘禹锡《始闻秋风》。诗曰：“昔看黄菊与君别，今听玄蝉我却回。五夜飕飕枕前觉，一年颜状镜中来。马思边草拳毛动，雕眄青云睡眼开。天地肃清堪四望，为君扶病上高台。”边：边塞。马思边草：用战马在秋风中想食边塞的野草来比喻自己想驰骋疆场。拳毛：卷曲的马毛。马病则毛拳。晋·王赞《杂诗》：“朔风动秋草，边马有归心。”刘诗是从此句化出。雕：一种能捕捉小动物的猛禽，属鹰一类。眄（miǎn，又读miàn）：斜视。一作“盼”。青云：指秋天晴朗的高空。睡眼：指雕在栖息时闭眼欲睡的情态。《唐诗贯珠》：“凡笼鹰过夏，金眸困顿。”这里用大雕想奋飞搏击高天来比喻自己积极进取的精神。《春秋元命苞》：“立秋之日鹰鹯击。”刘诗或由此句引出联想。诗人另有《学阮公体》云：“朔风悲老骥，秋霜动鸷禽。”将马和鹰并提，与此二句相似。这两句诗的意思是：骏马思念边塞的秋草，昂首嘶鸣，拳曲的马毛为之抖动；雕鹰睁开困顿的睡眼，仰望着高天万里青云。这一“动”，一“开”，极为传神地刻划出骏马、雕鹰那种心动神惊的形象。诗人以比兴法，借马、雕形象，显示出内心潜藏着的力量，集中地抒发了自己不服老，还想为国立功的昂扬斗志和勇于进取的豪迈情怀。沈德潜说：“下半首英气勃发，少陵操管不过如是。”（《唐诗别裁》）后人常引用这两句诗来形容人们奋发进取的精神。

例如

①“马思边草拳毛动，雕眄青云睡眼开。”这是唐朝诗人刘禹锡在《始闻秋风》中写下的诗句。是呵，战马思念着边塞的草，身上拳曲的毛都动起来了；雕眯缝着睡眼，一看到青天白云，顿时张开来了，借用

这句诗来形容太平洋彼岸的马思聪的心境，是最恰当不过了。《思乡曲》的作者，“苏武牧羊十九年”，心中充满思乡之情！（摘自叶永烈《思乡曲——马思聪传》）

②唐人刘禹锡诗云：“马思边草拳毛动，雕眄青云睡眼开”。相信人武干部自有骏马鸷雕的壮志，掌握两套本领，变“单腿”为“双腿”。（摘自王清顺《变“单腿”为“双腿”》）

③“马思边草拳毛动，雕眄青云睡眼开”，一匹幼马昂首而嘶，鬃毛抖动，前蹄不停地踏着初春泛青的草地，卷起缕缕薄尘；早春的烟柳合着悠悠马鸣，于徐风中婀娜地摇曳着。（摘自晓州《艺术品背后的故事：〈嘶鸣骏马图〉》）

④《新青年》受到广大青年读者的热烈欢迎，许多进步青年望旌旗而驰骤，闻号角而沸腾，大有“马思边草拳毛动，雕眄青云睡眼开”的意味。（摘自李德学等《马克思主义实践哲学在中国的早期传播》）

千山鸟飞绝，万径人踪灭。孤舟蓑笠翁，独钓寒江雪。

诗出唐·柳宗元《江雪》。飞绝：飞尽，绝迹。径：小路。踪：足迹，脚印。蓑（suō）：用棕或莎草编织成的雨具，即蓑衣。笠（lì）：斗笠。这首诗的意思是：大雪铺地，所有的山峰都不见了飞鸟的踪迹；旷野如银，任何小路上都看不到人的脚印。只有一位身披蓑衣、头戴斗笠的老翁，严冬的大雪里独驾小船，仍在湘江上垂钓。诗作于永州，用典型的概括手法，绘写典型景物，创造出一种沉寂清冷的艺术境界，巧妙而曲折地反映了诗人政治上失意后的心情和不屈而又孤独的精神面貌。后人常引用此诗或只引部分语句，来咏写冬日雪景，或孤独处境之类。

例如

①我又用一块白色的海浮石雕凿成群山状，在盆景盘里铺上细砂和白色小贝壳，以一叶扁舟和垂钓渔翁做配件，但见空蒙悠远，漫天皆白，显示出柳宗元的“千山鸟飞绝，万径人踪灭。孤舟蓑笠翁，独钓寒江雪”的意境。（摘自李英宾《巉岩竞秀斗室中》）

②这种脱俗的感受，真如东坡所说的“遗世而独立，羽化而登仙”，趋近柳宗元的绝句：“千山鸟飞绝，万径人踪灭。孤舟蓑笠翁，

独钓寒江雪。”常人难以企及。（摘自程步奎《从祝枝山的美感经验到瞿秋白的豆腐》）

③大队的人搭完这个“人”字棚后就回去了，把他一人撂在这“万径人踪灭”的大森林里。（摘自祖慰《“银耳大王”王事录》）

④又是一幅对雪的尝试，白山黑水、深山古刹、“千山鸟飞绝，万径人踪灭”，画家营造出一幅凛然的“雪景寒林图”，气氛萧瑟，意境深远。（摘自张丽华《漫笔点丹青》）

⑤“千山鸟飞绝，万径人踪灭。”繁华落尽，欲望凋零。但冬天以它的豪放与潇洒在天空与大地挥写诗行。（摘自方华《冬之炫目》）

千呼万唤始出来，犹抱琵琶半遮面。

语出唐·白居易《琵琶行》。诗中句曰：“忽闻水上琵琶声，主人忘归客不发。寻声暗问弹者谁？琵琶声停欲语迟。移船相近邀相见，添酒回灯重开宴；千呼万唤始出来，犹抱琵琶半遮面。”本段写琵琶女的出场。犹：还。这两句诗的意思是：经过多次呼唤，琵琶女才走出船舱，还迟迟疑疑地怀抱着琵琶遮住半个脸。写琵琶女心怀“天涯沦落”之恨，既不愿抛头露面，又不甘埋没身世的复杂心境，逼真而生动。后人常引用这两句诗来形容文艺作品笔法曲折，耐人寻味，或形容某人藏头露尾，故作姿态等。

例如

①白妞终于真的出场了。且慢，作者还不让你一下饱赏这美人的全貌，又用尽态极妍之妙笔逐层剥脱，让她“半低着头出来”，正是“千呼万唤始出来，犹抱琵琶半遮面”。（摘自张选一《“门帘一挑”——〈明湖居听书〉人物虚出的生花妙笔》）

②作者先泼写黄土高原山顶的绮丽风光，实则是为“荷犁晚归”的出现布置背景，渲染气氛，作好铺垫，创造一个“千呼万唤始出来”的艺术境界。（摘自廖安厚《严谨精美摇曳多姿——〈风景谈〉结构艺术琐谈》）

③船上亮着灯，有人在弹三弦。我弯腰一瞥，弹者并非“犹抱琵琶半遮面”，而是一个大大方方的姑娘。（摘自吴丽嫦《今古三江口》）

④“不多，不多”达夫说道，“喝了酒说的话会更明白透彻些，省得做那‘犹抱琵琶半遮面’的虚伪举动。”（摘自肖波《新文坛外

传》）

⑤但是，这份“千呼万唤始出来”的召回公告，却因“犹抱琵琶半遮面”的诸多细节，在业界再一次引起轩然大波。（摘自贾晶晶《“锦湖”砸掉了谁的饭碗》）

千里莺啼绿映红，水村山郭酒旗风。

语出唐·杜牧《江南春绝句》。诗曰：“千里莺啼绿映红，水村山郭酒旗风。南朝四百八十寺，多少楼台烟雨中。”水村：水乡。山郭：山城，山庄。郭：指外城。酒旗：酒帘，酒望。这两句诗的意思是：千里江南，春天一到，到处是莺啼鸟语，绿树红花，相映成趣，山乡山庄，酒店的酒帘在春风中飘拂着。诗人一开始就为读者绘出了一幅景色明媚、生活和乐的画图。后人常引用这两句诗或只引前一句来描绘江南春色之美。

例如

①噢，我的杜牧，你听到了吗？穿过岁月的云层，那飘渺（当作“缥缈”）如幻的牧笛声里，淌出你清丽丽的《江南春》：

千里莺啼绿映红，

水村山郭酒旗风。（摘自耿深《醉了，江南春》）

②自古诗人多悲秋，然而刘禹锡这首却迥然。“岂如春色嗾人狂”，可见他爱秋天，甚至忘记了“千里莺啼绿映红”的春天。全诗意境清新，激情昂扬。（摘自田德明《深·真·新——读刘禹锡的“秋词”》）

③南方的山没有北方的山那种“五千仞岳上摩天”的气势。可北方的山却缺乏南方的山的“千里莺啼绿映红”的壮丽。（摘自戴胜德《兰之韵》）

④我在千古流传的名篇中觅寻有关你的佳句，也往往是扫兴而归，什么“荷花虽好，也要绿叶扶持”、“千里莺啼绿映红”，诸如此类，你大多也只不过是“陪衬”的料子而已。像“春风又绿江南岸”、“春来江水绿如蓝”，这些把春天与你联系起来的佳句太少了。（摘自彭豪祥《新绿赋》）

⑤作家江柳《唱春》中疑问道：“我在这‘千里莺啼绿映红’的美妙春色中酣歌笑舞了，是因为青春正酝酿的变化和肌体的骚动？也许是

因为相似的风，相似的云？还是因为生命里一种不易察觉的相似的心情？”（摘自付秀宏《作家笔下的春》）

千淘万漉虽辛苦，吹尽狂沙始到金。

语出唐·刘禹锡《浪淘沙》九首之八。诗曰：“莫道谗言如浪深，莫言迁客似沙沉。千淘万漉虽辛苦，吹尽狂沙始到金。”漉（lù）：滤。狂沙，一作“寒沙”。到，一作“得”。这两句诗的意思是：经过千淘万滤，虽然受尽辛苦磨难，但是，吹尽了泥沙才能见到真金的光辉。诗以淘沙见金比喻被谗言所害遭到放逐的人终于洗清罪名，得到赦免，表现出诗人被贬后坚贞不改其节的决心。后人常引用这两句诗，或比喻真正的学问，经过一番辛苦的探求，才能得到；或比喻科学实验，经过多次失败，才能成功；或比喻文艺作品，经过多次修改，方成佳作；或比喻文艺创作对生活中的素材必须反复提炼，方得精华；或比喻干大事业，必须经过痛苦磨炼才能有所建树等。

例如

①巴尔扎克在“笔锋竟业”的过程中，有过一次次的退稿，一次次的失败，有过忧伤，有过苦恼。但是，“千淘万漉虽辛苦，吹尽狂沙始到金”，他耗费了“百分之九十九的血汗”，才成了19世纪最著名的文学家之一。（摘自黎振盛《说勤》）

②“千淘万漉虽辛苦，吹尽狂沙始到金”。朱鹤亭风风雨雨数十年，经过刻苦的磨砺，越过清贫的苦寒，终于在地平线的尽头展现了一条新路。（摘自胡思升《待开掘的宝库》）

③《四世同堂》的出现，一扫往日的寂寞，给了人们崇高，给了人们美感，给了人们深沉的思索，真是“吹尽狂沙始到金”，令人耳目一新。（摘自李辉《吹尽狂沙始到金——电视剧〈四世同堂〉趣谈》）

④在高考状元们看似偶然的成功背后，其实是脚踏实地的付出与力争上游的求索。“千淘万漉虽辛苦，吹尽狂沙始到金”，他们的成功并非偶然。（摘自李伙昌《他们的成功并非偶然》）

⑤相信，只要放低身段，潜心做事，坚持不懈，始终如一，是大鹏，终有腾飞时。这就叫：“千淘万漉虽辛苦，吹尽狂沙始到金”。（摘自张保振《不遭人忌是庸才》）

夕阳无限好，只是近黄昏。

语出唐·李商隐《乐游原》。诗曰："向晚意不适，驱车登古原。夕阳无限好，只是近黄昏。"这两句诗的意思是：这无边无际的斜阳，灿烂辉煌，无限美好，令人恋羡，可惜黄昏已近，夜幕即垂，美景不长了。诗人又有同题七绝云："羲和自趁虞泉宿，不放斜阳更向东。"也是叹惜时不再来。古人谓此二句言"大势去矣。"（吴仰贤《小匏庵诗话》）但也有人另作新解。周汝昌先生认为："可惜，玉溪此诗却久被前人误解，他们把'只是'解成了后世的'只不过'、'但是'之义，以为玉溪是感伤哀叹，好景无多，是一种'没落消极的心境的反映'云云。殊不知，古代'只是'，原无此义，它本来写作'祇是'，意即'止是'、'仅是'，因而乃有'就是'、'正是'之意了。""玉溪生曾有言曰：'天意怜幽草，人间重晚晴。'大约此二语乃玉溪一生心境之写照，故屡于登高怀远之际，情见乎词。""若将这种情怀意绪，只简单地理解为他一味嗟老伤穷、残光末路的作品，未知其果能获玉溪之诗心句意乎。"（见《唐诗鉴赏辞典》）后人常引用这两句诗来说明好景不长；或说明某些事物虽然暂时还繁荣，但很快就要衰弱没落；也有人略变其句，反其意而用之，抒发老当益壮的情怀。

例如

①他突然感到流年似水，快四十了，再不抓紧时间做点事情，就只能剩下"夕阳无限好，只是近黄昏"的慨叹了。（摘自成萍等《车轮辗过世界屋脊》）

②乔老先生久久注视着那一行大字，似乎为某件事情牵动了心肠，他气愤地把手杖朝地上狠捣几下，愠怒地自语道："鱼目混珠，泥沙俱下……唉，夕阳无限好，只是近黄昏！我就尽力而为吧。"（摘自徐本夫《将军坟的秘密》）

③最忌字讳物的清朝统治者们，此时忘了众所周知的不祥之兆："夕阳无限好，只是近黄昏"！？他们何曾想到："八旗子弟"后来成了最潦倒的公子王孙，武昌枪响一举使封建王朝崩溃倾覆！（摘自奚学瑶《夕阳》）

④轰轰烈烈的奋斗生活渐行渐远之后，"夕阳无限好"就成为人们对"已近黄昏"的老年生活的美好憧憬。（摘自徐振民《谁来为我养

老？——浅谈中国未来养老问题》）

⑤这种“只是近黄昏”之前的“夕阳无限好”，正是人生登临绝顶之后的高点，人生的丰美，还有什么能比的呢？（摘自么儿《失去》）

门前冷落鞍马稀，老大嫁作商人妇。

语出唐·白居易《琵琶行》。诗中句曰：“今年欢笑复明年，秋月春风等闲度。弟走从军阿姨死，暮去朝来颜色故。门前冷落鞍马稀，老大嫁作商人妇。商人重利轻别离，前月浮梁买茶去。”写琵琶女自述身世。鞍马：这里是借代，指人。这两句诗的意思是：从此门前冷落，再没有从前那么多车马客人了，老大之后嫁与商人为妇。后人常引用这两句诗，或只引“门前冷落鞍马稀”一句来说明门庭冷落，无人光顾一类的意思。“鞍”有时误引作“车”。

例如

①大概，有人也隔窗窥测到了我住进来的影儿，因而来看他的客人日趋减少，甚至有点儿“门前冷落鞍马稀”哩。（摘自何清泉《人影儿》）

②过去，文物部门是“门前冷落鞍马稀”的地方，近几年多是“车如流水马如龙”，中外参观者每年都在大幅度增加。（摘自王兆麟《保护文物 利用文物——访陕西省副省长孙达人》）

③她不是“老大嫁作商人妇”的风尘女子，也不是“悔教夫婿觅封侯”的深闺贵妇。她有她自己的奇特的想法。（摘自刘逸生《痴稚、热情的长干女——读李白〈长干行〉》）

④但是，少林寺门前日日人声鼎沸、熙熙攘攘，而中岳庙门前则“门前冷落车马稀”，虽然同为“圣地”，却有着强烈的反差。（摘自王占锋等《少林寺向左　中岳庙向右》）

⑤将军退居二线，门前冷落车马稀，日影陡然增长许多。（摘自吴培利《给娘暖一回脚》）

四画

历览前贤国与家，成由勤俭破由奢。

语出唐·李商隐《咏史》。诗曰：“历览前贤国与家，成由勤俭破由奢。何须琥珀方为枕，岂得真珠始是车。运去不逢青海马，力穷难拔蜀山蛇。几人曾预南薰曲，终古苍梧哭翠华。”历览：遍看，一个一个地看。“成由”句：《韩非子·十过》：“由余聘于秦，秦穆公问之曰：‘……愿闻古之明主得国失国何常以？’”李句盖本此。这两句诗的意思是：遍看历史上的国家与家族，都是勤俭的兴盛，奢侈的破亡。此诗为哀悼唐文宗李昂而作。叶葱奇先生《李商隐诗集疏注》引朱鹤龄云：“史称文宗恭俭性成，衣必三浣，可谓令（善）主矣，迨乎受制于家奴（指太监仇士良等），自比周赧（姬延）、汉献，故言俭成奢败，国家常理，帝之俭德，岂有珀枕珠车之事，今乃兴亡国之耻，深可叹也。”叶先生曰：“按起二句言外有勤俭而遭到丧亡，向所未有之意。”后人常引用这两句诗来说明应该勤俭持家建国，反对奢侈浪费之意。“破”，往往被误引作“败”字。

例如

①古人诗云：“历览前贤国与家，成由勤俭破由奢。”勤俭朴素，是我们中华民族的传统美德，也是今天社会主义新道德风尚的重要内容。（摘自谢顾问《办理结婚登记手续后还必须举行婚礼吗？》）

②历览前贤国与家，成由勤俭败由奢。奢靡从来就与家国兴衰连在一起。（摘自陈广照《奢靡之风亡党误国》）

③“历览前贤国与家，成由勤俭败由奢。”勤俭节约是一个永远都不会过时的话题，因为具有永恒的价值而历久弥新。（摘自张玉斌《节俭助力中国梦》）

④“历览前贤国与家，成由勤俭败由奢。”历史上民富国强的“文景之治”时代，就是由汉文帝刘恒率先实施节俭爱民政策所开创出来的。（摘自郑翼《暮鼓晨钟》）

丑女来效颦，还家惊四邻。寿陵失本步，笑杀邯郸人。一曲斐然子，雕虫丧天真。

语出唐·李白《古风五十九首》之三十五。诗曰："丑女来效颦，还家惊四邻。寿陵失本步，笑杀邯郸人。一曲斐然子，雕虫丧天真，棘刺造沐猴，三年费精神。功成无所用，楚楚且华身。大雅思文王，颂声久崩沦。安得郢中质，一挥成斧斤？""丑女"二句：《庄子·天运》："故西施病心而颦其里。其里之丑人见而美之，归亦捧心而颦其里。其里之富人见之，坚闭门而不出；贫人见之，挈妻子而去之走。彼知颦美，而不知颦之所以美。"成玄英："西施，越之美女也，貌极妍丽，既病心痛，颦眉苦之，而端正之人，体多宜便，因其颦蹙，更益其美，是以闾里见之，弥加重爱。邻里丑人，见而学之，不病强颦，倍增其丑。"颦（pín）：皱眉头，忧愁不乐的样子。庄子寓言大意是说，春秋时越国美女西施，因心口痛而皱眉，邻居的丑女见了，认为很美，便模仿皱眉，结果丑上加丑，惊得富人闭门不出，穷人搬了家。"寿陵"二句：《庄子·秋水》："且子独不闻夫寿陵余子之学行于邯郸与？未得国能，又失其故行矣，直匍匐而归耳。"寿陵，燕国的城市。邯郸（hán dān），赵国的都城（即今河北省邯郸市）。余子，少年人。邯郸人善走路，所以燕国寿陵的少年便远来学步，未得其能，却失去了原来的步法，结果只好用手撑地，爬着回去了。"一曲"二句：一曲，一篇。斐（fěi）然子，指辞藻华丽的文章。雕虫，比喻小的技能，扬雄《法言·吾子》篇说辞赋犹如"雕虫篆刻"，是童子所做之事，"壮夫不为也"。这六句诗的意思是：西施病心皱眉，美人更显得美丽动人；丑女也来模仿，丑得惊动了四周邻里。寿陵的少年到邯郸去学习走步，不但没学成反而失去了自己原来的步法，惹得邯郸人耻笑。一篇辞藻华丽的文章，由于刻意雕琢造作，结果会失去清新天真的韵味。诗人在开头引用两个典故，对唐初受六朝文学影响而形式主义仍然浓重的文风进行了批评和讽刺。后人常引用这几句诗来批评、讽刺只知模仿他人而没有独立风格的作品；或批评、讽刺机械模仿，生搬硬套的作法。

例如

①何谓多余的东西？这就是机械模仿、东抄西凑的东西，千部一腔、千人一面、陈词滥调的东西。唐代大诗人李白曾有诗云："丑女来

效颦，还家惊四邻。寿陵失本步，笑杀邯郸人。一曲斐然子，雕虫丧天真。”辛辣地讽刺了诗坛上那种因循守旧、蹈袭前人的没出息作风。（摘自何新《有感于歌德的几则诗话》）

②丑女来效颦，还家惊四邻。

寿陵失本步，笑杀邯郸人。

李白这首诗是说“丑女效颦”、“邯郸学步”的故事。这两个故事不外乎给人揭示一个哲理，就是无论什么事都不能生搬硬套。（摘自于洪乔《风度·衣着·品格》）

③这种知其然不知其所以然，光从形式上模仿别人的做法，其结果只能是“寿陵失本步，笑杀邯郸人”。（摘自魏怡等《有感于“邯郸学步”》）

④一是“削足”的结果必然是以迷失自我为代价，以弃守特色为终结，很可能落得“寿陵失本步，笑杀邯郸人”的结局。（摘自张健《“削足适履”还是“削履适足”》）

⑤其中“邯郸学步”又称“学步邯郸”更是家喻户晓、人人皆知，人们用这些典故来比喻模仿别人不成，反而丢掉了自己原有的本领，出乖露丑。唐代大诗人李白就曾写道“寿陵失本步，笑杀邯郸人。”（摘自康香阁《邯郸名胜学步桥》）

天长地久有时尽，此恨绵绵无绝期。

语出唐·白居易《长恨歌》。诗末曰：“临别殷勤重寄词，词中有誓两心知。七月七日长生殿，夜半无人私语时。在天愿作比翼鸟，在地愿为连理枝。天长地久有时尽，此恨绵绵无绝期！”天长地久：指天地存在的久远。《老子》七章：“天长地久。天地所以能长且久者，以其不自生，故能长生。”恨：遗憾。绵绵；连续不断的意思。绝，一作“尽”。这两句诗极言生离死别之恨难消，意思是：天地的存在是久远的，可总会有个尽头，而与贵妃的生离死别之恨却连续不断，没有个终了的时候。后人常引用这两句诗或只引后一句来表达遗恨无穷之意。

例如

①从此，在这乱坟稠垒的陶然亭湖畔，无论春夏秋冬，风雷雨雪，经常有人看到评梅的身影，或见她嚎啕大哭，或见她埋头啜泣，或见她仰天长啸，或见她狂舞悲歌。那滴滴泪水，浇绿了丛丛墓草；那声声悲

歌，引得游人辛酸。这样，评梅度过了三年，终于把泪水哭干了，急急追踪君宇而逝。呜呼！天长地久有时尽，此恨绵绵无绝期。（摘自肖波《新文坛外传》）

②可怕的是，将男人们（尤其是帝王们）的腐败昏庸引罪于女人，于是，“女人祸水”说便充塞在中国的历史中。商有妲己，周有褒姒，汉有吕雉，唐有武则天、杨玉环，一路排下来，真是“此恨绵绵无绝期”了。（摘自夏侯甲《勾栏院与教坊碑》）

③选谁来做爱的彼岸花，如何袒示人类情感当中最深刻、最沉重的冲动？如何规避“天长地久有时尽，此恨绵绵无绝期”？（摘自何桂英《谁是谁的水月镜花》）

④那矫健的夫君在长生殿里，夜半无人私语；在另一个世界里，那年轻的母亲，谁知怜惜谁知意，形单影只成孤魂。天长地久有时尽，此恨绵绵无绝期。（摘自刘丽君《苦夏》）

天生我材必有用，千金散尽还复来。

语出唐·李白《将进酒》。诗见“人生得意须尽欢……”条引。“天生”句，一作“天生吾徒有俊才”。千，一作“黄”。这两句诗的意思是：老天生下我这块材料，一定有可用之处。千金之财算得了什么，散尽用光，还可以再得到。表达了诗人对于人生的乐观信念和不重金钱的豪放情怀。萧士赟（yūn）评说：“此篇虽似任达放浪，然太白素抱用世之才，而不遇合，亦自慰解之词耳！”（《分类补注李太白诗》）后人常引用“天生”一句来表达旷达豪放的用世之情。“材”或引作“才”。

例如

①“天生我才必有用”，当聆听到油锯发出热切的呼唤，我便带着绿色家族里，每一束枝的嘱托，带着那每一片叶的叮咛，还带着沐浴着我的阳光雨露的希冀，从森林，从峡谷，从深山风尘仆仆地急速赶来。（摘自刘增山《枕木的自述》）

②那时姐姐常对他说，别看现在把知识看成万恶之源，将来总有一天会认识到，知识就是力量！不要灰心，不要丧气，“天生我才必有用”，自己首先要坚定这个信念。（摘自张健行《折射的信息》）

③“天生我材必有用”。当中国的历史在坎坷中走进了20世纪80年

代，梁山的价值在开放搞活的时代潮流中又被重新认识。（摘自安福海《幸哉，梁山》）

④这不单纯是属于个人的离愁别恨，而且是内涵更为深刻的不为流俗、不为阶级社会所容的精神苦闷，是一种“天生我材必有用”却又不得其用的痛苦体验，或者说，这就是集体无意识所说的人类精神上的“无家可归”之感。（摘自陈敬容《古典诗歌中“望夫石”文化心理原型初探》）

⑤这一点设定也点明了“天生我材必有用”的观点——不要为自己的平凡而自卑，善用自己的特点，也许它会变成你的优势。（摘自赵莹《童话里的“美国梦”——谈美国动画中的美国精神与价值观》）

天苍苍，野茫茫，风吹草低见牛羊。

语出北朝民歌《敕勒歌》。诗曰：“敕勒川，阴山下。天似穹庐，笼盖四野。天苍苍，野茫茫，风吹草低见牛羊。”苍苍：深青色。茫茫：辽阔无边的样子。见（xiàn）：同“现”，显现，显露。这三句诗的意思是：天色碧青，草原辽阔，阵风吹来时，牧草低伏，牛羊才从草中显露出来。原诗是北齐人斛律金所唱敕勒民歌。《乐府广题》说：“其歌本鲜卑语，易为齐言”，可知是一篇翻译作品。这后三句着力描写草原广阔，牧草丰足和牛羊繁盛，写出了北方旷野的特有景象。沈德潜评说：“莽莽而来，自然高古。”后人常引用这三句诗来描绘北方草原的景色。

例如

①我第一次见到四望都没有陆地的大洋的时候，第一次登上崇山峻岭，俯瞰白云在脚下飘浮的时候，第一次访问草原，纵览“天苍苍，野茫茫，风吹草低见牛羊”景象的时候，第一次置身巨大深邃、瑰奇美丽的岩洞的时候，都曾经轻轻地赞叹一声：“啊！”（摘自秦牧《芝加哥摩天大楼夜景——访美散记》）

②这番光景，很容易让人想起“天苍苍，野茫茫，风吹草低见牛羊”的诗句，但这里草原上的草，都并不高，而是毛毯般平铺在地面上。（摘自唐挚《青海高原掠影》）

③他对当前草原退化、载畜量下降忧心如焚，常常在课堂上伸着双手问学生：“请你们想一想，这样下去，我们的畜牧业还有什么发展前

途呢？危机，严重的危机！过去是天苍苍，野茫茫，风吹草低见牛羊；现在的草原上，牧草连野兔子也藏不住！”（摘自张武《红豆草》）

④站在这空旷寂静的大漠戈壁之间，迎着狂吹不已的猎猎秋风，面对幽暗无际的衰草荒野，那种“天苍苍，野茫茫，风吹草低见牛羊”的意境何处寻觅？（摘自刘崇智《走进蒙古国》）

⑤“天苍苍，野茫茫，风吹草低见牛羊。”看草原，在内蒙古；看内蒙古最正宗的草原，在呼伦贝尔；但若看呼伦贝尔最美丽的草原，无疑是在陈巴尔虎旗。（摘自苏云峰《美丽 富饶 文明 和谐的锡林郭勒欢迎您》）

天涯何处无芳草

语出宋·苏轼《蝶恋花》。词曰：“花褪残红青杏小。燕子飞时，绿水人家绕。枝上柳绵吹又少，天涯何处无芳草。 墙里秋千墙外道。墙外行人，墙里佳人笑。笑渐不闻声渐悄，多情却被无情恼。”《宋六十名家词·东坡词》题作《春景》。胡云翼说：“前段写伤春，后段写伤情，都是用来反映‘行人’（作者自己）在贬谪途中失意的心情。”（《宋词选》）这句词的意思是：天边何处不长满芳草呢？流露出仕途失意，思归不得而自我宽慰之意。后人常引用这句词来比喻到处有知音或有人才。

例如

①姐姐同意你的看法：生活若失去爱的滋润将会枯燥无味；可姐姐也相信，以世界之大，你又年轻，“天涯何处无芳草”，难道就再没有值得你爱的姑娘？再说，你失去了一份爱，可并未失去所有的爱呀！（摘自阿青《让知识美化你心灵——给小弟的信》）

②要知道，这些老军垦都是革命的赫赫功臣啊！“天涯何处无芳草”？却偏偏在这里落户，想着，想着……我梦见了迎风沙跋涉的骆驼，动荡的油海，大漠中腾起一只鹰，盘旋在天地之间，逝去了，我的心壁上投下了它的剪影……（摘自子页《绿色的铆钉》）

③“天涯何处无芳草”。在祖国辽阔的土地上，到处都散发着“芳草”的馨香。而赵子谦就是王安忆同志挖掘出来的一棵。（摘自杨纯光《天涯何处无芳草——谈小说〈大哉赵子谦〉》）

④白居易早有诗云“野火烧不尽，春风吹又生”，正是这种不屈的

劲儿，不仅让人看到“一番桃李花开尽，唯有青青草色齐”，而且让人深感“枝上柳绵吹又少，天涯何处无芳草”。（摘自钟精华《草之德》）

⑤失恋的人很喜欢称自己已经看开，天涯何处无芳草，时间可以治愈一切，勉强无幸福之类的人生大道理总是朗朗上口，清醒得一如局外人。（摘自万宜《神经病》）

天意怜幽草，人间重晚晴。

语出唐·李商隐《晚晴》。诗曰：“深居俯夹城，春去夏犹清。天意怜幽草，人间重晚晴。并添高阁迥，微注小窗明。越鸟巢干后，归飞体更轻。”怜：爱惜。幽：静。这两句诗的意思是：老天最知爱惜那幽静不语的小草，人们最知珍重那美丽怡人的黄昏时分。叶葱奇先生谓：“三句指雨，四句说‘晚晴’，暗含天意终究怜才，晚境通达最可珍惜之意，措语轻倩而饶情韵。”后人常引用这两句诗，或说明对小草的珍爱，或说明对晚境的珍惜。

例如

①玉溪生诗云：“天意怜幽草，人间重晚晴。”凡此种种，莫非是人们对日落屡见屡新，把奇绝天下的泰山日落誉为一大奇观的理由吗？（摘自南乐人《泰山二题》）

②新的生活带来新的力量、新的使命，它心神大振，以深沉的激情昭示我，“天意怜幽草，人间重晚晴”；督促我争分夺秒，抓紧大好时日，努力写作，把失去的二十余年韶华赢回来。（摘自彭拜《荫我毋忘一叶情》）

③但是，也有的青年人不以为然，说是“好雨知时节，当春乃发生”，天意若真怜幽草，这雨就不该如此姗姗迟来。（摘自方激《塞上的雨》）

④“天意怜幽草，人间重晚晴”，随着社会的和谐发展，老年人的生活愈加增福添彩。（摘自晨曦《夕阳无限好　黄昏亦妖娆》）

⑤在我看来，这一张张窄窄的便条虽说有些“落伍”，但却像一缕缕阳光，照亮了我的晚年，让我在“天意怜幽草，人间重晚晴”的诗意人生中，享受着一个向“晚”的日子。（摘自一凡《温暖一生的便条》）

天街小雨润如酥，草色遥看近却无。最是一年春好处，绝胜烟柳满皇都。

诗出唐·韩愈《早春呈张水部十八员外》。题一作《初春小雨》。张十八：指张籍，曾任水部员外郎。天街：皇都长安城中的街道。酥（sū）：酥油，牛羊等乳汁制品。绝胜：最好的。一说，绝对胜过。烟柳：细雨中的柳色，形容柳条初青，纤细飘忽，在小雨中好似含着烟雾。诗的意思是：长安大街上下着蒙蒙细雨，如乳汁一般湿润、清新，向远处望去，春草绿茵茵一片，而近处却不显眼。这是一年中春天最好的时候，皇城里柳色含烟，景物最为优美。此诗写景细腻入微，造语精炼，逼真地写出了长安城中早春微雨的优美动人景色。后人常引用这首诗或其中的句子来形容、赞美春色。

例如

①清明是“天街小雨润如酥”的季节，清人郑燮用“小楼忽洒夜窗声，卧听潇潇还淅淅，湿了清明”的佳句来描绘它，一个“湿”字可谓传神。（摘自吴伟卿《微雨随笔》）

②我望着远处的土坡，那里出现淡淡的一层鹅黄色。但走到跟前，这草色却又消失了，这使人想到唐朝诗人韩愈那“天街小雨润如酥，草色遥看近却无”的名句是多么恰切了。（摘自马尚瑞《播洒春色的人》）

③你看，早春刚过，在“草色遥看近却无”的时节，是柳，跃于桃李之首，羞怯地绽开一团团小小的绒蕾，沐浴着春光的抚爱，庄重地向人间报告着春的消息。（摘自赵丽君《柳》）

④读者朋友见到杂志的时候刚出正月吧？虽未到“天街小雨润如酥”的景致，但可谓“最是一年春好处”！（摘自斜阳不暮《别把“那一天”太当事》）

⑤刚冒出的草尖儿，是“天街小雨润如酥，草色遥看近却无”的稚嫩，远望一片碎碎的青，近前了又是那么饱满湿润。（摘自翁秀美《春风碎》）

不识庐山真面目，只缘身在此山中。

语出宋·苏轼《题西林壁》。诗曰：“横看成岭侧成峰，远近高低各不同。不识庐山真面目，只缘身在此山中。”庐山：天下驰名的奇山之一，在江西省。只缘：只因。这两句承上而来，意思是：看不清庐山的整体面目，只因为自身处在四周层峦重叠的山谷之中，视野受到限制，不能高瞻远瞩。全诗借景说理，用形象思维，把抽象的道理生动地表述出来，是宋代有名的哲理诗。“不识庐山真面目，只缘身在此山中”，成了说明“当局者迷”的道理的警句，久传不衰。后人常引用这两句诗来说明自身处在局部的境遇中，不能纵观全局；或说明当事者容易被一些错综纷纭的表面现象所迷惑，而不能全面地、清楚地认识事物的本质。

例如

①水雾连天，浑浑一片。再摸索上天桥去看看，哎，我的天，到此我要每步弯下腰杆才能下脚，半天不知摸去半里没有？正陷“不识庐山真面目，只缘身在此山中”的窘境时，忽然听闻水声，压住潺潺的雨声。（摘自黄福林《雾海拔峰壮山河》）

②作者对往昔生活理解的过程——反思，也是完成这篇小说的契机。这种思考，除去主观能动性，还需要时间和距离。我们的古人曾把这高级思维的过程概括为优美的诗句：“不识庐山真面目，只缘身在此山中”。拉开了空间，就能识别“庐山真面目”。（摘自夕风《生活的反思》）

③这可能是一种常见的社会现象，近在咫尺的珍宝，或视而不见，或见而无动于衷，“不识庐山真面目，只缘身在此山中！”（摘自胡思升《待开掘的宝库》）

④好在庐山有“白司马花径”，有《大林寺桃花》，总算是不枉此行；纵然“不识庐山真面目”，能识得春天的真面目，也是好的。（摘自王丰江《会行走的春天》）

⑤我们常讲“不识庐山真面目”，如果把琵琶比作“庐山”的话，那我现在就是要跳出琵琶再来看我的琵琶是什么样。（摘自刘德海《艺术与哲学漫谈》）

不畏浮云遮望眼，只缘身在最高层。

语出宋·王安石《登飞来峰》。诗曰：“飞来山上千寻塔，闻说鸡鸣见日升。不畏浮云遮望眼，只缘身在最高层。”浮云：古人常用来比喻奸邪进谗蒙蔽皇帝陷害贤臣。如《古杨柳行》："谗邪害公正，浮云蔽白日"；李白《登金陵凤凰台》："总为浮云能蔽日，长安不见使人愁"等。只，一作"自"。缘：因为。这两句诗的意思是：不用担心浮云会遮住我远望的视线，这是因为我站在了山峰的最高处。这是一首写景诗，在景物描写中，又含有理趣，后两句富有很深的哲理，因而又是一首哲理诗。诗人把当时的保守势力比作浮云，反古人之意而用之，表示自己胸怀大志，站得高，看得远，不怕任何阻挠，抒发了一位改革家的豪情。后人常引用这两句诗来说明站得高、看得远；或比喻掌握了正确的立场、观点，就不会被困难阻碍住前进的道路。

例如

①回顾远近，山青水秀，山城全景，尽收眼底。不禁使人心旷神怡，吟诵起北宋诗人王安石《飞来峰》诗中的两句话："不畏浮云遮望眼，只缘身在最高层。"（摘自杨柯《楼顶公园·地下公园》）

②古诗云："不畏浮云遮望眼，只缘身在最高层"，考察人类历史，凡是想成大事业者，皆不是坐井观天、鼠目寸光者，而是高瞻远瞩的人。（摘自姚慧琴整理《德才学识与真善美——李燕杰的报告》）

③他居高临下，目光远大，变风俗，立法度，勇于摆脱传统的羁绊，赞同"天变不足畏，祖宗不足法，人言不足恤"的进取主张，确实具有"不畏浮云遮望眼"（《登飞来峰》）的伟大的气魄。（摘自许怀林《"不畏浮云遮望眼"——王安石简介》）

④诚然，"不畏浮云遮望眼"的眼界和胸怀成就了王安石的特立独行和远见卓识，但同时也为他日后执政时的一意孤行和铤而走险埋下了伏笔。（摘自吴东晓《明月何时照我还》）

⑤重阳节，人们喜欢登上虞山剑门，体验"登高一览常熟田"的豪迈，领略"不畏浮云遮望眼，只缘身在最高层"的境界。（摘自刘洪等《虞山　长三角密林》）

不要人夸好颜色，只留清气满乾坤

语出元·王冕《墨梅》。诗曰："我家洗砚池头树，个个开花淡墨痕。不要人夸好颜色，只留清气满乾坤。"清气：清洁芳香的节操。乾坤：指天地间。《周易》中的两个卦名，指阴阳两种对立势力。阳性的势力叫作乾，乾之象为天；阴性的势力叫作坤，坤之象为地。这两句诗的意思是：不需要别人夸赞颜色好看，只要把清洁芳香的节操留在人间。这是一首题画诗，作者通过自画的墨梅表现出自己清高绝俗的品格。后人常引用这两句诗来评价作品格调高洁，或表达清高的操守。

例如

①王冕的墨梅，嵚崎磊落，不同凡俗，正如他画中题诗："不要人夸好颜色，只留清气满乾坤。"（摘自陈望衡《中西自然美学观比较研究》）

②……他还强调，画画必须"正本"，力求高格调，不能舍弃严肃的学艺正途，急进求名，更不能自降画格，曲意逢迎时俗。这些是他怀抱的理想，也是他固执前进的信念！"不要人夸好颜色，只留清气满乾坤"这句诗对他来说，是十分恰当的。（摘自朱继功《只留清气满乾坤——记中年书画家吴悦石》）

③达亦不足贵，穷亦不足愁。不要人夸好颜色，只留清气满乾坤。愿失意者努力前行，因为人生实在不是单行道。（摘自苏晖《人生不是单行道》）

④"不要人夸颜色好，只留清气满乾坤"，是腊梅最真实的写照。（摘自陈琳《傲寒吐香唯腊梅》）

⑤可穿越过一道道的珠光宝气，你是否看见那些剔亮的珍珠被编织成了"不要人夸颜色好，只留清气满乾坤"的梅丛间，那位"淡妆浓抹总相宜"的倾城佳人？（摘自蔡璐《谁为西子点妆》）

日月忽其不淹兮，春与秋其代序。惟草木之零落兮，恐美人之迟暮。

语出战国楚·屈原《离骚》。诗中句曰："汩余若将不及兮，恐年岁之不吾与。朝搴阰之木兰兮，夕揽洲之宿莽。日月忽其不淹兮，春与秋其代序。惟草木之零落兮，恐美人之迟暮。不抚壮而弃秽兮，何不改乎此度？乘骐骥以驰骋兮，来吾道夫先路！"全诗共373句，是古典抒情诗中最长的一篇，是屈原的代表作。忽：快速的样子。淹：停留。代：更递。序：次序。代序即代谢、轮换的意思。惟：思念。零、落：都是掉下来的意思。美人：比喻楚怀王。迟暮：指晚年。这四句诗的意思是：日月匆匆不曾停留呵，春天与秋天反复更替。想到草木已凋落呵，又担心楚王年纪大。后人常引用这几句诗来感叹时序之代谢，好景之不常。

例如

①我觉得从《春江花月夜》的典雅旋律中还隐隐约约地露出了叹时序之代谢、好景之不常和光景千留不住的惆怅情绪。这也还是屈原的深情太息："日月忽其不淹兮，春与秋其代序；惟草木之零落兮，恐美人之迟暮。"（摘自赵鑫珊《民族器乐曲中的文学与哲学》）

②日与夜其迁逝兮，

春与秋其代序。

岁月的轮子不停地转着，转着，转着……春天，夏天，秋天，冬天，季节如飞地更递，一年，一年，又一年……就这样，十年的日子滑过去了。（摘自琼瑶《翦翦风》）

③从1998年创刊至今，《艺术研究》已经6岁了，"日月忽其不淹兮，春与秋其代序"，我们在季节的轮回中感慨时光流转的同时也惊喜地看到了《艺术研究》的成长过程。（摘自《艺术研究·发刊词》）

④屈原大概是"香草美人"象征的典型代表了，他在诗中说自己"朝饮木兰之坠露兮，夕餐秋菊之落英"，对高洁品质的追求展露无遗；又说自己"惟草木之零落兮，恐美人之迟暮"，对青春逝去、事业无成的恐惧跃然纸上。（摘自仝冠军《文人花事》）

⑤在中国古典文学中这种由此及彼的物征隐喻是相当突出的，如"一川烟草，满城飞絮"与几许闲愁剪不断理还乱的缠绵象征，"惟草木之零落兮，恐美人之迟暮"屈原与香草美人的引类譬喻。（摘自冯军《水石文化隐喻——〈西游记〉中唐僧与〈红楼梦〉中贾宝玉比较研究》）

日出江花红胜火，春来江水绿如蓝。

语出唐·白居易《忆江南》。词曰："江南好，风景旧曾谙。日出江花红胜火，春来江水绿如蓝，能不忆江南？"红胜火：比火红还鲜艳好看。绿如蓝；比蓼蓝还碧绿。蓝，一种蓼科植物，其叶可制青绿色染料。《通志》："蓼蓝，染绿。大蓝，如芥，染碧。槐蓝，如槐，染青。""似"、"如"在古汉语中都含有胜过的意思。这两句词的意思是：太阳升起时，江边上盛开的花被照得比火花还鲜艳好看，春天来到了，流动着的江水比蓝草的颜色还要碧绿。"江水"是江南的典型景物，用红日和火红来衬写、比喻江花之红，用绿色和蓝草来形容、比喻江水之绿。红的火红，绿的碧绿，旭日初照，金碧辉煌。强烈的对比，鲜艳的色泽，加倍地显出江南风光的“好”来，把诗人对江南的爱和忆表现得很突出。后人常引用这两句词来形容赞美江南春光的美丽动人。

例如

①没赶上“日出江花红胜火，春来江水绿如蓝”绚丽如画的江南春光，我们来时，已是“柳添黄，萍减绿，红莲脱瓣，喷清香桂花初绽”的金秋时节。（摘自单复《江南春色》）

②“日出江花红胜火，春来江水绿如蓝”。春天的早晨，河面上飘荡着白色的轻雾，不时有小鱼儿打着水花，小燕儿掠水飞过。（摘自朱欣《蚕乡春早》）

③春日的暖和和的阳光下谈论岁月与死亡，似乎是意味无穷的事。城边上湘江河，又类如所谓“日出江花红胜火，春来江水绿如蓝”的胜状了。极好看。（摘自何立伟《苍狗》）

④“江南好，风景旧曾谙。日出江花红胜火，春来江水绿如蓝，能不忆江南？”未曾料，让人民不能忘怀的江南独景如今悄然显现于岭南中山市民众镇的岭南水乡。（摘自岑苗等《岭南好　风景今更娇》）

⑤日出江花红胜火，春来江水绿如蓝。这是革命的春天，这是人民的春天，这是科学的春天！（摘自小卫《〈科学的春天〉创作记事》）

日照香炉生紫烟，遥看瀑布挂前川。

语出唐·李白《望庐山瀑布》二首之二。诗见“飞流直下三千尺……”条引。题或作《望庐山香炉峰瀑布》，首二句作：“庐山上与星斗连，日照香炉生紫烟。”后二句同。庐山：古名南嶂山，又名匡山，总称匡庐，在今江西省九江市南，是我国游览、避暑胜地。香炉：山峰名。《太平寰宇记》：“香炉峰在庐山西北，其峰尖圆，烟云聚散如博山香炉之状”。香炉峰附近多瀑布。紫烟：日光透过云雾，远望显紫色烟状。慧远《庐山记》：“香炉峰孤峰独秀，气笼其上，则氤氲若香烟。”挂前川：瀑布跌落，下与河水相连，看去如悬在河面上。前川，一作“长川”。这两句诗写庐山瀑布，意思是：太阳照射在香炉峰上，好像有紫色烟雾升起；远看瀑布，从山前跌落入河，就如悬挂在河面上方的一大块白布，壮丽无比。苏轼曾盛赞此诗曰：“帝遣银河一脉垂，古来惟有谪仙词。”后人常引用李白这两句诗来描绘匡庐山的壮丽景象。

例如

①有时远望山形、山影，亦常有所得，亦极愉快。“日照香炉生紫烟，遥看瀑布挂前川。”可以设想李白的激动之情。（摘自郭风《仙游二题》）

②两块硕大的石岩奇妙地拥抱在一起，像是一只硕大无比的香炉！团团雾气蒸腾缠绕，被满山红叶映成紫红色的云霞，与那“日照香炉生紫烟”的庐山香炉峰浑脱相似。（摘自马锡涛《香山红叶》）

③“日照香炉生紫烟”是李白对于庐山面目香炉峰一带风光的精思的结果，他把握了这一自然景色区别于其他景色的特殊之点。（摘自谢冕《立意·剪裁·艺术构想——“诗人的创作”之一》）

④因浔阳江美景而生的琵琶曲《浔阳夜月》即为而今流传的《春江花月夜》，王勃吟“秋水共长天一色”，道尽鄱阳湖秀色，而李白诵“日照香炉生紫烟”，更写活庐山瑰异。（摘自冯实《浔阳九江　春江花月情更浓》）

今人不见古时月，今月曾经照古人。

语出唐·李白《把酒问月》。诗中句曰：“白兔捣药秋复春，嫦娥孤栖与谁邻？今人不见古时月，今月曾经照古人。古人今人若流水，共看明月皆如此。唯愿当歌对酒时，月光长照金樽里。”这两句诗“造语备极重复、错综、回环之美，且有互文之妙”（见《唐诗鉴赏辞典》）。说“今人不见古时月”，也意味着“古人不见今时月”；说“今月曾经照古人”，也意味着“古月依然照今人”。意思是：今天之人见不到古时之月，古时之人也见不到今时之月；今天之月曾经照过古时之人，古时之月依然照着今天之人。以明月之永恒，烘托出人生之短促，宇宙之无穷，感慨系之。后人常引用这两句诗来描述月夜，或表现宇宙永恒、人生短促之意。

例如

①今人不见古时月，今月曾经照古人，天地悠悠，万古茫茫中，神秘和幻想让位给求实精神，让位给精确的计算和科学的分析了。（摘自邵燕祥《神鬼之什·科学与人》）

②在月亮底下发一点感慨，是诗人们常有之事，李白的“今人不见

古时月，今月曾经照古人。”苏轼的“此生此夜不长好，明月明年何处看”对古今变幻，世事无常，都是感慨系之。（摘自冯英子《今夜月明人尽望》）

③“今人不见古时月，今月曾经照古人”。诗仙李白所叹的时光流逝虽不能与这40年并语，可这40年的时光使多少白发人抚今追昔，感慨万端。（摘自齐九鹏《伴着年轮的思考——市美术·书法·摄影展观后沉思录》）

④今人不见古时月，今月曾经照古人。望着这曾洗礼过地球上千万代人、见证过亿万人生离死别的千古明月，我忽然发现，好多年前，我们共赏的那轮明月还在，可曾经一起赏月的人呢？（摘自吕游《望月》）

⑤“今人不见古时月，今月曾经照古人”。今夜，我东施效颦，也学古人仰天问月：自古及今，与李白比肩者几人哉？（摘自魏新宇《掬一杯盛唐的酒韵诗香》）

今逢四海为家日，故垒萧萧芦荻秋。

语出唐·刘禹锡《西塞山怀古》。诗曰：“王浚楼船下益州，金陵王气黯然收。千寻铁锁沉江底，一片降幡出石头。人世几回伤往事，山形依旧枕寒流。今逢四海为家日，故垒萧萧芦荻秋。”四海为家：指国家统一。故垒：过去作战的营垒。这里指西塞山过去曾为吴国要塞。萧萧：风声。芦荻（dí）：芦苇之类。秋：指荒凉的秋景。这两句诗的意思是：现在正是国家安定、四海统一的时候，过去分裂时遗留下来的战争营垒，在萧瑟的秋风中更显得荒凉冷落。诗句含蓄，言外之意，读者可以体味到：三国六朝时分裂的局面已成历史，唐代虽然国家统一，但藩镇割据，使国家又潜有分裂的危机，目睹旧日战争的残垒，不能不引起人们，尤其是国家统治者的警惕。反映出作者“兴废由人事，山川空地形”的历史观。后人常引用这两句诗来表达类似的情感，或引后一句描绘肃秋景物。

例如

①时代变了，价值观念能不跟着跑么？人们都在“四海为家日”，何必尽是“萧萧芦荻秋”？他拣生活可为喜悦的方面给了观众。（摘自黄永厚《朱修立和他的画》）

②种桃道士今何在？
前度刘郎今又来。

你，从“故垒萧萧芦荻秋”的西塞山走来；从“潮打空城寂寞回”的石头城来……一步步记载你宦海飘摇的风风波波，人生之旅的曲曲折折。（摘自张文《晴空一鹤排云上——刘禹锡》）

③诗云：“故垒萧萧芦荻秋。”此处没有苍苍芦荻，只有萧萧故垒；也没有埃及金字塔人云亦云的华彩，及精于工艺的浩繁，只有“东方金字塔”的虚名反衬出的冷落与萧条。（摘自向灵《苍凉的背后》）

④今逢四海为家日，故垒萧萧芦荻秋。她因这荻花，却猛然想起了一个人。（摘自范芊芊《待我长发及腰》）

今朝有酒今朝醉，明日愁来明日愁。

语出唐·罗隐《自遣》。诗曰：“得即高歌失即休，多愁多恨亦悠悠。今朝有酒今朝醉，明日愁来明日愁。”罗隐十次应举进士不中，仕途坎坷，写此诗自我排遣，表现了他政治上失意后的消极颓废情绪。这两句诗的意思是：今天有酒，今天就要痛饮个一醉方休，明天遇到什么愁事，等到明天再去愁吧！后人常引用“今朝有酒今朝醉”一句诗来形容得过且过、消极苟且的生活态度。

例如

①躺在炕上，我总是睡不着，一会儿是爸爸的责骂，一会儿是文文的亲昵和风姿，耳朵里老响着一个声音：“今朝有酒今朝醉，人生有几个春秋啊。”（摘自张雅新《父亲用生命换来我的醒悟》）

②上世纪70年代初，我爸从哈尔滨被发配到现在这个边陲小城，他生性乐观，今朝有酒今朝醉，没钱花了能立马卖掉自己的皮衣或者手表，首先买几瓶酒，然后拿其中的一瓶去河边和钓鱼的鲜族人换一篓鱼，回去呼朋引伴，开怀畅饮。（摘自金丹《父亲的杯酒人生》）

文章千古事，得失寸心知。

语出唐·杜甫《偶题》。诗曰：“文章千古事，得失寸心知。作者皆殊列，名声岂浪垂。骚人嗟不见，汉道盛于斯。前辈飞腾入，余波绮丽为。后贤兼旧例，历代各清规。……”文章：指著作，写作。曹丕

《典论·论文》："盖文章，经国之大业，不朽之盛事。"《左传·襄公二十四年》："太上有立德，其次有立功，其次有立言，虽久不废，此之谓不朽。"文章属于"立言"，故不朽。寸心知：内心自知。曹植曰："文之佳恶，我自知之。"杜甫这两句诗的意思是：著书立说是千古不朽的大事业，作品写得好与坏，自己心中是有数的。王嗣奭评析说："此公一生精力用之文章，始成一部《杜诗》，而此篇乃其自序也。《诗三百篇》各自有序；而此篇又一部《杜诗》之总序也。起来二句，乃一部《杜诗》所从脱孕者。'文章千古事'，便须有千古识力为之骨；而'得失寸心知'，则寸心具有千古。此乃文章家秘密藏，而千古立言之标准。"（《杜臆》）清·佚名《杜诗言志》曰："首言文章一道，原有一定之轨辙，其是非得失，乃千古具眼公同鉴别之事，非一人一己之所可自为矫诬者也。故一言而得，则千古之人咸以为得；一言而失，则千古之人咸以为失，然必自己寸心之中，其得失先自了然，去其失以归于得，然后可以质之千古而无歉。若使自己心中本无所知，则是其言必有失无得，尚何以对千古之人哉！"后人常引用这两句诗来说明对于著书立说的认识和态度。

例如

①文章千古事，得失寸心知。李（白）与白（居易）当然都是高手，名气和成就都比崔颢和沈佺期大得多，但在黄鹤楼上和三峡舟中却有自知之明。（摘自谢逸《和而不随》）

②"文章千古事，得失寸心知"。姑勿论读者或听众的反响如何，对这部小说的得失，我终究是心中有数的。（摘自里汗《新绿林传》的写作及其他——致沈仁康》）

③"文章千古事，得失寸心知。"自己最知道自己的短处，请别人指正是必要的，但还是要下决心自己改。（摘自徐立等《古人谈文章写作》）

④发表文章、出版著作，本应归于"三立"。历来人们视此为斯文盛事，非呕心沥血，不敢立说。所谓"文章千古事"，不是随随便便就可以率尔操觚的。（摘自刘莉萍《文化垃圾是怎样"炼成"的？》）

⑤"文章千古事，得失寸心知。"文字的得失既牵动人心，又涉及民利。（摘自李肇星《李肇星谈官样文章》）

文章本天成，妙手偶得之

语出宋·陆游《文章》。诗曰："文章本天成，妙手偶得之。粹然无疵瑕，岂复须人为。君看古彝器，巧拙两无施。汉最近先秦，固已殊淳漓。胡部何为者，豪竹杂哀丝。后夔不复作，千载谁与期？"这两句诗的意思是：文章本是自然形成的，不可硬写，好的作品都是作家非写不可的时候，"灵感"袭来，凭妙手偶然得到的。袁枚《随园诗话》卷四曰："萧子显自称：'凡有著作，特寡思功；须其自来，不以力构。'此即陆放翁所谓：'文章本天成，妙手偶得之'也。"可为陆游这两句诗作注脚。后人常引用这两句诗来说明写文章妙在天成的道理。

例如

①"文章本天成，妙手偶得之"。

这一至理名言，画龙点睛，道出了写作中的最高境界，道出了写作中的辩证法——"必然"寓于"偶得"之中。（摘自卉子《"文心"可通》）

②陆游有诗云："文章本天成，妙手偶得之。"特殊语序的巧妙运用，竟使语义产生质的飞跃，点铁成金，夺胎换骨。因此语序的变化往往产生炉火纯青的神来之笔，并且有惊人的魅力和威力。（摘自冯树鉴《普通语序与特殊语序》）

③读之，如饮醇醪，不觉自醉。诗人情与境会，觅得大自然的真趣，大自然的神髓。"文章本天成，妙手偶得之"，这就是最自然的诗篇，是天籁。（摘自张燕瑾《析孟浩然〈春晓〉》）

④陆放翁说："文章本天成，妙手偶得之。粹然无疵瑕，岂复须人为。"他认为天下好文章，都是天成的，诗人作家偶然灵感泉涌而来，大脑皮质高度兴奋，文思如澜，妙语如珠，无需搜索枯肠、琢句炼字之苦。这只是一家之言。（摘自宋涛《文章得失不由天》）

⑤中国传统里有一句话，"文章本天成，妙手偶得之"。乔布斯对创新有类似的认识，他曾经拜访宝利来相机的发明人，他崇拜的人物，两者都有一种发现而不是发明产品的特长。（摘自方晓风《设计的乔布斯定义》）

文章憎命达，魑魅喜人过。

语出唐·杜甫《天末怀李白》。诗曰："凉风起天末，君子意如何？鸿雁几时到，江湖秋水多。文章憎命达，魑魅喜人过。应共冤魂语，投诗赠汨罗。"文章：泛指文学作品。此句与"诗穷而后工"之意相似。我国古代有成就的文学家大都平生坎坷，所以说好文章像跟人的命运作对似的。魑魅（chī mèi）：山泽的神怪，比喻奸邪小人。孙绰《游天台山赋》："始经魑魅之涂，卒践无人之境。"喜人过：山精水怪择人而食，故喜人经过。这两句诗的意思是：文章写得出众的人命运总是坎坷多舛的；山精水怪择人而食，所以喜欢人们经过。这一联是千古名句，喻指大诗人李白命运不佳，长流夜郎，是遭受奸邪小人的陷害。议论中含有情韵，比喻中带有哲理，具有感人的艺术力量。高步瀛引邵长蘅评曰："一憎一喜，遂令文人无置身地。"这两句诗道出了自古以来有才智的文人的共同命运。后人常引用来表达同样的意思。

例如

①"才如江海命如丝"，"文章憎命达，魑魅喜人过"，前人之述备矣。昏君当道，奸佞弄权，狼虎肆虐，使一代高才（王昌龄）屡遭贬谪，"名著一时，栖息一尉"，而且落得那样的悲剧结局，古今同慨，千载之后的我和维梁，都不禁低回在院门前，扼腕而长叹息。（摘自李元洛《诗神的洗礼》）

②顺境可以出强人，但逆境却能出巨人。杜甫在想念李白时说："文章憎命达，魑魅喜人过。"命运太顺利，文思就不来敲门。（摘自公今度《摇篮曲》）

③其实，古来"文章憎命达"，杜甫，诗圣也，却混得"朝扣富儿门，暮随肥马尘"，有什么好官当？（摘自李庚辰《"论人"何曾只"以书"？》）

④杜甫有两句名诗："文章憎命达，魑魅喜人过。"千古宏文伟著，很多是作者在困窘失意中完成的，似乎文章的成就，与命运的显达恰好成反比，故曰"憎"；魑魅这种山鬼，好在别人失误时，伺机食人，故曰"喜"。（摘自易孟醇《厄运、史笔及其他》）

⑤对此，杜甫说过："文章憎命达，魑魅喜人过。"看来，憎命达的不仅是文章，思想、学术、文化、艺术甚至科学等，凡是能融入一个

人才情和创造力的领域，大概莫不如此，都憎命达，更憎时代的达。（摘自林东林《越读越厚的老书》）

车辚辚，马萧萧，行人弓箭各在腰。

语出唐·杜甫《兵车行》。诗曰：“车辚辚，马萧萧，行人弓箭各在腰。爷娘妻子走相送，尘埃不见咸阳桥。牵衣顿足拦道哭，哭声直上干云霄。……”辚辚：车行声。《诗经·秦风·车邻》：“有车邻邻。”邻，同辚。《楚辞·九歌·大司命》：“乘龙兮辚辚，高驰兮冲天。”萧萧：马鸣声。《诗经·小雅·车攻》：“萧萧马鸣。”行人：即征人，征夫。这两句诗写征人出发时的情景，意思是：兵车隆隆，战马嘶鸣，一队队被抓来的百姓，换上了戎装，腰佩上弓箭，正在出发。作者以重墨铺染，用笔雄浑，如风至潮来，写出了一幅震憾人心的巨幅送别图。后人常引用这两句诗来描述战士出征时的威壮情景。

例如

①凯旋门、伪装网、作战服、烈士陵园……汇成了一种特有的“车辚辚，马萧萧，行人弓箭各在腰”的战区气氛。（摘自张明非《老山最初印象——南疆纪行之一》）

②譬如说“灞桥折柳”依依惜别的盛唐诗人，或是“车辚辚、马萧萧”的出征军士们，在灞桥买点什么急用的东西，慌猝之间失落了钱币而顾不得收拾。（摘自石英《西安归来忆长安》）

③站在东端的参观台上，纵览兵马俑坑的全貌，只见数以千计的武士或结队马前，或编伍车后，他们身穿战袍或者铠甲，有的挽弓挟箭，有的执矛持戈，似乎只要一声令下，整个队伍便会立即出现一幅车辚辚、马萧萧的征战场面，秦始皇横扫六合、北却匈奴、南平百越、海内为一的气概重现眼前。（摘自周文斌《临潼访古》）

④车辚辚，马萧萧。雪国耻，剑在腰！时间定格在公元1141年，朱仙镇。（摘自李光宇《千年之念》）

⑤文学里的悲哀与悲惨因为有艺术节奏伴随着，那悲哀、悲惨里就是带着美的歌唱，变成了一种悲哀、悲惨与美的歌唱的混合体：“车辚辚，马萧萧，行人弓箭各在腰。爷娘妻子走相送，尘埃不见咸阳桥。牵衣顿足拦道哭，哭声直上干云霄……”（摘自童庆炳《节奏的力量》）

云想衣裳花想容，春风拂槛露华浓。

语出唐·李白《清平调词》三首之一。诗曰："云想衣裳花想容，春风拂槛露华浓。若非群玉山头见，会向瑶台月下逢。"此诗是李白在长安供奉翰林时奉诏而作，咏写杨贵妃之美。槛（jiàn）：栏杆。露华浓：牡丹花沾着晶莹的露珠更显得颜色美丽。这两句诗的意思是：看见彩云，就想起贵妃的衣裳，看见牡丹花，就想起贵妃的容貌，尤其是春风滴露之时的牡丹花，更加鲜艳美丽。以云和花来比喻杨贵妃衣裳容貌，再以牡丹的艳丽来衬托贵妃的美丽动人。后人常引用前一句诗来形容美丽的服饰和容颜，也比喻美好的景物。

例如

①羽装，已经从李白的"云想衣裳花想容"的神仙意境里幻化而出，走到人间来了，当北海公园一片白雪皑皑、琼枝玉树的时候，你会看到一群身着色彩艳丽的羽装的姑娘，踩着积雪嘻笑而逐。（摘自张健行《折射的信息》）

②"云想衣裳花想容"，多少少男少女像星星追逐阳光、蓓蕾憧憬怒发那样追求着美的仪表，美的形体，美的风度。（摘自龚春华《青春美断想》）

③但我仍信这一遭山上准有，我也打算拿这一种纯洁朴素的花品来做一篇小说。云想衣裳花想容，我想那情调一定会是有点儿唯美主义的吧。（摘自张放《山寺絮语》）

④"云想衣裳花想容"，相对于偏于稳重单调的男士着装，女士们的着装则靓丽丰富得多。（摘自王飞《商务礼仪——形象礼仪（下）》）

⑤"云想衣裳花想容，春风拂槛露华浓"。随着古筝甜美而略带忧郁的旋律，唐朝美人杨玉环从万朵樱花中露出真容。（摘自许文舟《聆听樱花》）

云横秦岭家何在？雪拥蓝关马不前。

语出唐·韩愈《左迁至蓝关示侄孙湘》。诗见"一封朝奏九重天……"条引。韩愈于元和十四年（819）正月，上书谏迎佛骨，触怒宪宗皇帝，由刑部侍郎贬官潮州（今广东省潮阳市）刺史，此诗为离长安南行途中所作。秦岭：横贯陕西南部的山脉。《读史方舆纪要》："蓝田县：秦岭在县东南，即南山别出之岭，凡入商、洛、汉中者，必越岭而后达。"蓝关：《括地志》："蓝田关在雍州蓝田县（今陕西省蓝田县）东南九十里，即秦峣关也。"马不前：语出古乐府《饮马长城窟行》："驱马涉阴山，山高马不前。"这两句诗的意思是：阴云密布，横锁着秦岭山脉，我的家乡现在何处呢？朔雪皑皑，覆盖着蓝关大地，马也不愿意往前走了。语含双关，既写出了自然天气的寒冷，也写出了政治气候的恶劣。回头后顾，云遮而不见家乡，亦不见长安，大有"总为浮云能蔽日，长安不见使人愁"之慨，表达了不独思念家乡，更系心国事的忡忡之忧。瞻念前途，大雪拦阻，却要前往"路八千"的贬谪之地，真是"关山难越，谁悲失路之人"？写出了道途的艰辛，也写出了政治上的失意。借景以抒情，于苍茫雄阔的景色中见出诗人失路的形象，沉郁感人。后人常引用这两句诗来抒发"英雄失路"之感，或用以形容道途的艰难。

例如

①山高坡陡，地湿路滑，卡车颠颠簸簸地艰难行进着，那一天黯然伤神的行程啊，真有点像当年韩愈被贬潮州行至秦岭山中遇雪的情景："云横秦岭家何在，雪拥蓝关马不前"，在我们只不过是"雪漫山原车不前"罢了。（摘自毛琦《街头雪花纷纷飞》）

②山阴处沉积着去冬的残雪，阳光留意不到的地方，仍旧覆压着小草的生命，虽然春天已到岭南，但岭北这个堡垒它是绝不轻易放过的，皑皑白雪硬似铁甲，做出一副沉睡千古的样子，诗云"云横秦岭家何在，雪拥蓝关马不前"，大概就是眼前这种情景吧。（摘自庐野《冷热两番秦岭风》）

③此时此刻，我那种无家可归的飘零感和失去了根系的植物似的蔫萎状，即应该用崔颢的"日暮乡关何处是"、韩愈的"云横秦岭家何在"来表达才合适。（摘自张贤亮《绿化树》）

④新的方式使得通过电视进行交流互动不再给人以"云横秦岭家何在，雪拥蓝关马不前"的感觉。（摘自郑熠《电视与电子政务》）

⑤就在这古人喟叹"云横秦岭家何在，雪拥蓝关马不前"的崎岖山道上，张敬辉和他的同伴不知经历了多少次电力线路危重险情的抢险任务，承受过多少次山野间巡查维护线路时的风餐露宿。（摘自胡兴平

《为了万家灯火明》）

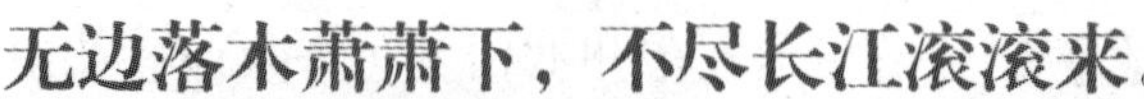

无边落木萧萧下，不尽长江滚滚来。

语出唐·杜甫《登高》。诗曰：“风急天高猿啸哀，渚清沙白鸟飞回。无边落木萧萧下，不尽长江滚滚来。万里悲秋常作客，百年多病独登台。艰难苦恨繁霜鬓，潦倒新停浊酒杯。”此诗是杜甫逝世前三年的秋天在夔州（今四川奉节）写的一首著名的七律。这两句的意思是：秋山重叠，无边无际的树木，落叶飘零，如细雨般沙沙作响，万里长江，奔腾澎湃，滚滚东流。“风急”句写耳闻，“无边”句承之；“渚清”句写目睹，“不尽”句承之。描绘秋日登高所见所闻的大自然景象，有声有色，同时也流露出诗人的悲愁之感。后人常引用这两句诗来比喻旧事物衰败死亡，新事物壮大成长。

例如

①伴着秋虫的鸣声，老槐树上一些枯黄的叶子飘落下来，铺满了山路，有的还掉在湖面上，随着徐徐流动的湖水浮游开去。这时我脑子里忽然想起古代诗人唱的“无边落木萧萧下”的句子，多少传出了一种悲凉的心境。（摘自贺青《绿叶赋》）

②在过去的年代里，老一辈人才为了新一代做出了榜样，作为今天的有志者，自然不应知难而退。“无边落木萧萧下，不尽长江滚滚来。”祝愿一代新人，踏着先辈的足迹，创造更加动人的英雄业绩吧！（摘自张震等《在地狱的入口处》）

③再打个比方你听，你的身体也许已是——无边落木萧萧下，但是你的意志却是——不尽长江滚滚来啊。（摘自三毛《稻草人手记·亲爱的婆婆大人》）

④天有几分凉意，却还未感到冷；一叶知秋，却未到“无边落木萧萧下”的萧条之时；瓜果遍地，却未见丝毫颓败的迹象……秋籁无声，季节巧妙过渡，让人不觉突兀，难以察觉，却又渐生欢喜。（摘自马亚伟《秋来无声》）

⑤无边落木萧萧下，不尽长江滚滚来。在历史的长河中，无论是拍岸的惊涛，抑或裹挟而下的沙石，都受到历史惯性的支配与驱动，滔滔滚滚而来。（摘自姚玲《青春感悟》）

无可奈何花落去，似曾相识燕归来。

语出宋·晏殊《浣溪沙》。词曰：“一曲新词酒一杯。去年天气旧亭台。夕阳西下几时回？　无可奈何花落去，似曾相识燕归来。小园香径独徘徊。”胡仔《苕溪渔隐丛话》后集卷第二十引《复斋漫录》：“晏元献（殊）赴杭州，道过维扬，憩大明寺，瞑目徐行，使侍史读壁间诗板，戒其勿言爵里姓氏，终篇者无几。又俾诵一诗云：‘水调隋宫曲，当年亦九成。哀音已亡国，废沼当留名。仪凤终陈迹，鸣蛙只沸声。凄凉不可问，落日下芜城。’徐问之，江都尉王琪诗也。召至同饭，饭已，又同步池上。时春晚，已有落花，晏云：‘每得句书墙壁间，或弥年未尝强对，且如无可奈何花落去，至今未对也。’王应声曰：‘似曾相识燕归来。’自此辟置馆职，遂跻侍从矣。”无可奈何：没有办法。似曾相识：好像曾经见过。这两句词的意思是：没有办法，春残花已落去，好像曾经见过，燕子又飞回来了。晏殊十分喜爱这两句词，曾把它组织在一首七律《呈张寺丞王校勘》中，作为颈联。“小园”一句也入同诗首联，“香”作“幽”。后人常引用这两句词来表示某种感慨；或只引前一句叹惜过去好景的消失，说明大势已去；也有哀叹情人死去的；或只引后一句表达某种事物的再度出现。

例如

①“我摇头，并不一定是拒绝你们的要求。”他说，心里一阵酸楚。“从你们精心策划的突然袭击中，我已经看出你们是蓄谋已久、死心塌地了。‘无可奈何花落去’。我摇头主要是这个意思……当然，我还希望后一句话的应验，而且希望它尽早地应验：‘似曾相识燕归来’。”（摘自陶正《假释》）

②凤凰非梧桐不栖，麒麟无宝不落。像鲍树生这样的人家都业已到了“无可奈何花落去”，又何曾有燕来旧处？（摘自郑九蝉《女儿，当自强》）

③无可奈何花落去，似曾相识燕归来，一切的记忆，可作如是观。（摘自郑敏虹《关于鲁迅，我的语文记忆》）

④不幸的是，实践中保守的战略根本无法抑制外部颠覆性创新的产生，反倒让自己丧失了引领潮流的机会，只能“无可奈何花落去”。（摘自王新业《你变了，世界就变了》）

无意苦争春，一任群芳妒。零落成泥碾作尘，只有香如故。

语出宋·陆游《卜算子·咏梅》。词曰："驿外断桥边，寂寞开无主。已是黄昏独自愁，更著风和雨。　无意苦争春，一任群芳妒。零落成泥碾作尘，只有香如故。"争春：与百花在春天里争妍斗靡之意。妒：嫉妒。这四句词的意思是：并没有与百花在春天里苦苦地争妍斗靡之意，任凭百花去嫉妒吧。纵使自己凋零飘落，践踏成泥土，也还有馥郁的清香永不消散。此词以梅花的品格比喻清高之士，淡泊自守，与世无争，是作者自己的写照，象征着自己的孤高。诗人积极用世的精神在政治上屡遭打击之后，不免滋长了几分消极情绪，但他坚决不肯与主和派同流合污的劲节始终是值得称道的。后人常引用这几句词或只引某两句来表明高洁的志趣，有时也不免带有几分孤芳自赏的成分。

例如

①因此，老提升不了。……他自己也知道什么原因，但却至死不变，竟将陆游的《卜算子·咏梅》词中的"无意苦争春，一任群芳妒"写成条幅，挂在客厅里。上司和同辈都对他极为恼火。（摘自肖为《征婚》）

②秋深了，野花凋谢了。零落成泥碾作尘，他是一粒随风飘散的尘垢。（摘自张廷竹《纳西人的后裔》）

③我心中不禁涌出一股酸涩：梅花虽萎，终究是真花，哪怕是"零落成泥碾作尘"，还有"香如故"呢。（摘自南柳《徒有香如故》）

④"零落成泥碾作尘，只有香如故。"她在迷惘中探索，在绝望中冀求，在苦难中挣扎。（摘自《芙蓉镇》）

⑤现实生活中，由于这样或那样的原因，总有少数生活在社会底层的人步履维艰，度日如年，他们中的一些人因自身的劣势而自惭形秽，无意苦争春，错失了人生平台上那一次又一次展示自己花季的绝好机会。（摘自禹正平《花开不寂寞》）

少年不识愁滋味，爱上层楼。爱上层楼，为赋新词强说愁。

语出宋·辛弃疾《丑奴儿·书博山道中壁》。词曰："少年不识愁

滋味，爱上层楼。爱上层楼，为赋新词强说愁。 而今识尽愁滋味，欲说还休。欲说还休，却道：‘天凉好个秋’！”《丑奴儿》通称《采桑子》。层楼：高楼。建安诗人王粲曾作《登楼赋》以抒写自己寄人篱下的怀乡愁情。登高赋愁，古人惯例。强（qiǎng）说愁：没有愁而勉强说愁，即无病呻吟。这四句词的意思是：少年的时候不曾尝过春花秋月引起的闲愁，却总爱登上高楼瞭望。登上高楼瞭望，是为了填写新词，勉强说愁啊！词为作者闲居带湖时所作，上阕通过回顾少年时的不知愁而赋愁来反衬如今老大后饱尝忧愁而又不能吐露的心情，借以抒发自己壮志难酬的苦闷与忧愤。后人常引用上阕的句子，或说明青少年人涉世未深而“不知愁”，或说明“无病呻吟”的烦恼。“新词”常引作“新诗”。

例如

①“少年不知愁滋味，爱上层楼。爱上层楼……”刘亚洲心头涌上几分莫名其妙的孤独。（摘自刘亚伟等《孤独的猎人》）

②它常常是忧郁的，或浓或淡却总是有，哪怕在她还应该是个“少年不识愁滋味”的年轻姑娘时。（摘自韩蔼丽《寂寞》）

③我想，这应该是他们的伤感美引起了我的共鸣。虽然我年少不识愁滋味，但对“月有阴晴圆缺，人有悲欢离合”的“此事古难全”还是能领略一二。（摘自茅于润《〈大地之歌〉歌大地》）

④这不是“为赋新诗强说愁”，而是从骨头里向外散发出的悲凉。但他这样一个稳定的人，又怎能使他空虚得起来？（摘自张贤亮《我写维熙》）

⑤这时的女孩子的心情是琢磨不透的，有时候快乐得像一个娃娃，有时候又伤感得让人不知道如何是好。“少年不识愁滋味，为赋新词强说愁”似乎是这个时候的我的最好写照。（摘自聂双双《人生如品茶》）

少壮不努力，老大徒伤悲。

语出汉·乐府歌辞《长歌行》。诗曰：“青青园中葵，朝露待日晞。阳春布德泽，万物生光辉。常恐秋节至，焜黄华叶衰。百川东到海，何时复西归？少壮不努力，老大徒伤悲。”老大：年岁大了。徒：空，只，白白地。这两句诗的意思是：年轻的时候不及早努力学习或工作，上了年纪一事无成，就只好空自悲伤，后悔也来不及了。全诗用比兴法，主旨在于说明光阴迅速，时不我待，劝人及早努力，不要等老来后悔。这两句诗已成为历代鼓励青年人学习的名言，后人常有引用。

例如

①而那些受家长溺爱、好逸恶劳不用功的学生，没有好好利用这个势能，“少壮不努力”，就会“老大徒伤悲”。（摘自杨纪珂《学问·见识·能力》）

②梁：我已自中年进入老年，恨自己少壮不努力，许多想做的都没有做或没有做好，真是老大徒伤悲。中西典籍有许多尚未寓目，或未精读，是最大憾事。（摘自《参考消息·访梁实秋》）

③万春对我说，教育大楼落成后，学员们学习情绪和出勤率普遍提高了，他们说，如不好好学习，将会被时代无情地抛弃，可就“老大徒伤悲”了。（摘自程树榛《万绿丛中》）

④而青少年时代胸无大志者，做一天和尚撞一天钟，等到华发上了头，才想起来要谋划一点事，那时候就晚了。人们常说“少壮不努力，老大徒伤悲”，就是这样一个简单的道理。（摘自刘洛夫《我对梦想的理解》）

⑤我痴痴地看着院落飘扬的浮尘，慨叹着城市间纵横交错的高架桥上车水马龙，一次次下着决心，自言自语，“少壮不努力，老大徒伤悲”，重复着“只要功夫深，铁杵磨成针”，呢喃着“天生我材必有用，千金散尽还复来”的励志名言。（摘自耿英年《天行健，君子以自强不息》）

劝君更尽一杯酒，西出阳关无故人。

语出唐·王维《送元二使安西》。一题《渭城曲》。诗曰：“渭城朝雨浥轻尘，客舍青青柳色新。劝君更尽一杯酒，西出阳关无故人。”阳关：在今甘肃省敦煌西南，玉门关南，处于河西走廊尽西头，为当时出塞入塞的交通要道。唐代，出了阳关就是西域。故人：老朋友，老乡亲。这两句诗的意思是：请你再喝完这一杯酒，再往西去，出了阳关就没有熟识的老朋友、老乡亲了。本篇是极负盛名的送别诗。李东阳说：“王摩诘‘阳关无故人’之句，盛唐以前所未道。此辞一出，一时传诵不足，至为三叠歌之，后之咏别者，千言万语，殆不出其意之外，必如是，方可谓之达耳。”（《怀麓堂诗话》）此二句由描写环境转写送别友人，由绘画景物折入抒发离情，将朋友间惜别之情披露无遗，含蕴极其丰富。一句“西出阳关无故人”，既深情又婉转，直胜却千言万语，几令人涕下沾巾。后人常引用这两句诗来表达依依惜别之情或孤寂之感。

例如

①如果有机会到甘肃敦煌，我一定要去看看阳关故道。王维那传唱千古的名句“劝君更尽一杯酒，西出阳关无故人”，总让人感到种种神秘和新奇。（摘自王昂《都出阳关，都是故人》）

②王维的“劝君更尽一杯酒，西出阳关无故人”，固然把一对朋友间深沉真挚的别情表达得感人肺腑，但未免带几分伤感。与此相比，少年时代周恩来写给同学的赠言“愿相会于中华腾飞世界时”，就更能发挥“赠言”的作用了。（摘自王克勤《怎样搞好毕业留念？》）

③唐代人士远行往往颠沛浮沉，西去“西出阳关无故人”，东去则“春明门外即天涯”。于是从“烟柳满皇都”的长安，送亲友一直送到二十多里地远的灞桥上，一别两茫茫，在此折柳依依惜别。（摘自罗丹《断魂桥》）

④劝君更尽一杯酒，西出阳关无故人。列车在河西走廊蠕动着，7月，炙热的空气一阵阵袭入车厢，打断了她在甘肃农大读书时的一幕幕回忆和对未来无边无际的憧憬。（摘自秦克蓉等《岁月如歌如梦》）

⑤无论是“风萧萧兮易水寒，壮士一去兮不复还”，还是“劝君更尽一杯酒，西出阳关无故人”，都令有泪不轻弹的男儿，难掩几分哽咽。（摘自包光潜《苍凉与悲壮》）

劝君莫惜金缕衣，劝君惜取少年时。花开堪折直须折，莫待无花空折枝。

诗出《唐诗三百首》，题为《金缕衣》。喻守真注曰：“此诗在《乐府》为《近代曲辞》。杜牧诗注，李锜长唱《金缕衣辞》，故《乐府诗集》题为李锜作。《全唐诗》则属无名氏。蘅塘退士题杜秋娘。”金缕衣：用金线刺绣的华美昂贵的衣服。惜取，一作“须惜”。少年时：少年的宝贵时光。堪：能。直：就。诗的意思是：劝你不要爱惜华贵的金缕衣，劝你更要珍惜少年的宝贵时光。在鲜花盛开能够攀折的时候就要抓紧去摘取，不要等到花谢了之后空去摘取花枝了。本意在劝人及时行乐，也有“少壮不努力，老大徒伤悲”一层意思。因多用重字，读来回环婉转。后人常引用这首诗或其中几句来表示要珍惜青春年华，或要及时追求爱情。

例如

①花有重开日，人无再少年。可见，少女时期多么可贵。唐朝诗人杜秋娘在她的《金缕衣》一诗中写道：“劝君莫惜金缕衣，劝君须惜少年时。花开堪折直须折，莫待无花空折枝。”只有在春天快快播种，才有秋天果实累累。（摘自述华《黄金时期须珍惜》）

②诗的节奏和韵律又缫丝一样抽着我的思绪，牵引到遥远的少年时代。少年时！劝君惜取少年时……（摘自刘林《少年时》）

③我反复吟诵着：“花开堪折直须折，莫待无花空折枝。”是劝诫，是谴责？我心灵上感到了从未有过的震颤！当我从迷茫中醒过来时，我和他的爱情已无法挽回了。（摘自艺春《莫待无花空折枝——一位大龄女青年的日记》）

④“劝君莫惜金缕衣，劝君惜取少年时，花开堪折直须折，莫等无花空折枝！”曾经的逃避让一段纯真的友谊从指缝间流走，此刻的心情是不言而喻的。（摘自柳彬《迷路的烟》）

风萧萧兮易水寒，壮士一去兮不复还！

语出战国卫·荆轲《易水歌》。据《战国策·燕策三》载，燕太子丹欲复仇，遣勇士荆轲挟匕首赴秦刺秦王。“太子及宾客知其事者，皆白衣冠以送之。至易水上，既祖，取道。高渐离击筑（zhú），荆轲和而歌，为变徵（zhǐ）之声，士皆垂泪涕泣。又前而为歌曰：‘风萧萧兮易水寒，壮士一去兮不复还！’复为慷慨羽声，士皆嗔目，发尽上指冠。于是荆轲遂就车而去，终已不顾。”（亦见于《史记·刺客列传》）萧萧：形容风声。易水：在河北省西部。这两句诗的意思是：秋风萧萧地吹啊，易水凄寒，壮士从此一去啊，不再回还！以景衬情，表示出勇士的诀绝之志。后人常引用这两句诗来表示某种带有悲壮色彩的离别；或只引前一句表示悲凉的心境；或只引后一句表示去而不返。

例如

①水警区司令员在滩头上，同我们每一个人紧紧握手，用力摇着，什么话也没说。还用得着说什么吗？那气氛比“风萧萧兮易水寒，壮士一去兮不复还”更为壮烈。（摘自杨肇林《海鸥在这里飞翔》）

②有一点是我非常痛心，并且引为大恨的。姑且让我引用两句并不确切的话表达我的感情：“风萧萧兮易水寒，壮士一去兮不复还！”华山耗尽了毕生精力，但他没有唱完他要唱的歌。（摘自刘白羽《风雪的沉思——悼念华山同志》）

③老伴的“小道”他当然不信，可也多少受到影响。早上来上班时，心头不由冒出一股“风萧萧兮易水寒”的悲凉，但姜笛却认为自己贪生怕死。（摘自叶秋《书生意气》）

④说起风，脑海中常忆念有“杨柳岸，晓风残月”的婉转；“风萧萧兮易水寒”的慷慨；“风吹杨柳万千条”的豪迈，而古长城烽火台边的南口的风，给人的感觉却是另一番情景。（摘自秦超《南口的风》）

⑤“风萧萧兮易水寒，壮士一去兮不复还”，我们为这悲壮的英雄气概所感动，所以我们不以成败论英雄。（摘自朱学东《英雄》）

风乍起，吹皱一池春水。

语出五代·南唐·冯延巳《谒金门》。词曰：“风乍起，吹皱一池春水。闲引鸳鸯香径里，手挼红杏蕊。　斗鸭阑干独倚，碧玉搔头斜坠。终日望君君不至，举头闻鹊喜。”皱：原作“绉”，皱缩。这两句词的意思是：清风忽然吹来，水面泛起一荡荡小波纹。这是写景名句。马令《南唐书》：“元宗（李璟）乐府辞云‘小楼吹彻玉笙寒’，延巳有‘风乍起，吹皱一池春水’之句，皆为警策。元宗尝戏延巳‘吹皱一池春水，干卿何事？’延巳曰：‘未如陛下“小楼吹彻玉笙寒”’。元宗悦。”此词又传为成幼文所作。俞陛云说：“‘风乍起’二句，破空而来，在有意无意间，如絮浮水，似沾非著。宜后主盛加称赏。”（《五代词选释》）按：“后主”当作“中主”。后人常引用这两句词来比喻某种力量引起某一形势的突然变化。

例如

①走马灯上白娘子挥动的滚滚白浪是画上去的，而我们这几年经历过的风浪，却是实实在在的：来自左边的风，来自右边的浪，以及形形

色色的波涛——有时确确实实是看得见的一阵歪风、几股邪气，侵袭到盛开着的百花园中来；有时候是“风乍起，吹皱一池春水”；有时候也许是无风三尺浪，搅起一些迷惘和惶惑。（摘自袁鹰《六盏宫灯》）

②“风乍起，吹皱一池春水”。于民钢心里真不平静呀！看到花前月下一对对情侣相偎相伴嬉戏娇嗔，她有时会联想到自己孤雁独飞的寂寞生活，心里不免袭来一丝惆怅。（摘自许柏群等《蓝天上有一朵红云——记云南边防某部参谋杨晟的妻子于民钢》）

③激情就像风，“风乍起，吹皱一池春水”。于是，有人回忆青春时，或长吁短叹，或后悔不迭。（摘自夏子荣《激情青春》）

水光潋滟晴方好，山色空蒙雨亦奇。

语出宋·苏轼《饮湖上初晴后雨》二首之一。诗曰：“水光潋滟晴方好，山色空蒙雨亦奇。欲把西湖比西子，淡妆浓抹总相宜。”潋滟（liàn yàn）：波光水色荡漾摇晃的样子。方，一作“偏”。空蒙：雨雾迷茫，聚散变幻的样子。这两句诗的意思是：西湖的波光动荡摇晃，天晴之时，最是美丽动人，即使在雨雾之中，山色迷茫变幻，也显得秀丽新奇。首句写西湖晴天水光之美，二句写西湖雨天山色之奇，即小见大，虚实相生。因“东坡镇钱塘，无日不在西湖”（《冷斋夜话》），故对西湖的景物最为熟悉，而能写出如此好的诗句。后人常引用这两句诗来描绘水光山色之美，或借以说明秀美、隐美的审美观点。

例如

①友人老蓝游兴正浓，摆摆手说：“不妨，不妨。‘水光潋滟晴方好，山色空蒙雨亦奇’嘛！你们看这四周远远近近的山岗，若有若无，实在美妙。”（摘自樊文抒《小凉山上的明珠》）

②在作者的笔下，晴有晴的风味，雨有雨的奇特，很有“水光潋滟晴方好，山色空蒙雨亦奇”的意趣。（摘自盛德友《一幅幽美的农村夏夜图——辛弃疾〈西江月〉赏析》）

③大自然的美原是无所不在、无时不显的，就看你是否能发现并艺术地反映它。苏东坡慧眼独具，故留下了“水光潋滟晴方好，山色空蒙雨亦奇”的西湖名句；李健吾诗心巧运，才写出《雨中登泰山》的华章。“水光潋滟”、“山色空蒙”是秀美、隐美。（摘自邱汉松《晴雨·山水·虚实——〈雨中登泰山〉辩证艺术三题》）

④他要把西湖比西施，我们又何妨把这首诗来比隐与秀呢？“水光潋滟”是秀美的模样；“山色空蒙”是隐美的模样；真挚高卓的情感思想就等于西子那天成的丰姿美韵。（摘自傅庚生《文学赏鉴论丛·论文学的隐与秀》）

⑤“水光潋滟晴方好，山色空蒙雨亦奇。”文人眼中的西湖总是充满诗情画意。（摘自陈丽竹《浙江漫游记》）

月落乌啼霜满天，江枫渔火对愁眠。姑苏城外寒山寺，夜半钟声到客船。

诗出唐·张继《枫桥夜泊》。一题《夜泊枫江》。枫桥：在今江苏省苏州市西郊。江枫：江边的枫树。渔火：渔船上的灯火。对愁眠：指诗人怀着羁旅乡愁睡下。一说，愁眠是山名。姑苏：苏州的别称，因苏州西南有姑苏山而得名。寒山寺：在枫桥附近。寺建于南朝梁代天监年间，原名妙利普明塔院。相传唐初诗僧寒山曾住此寺，因而得名。夜半钟声：当时寺院有夜半打钟的习惯。这几句诗的意思是：夜晚月亮落下去了，在满天的秋霜里，听得几声鸟儿在啼叫。江边的枫树映照着渔船上的灯火，游客带着羁旅的愁情入睡了。夜半时分，忽听得姑苏城外的寒山寺里的钟声，传到了游客的船上。关于“夜半钟”曾引起不少争论。欧阳修在《六一诗话》中指责说：“唐人有云：‘姑苏台下寒山寺，半夜钟声到客船。’说者亦云：句则佳矣，其如三更不是打钟时！”后人多有驳正，如南宋·叶梦得《石林诗话》卷中说：“盖公未尝至吴中，今吴中山寺实以夜半打钟。……《唐诗纪事》卷二十五曰：此地（指姑苏）有夜半钟，谓之无常钟，（张）继志其异耳。欧阳以为语病，非也。”南宋·张邦基《墨庄漫录》卷九说：“此盖吴郡之实耳。今平江城中从旧承天寺鸣钟，乃半夜后也，馀寺闻承天寺钟罢，乃相继而鸣，迨今如是，以此知自唐而然。枫桥去城数里，距诸山皆不远，书其实也。”胡仔《苕溪渔隐丛话》后集卷十五也说：“尝过苏州，宿一寺，夜半闻钟声。因问寺僧，皆云：分夜钟曷足怪乎！寻闻他寺皆然。始知半夜钟惟姑苏有之。”都以事实证明了张继诗句不误。此诗是广为传诵的名篇，写霜天夜色，江枫渔火，于景物中杂以声响的描写，以衬托中秋夜的幽静，抒写旅人的孤寂之感，具有感人的艺术魅力。后人谈到寒山寺、渔火、钟声等常引用这首诗或其中的句子。

例如

①你对这首描写秋夜羁旅所见的景物和悠思的诗应该还记得吧！“月落乌啼霜满天，江枫渔火对愁眠。姑苏城外寒山寺，夜半钟声到客船。”据说，这首诗是唐朝诗人张继赴长安应考落榜，回程夜晚船停在苏州枫桥，失意落魄，彻夜难眠，因此写下这首水乡秋夜凄艳、愁思百结的绝句，意境多么空灵幽美，你们日本人最喜欢这首诗。（摘自陈得胜《宵待草》）

②唐朝诗人张继在《枫桥夜泊》中说：“月落乌啼霜满天，江枫渔火对愁眠。”我没见过姑苏的渔火，但小清河上的蟹灯，那晕黄的灯光，飘飘忽忽，闪烁在中秋萧疏的原野上，闪烁在我记忆中的深处……（摘自杨启璋《清河蟹灯》）

③“姑苏城外寒山寺，夜半钟声到客船。”很早很早以前（大概从宋朝开始）就有人提出过怀疑，认为夜半不是撞钟的时候，我从小就觉得很奇怪：为什么半夜不是撞钟的时候呢？我的家就是夜半撞钟的。而且只有夜半钟。半夜，子时，十二点。（摘自汪曾祺《桥边小说三篇·幽冥钟》）

④这时节，有众多的诗文相伴岂不是美事？张继的“月落乌啼霜满天，江枫渔火对愁眠”。这些许哀愁，融于穆寥的深夜里，绵延怎样的思念？（摘自吴燕燕《秋之清凉》）

月黑杀人夜，风高放火天。

语出宋·无名氏酒令。清·潘永因《宋稗类钞·诙谐》二十一：“欧阳公与人行令，各作诗两句，须犯徒以上罪者。一云：‘持刀哄寡妇，下海劫人船。’一云：‘月黑杀人夜，风高放火天。’至欧云：‘酒粘衫袖重，花压帽檐偏。’或问之。答云：‘当此时，徒以上罪亦做了。’”这是两句描绘“犯徒（徒刑）以上罪”的酒令诗句，意思是：在暗无月光的漆黑的夜里去杀人，在大风呼啸的光天化日之下去放火。形容人去作恶、去犯罪，阴森恐怖。后人常引用这两句酒令来说明某种人去干罪恶的勾当，或形容令人恐怖的时刻。

例如

①我现在呈现给读者的这部小说，比之于上面所引用的一百周年前的传闻，简直是太平淡无奇了——没有“月黑杀人夜”，也没有“风高

放火天”，总之，没有什么奇突怪异的事情，尽管故事也发生在钟鼓楼一带。（摘自刘心武《钟鼓楼》）

②那光芒虽亮，晃晃似银，喉咙口偏偏涌上“月黑杀人夜”的诗句。长长的列车碾着如泻光华急驶，在旷达隽远的茫茫夜戈壁留下巨大的喘息声。（摘自刘小敏《伟哉中华——一个南方女子的西行漫笔》）

③“月黑杀人夜，风高放火天”。火是攻伐异己者的手段。（摘自安希孟《火与文明》）

④他们5月15日从延安出发，历时85天，跨越了陕西、山西、河北、山东、河南五个省，行程3000多公里，在碉堡林立、壕沟阻隔、“月黑杀人夜，风高放火天”的紧张气氛中，两次穿过日本人控制的同蒲、津蒲铁道，有时冒着弹火硝烟，在轰隆的炮声中冲过日军封锁线。（摘自杨红军《来自大洋彼岸的照片》）

为人性僻耽佳句，语不惊人死不休！

语出唐·杜甫《江上值水如海势聊短述》。诗曰：“为人性僻耽佳句，语不惊人死不休！老去诗篇浑漫与，春来花鸟莫深愁。新添水槛供垂钓，故著浮槎替入舟。焉得思如陶谢手，令渠述作与同游。”性僻：性情怪僻偏颇。这里是自谦之词。耽：沉溺，入迷。佳句：妙句，出色的句子。惊人：打动人心。这两句诗的意思是：我这个人性情怪僻偏颇，为吟出美妙的诗句常常入了迷，造语如果不能打动读者，到死也不会罢休的。此诗大约作于761年，诗人面对锦江水势如海的壮阔景致一时拙于诗思，写出这开头两句。它表现出作者严谨认真的写作态度，说明诗人对佳句的苦心追求，“其警悟后学不浅”（朱瀚语）。后人常引用这两句诗或只引后一句来说明创作上的苦心追求。

例如

①“为人性僻耽佳句，语不惊人死不休”，这是唐代大诗人杜甫进行诗歌创作的原则，也是后世文人进行文学创作的座右铭。（摘自刘金树《语不惊人死不休》）

②杜甫一生严谨创作，在熔字炼句上下过苦功夫。晚年他在草堂曾作诗一首记述自己的创作心得，其中最著名的警句即为“语不惊人死不休”。离开了这种矢志追求的强烈愿望和进取精神，任何灵感都会在松懈之中瓦解，任何天才也要在懒散之中泯灭。（摘自李嘉曾《“语不惊

人死不休”——谈开展创造性思维的进攻原理》）

③在这组七言律诗中，诗人不但寄寓了深广的忧思和复杂的情感，而且就结构的严谨、对仗的工整、语调的妥贴、音律的和谐诸方面，颇下了一番推敲提炼、精益求精的功夫。这种“语不惊人死不休”的态度，无疑是写诗所必需的。（摘自田耒《浓妆淡抹贵相宜》）

④“为人性僻耽佳句，语不惊人死不休。”这篇文章在当年，无疑似一石激起千层浪，掀起轩然大波。（摘自张家康《陈独秀与章士钊》）

⑤杜甫诗云：“为人性僻耽佳句，语不惊人死不休。”写诗自应追求新奇，奇到绝处，就有“惊人”的效果。（摘自党治国《语不惊人近正声》）

为他人作嫁衣裳

语出唐·秦韬玉《贫女》。诗曰：“蓬门未识绮罗香，拟托良媒益自伤。谁爱风流高格调，共怜时世俭梳妆。敢将十指夸针巧，不把双眉斗画长。苦恨年年压金线，为他人作嫁衣裳。”这句诗的意思是：忙忙碌碌地为他人制作出嫁的衣裳。诗句语意双关，含蕴丰富。沈德潜说：“语语为贫士写照”（《唐诗别裁》卷十六）；俞陛云说：“此篇语语皆贫女自伤，而实为贫士不遇者写牢愁抑塞之怀。”（《诗境浅说》）都指出此诗以比兴为意，借贫女之口，反映了封建社会贫士不为所用的愤懑与不平。“为他人作嫁衣裳”一句，后来压缩为成语“为人作嫁”。后人常引用这一句诗来比喻徒然为别人忙碌而自己却没得到好处；也有人反用其意，言革命者全心全意为人民服务，甘当无名英雄。

例如

①有“轻名”的，常见的是“为他人作嫁衣裳”的道德高尚的作家和编辑。他们扶掖后起，披阅增删，推敲改削，及至新秀声名鹊起，他却“在丛中笑”。（摘自郭启宏《闲掂笔名论重轻》）

②他想，只要取得杨行密的支持，他在系领导会上提出把俞晓易留下就不成问题了。朱元丰兢兢业业，专为他人作嫁衣裳。（摘自王小鹰《一路风尘》）

③也许，有人会讥讽李桂喜踏实工作是“平庸”，或嘲笑他“为他人作嫁衣裳”。但是，人各有志，李桂喜干工作，不是为个人捞取好

处，也不是为博得别人廉价的喝彩，他首先考虑到一个共产党干部的职责，这就是带领广大群众尽快走上富裕的道路。（摘自陈维伟《眼光与心胸》）

④中国制造长期以来为他人作嫁衣裳，向中国品牌的升级并非易事，转型的痛苦可能超乎想象。（摘自龚小英《中国制造蜕变成中国智造》）

⑤但编辑为他人作嫁衣裳的工作也不全然是被动的，编辑修改、加工、润色稿件的过程也是再创造的过程，因为这个过程，是把握观点的正确与否、书稿的真实性程度的一个再思考过程。（摘自史乃达《编辑五忌》）

长太息以掩涕兮，哀民生之多艰。

语出战国楚·屈原《楚辞·离骚》。诗中句曰：“长太息以掩涕兮，哀民生之多艰。余虽好修姱以鞿羁兮，謇朝谇而夕替。”太息：叹气。掩涕：用手抹泪。民：人，这里是屈原自指。多艰：多灾多难。这两句诗的意思是：我长长地叹息，禁不住要洒落眼泪，哀怜着自己，生涯是多么的艰难！沉痛地写出了诗人自己屡遭群小嫉妒、陷害而又得不到君王明察理解的极度哀痛之情。后人常引用这两句诗来表达伤痛之感。

例如

①今天真能读懂屈夫子《离骚》的老百姓没有几个，但他那“长太息以掩涕兮，哀民生之多艰”的人道精神，却依旧激动着千千万万普通农夫的心。（摘自刘心武《江山不老》）

②如果画院能保证永远为最具艺术才能的人敞开大门，实行淘汰与更新的制度，那倒又当别论，无奈同铁饭碗与生俱来的，又是饭碗的终身制。于是，面对画院已人满为患的局面，许多青年人只好“长太息以掩涕”了。（摘自陈四益《他们走了一条艰难的路》）

③张可久，他对人民有同情，而且发之为诗，这就是实践行动，而这对于一个“读书人”来说，几乎又是可能实行的唯一的行动。所以这一声长叹是屈原《离骚》中“哀民生之多艰”之后，无数和声里很有独特旋律的一支小调。（摘自王向峰《古典抒情诗鉴赏·张可久的〈卖花声·怀古〉》）

④长太息以掩涕兮，哀“地沟油”之蔓延。我们生活在满是地沟油

的环境，大量的地沟油被运回餐馆“重新利用”。（摘自李忱阳《“变废为宝”地沟油》）

⑤屈原在两千多年前悲怆地低吟：“长太息以掩涕兮，哀民生之多艰。”巴金的“欠债”感，正是来源于对人民的深沉的爱。（摘自袁鹰《巴金留给我们的箴言》）

长风破浪会有时，直挂云帆济沧海。

语出唐·李白《行路难》三首之一。诗曰：“金樽美酒斗十千，玉盘珍馐直万钱；停杯投箸不能食，拔剑四顾心茫然。欲渡黄河冰塞川，将登太行雪满山。闲来垂钓碧溪上，忽复乘舟梦日边。行路难！行路难！多歧路，今安在？长风破浪会有时，直挂云帆济沧海。”长风破浪：比喻宏大的抱负得以舒展。《宋书·宗悫（què）传》：“叔父炳高尚不仕，悫年少时炳问其志，悫曰：‘愿乘长风，破万里浪。’”会：当，一定要。云帆：高挂入云的帆，这里是形容夸张的说法。济：渡。这两句诗的意思是：乘风破浪，施展远大的抱负，一定会有机会，到那时高挂云帆，驾着大船直渡苍茫的大海。诗人因政治上的抱负不得施展，为怀才不遇而发出“行路难”的慨叹。但他最后仍然唱出了“长风破浪会有时，直挂云帆济沧海”的豪迈歌声，表现了诗人乐观豪放的精神，给全诗带来了灿烂的积极浪漫主义的光彩。赵翼说李白诗“自有天马行空，不可羁勒之势”（《瓯北诗话》）。后人常引用这两句诗来比喻施展自己远大抱负的时日一定会到来。

例如

①我也有这样的恋情！我的祖国也是一艘航船，有过风暴鞭笞的血迹，也有暗礁撞击的伤痕。但是，“长风破浪会有时，直挂云帆济沧海。”（摘自吕纯晖《搭渡》）

②大亚湾的潮水冲击了SEPC人旧的观念和意识，同时也把他们锻炼成了风口浪尖上的弄潮者。……他们已经启航了。

长风破浪会有时，直挂云帆济沧海！

我们期待着……（摘自王树民等《大亚湾之潮》）

③说起来，老沃是54岁的人了。古人感叹“行路难”，期望“长风破浪会有时”，他却说：长风破浪正当时。（摘自张宝印等《填写好光荣岗位上的最后一页——记先进人武干部沃玉廷》）

④长风破浪会有时，直挂云帆济沧海。追梦的路上，有政府的护航，有社会的照扶，有同伴的牵手，与祖国发展合拍的脚步会越来越踏实。（摘自邓卉《齐步才好向前》）

⑤“长风破浪会有时，直挂云帆济沧海”，我们相信，长江航运一定能实现乘长风，挂云帆，跨长江，济沧海，成为名副其实的“黄金水道”。（摘自其东《长风破浪会有时　直挂云帆济沧海》）

五画

古来圣贤皆寂寞，唯有饮者留其名。

语出唐·李白《将进酒》。诗中句曰："岑夫子，丹丘生，将（qiāng）进酒，杯莫停。与君歌一曲，请君为我侧耳听。钟鼓馔玉不足贵，但愿长醉不用醒。古来圣贤皆寂寞，唯有饮者留其名。"寂寞：默默无闻。一作"死尽"。鲍照《拟行路难》："自古圣贤尽贫贱，何况我辈孤且直。"这两句诗的意思是：自古以来的圣贤，都是默默无闻的，只有善于饮酒的人才长留大名。杜甫《饮中八仙歌》："李白一斗诗百篇，……自称臣是酒中仙。"诗人性情奔放，抱负难展，故借古人杯酒，浇自己胸中块垒，抒发出怀才不遇的寂寞感。后人常引用这两句诗，借以抒发寂寞的情怀等。

例如

①"古来圣贤皆寂寞，唯有饮者留其名"，这是李白借酒浇愁时写下的诗句。其实，古往今来，饮者未必留名，而贤者俱名垂青史。历史上有作为的"贤者"，必为后人景仰，从不寂寞；但他们在建树业绩的过程中，必定耐得寂寞。在这个意义上，也可以说"古来圣贤皆寂寞"。（摘自狄国孚《要勇于"冒尖"，不要出风头》）

②"你知道吗？嘿！全国有多少处级干部？谁知道他们是干什么的？可大家一喝金州酒，就知道我曲寿增、曲大眼……哈哈！李白有句诗：'古来圣贤皆寂寞，唯有饮者留其名。'"（摘自安波顺《神酒》）

③"古来圣贤皆寂寞，唯有饮者留其名。"那么，不能留名，就是寂寞了。不过，诗人又说："千秋万岁名，寂寞身后事。"可见有了名还是不免寂寞。有名只是为人所知，但是知道并不等于理解；不被理解，才是圣贤的寂寞。（摘自邵燕祥《说"寂寞"》）

④"古来圣贤皆寂寞，唯有饮者留其名。"借问酒家何在，美酒何在？杏花村有，黄鹤楼、岳阳楼有，醉翁亭中、泛赤壁的小舟中也有。（摘自秦超《杯中文人》）

⑤大诗人李白云："古来圣贤皆寂寞，唯有饮者留其名。"诚哉斯

言，泱泱中华，酒的历史源远流长，而喜饮善饮者不乏帝王将相、侠客义士、文人墨客，他们推杯换盏、开怀畅饮之际，却也从不同侧面反映出当时的时代气息、社会风尚和人物性格。（摘自崔鹤同《酒中窥人》）

东风夜放花千树，更吹落，星如雨。宝马雕车香满路。凤箫声动，玉壶光转，一夜鱼龙舞。

语出宋·辛弃疾《青玉案·元夕》。词曰："东风夜放花千树，更吹落，星如雨。宝马雕车香满路。凤箫声动，玉壶光转，一夜鱼龙舞。蛾儿雪柳黄金缕，笑语盈盈暗香去。众里寻他千百度。蓦然回首，那人却在，灯火阑珊处。"花千树：形容灯火之多像千树花开放似的。或解作无数的树上挂满了彩灯。苏味道《观灯》："火树银花合，星桥铁锁开。"星：比喻灯。凤箫：箫的美称。玉壶：一种精美的灯。鱼龙：指鱼形、龙形的灯。这几句词的意思是：到处是彩灯，好像一夜间东风吹开了千树繁花，更如吹落了满天星斗，如雨而下。逛灯的游人有的骑着宝马，有的坐着雕车，满路的香气。凤箫在吹着妙曲，玉壶灯闪着光芒，这一夜间呵，如鱼如龙的各式彩灯摆动个不停。梁令娴《艺蘅馆词选》引梁启超曰此词："自怜幽独，伤心人别有怀抱。"认为有所寄托。"东风夜放花千树"一句，如今多照字面理解为东风来了，一夜之间吹开了千树花朵，美丽可爱。后人常引用这几句词来形容某种类似的景象。

例如

①所以，短篇的灵敏遇合了社会心理的沸沸扬扬，正是找到扬厉优势的最佳切口，它就呈现出"东风夜放花千树，更吹落，星如雨。宝马雕车香满路，一夜鱼龙舞"似的缤纷缭乱的胜景。（摘自雷达《关于短篇创作活力的思考》）

②绵延数十里的炼油塔的灯光，组成了无数"花灯树"，这"树"的枝枝杈杈上，结满了一排排、一串串不可胜数的灯，使人目不暇接。正是"东风夜放花千树，更吹落，星如雨"。（摘自刘德鉴《"灯魂"》）

③所以觉醒吧，商业4.0即将降临，这将是一个不平凡时代的开端。东风夜放花千树，更吹落，星如雨。且让我们拭目以待。（摘自周庭锐

《商业4.0，你准备好了吗？》）

④东风夜放花千树。去岁年末，十八大的胜利召开，恰如这浩荡的春风，掠过大江南北、长城内外，融千堆雪，化万里冰，为我们美丽富饶的千年古国，再次注入了勃勃生机。（摘自刘长允《新年致辞》）

⑤“东风夜放花千树，更吹落，星如雨。”烟花的美好使人忘却痛苦，沉浸于欢乐，甚至为本应哭泣的人增添温暖。（摘自戴璐《一刻烟花》）

东边日出西边雨，道是无晴却有晴。

语出唐·刘禹锡《竹枝词》二首之一。诗曰：“杨柳青青江水平，闻郎岸上唱歌声。东边日出西边雨，道是无晴却有晴。”唱，一作“踏”。晴：天晴，谐“情”音，指恋情。这两句诗的意思是：东边出了太阳，西边却还在下雨，此时此刻，说是没有晴（情），其实还是有晴（情）啊！诗人用双关法，针对眼前景物，巧妙地传出了姑娘心中的恋情，语言含蓄，景中见情，形象生动。这两句诗颇为传诵，后人常引来用以表达恋情或某种感情。“晴”往往直接引作“情”。

例如

①此时太阳刚刚出山，范汉儒冒着料峭的春寒，已经光着脊梁挥锹大干了；阳光照在他的结实的胸脯上，晶莹的汗珠像断了线的珍珠，从他赤裸的身体上滑落下来。当我们的队伍经过铁丝网时，我禁不住欢欣之情，含蓄地向他打着招呼：“喂！东边日出西边雨！”他回过头，立刻回答：“道是无情却有情。”（摘自从维熙《雪落黄河静无声》）

②明朗的春光展开它那绚丽多彩的翅膀，在郭明的心中翩翩飞翔，但，另一片乌云却浓重地罩在春妮家的上空。世界上的事情就是这般复杂，不能统一。东边日出西边雨，有情（晴）呢？还是无情（晴）？（摘自张义堂《村后，有一泓清泉》）

③孩子们自然无法将老师留住，就在与老师分别的时刻，孩子们并没有对老师直抒胸臆，道出依依惜别的话语来。“此时无声胜有声”，“道是无情却有情”。孩子们的心中实实在在地不愿意与老师离别。（摘自谭立忠《人称变换情愈切——浅谈〈我的老师〉中的人称变化》）

④另一方面，大量的人才感受到了国企对自己的召唤，重新认识到

国企在各方面的优势，把目光更多地投向了国企。这是可喜的现象，但这些现象毕竟是“新闻”，目前我国国企总体的人才现状仍旧是“东边日出西边雨”。（摘自潘旭《国企：留住你的“根”》）

⑤在日趋激烈、残酷的书业竞争中，可谓东边日出西边雨，几家欢乐几家愁。（摘自范军《出版品牌与品牌延伸》）

去年今日此门中，人面桃花相映红。人面不知何处去，桃花依旧笑春风。

诗出唐·崔护《题都城南庄》。唐·孟綮《本事诗·情感第一》：“博陵崔护，姿质甚美，而孤洁寡合。举进士下第。清明日，独游都城南，得居人庄。一亩之宫，而花木丛萃，寂若无人。扣门久之，有女子自门隙窥之，问曰：‘谁耶？’以姓字对，曰：‘寻春独行，酒渴求饮。’女入，以杯水至，开门设床命坐，独倚小桃斜柯伫立，而意属殊厚，妖姿媚态，绰有馀妍。崔以言挑之，不对，目注者久之。崔辞去，送至门，如不胜情而入。崔亦眷盼而归，嗣后绝不复至。及来岁清明日，忽思之，情不可抑，径往寻之。门墙如故，而已锁扃之。因题诗于左扉曰：……”虽未必确有其事，但可作为解诗之参考。因所叙极有故事性，故后人曾据以改编成《人面桃花》戏剧，颇为流传。都城：今西安市。南庄：在西安郊区。“人面”句：《本事诗》引作“人面祇今何处去”。宋·尤袤《全唐诗话》卷之三引沈括《梦溪笔谈》说：“后以其意未全，语未工，改第三句曰：‘人面祇今何处去。’……唐人作诗，大率如此，虽有两今字，不恤也，取语意为主耳。”这首诗的意思是：去年的今天，我曾在这家门中遇见过一位多情的姑娘，她的面容与桃花相映，显得格外美丽。今年我又来到此地，姑娘不知哪里去了，只有那桃花依旧笑迎春风盛开着。前二句写“去年今日”之景，后二句写“今年此时”之景，而景中含无限追恋怅惘之情。后人常引这首诗来谈爱情问题，或借用其中某句来表示对比衬托之类。

例如

①不同的是第一次从绿呢大轿里出来的是民族英雄林则徐，后一次出轿的是投降派琦善。前者是“上任”，后者是“罢官”，景同情异，从而更加激发起观众的感情。这犹如李煜的名句：“雕栏玉砌应犹在，

只是朱颜改”，这犹如“去年今日此门中，人面桃花相映红。人面不知何处去，桃花依旧笑春风。”情变景不变，异曲同工，景为情用，得言外之意，弦外之音，就有意境。（摘自韩尚义《环境·情景·意境》）

②俗话说：“马上看将军，花间看美人。”用景物烘托人物，也是常用的一种方法。唐代诗人崔护的名句“人面桃花相映红”（《题都城南庄》），那盛开的鲜艳桃花烘托姑娘的美容，以美衬美，可谓曲尽其妙。（摘自崔新民《谈“烘托”》）

③而菜单也会产生通感，引发人们的味觉、食欲的萌动。菜单诗的诗味呢？“人面不知何处去”了。（摘自李汝伦《“不朽之盛事”断想录》）

④我学会了借景抒情，学会了用隐秘的手法寄托自己的恋情。如“关山遥隔，思绪绵绵，唯有翘首行云，因风寄意而已。”“人面不知何处去，桃花依旧笑春风”等。（摘自施雁冰《桂》）

⑤每每读起张爱玲的散文《爱》，心中总会不由自主地浮起人面桃花的画面，和着崔护的那首古诗：“去年今日此门中，人面桃花相映红。人面不知何处去，桃花依旧笑春风。”一文一诗写了相似的意境，相似的青春之爱。（摘自沈秀英《读张爱玲的〈爱〉》）

巧笑倩兮，美目盼兮。

语出《诗经·卫风·硕人》。诗第二节曰：“手如柔荑，肤如凝脂，领如蝤蛴，齿如瓠犀，螓首蛾眉，巧笑倩兮，美目盼兮。”这是描写美人（卫庄公的夫人姜氏）的诗。倩（qiàn）：口颊含笑的样子。盼：黑白分明。这两句诗的意思是：轻巧的笑态流露在嘴角，眼睛黑白分明多么美好。后人常引用这两句诗来形容动人的笑态和美丽的眼神。

例如

①车上坐满了穿红着绿的姑娘，拖着长长的裙裾，披着镶金夹银、色彩艳丽的头巾，巧笑倩兮，美目盼兮，一边嗑着毛子壳，一边咕咕咯咯地拉着呱儿。（摘自柯岩《葡萄承认》）

②她是从瑞典来的金发女郎。有一次，他走下宿舍的水泥楼梯，一眼便瞧见那海一般蓝的一双眼睛正朝他望着。“巧笑倩兮，美目盼兮，彼美人兮，西方之人兮。”（摘自木令耆《两双眼睛》）

③诗才主要就是敏锐的形象感受力，高强的情绪与形象的记忆力，

丰富多彩的想象力，生生不已的创造力，以及对语言文字的敏感力和高强的驱遣力，五美并具，可以期望在诗的审美创造中，得到缪斯的巧笑倩兮与美目盼兮。（摘自李元洛《诗美学·诗的美学素质》）

④《诗经》中写微笑的诗句颇为传神："巧笑倩兮，美目盼兮。"好像一个美丽的少女眼波流转、浅笑盈盈地向你款款走来。（摘自张红华《微笑》）

⑤影视圈里美女如织，同样的巧笑倩兮、美目盼兮，说谁沉鱼落雁、说谁闭月羞花？（摘自艺百合《央视版"岳灵珊"苗乙乙》）

鸟宿池边树，僧敲月下门。

语出唐·贾岛《题李凝幽居》。诗曰："闲居少邻并，草径入荒园。鸟宿池边树，僧敲月下门。过桥分野色，移石动云根。暂去还来此，幽期不负言。"这两句诗的意思是：夜来人静，鸟儿栖居在池塘边的树上，僧人月下归来轻轻敲叩寺门。胡仔《苕溪渔隐丛话》前集卷十九引刘公《嘉话》："岛初赴举京师，一日，于驴上得句云：'鸟宿池边树，僧敲月下门。'始欲着'推'字，又欲着'敲'字，炼之未定，遂于驴上吟哦，时时引手作推敲之势。时韩愈吏部权京兆，岛不觉冲至第三节，左右拥至尹前，岛具对所得句云云。韩立马良久，谓岛曰：'作"敲"字佳矣。'"因此留下了"推敲"的典故。后人常引用这两句诗，或证"推敲"之必要，或写幽静的境界。

例如

①当人们孤零零地生活，连什么叫开门待客也不知道时，世态之炎凉、冷漠就足可见一斑了。唐人贾岛名诗句"鸟宿池边树，僧敲月下门"，对门讲敲而不讲推的学问，于今可越发令人赞叹不已。（摘自言言《敲门》）

②一轮皓月正当头。皎洁的银光洒在我和小庙身上，真有点"鸟宿池边树，僧敲月下门"的景趣。（摘自蔡志宇《夜上峨眉山》）

③无论"长安一片月，万户捣衣声"，还是"鸟宿池边树，僧敲月下门"，在我眼里，古诗中最好的句子，所言之物皆为"静"。（摘自王开岭《寂静之音》）

④经常，就需要把一个自然段翻来覆去地看，一个字一个字地斟酌、推敲，放了稿下班回家，脑袋里还回旋着那几句话，看到底删哪个

字更合适，一如唐朝诗人贾岛作《题李凝幽居》时的痴迷：到底“鸟宿池边树，僧推月下门”好，还是“鸟宿池边树，僧敲月下门”更好，一推一敲反复玩味……有时，干脆删掉文章中可有可无的一个自然段。（摘自伍荔霞《一路跋涉》）

⑤“鸟宿池边树，僧敲月下门”，虽然这时没有僧、月相伴，但是也别有一种超凡脱俗的况味萦绕心头。（摘自国靛青《缘系天河》

世事洞明皆学问，人情练达即文章。

语出清·曹雪芹《红楼梦》第五回。这是宁府上房的一副对联。洞明：洞彻明白。练达：老练通达。上下两句是互文，意思是：把人情世故弄懂就是学问，有一套应付本领就是文章。贾宝玉随贾母等到宁府赏梅，倦怠欲睡中觉，侄媳秦可卿先领他到上房内间，宝玉见室中挂着一幅《燃藜图》，绘着神仙持青藜杖，吹杖头出火，照汉代儒生刘向夜坐诵书，“心中便有些不快”，又见了这副对联，“纵然室宇精美，铺陈华丽，亦断不肯在这里了”。他觉得俗不可耐，儒腐逼人，便连叫：“快出去！快出去！”作者抓住现实生活中的典型细节，写出了宝玉的态度。这副对联说懂得人情世故比读书做文章还要重要，是作为劝学“仕途经济”的格言出现的，常被后人引用。

例如

①一个人的成熟过程，既有知识，也有历练，正如贾宝玉梦游太虚幻境看到的一副对联“世事洞明皆学问，人情练达即文章”一样，对世事的洞察，人情的谙熟，能力的磨练，是要通过时间的积累而逐渐达到较高境界的。（摘自曾敏之《望云楼随笔·刀下留情的呼声》）

②这种智慧是书本上学不到的，是从“社会”这本无字书中学得的。学者们说：“既读有字之书，又读无字之书”，《红楼梦》上讲：“世事洞明皆学问，人情练达即文章”，就是这个道理。因为这里确实包含着远远超出“聪明”的智慧。（摘自王通讯《人才智商=聪明$_1$+聪明$_2$》）

③南宋诗人陆游教子说，汝果欲学诗，功夫在诗外。就是说，要注意日常对知识的积累，要深入生活，“世事洞明皆学问，人情练达即文章”，也是说的这个道理。（摘自陈学中《“功夫在诗外”》）

④古语云“世事洞明皆学问，人情练达即文章”。作为一个新闻

人，除了要掌握写新闻的基本功外，其阅历、对世事的判断力都影响到是否能抓出好新闻。（摘自丁子洋《洞明世事新闻多》）

⑤其实，世事洞明皆学问，人情练达即文章，很多道理都是相通的，做大客户营销也一样没有捷径。（摘自徐风云《营销大境界，功夫在诗外》）

北风卷地白草折，胡天八月即飞雪。

语出唐·岑参《白雪歌送武判官归京》。诗曰：“北风卷地白草折，胡天八月即飞雪。忽如一夜春风来，千树万树梨花开。散入珠帘湿罗幕，狐裘不暖锦衾薄。将军角弓不得控，都护铁衣冷难著。……”白草：产于西北地区，秋天变白。《汉书·西域传》颜师古注：“白草似莠而细，无芒，其干熟时正白色，牛马所嗜也。”王先谦补注谓白草“春兴新苗与诸草无异，冬枯而不萎，性至坚。”胡天：这里指西北地区。古代对西北少数民族地区称为“胡”。这两句诗的意思是：凛冽的北风卷地而来，坚韧的白草都被吹折了，大西北地区八月天就开始大雪纷飞。后人常引用这两句诗来说明祖国西北地区寒冬早到，气候寒冷，或说明气候变化异常。

例如

①我们来工地采访，正值八月，一日之内竟从炎夏进入隆冬。刚下过一场大雪，群山银装素裹，原来，古人“北风卷地白草折，胡天八月即飞雪”的诗句，一点不算夸张。（摘自朱传雄《火车从这里穿越天山》）

②由于长期过着“北风卷地白草折”、“风头如刀面如割”的边塞生活，皮肤已经够黑的了，现在再加上泥炭土，就比非洲黑人还黑。（摘自何芷等《泥炭土的命运》）

③西北边塞一带属大陆性气候，有其特殊性。“朝穿皮袄午穿纱”，“胡天八月即飞雪”，是众所周知的事实。不但“八月飞雪”是“司空见惯寻常事”，而且寒潮一来，“七月雪”亦不罕见，“六月雪”也间或有之。（摘自谢求成《月黑雁飞高》）

④2010年4月，中铁十一局集团中标兰新铁路增建二线甘青段16标段35.4亿元施工任务。项目在“北风卷地白草折，胡天八月即飞雪”的瓜州，属于极度干旱荒漠区，是世界著名风库之一。（摘自桑胜文等《余

霖：我战必胜》）

⑤这种爽朗简明、一目了然的戍敌之法，从另一个角度描画了河西漠北的基本景象：苍茫无际、单纯净廓。“纷纷暮雪下辕门，风掣红旗冻不翻”、“欲将轻骑逐，大雪满弓刀”、“北风卷地白草折，胡天八月即飞雪”。（摘自习习《雄关》）

对酒当歌，人生几何

语出三国魏·曹操《短歌行》。诗曰：“对酒当歌，人生几何？譬如朝露，去日苦多。慨当以慷，忧思难忘。何以解忧？惟有杜康。……”几何：多少。这两句诗的意思是：面对着佳肴美酒，应当及时高歌畅饮；有酒不喝，人生在世能有多少时日呢？作者感叹人生的短促，但绝非“今朝有酒今朝醉”的消极意念，而是借酒“解忧”，抒写年华已逝，而功业未立的感慨。后人则往往引用这两句诗来表述“及时行乐”的思想。

例如

①武训老兄，你当初到底是怎么搞的嘛！怎么那样热心教育事业！古人云：“对酒当歌，人生几何！”你老兄竟不顾自己饥寒交迫，却去为后人作嫁衣裳！（摘自徐志刚《武训老兄你真傻——一位退职经商教师的话》）

②在墓室当中，那妃子的棺椁旁，一排蜡烛照出了一位眉清目秀的男子的面容，他挥手让乐队暂停演奏，然后郑重地宣布：“我们，第三党，C党，今天正式成立。我们的主张是：人生几何？对酒当歌！反正我们大家的天年所剩也不多了，为什么要拼死拼活、耗费心思去打开这个墓穴？”（摘自刘心武《无尽的长廊》）

③这是一种既宝贵安乐又满怀忧祸的生活，即使为一代帝王也难免有“对酒当歌、人生几何”（曹操）、“人迹有言，忧令人老，嗟我白发，生亦何早”（曹丕）的惋叹。（摘自周颖《茶文化的孕育和诞生探析》）

④喜悦还是，和三五知己，对酒当歌人生几何，半夜里跑到大街上吃烧烤，一人5瓶啤酒摆开，不用杯子，就这样边喝边聊，把爱情说上三千年，直到口也干舌也燥，直到泪眼朦胧。（摘自雪小禅《喜悦如莲》）

司空见惯浑闲事，断尽江南刺史肠。

语出唐·刘禹锡诗。清·丁福保辑《历代诗话续编》收唐·孟棨《本事诗·情感第一》载："刘尚书禹锡罢和州，为主客郎中、集贤学士。李司空罢镇在京，慕刘名，尝邀至第中，厚设饮馔。酒酣，命妙妓歌以送之。刘于席上赋诗曰：'倭堕梳头宫样妆，春风一曲杜韦娘。司空见惯浑闲事，断尽江南刺史肠。'李因以妓赠之。"司空：官名，此指李绅。浑：全。江南刺史：这里是刘禹锡自指。刺史，官名。这两句诗的意思是：这轻歌曼舞，你李司空看得习惯了，完全是平常的事，不足为奇，可对我这个刚被罢归的江南刺史来说，却感伤得柔肠断尽啊！宋·苏轼《满庭芳·佳人》词曰："人间何处，有司空见惯，应谓寻常。"后来就用"司空见惯"来形容经常看到，不足为奇的事物。后人常引用刘禹锡这两句诗或只引前一句来说明某种事物经常见到便习以为常，不足为怪了。

例如

①于是更多的人只有自认倒霉。"司空见惯浑闲事，断尽江南刺史肠"。不正常的现象，而纠正不了，到最后被人们"认可"，这不能不说是一种悲剧。（摘自吴志实《从"见怪不怪"想到法》）

②农民来到市区，面对高楼大厦、车水马龙的繁华不会像刘姥姥进大观园那样望而却步了。因为区镇、县城已"城市化"，对于他们这些是"司空见惯寻常事"了。（摘自将为《"环外新妆"遐思》）

③至于话说到半截突然间想不起来后面要谈的事情，这种情况对于一些年长的人更是"司空见惯浑闲事"了。（摘自裴植《孔子说健忘》）

④木芙蓉在"北方"是稀见，在南方的地位却又是"司空见惯浑闲事"，未必为人所赏。（摘自俞香顺《林黛玉"芙蓉"花签考辨》）

它山之石，可以攻玉。

语出《诗经·小雅·鹤鸣》。诗曰："……鹤鸣于九皋，声闻于天。鱼在于渚，或潜于渊。乐彼之园，爰有树檀。其下维谷。它山之石，可以攻玉。"它山：别的山。攻：琢磨。这两句诗的意思是：借助于别的山上的石头可以琢磨美玉。吴闿生《诗义会通》引严粲曰：“他山二句既得贤者，则可以磨砻君德也。”后人常引用这两句诗来比喻借助外力（一般多指朋友）来改正自己的错误，或借鉴别人的经验来改进自己的工作。“它”多引作“他”。

例如

①即使自己已经有较高或很高的成就，总也有一定的不足和缺点，“他山之石，可以攻玉”，也要继续吸取别人的长处，使自己不断走向新的高度，防止由于固步自封而停滞与僵化。（摘自潘旭澜《艺术断想·要重视技巧》）

②实践证明，体育社会化是促进我国体育事业发展的良好方式。他山之石，可以攻玉。我们不妨把这种方式也应用到沈阳足球队中去，扶持一把，推动一下。（摘自晓旭《都来扶持一把》）

③他山之石，可以攻玉。国外青少年立法的好的经验，值得我们在立法时认真借鉴。（摘自彭尔琨《他山之石，可以攻玉——国外青少年立法简述》）

④“它山之石，可以攻玉。”我们可以从一些主要国家反腐败斗争中得到某些有益的启示和借鉴。（摘自李有观《它山之石　各有奇招》）

⑤“它山之石，可以攻玉”。音乐相对于镜头来说是更纯粹的情感，它几乎完全受制于作曲者个人的感受，那么将这种情感在自己的作品中运用得当，自然能够让作品锦上添花，甚至产生质的飞跃。（摘自李科《浅析电视节目的剪辑技巧》）

半亩方塘一鉴开，天光云影共徘徊。问渠那得清如许，为有源头活水来。

诗出宋·朱熹《观书有感》。方塘：方形的水塘。这里比喻书。鉴：镜子。徘徊：来回走动。渠：它，指方塘。如许：如此，像这样。诗的意思是：这只有半亩大小的一块方形水塘，有如一面新镀过的镜子明亮照人，那天上的亮光和彩云的影子全被它照在里面了。如果问它为什么能够像这样清澈明亮，这是因为有源头活水不断输入清流的缘故。作者是“以理语成诗”，用形象思维的比兴手法，写出了读书的乐趣和感受。后人常引用这首诗或后两句来说明治学之道。

例如

①任何池塘，都是有沉滓的，浮起来可作肥料，一而再、再而三地必将如朱熹所咏："半亩方塘一鉴开，天光云影共徘徊。问渠那得清如许，为有源头活水来。"这个源头活水，就是党中央看得清楚，群众也看得很清楚。（摘自东方既白《赤子与千金》）

②"问渠那得清如许，为有源头活水来"。"水"有多种：生活之"水"，它是创作的源泉；古今名作之"水"，它是创作的借鉴。文学青年们，坚定地"入水"吧！（摘自佚名《入水深浅　冷暖自知》）

③我这次下去，使我懂得旧有的生活底子并不能代替新的生活体验，"问渠哪得清如许，为有源头活水来"，隔断了生活的源头，活水就变成了死水，再也不能泛起那美丽的涟漪。（摘自瞿琮《谈谈歌词选材问题——在歌词创作座谈会上的发言》）

④后来时移事迁，岁月流逝，池塘里却变得"半亩方塘一鉴开，天光云影共徘徊"，再也不见什么荷花了。（摘自季羡林《清塘荷韵》）

⑤"半亩方塘一鉴开，天光云影共徘徊。问渠那得清如许，为有源头活水来。"能源，是人类生存与发展的活水，而这活水现在已经日渐枯竭，如何在众多的"能耗大户"中降低能耗是一对矛盾，也是一门科学。（摘自金宣《"能耗大户"降能耗》）

只在此山中，云深不知处。

语出唐·贾岛《寻隐者不遇》。寻，一作"访"。诗曰："松下问童子，言师采药去。只在此山中，云深不知处。"此诗在谋篇上是有所独创的。沈熙乾先生在赏析本篇时引作："松下问童子：'……？'言：'师采药去。''……？''只在此山中'。'……？''云深不知处'"（山西人民出版社《诗词曲赋名作赏析》）揭示问答关系甚明。这两句诗的意思是：诗人问："采药在何处？"童子答："只在这一座山中。"诗人问："究竟在山中何处？"童子答："云罩深山，不知具体在何处。"写出了隐者的闲逸疏野，如白云野鹤，无挂无碍，悠然自得，不遇隐者而隐者可见。后人常引用这两句诗或只引后一句来描述某人某物的难于寻找，或幽深隐僻的境界。

例如

①只有当偶然看见风筝飘在天空的时候，才想起这个我童年时代放风筝的伙伴来。然而，“只在此山中，云深不知处。”在这几百万人口的大城市里，车声嚷嚷，人海茫茫，我到哪里去寻找他呢？（摘自张榕《风筝飘飘》）

②七零八落的新简旧信，漫无规则地充塞在书架上、抽屉里，有的回过，有的未回，“只在此山中，云深不知处”，要找到你决心要回的那一封，耗费的时间和精力，往往数倍于回信本身。（摘自余光中《尺素寸心》）

③看了小马的《黄山》，就好像作者仍在莽莽山中的“云深不知处”迷而忘返呢。（摘自李世栋等《十月画坛风光美——介绍矿区青年美术、书法展览》）

④我在实践中摸索并形成了一定的教学模式，但我的专业却进入了“高原期”，充满了“只在此山中，云深不知处”的迷茫。（摘自洪丽玲《“逼”出来的美丽》）

⑤我们去的那日，天公不作美，车子在山路上盘旋，越往里走，雾气越重，两边的山峦已经笼罩在一片白茫茫中。“只在此山中，云深不知处。”贾岛的《寻隐者不遇》写的就是这般境界吧。（摘自陈小龙《石梁半日闲》）

出师未捷身先死，长使英雄泪满襟。

语出唐·杜甫《蜀相》。诗曰：“丞相祠堂何处寻？锦官城外柏森森。映阶碧草自春色，隔叶黄鹂空好音。三顾频烦天下计，两朝开济老臣心。出师未捷身先死，长使英雄泪满襟。”蜀相：指诸葛亮。出师：出兵。公元234年诸葛亮伐魏，曾六出祁山，病死在五丈原（今陕西省郿县西南）军中。英雄：泛指后代追怀诸葛亮的仁人志士、英雄豪杰。这两句诗，从追述诸葛亮功业未遂留给后人怀念之情，表达了对其人的赞美。意思是：诸葛亮出兵伐魏，壮志未酬，大才未尽而身先死去，真令人遗憾，一直使追怀他的仁人志士、英雄豪杰泪下沾襟。据《宋史·宗泽传》，宗泽因不得收复中原，迎徽、钦二帝还朝，忧愤成疾，死前曾高诵这两句杜诗，足见其感人力量之大。后人常引用这两句诗来悼念为人民事业战斗、功业未遂而不幸早逝的英雄人物，或表示英雄壮志未酬而身死的遗恨等。

例如

①可是，邓世昌空有鸿鹄之志，却报国无门，在弹尽粮绝之时，誓死撞沉日舰“吉野”，被敌人的鱼雷击中，与战舰“致远”号共存亡！“出师未捷身先死，长使英雄泪满襟”！昔日的壮怀激烈，只有这沧海作证，这烽火台作证。（摘自霍达《追日者》）

②在那堆满杂乱物品的壁橱里，他曾泪流满面，仰天长叹：“‘出师未捷身先死，长使英雄泪满襟’，本来我可以成一番大事业，从此付之东流！”（摘自张卫华等《心烛——对何雪山、袁宝琳两起泄密案的综合反思》）。

③然而他没有时间了。古人说：“出师未捷身先死，长使英雄泪满襟。”而对刘明善来说，可谓“创出业绩赶下台，其中甘苦有谁知？”（摘自跃渊《一场没有打完的官司——改革家刘明善下台周年记》）

④“出师未捷身先死，长使英雄泪满襟”。光绪变法，有雄心而无善策，很多事情操之过急。（摘自张家康《壮志未酬的变法皇帝》）

⑤事实上，在创业过程中，经常会出现各种疑难杂症，如果不正确“诊治”，就可能“出师未捷身先死”。（摘自吴德俊《初次创业的禁忌》）

生当作人杰，死亦为鬼雄。

语出宋·李清照《绝句》。题一作《乌江》。诗曰：“生当作人杰，死亦为鬼雄。至今思项羽，不肯过江东。”人杰：人中的豪杰。司马迁《史记·高祖本记》：“高祖曰：……（子房、萧何、韩信）此三者，皆人杰也。”鬼雄：鬼里的英雄。《楚辞·九歌·国殇》：“身既死兮神以灵，子魂魄兮为鬼雄。”这两句诗的意思是：活着应当做人中的豪杰，死后也要成为鬼里的英雄。表现出女诗人的豪迈气魄和刚毅性格，是千古名句。后两句借怀古以喻今，表达出作者对收复失地的希望，深刻地讽刺了以屈膝求和换取东南一隅之苟安的南宋最高统治者。后人常引用“生当”两句诗来表达雄心壮志。

例如

①侯德健说过这样的话：“我要成名，成名就成在用歌声唤来中国

人的觉醒、中华民族的振兴上。”还加了一句绝话：“生前不能得，死后也要得。”真是大有“生当作人杰，死亦为鬼雄”的遗风。（摘自胡思升《生命的三分之一》）

②“生当作人杰，死亦为鬼雄”，活就要活得真正、真实。如果每个人都能大有作为，能有益于社会，社会应该是什么样子？（摘自刘晓庆《〈我的路〉前前后后》）

③我若是辜负了她这番心意，就太愚蠢也太没出息了。“生当作人杰，死亦为鬼雄。”我步入文坛之初，便矢志为人民写出第一流的作品，而不是像今天这样，只求做个三流半的作家。（摘自奚青《攀》）

④在青春萌动的时期，突然意识到李清照的千古情人是力拔山兮的项羽，于是“生当作人杰，死亦为鬼雄”又成了我们的人生警句。（摘自任正非《一江春水向东流》）

⑤李清照的一生，饱尝人世沧桑，看尽战事匆忙，她具有极度的爱国热忱，对于人生，特别是孤独的后期生活，她拿张良、韩信、屈原、项羽自比，“生当作人杰，死亦为鬼雄”。（摘自童英霞《巾帼话沧桑 清照留芳名》）

生年不满百，常怀千岁忧。

语出汉·无名氏《古诗十九首·生年不满百》。诗曰：“生年不满百，常怀千岁忧。昼短苦夜长，何不秉烛游？为乐当及时，何能待来兹？愚者爱惜费，但为后世嗤。仙人王子乔，难可与等期。”此诗的主旨在于主张及时行乐，并讽刺富贵贪愚的人不能达观。千岁忧：指身后的种种考虑，如为子孙们的生活打算，为自己的墓地筹划等。这两句诗的意思是：人的一生是短暂的，一般不足百岁，但却经常忧虑着身后的各种事情。后人常引用这句诗来表达忧虑的心情。

例如

①“生年不满百，常怀千岁忧。”傅雷先生常以这句古诗作为自己的写照。如今傅雷先生有知，当会喜胜于忧，含笑于九泉！（摘自叶永烈《傅雷之死》）

②小清秀的一番话，使我默然语塞，使陈丽华的眼底盛满疑惑，一直沉默不语的贾老夫子，长叹一声说道：“真是啊！生年不满百，常怀千岁忧，何苦来哉！唉！”（摘自何洁《落花时节》）

③俗话说："人生不满百，常怀千岁忧。"老年人忧的是什么？我觉得那是个迷。（摘自映泉《我跟白发人的缘分》）

④人生是苦的。"生年不满百，常怀千岁忧"，苦是生活的常态，几乎日日有之。（摘自叶春雷《苦乐》）

⑤生年不满百，常怀千岁忧。昼短苦夜长，何不秉烛游。为乐当及时，何能待来兹。想想罢了，一个小女子岂可过上如此颠沛流离的生活。（摘自盲盲《筑一来轻舟小梦》）

白云回望合，青霭入看无。

语出唐·王维《终南山》。诗曰："太乙近天都，连山到海隅。白云回望合，青霭入看无。分野中峰变，阴晴众壑殊。欲投人处宿，隔水问樵夫。"青霭：映着山色的云气。这两句诗的意思是：回头望去，白云悠悠，与天际合在一处；远远看到青色云气，进山后又无一些影像了。有人认为，"白云青霭"不像在山言山。对此，近人各执一词，是否有所寄托，有待进一步探讨。后人常引用这两句诗来写虚幻变化的景物。

例如

①那雪，白得虚虚幻幻，冷得清清醒醒，那股皑皑不绝一仰难尽的气势，压得人呼吸困难，心塞眸酸。不过要领略"白云回望合，青霭入看无"的境界，仍须回到中国。（摘自余光中《听听那冷雨》）

②从夜里零时起，自己已是不折不扣的八十老翁了。然而这老景却真如古诗中所说的"青霭入看无"，我看不到什么老景。（摘自季羡林《八十述怀》）

③阳明山也因为有了多变的云而活泼起来了，还用唐诗来形容，王维的《终南山》最合适："白云回望合，青霭入看无"。（摘自孙宇《造访阳明山》）

④卫星和飞船上高分辨率的摄像机，天天都在窥视搜察地球，但捕捉到的也只是些表象。诚如唐朝王维的诗句："白云回望合，青霭入看无"。（摘自曹京柱《新农村，其修远兮》）

白日不照吾精诚，杞国无事忧天倾。

语出唐·李白《梁甫吟》。诗中句曰：“白日不照吾精诚，杞国无事忧天倾。猰貐磨牙竞人肉，驺虞不折生草茎。”白日：比喻皇帝。杞国：古国名，在今河南省杞县。《列子·天瑞篇》：“杞国有人，忧天地崩坠，身无所寄，废寝食者。”这两句诗的意思是：太阳也照不见我的一片赤诚之心，我并非像杞国人那样无缘无故地担忧天会塌下来。抒发了作者怀才不遇的忧国忧民之情。后人常引用这两句诗来说明忧国忧民，或引用“杞国无事忧天倾”一句来比喻无根据和没有必要的忧虑与担心。“杞国”或误引作“杞人”。

例如

①而诗人李白在安史之乱的前夕作《梁甫吟》，也长啸高歌：“白日不照吾精诚，杞国无事忧天倾。”同样是忧国忧民之情，在所谓“开元盛世”之际，故自称“杞忧”也。（摘自张啸虎《为忧天者辩》）

②“杞人无事忧天倾”，是千古笑谈。然而，倡言“有事”也不要“忧天倾”就对吗？（摘自王荆《“庶人议”片断》）

③“忧虑”作为一种意识活动，虽人人皆可产生，但其层次上却有区别，分量上也不是一样的。“安得广厦千万间，大庇天下寒士俱欢颜”，是诗圣对人民疾苦的呼告；“问君能有几多愁，恰似一江春水向东流”，则是落魄君王对自身命运的哀婉吟哦；陆游“位卑未敢忘忧国”，范仲淹“先天下之忧而忧”，剖白了真正文人的侠肝义胆；而“杞国无事忧天倾”，却流露出神经过敏者多余的愁烦。（摘自郑卫《“忧虑”杂说》）

④岳飞故事、杨家将故事都是这样的叙事模式。连李白的《登金陵凤凰台》诗中也以“总为浮云能蔽日，长安不见使人愁”来感慨“白日不照吾精诚”，在“我”和“日”之间有“浮云”作乱。（摘自张立环《传统戏曲经典的当代阐释——以电影〈赵氏孤儿〉为例》）

⑤李白《梁甫吟》：“白日不照吾精诚，杞国无事忧天倾。”清代赵翼《冬暖》：“阴阳调燮何关汝，偏是书生易杞忧。”后代这些满腹经纶不得施展之士，每每以杞人自况，抒发其大厦将倾独木难支、有心报国无力回天的政治苦闷，就是在呼应杞人的忧国情怀。（摘自霍然《“杞人忧天”辨》）

白骨露于野，千里无鸡鸣。

语出三国魏·曹操《蒿里行》。诗曰："关东有义士，兴兵讨群凶。初期会盟津，乃心在咸阳。军合力不齐，踌躇而雁行。势利使人争，嗣还自相戕。淮南弟称号，刻玺于北方。铠甲生虮虱，万姓以死亡。白骨露于野，千里无鸡鸣。生民百遗一，念之断人肠。"这是一首挽歌。《蒿里行》属相和歌相和曲，言人死魂归蒿里。曹操此作是借古题写时事，叙述汉朝末年讨伐董卓时群雄争权，造成战乱，人死地芜的景象，是当时实录。这两句诗的意思是：战死者的白骨暴露在田野，千里之间荒无人烟，连鸡叫声都听不到。后人常引用这两句诗来说明战乱带来的惨景。

例如

①汉魏时期，中原干戈扰攘，杀伐频仍："白骨露于野，千里无鸡鸣"，有一部分中原人为逃避战乱，从河南西部的洛水流域携家带口，向陌生的东南方向流浪迁徙。（摘自焦国标等《福建也有个洛阳》）

②战国动乱，楚汉相争，换来的是被世人称颂的"文景之治"，"白骨露于野，千里无鸡鸣"之后，出现了唐朝的"贞观之治"。（摘自姚慧琴整理《德才学识与真善美——李燕杰的报告》）

③提到"三国"，小说家笔下还有着"滚滚长江东逝水，浪花淘尽英雄"的赞歌。但是对古代民众而言，此刻的中原大地却是一片"白骨露于野，千里无鸡鸣"的惨状，可谓中国历史上人口丧亡比例最大的时期。（摘自徐若阳《三国，冷兵器杀人更"冷"》）

④元朝末年，中华大地上绵延着十多年的战乱，弄得"白骨露于野，千里无鸡鸣"，最为严重的河北、河南、江浙一带甚至出现了荒无人迹的恐怖景象。（摘自刘合心《大槐树情思》）

尔曹身与名俱灭，不废江河万古流。

语出唐·杜甫《戏为六绝句》之二。诗曰："王杨卢骆当时体，轻薄为文哂未休。尔曹身与名俱灭，不废江河万古流。"尔曹：你们这些人，指嗤笑前辈的人。不废：无伤，不伤害。江河：长江、黄河，比喻如江河永存的初唐四杰（王勃、杨炯、卢照邻、骆宾王）。这两句诗的意思是：你们这些嗤笑四杰的人，自身与名声将随着时间的流逝一起消声匿迹，却丝毫无害于四杰作品照样像长江大河一样，奔腾不息，万古长流。杜甫以诗论诗，“别开异境”（李重华《贞一斋诗话》）。史炳《杜诗琐证》解此诗云：“言四子文体，自是当时风尚，乃嗤其轻薄者至今未休。曾不知尔曹身名俱灭，而四子之文不废，如江河万古长流。”这两句诗，通过艺术的形象来阐述道理，把哲理寓于具体的事物之中，读来染人，故久传不衰。后人常引用这两句诗或其中部分语句来赞美某人的作品成就非凡，将如江河一样万古长流等。

例如

①近年来，国外某些角落，有人妄图掀起贬低鲁迅的浪潮，国内也有人起而嘁嘁喳喳，国外有人患感冒，国内也就有人跟着打喷嚏，真个是“铜钟西崩，洛钟东应。”灵验得很。面对这种情形，我首先想到的就是“李杜文章在，光焰万丈长”，“尔曹身与名俱灭，不废江河万古流”那样的诗句。（摘自秦牧《举起学习鲁迅的火炬》）

②“尔曹身与名俱灭，不废江河万古流。”重名者们的悲哀正是在此。（摘自孙以荪《“名”的杂话》）

③明末的阮大铖算得上才学之士，著述创作都够上乘。但由于他依附阉党，迫害清流，操守卑污，丧失了民族气节，投降异族，为人所不齿。因此，他的作品都“身与名俱灭”了。（摘自李汝伦《“不朽之盛事”断思录》）

④“不废江河万古流”，大运河，除了供海内外游客观光游览外，还在发挥大动脉的功能。（摘自薛家柱《大运河通向钱塘江》）

⑤遗忘的理由不外乎两种：一种是历史长河“尔曹身与名俱灭，不废江河万古流”的自我激浊扬清，另一种却是历史的“选择性短期遗忘”。（摘自胡宗刚《不该被遗忘的胡先骕》）

可怜无定河边骨，犹是春闺梦里人。

语出唐·陈陶《陇西行》四首之二。诗曰：“誓扫匈奴不顾身，五千貂锦丧胡尘。可怜无定河边骨，犹是春闺梦里人。”无定河：黄河支流，发源于内蒙古高原，流经今陕西榆林一带。因水流湍急，夹泥带沙，河道、深浅无定，故名无定河。犹：还，却。这两句诗的意思是：可怜无数战死在无定河边的将士，已成了一片白骨，可家中的妻子却还在春闺里梦见他们，希望早日团聚呢。描写战争给人们带来的苦难，悲痛欲绝。《唐诗三百首》批曰："较之'一将功成万骨枯'句更为深痛。"后人常引用这两句诗来描述战争给人间带来的凄惨画面。

例如

①夜声里，似有扶苏的呜咽，似有唐代诗人陈陶的千古绝句在长吟："可怜无定河边骨，犹是春闺梦里人。"那是凄迷悲壮的前天，已随河水流逝了。（摘自和谷《绥德漫步》）

②无定河像一条金线串连着一片片新拓的绿洲。唐代诗人描绘的"可怜无定河边骨"的悲惨历史画面，如今在这里已经了无痕迹，替代它的是一派"可爱无定河边绿"的动人景象。（摘自李耐因等《沙漠的希望》）

③国人至今看历史，还喜欢歌颂频于征伐、开疆拓土的君主，今日之青年还为古代专制帝王的虚荣而欢呼。而我却经常想起"一将功成万骨枯"、"可怜无定河边骨，犹是春闺梦里人"，以及《吊古战场文》、《兵车行》等。（摘自资中筠《常怀千岁忧》）

④小说更根本的缺陷在于，作家描写了一系列惊心动魄的政治、军事斗争，却绝不触及人的灵魂，甚至连"可怜无定河边骨，犹是春闺梦里人"的人道主义也十分罕见。小说成了勾心斗角、尔虞我诈、血腥屠杀的大展览。（摘自翟业军《灵魂的废墟——长篇小说批判》）

六画

有人问我事如何？人海阔，无日不风波。

语出元·姚燧《［中吕］喜春来》三首之三。王季思教授等《元散曲选注》题作《遣怀》。曲曰："笔头风月时时过，眼底儿曹渐渐多。有人问我事如何？人海阔，无日不风波。"作者吟风弄月度时光，眼下儿女忽成行。他总结人生的经验，发无限感慨。这三句曲的意思是：有人问我世间的事情怎么样？我回答说，人海宽阔，无日不在掀起风波啊！字里行间，流露出人生不易的厌倦之情。后人常引用这几句曲来说明世事复杂，人生坎坷。

例如

①"用中国话说，这叫'欲加之罪，何患无辞'！"帕特里斯满腔悲愤。他拿起手边的一本古书，指着一首元曲说："你们的一位古人说得好：'有人问我事如何？人海阔，无日不风波。'"（摘自谢业顺《人生之路难寻觅——几个法国青年的苦恼》）

②"人海阔，无日不风波。"回顾50年代末60年代初的时候，我们正是从文坛上那场风格题材问题的讨论中，真正窥见到了她。（摘自盛英《茹志娟论》）

③因为管理班的经费没处出，学校规定凡孩子参加管理班的，家长每月交三元钱。这本来无可非议。可是"人海阔，无日不风波"，据说有人反映到有关部门，说这么办是增加了职工的经济负担。（摘自文竹《此愁何计能消除》）

④桑布拍摄的是一个鸟类生存领地之争的故事，令人联想到人类，"人海阔，无日不风波"，为了个人或群体的生存利益——名誉、情感、观念等等，大大小小的战斗不息，当因此而失去生命与爱之后，就剩下战争双方咀嚼和消化战争的苦果了。（摘自桑布《天鹅悲歌》）

⑤但是，人类社会熙熙攘攘，无日不风波，哪有安静的时候？（摘自王丰江《难得安静》）

有三秋桂子，十里荷花。

语出宋·柳永《望海潮》。词曰；“东南形胜，三吴都会，钱塘自古繁华。烟柳画桥，风帘翠幕，参差十万人家。云树绕堤沙。怒涛卷霜雪，天堑无涯。市列珠玑，户盈罗绮，竞豪奢。　重湖叠巘清嘉。有三秋桂子，十里荷花。羌管弄晴，菱歌泛夜，嬉嬉钓叟莲娃。千骑拥高牙，乘醉听箫鼓，吟赏烟霞。异日图将好景，归去凤池夸。”柳永首创此调，当时极负盛名。据《钱塘遗事》记载，此词原为孙何出任钱塘而作。用渲染手法，概括地描绘了杭州一带秀丽的景色，也反映了繁华富庶的景象。三秋：指阴历九月。桂子：桂花。这两句词的意思是：这里有九月盛开的桂花，香气远播，更有十里荷花，娇艳异常。罗大经《鹤林玉露》说：“此词流播，金主亮闻歌，欣然有慕于‘三秋桂子，十里荷花’，遂起投鞭渡江之志。近时谢处厚诗云：‘谁把杭州曲子讴？荷花十里桂三秋。那知草木无情物，牵动长江万里愁！’余谓此词虽牵动长江之愁，然卒为金主送死之媒，未足恨也。至于荷艳桂香，妆点湖山之清丽，使士大夫流连于歌舞嬉游之乐，遂忘中原，是则深可恨耳！”后人常引用“三秋桂子，十里荷花”两句来描绘江南风光之秀美动人。

例如

①江南，这块风景秀丽、土地丰腴的地方，古人就用过生色生辉的字眼形容过它，称颂过它，“暮春三月，莺飞草长，杂花生树”呵，“三秋桂子，十里荷花”呵……童玫坐在车上，重见车窗外的它的原野、河流、池塘、村舍、绿树时，心儿怦怦跳，不，是在亢奋地颤动，是如痴如醉。（摘自沈仁康《在小桥边》）

②白沙堤上静极了，看不见人影，也听不见声音。“三秋桂子，十里荷花”，秋夜吐着不倦的芬芳。（摘自何志云《从“舞会王子”到……》）

③今夜，我在幻感的你的词境里，见你行吟江畔，独对“杨柳岸晓风残月”而泪雨霖铃，怀幽人杳离。不知将潜思苦恋的衷曲诉诸江南的“三秋桂子，十里荷花”，还是北陵的洁石芳草，惊鸿流照？只听秋风咏叹：“便纵有千种风情，待与何人说？”（摘自章雨《千种风情　待与何人说——柳永》）

④会稽山上虽然见不到“十里荷花”，但“一水护田将绿绕”的

山村中，哪一家不是“满架蔷薇一院香”呢？（摘自周艾文《会稽幽兰》）

⑤面积如此之大的荷花荡，确是微山湖一大奇观，是号称“有三秋桂子，十里荷花”的杭州西湖无法相比的。（摘自殷允岭等《微山湖静悄悄的美丽》）

有意栽花花不发，无心插柳柳成荫。

语出元末明初·罗贯中《平妖传》第十九回（又见《石点头》第四卷），原文只两句。这是两句俗联语，意思是：有意去栽花，花却不开放；无心偶插柳，柳枝长成荫。后人常引用这两句俗联语来比喻有意去做某事，却不能做得成；无心偶做某事，却反倒获得意外的成功。

例如

①这就用得着“有意栽花花不发，无心插柳柳成荫”这句老话了。因为文学作品是由思想、感情、生活、技法等组成，通过语言文字加以体现的。而这几者之中，生活是最为重要的。（摘自石湾《成功者的启示》）

②戏剧学院是最高的艺术学府，多少青年神往它，梦寐以求而不得入其门呀，而他却不是自愿的。这真叫“有意栽花花不发，无心插柳柳成荫。”世间事真怪！（摘自吴承基《跟无知斗争的陈少泽》）

③柳树有其特殊的功能，它不择生长条件，种植技术简便易行，正所谓“无心插柳柳成荫”；它又具有耐贫瘠、抗水浸的特性，深水浸泡数日不会淹死；它发青早，落叶迟，桃汛秋汛均可防范。（摘自徐义平等《土疙瘩里蹦出的专家》）

④物理学实验往往会“有意栽花花不发，无心插柳柳成荫”，而新的发现可能和原来想象的完全不同，甚至一点关系也没有。（摘自姚诗煌《守望宇宙　探究未知》）

⑤也就是说老师无意中的谈话使得学生改变了自我，这戏剧性的“有意栽花花不发，无心插柳柳成荫”的收获就是聊天的效应，聊天带来了尊重、信任，尊重和信任改变了一个少年的人生。（摘自郭静娟《聊天时，生活离我们好近》）

在天愿作比翼鸟，在地愿为连理枝。

语出唐·白居易《长恨歌》。诗见“天长地久有时尽……”条引。比翼鸟：古代传说中的鸟名，据说只有一目一翼，雄雌两只鸟并在一起才能飞。比喻恩爱夫妻。连理枝：两棵树的干或枝连生在一起，好像一棵树一样，叫做连理。比喻义与比翼鸟相同。这两句诗的意思是：在天上，愿作比翼鸟并宿双飞，在地下，愿作连理枝缠绕不解。这是诗中叙述的唐玄宗与杨贵妃在长生殿中表示永远相爱的心中誓言。后人常引用这两句诗来表示爱情坚贞，至死不渝。

例如

①何必老是“在天愿作比翼鸟，在地愿为连理枝”呢？一荣俱荣，一损俱损，又有什么好处？他应该有自己的名字，不能总是满足于“布天隽的丈夫”这个称号！（摘自蒋子龙《阴错阳差》）

②人们在公共车辆上，在公园里，甚至在剧场里、大街上，常见到钩脖子交谈、走路的，那卿卿我我的情景，无不都是“在天愿作比翼鸟，在地愿为连理枝”，发誓“海枯石烂不变心”的。（摘自端文《钩脖子与揪头发》）

③“在天愿作比翼鸟，在地愿为连理枝。”

她是他的妻子！他想起那年17岁……那一天，他表白衷素，她芳心暗许……（摘自朴月《西风独自凉》）

④“在天愿作比翼鸟，在地愿为连理枝。”这脍炙人口的美好诗句，曾被无数文人墨客用来比喻“恩爱夫妻”。遗憾的是，“比翼鸟”中常有“野鸟抢巢”，“连理枝”头更有节外生枝。（摘自《怎样对待可恶的“第三者”》）

⑤二树齐生，枝条你中有我，我中有你，最终合为一个整体，蓬蓬然支撑起一个壮美而奇丽的家。真是“在天愿作比翼鸟，在地愿为连理枝”。（摘自郑智敏《远看是一　近看是二》）

机关算尽太聪明，反算了卿卿性命。

语出清·曹雪芹《红楼梦》第五回《红楼梦曲·聪明累》。曲曰：“机关算尽太聪明，反算了卿卿性命！生前心已碎，死后性空灵。家富人宁，终有个，家亡人散各奔腾。枉费了，意悬悬半世心；好一似，荡悠悠三更梦。忽喇喇似大厦倾，昏惨惨似灯将尽。呀！一场欢喜忽悲辛。叹人世，终难定！”聪明累：是受聪明连累、聪明自误之意。机关：指心机权术、阴谋诡计。算：策划。卿卿：《世说新语·惑溺》：“妇曰：‘亲卿爱卿，是以卿卿，我不卿卿，谁当卿卿？’”后作夫妻、朋友间一种亲昵的称呼。这里指王熙凤，语含讥刺。这是一支写王熙凤命运的曲子。开头这两句本于苏轼《洗儿》诗：“人皆养子望聪明，我被聪明误一生。惟愿孩儿愚且鲁，无灾无难到公卿。”意思是：费尽心机，策划计算，聪明得过了头，反而连自己的性命也给算计掉了。后人常用这两句曲来讽刺自作聪明的人要尽阴谋权术，反而祸及自身。

例如

①陈鹏不失时机地把他昨天傍晚观察到的情况向秦婷作了汇报。“我看她有点像装疯卖傻。”他汇报完情况又加上了个人的分析。

“‘机关算尽太聪明，反算了卿卿性命’。马上通知支委、党小组和其他有关的人，到我那去开一个支委扩大会。”秦婷说。（摘自葛玫君《这里属于小气候》）

②真是“机关算尽太聪明，反算了卿卿性命。”正是刘松柏认为漏洞缝补得差不多的时候，“兄弟伙”早已把他供出来了……（摘自刘诗训《新市长的堕落——与刘松柏谈话的启示》）

③殊不知法网恢恢，疏而不漏。诡谋尚未如愿，便应了《红楼梦》上那句名言：“机关算尽太聪明，反算了卿卿性命！”到头来自然是被法律送到了应该去的地方。（摘自马中东《机关算尽太聪明 反送了自家前程》）

④但是杜十娘也有自己的不足，其实一句话概括也正是自己的聪明害了她自己。正所谓“机关算尽太聪明，反算了卿卿性命！”（摘自刘强《论杜十娘悲剧的个人原因》）

⑤法律是无情的，“机关算尽太聪明，反算了卿卿性命。”杨国友不但没有保住“乌纱帽”，反而得到了一副冰冷的手铐。（摘自卿裔《贪官“怪论”点评》）

老骥伏枥，志在千里；烈士暮年，壮心不已。

语出三国魏·曹操《步出夏门行·龟虽寿》。诗曰："神龟虽寿，犹有竟时；螣蛇乘雾，终为土灰。老骥伏枥，志在千里；烈士暮年，壮心不已。盈缩之期，不但在天；养怡之福，可得永年。幸甚至哉，歌以咏志。"骥（jì）：好马，千里马。枥（lì）：马槽，也指马棚。烈士：指刚正的、重义轻生或积极于建立功业的人士。暮年：晚年。已：止。这四句诗的意思是：千里马虽然老了，终日伏在马棚之下，但是它的志向仍在驰骋千里；有志之士即便到了晚年，他的壮志雄心也不会消沉。表达了诗人人寿有限而壮志无穷的豪迈气概。后人常引用这几句诗来比喻说明人虽然老了，但仍有雄心壮志。

例如

①在座的还有一些老同志、老作家，虽然年老体弱，生活和写作有不少困难，但"老骥伏枥，志在千里；烈士暮年，壮心不已。"愿意和中青年同志一道，为我们的社会主义文学事业贡献自己的力量！（摘自杜鹏程《闭幕词》）

②如果形容此时此刻的精神状况，正是"老骥伏枥，志在千里；烈士暮年，壮心不已。"他心中只有一个执着的念头：让绿色铺满每一寸土地。（摘自黑桦《让绿色铺满每一寸土地》）

③傅学文已八十有二，作为民革中央委员，全国政协常委，她老骥伏枥，壮心不已，仍在为祖国的统一大业，坚持不懈地作出贡献。（摘自肖涵《西安事变中的四位女性》）

④"老骥伏枥，志在千里"，还尚年轻的你我，为何不务实，为何不努力？（摘自耿英年《天行健，君子以自强不息》）

⑤可南川市道南小学退休教师董维贤偕同他退休老伴郝位堂，发扬"老骥伏枥，志在千里；烈士暮年，壮心不已"的精神，为解决木菠萝在南川地区人工繁殖这个难题，他们用科学的发展观，敢想、敢闯、敢干，于2002年4月在市烈士陵园内搞起了人工繁殖实验。（摘自为何《烈士暮年，壮心不已——南川退休老人痴心培育木菠萝》）

回首向来萧瑟处，归去，也无风雨也无晴。

语出宋·苏轼《定风波·三月七日沙湖道中遇雨》。词曰：“莫听穿林打叶声，何妨吟啸且徐行。竹杖芒鞋轻胜马。谁怕？一蓑烟雨任平生。　料峭春风吹酒醒，微冷。山头斜照却相迎。回首向来萧瑟处，归去，也无风雨也无晴。”萧瑟：风雨吹打树林的声响。这三句词的意思是：回头看那刚刚走过来的风雨萧萧的地方，回去！既没有风雨，也不是晴天。“也无风雨也无晴”一句充满禅趣。此词含有作者不计较名位得失，经得起政治风雨的暗示，透露出对人生的彻悟及超脱旷达的态度。后人常引用这几句词来表达同样的心境，或说明某种事物的稳定性。

例如

①岁月不停地流淌，人也不断地失去一些，又得到一些。“回首向来萧瑟处，归去，也无风雨也无晴”。（摘自小朋《岁月留给她的》）

②对我来说，也无风雨也无晴并不十分困难，可是有风有雨的心境却更合自然些。（摘自三毛《夏日烟愁·一定去海边》）

③但愿中国的政策能保持“也无风雨也无晴”的稳定，这样公司的前景就值得憧憬了。（摘自黄橙《临风笛声自悠扬》）

④当我们心静了，就会发现，我们随时可以感悟“晴空一鹤排云上，便引诗情到碧霄”的自然意境，我们随时可以拥有“行到水穷处，坐看云起时”的优雅闲趣，我们随时可以达到“回首向来萧瑟处，归去，也无风雨也无晴”的超然境界。

⑤回首向来萧瑟处，归去，也无风雨也无晴。无论我们的工业技术发展曾经有多么难以突破的藩篱，无论我们的工业制造曾经或当前的利润有多么微薄，这都是恒久的发展根本。（摘自王景荣《互联网+？管他！》）

死去元知万事空，但悲不见九州同。王师北定中原日，家祭无忘告乃翁。

诗出宋·陆游《示儿》。这是诗人的绝笔。示儿：告诉儿子的话。元知：原来就知道。但：只。九州：指中国。同：统一。王师：指南宋的军队。定：收复。中原：这里泛指淮河以北一带，当时被金人占领。家祭：家里祭祀祖先。乃翁：你的父亲，这里是诗人自指。这首诗的意思是：我原来就清楚地知道，人一旦死去，一切都是空的了，只是我不能亲眼看到祖国的统一，而感到悲痛和遗憾。有朝一日，当南宋的军队收复了中原国土的时候，你在家祭祀祖先之时，一定不要忘了把好消息告诉你父亲的在天之灵啊！前两句写得悲壮感人，后两句写得乐观自慰，充分表现出诗人至死不忘收复中原失地的拳拳爱国之心。后人常引用这首诗或其中的句子来表达不忘国家安危的赤子之情。

例如

①今天倭寇占我国土，杀我人民，是可忍！孰不可忍！你要记住陆放翁的诗："死去元知万事空，但悲不见九州同。王师北定中原日，家祭无忘告乃翁。"我年纪大了，恐怕看不到收复失地，要看你们这一代人了。（摘自赵进元《鸦嘴笔，画笔及其他——朱德莲轶事》）

②针对胡适"我们可以等候五十年"的论调，吴世昌反驳道："为了这篇文章，多少天真的青年真的打算等五十年，希望七十岁以后，再对儿孙写'王师北定中原日，家祭无忘告乃翁'的遗嘱。但是今日此时，欲求再等五十天，岂可得乎？"（摘自盛祖宏《"爱国，岂能不付出代价？"——记吴世昌先生爱国二三事》）

③强大的爱情乌托邦筑就了身体的神话乐园，否定了"死去元知万事空"的现实主义生存哲学，而如果没有身体的死后相聚，所谓黄泉下相见恐怕也只是一厢情愿地自我欺骗。（摘自张天佑《合葬：身体的乌托邦归途》）

④著名诗人流沙河说得好："'死去元知万事空。'为什么对人生的空，我们非得要等到死去才会有如此哀叹和认知？为什么在生的世界，我们看不到人生的空呢？在我看来，人生的空是相对于名利而言的。如果我们能从这个角度，认知空带给人生的真谛，也许，我们的人生会变得更有意义。"（摘自王延群《悟得"空"，寿若"松"》）

⑤"死去元知万事空"（摘自宋·陆游），黄泉路上是没有老少的，当死亡降临到一个人身上时，那这人的个体生命史就完结了，一切肉体与精神的生命活动就都不存在了。（摘自储瑞耕《关于"遗体捐献"的思考》）

过尽千帆皆不是，斜晖脉脉水悠悠，肠断白蘋洲。

语出唐·温庭筠《忆江南》。词曰："梳洗罢，独倚望江楼。过尽千帆皆不是，斜晖脉脉水悠悠，肠断白蘋洲。"帆：代船。斜晖：夕阳斜照的光辉。脉脉（mò mò）：含情不语。悠悠：无穷无尽的意思。肠断：形容愁苦已极的样子。江淹《别赋》："行子肠断，百感凄恻。"白蘋（pín）洲：水中生满白蘋的小岛。蘋：生浅水边，又叫四叶菜、四字草。中唐·赵微明《思如》："犹疑望可见，日日上高楼。唯见分手处，白蘋满芳洲。"这三句词的意思是：成百上千的帆船过来驶去，都不是情人所坐的，夕阳的斜晖中我含情脉脉，望着无穷无尽的流水，那生满白蘋的小洲是我们分手的地方，思想起来，肝肠都要痛断了。这首词描写一个思妇登楼远望企盼归人的情景。后人常引用"过尽千帆皆不是"一句词来表示盼望亲人而不见归来的惆怅之情，或引用"斜晖脉脉水悠悠"来表示绵长的相思之意。

例如

①悠悠三十又五载，两岸藕断丝尚连。多少人倾不完"遍插茱萸少一人"的伤感，多少人诉不尽"过尽千帆皆不是"的惆怅！（摘自阿原《国庆寄语》）

②每日晨昏，她常倚着船栏，凝望山岚烟海，眼望那过尽千帆皆不是，只恐，只恐心重港水浅，每每低头，她都偷偷地替海湾加添滴滴。（摘自林今开《艺坛隐形人现形记》）

③列车终于驶进了北京站。成钢兴冲冲地提着行李走出站台，他东张西望寻找王虹，一个个姑娘从他身边走过。"过尽千帆皆不是。"他悻悻地提起东西去找王虹住的招待所。（摘自于永山《卖冰棍的伙伴》）

④"过尽千帆皆不是，斜晖脉脉水悠悠"，这是妻子的等待。（摘自腾云《等待是一种美》）

⑤从事督查工作已17年了。期间，有过"而今迈步从头越"的豪迈，有过"过尽千帆皆不是"的失望，有过"荷戟独彷徨"的迷茫，更多的还是"八风吹不动，端坐紫金莲"的坚定和坚守。（摘自孙宇《跟得上 贴得紧 跑得快 抓得实——督查工作感悟点滴》）

此中有真意，欲辩已忘言。

语出晋·陶潜《饮酒》二十首之五。诗曰："结庐在人境，而无车马喧。问君何能尔，心远地自偏。采菊东篱下，悠然见南山。山气日夕佳，飞鸟相与还。此中有真意，欲辩已忘言。""欲辩"句：《庄子·齐物论》："辩也者，有不辩也，大辩不言。"《庄子·外物》："言者所以在意也，得意而忘言。"这两句诗的意思是：这其中有真正的意趣，欲待解说，却又忘了想要说什么话了。后人常引用这两句诗来表达从大自然中得到启示，领会真意，不可言说，也无待言说。

例如

①厅外风光尽收框中，宛若一幅幅天然壁画。南檐下悬有慈禧题额："湖山真意"。您自然会想起陶渊明《饮酒》诗中的名句："此中有真意，欲辩已忘言。"（摘自佘树森《名园杂拾》）

②人生的妙谛，人类的至情，文章的菁华，艺术的真善美，往往蕴育于日常生活的起居、行止、饮食之中。"此中有真意，欲辩已忘言"。那自然是臻于化境。但多数的时候，还是可以辩可以言的，也可以写出一篇篇一首首脍炙人口的佳什。（摘自袁鹰《清风小引》）

③我呼吸着绿色的空气，感到无比清新与舒畅。感悟到"此中有真意，欲辩已忘言"的真谛。（摘自段菊荣《森林的颂歌》）

④曾经以为10年会很久远，出刊100期会很漫长，但时光飞逝，尽失从前，突然要说说10年间的事，颇有点"此中有真意，欲辩已忘言"的感觉。（摘自张鹏《十年历程　百期足迹》）

⑤山水画，则更能体现画家的真性情，古来画家多作山水，不是没有道理的。或千岩万壑，或一角半壁，可以写实，可以写心，可以坐对，可以卧游，此中有真意，欲辩已忘言。（摘自金玲《含英咀华厚积薄发》）

此时无声胜有声。

语出唐·白居易《琵琶行》。诗中句曰："轻拢慢捻抹复挑，初为《霓裳》后《六幺》。大弦嘈嘈如急雨，小弦切切如私语。嘈嘈切切错杂弹，大珠小珠落玉盘。间关莺语花底滑，幽咽泉流冰下难。冰泉冷涩

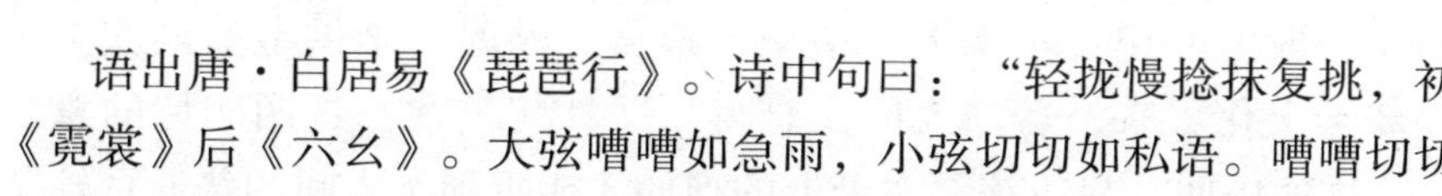

弦凝绝，凝绝不通声暂歇。别有幽愁暗恨生，此时无声胜有声。银瓶乍破水浆迸，铁骑突出刀枪鸣。”前几句说琵琶女弹奏琵琶，技巧娴熟，指法高超，正弹到妙处，忽然“凝绝不通声暂歇”，一下停住了。接下这句诗的意思是：（好像另有幽怨的愁情，暗自从心中产生，）此时此刻，虽然没有弦声，却比有弦声更妙。因为表达这种欲吐难吐的怨情，“无声”比“有声”更能引起听者的共鸣。诗句表意深沉，写法高妙。后人常引用这句诗来说明某种类似的情境。

例如

①一定是热赫曼打发去的。他的脑瓜真够用！亚森也不由看了他一眼，送去一道褒奖的目光。热赫曼挺起腰板跪坐在毛毡子上，一副随时听候差遣的憨态。他知道“此时无声胜有声”！（摘自肖陈《果园》）

②不过与其这样写冲淡大笑的气氛，还不如隐去的好，因为作者不交待，读者通过前后的情节，也完全可以想象得出来，而且意境更深，形象更丰满，正是“此时无声胜有声”，不写实在有不写的妙处。（摘自倪兴民《留一些，让读者去想》）

③这两只翻飞旋转，令人目不暇接的水袖，似乎在倾诉人物的一腔悲愤，又像是在渲泄人物的无限愁苦，虽然无言，却收到“此时无声胜有声”的效果。（摘自赵晓东《“疯”的美感——看李莉演〈福寿镜〉》）

④产品的情感刻印，往往能达到“此时无声胜有声”的效果。（摘自孙惟徽《卖的就是情绪》）

⑤吴斌走了，全杭州城都在为他送行，此时无声胜有声，一座城只为他一人！（摘自郭韶晔《为善行撑起一片蓝天》）

此曲只应天上有，人间能得几回闻?

语出唐·杜甫《赠花卿》。诗曰：“锦城丝管日纷纷，半入江风半入云。此曲只应天上有，人间能得几回闻？”花卿：即成都府尹崔光远的部将花惊定。只：原作“祇”。天上有：极言音乐歌曲的高妙，如天上仙乐一般。一说：“天上”指皇帝禁宫。顾况《李供奉箜篌歌》：“除却天上化下来，若向人间实难得。”杜句类此。这两句诗的意思是：这样的乐曲，只应该是在天上的神仙才能听到，人间的普通百姓又能听得几回呢？诗句含蓄婉转，有人认为意在讽刺花惊定在战火纷飞、民不聊生的年代，不问国事，一味过着豪奢的生活。后人常引用这两句诗来赞誉音乐或其他文艺作品的精妙无比，也有套用其句法的。

例如

①但是，陈伯华松了一口气，对我们继续说："我害怕他会责怪我。不料，他却对我说：'你的舞姿，使我想起唐人的两句诗，"袅袅腰疑折，翩翩神似飞"。你的歌声也使我想起杜甫的"此曲只应天上有，人间能得几回闻"的妙句。'……"（摘自黄靖等《著名艺术家陈伯华婚恋启示录》）

②琵琶高手汤良兴也在餐会中弹了一曲《阳春白雪》。少帅听了后十分感动，站起来和汤握手道贺说："此曲只应天上有，人间能得几回闻？"（摘自《少帅纽约再忆旧，钦佩当年红军勇》）

③舞台两旁的朱漆圆柱上，贴着一副对联："此曲只应天上有，何人不动故园情。"

光看这布置，就充满着乡思乡愁、离别情绪气氛，难怪六七百人的听众席上竟鸦雀无声。（摘自季仲《南曲声中》）

④中国古人讲"此曲只应天上有，人间能得几回闻？"人们把优美的令人心醉的声音称为天籁之音。（摘自世丽《飞扬的音乐之美》）

⑤在很多人心目中，邓丽君天资丽质，她的魅力就流淌在她甜蜜的嗓音、甜美的形象和极富感染力的演唱中。"此曲只应天上有，此人只应天上来"，称她是"错落凡尘的仙子"。（摘自王宏甲《纪念邓丽君》）

此情可待成追忆，只是当时已惘然。

语出唐·李商隐《锦瑟》。诗曰："锦瑟无端五十弦，一弦一柱思华年。庄生晓梦迷蝴蝶，望帝春心托杜鹃。沧海月明珠有泪，蓝田日暖玉生烟。此情可待成追忆，只是当时已惘然。"此诗列李集卷首，极享盛名，但最不易理解，宋元以来，揣测纷纷，解说颇多分歧。今人秦似先生基本主清·何焯"乃自伤之词，骚人所谓美人迟暮"之说，认为这两句诗的意思是："我的这些遭际（此情）可以留待后人（可待）去追想吧，只不过此时此际（当时）我是实在感到很怅惘了。也就是说，诗人对自己的不幸遭际，既极伤感，而对自己之为人及文学上的努力，又并没失去信心，而是认为后人仍然有想起他来的时候。"（《两间居诗词丛话》）后人常引用这两句诗来说明追忆往事时的心情。

例如

①“此情可待成追忆，只是当时已惘然。”我记不得第一次演小猴时，我头上的乌发有多长？我也不记得，再次演小猴时，我两鬓的白发有多少？我只记得23年前的鲜花，23年后的“枇杷”，只记得法国画家柯乐的话，“我每天祈求上帝的，就是要他永远留着我做一个小孩，使我能够用一个小孩的眼睛来看来画这个世界。”（摘自连德枝《我爱这条小溪》）

②幼时读冰心的《寂寞》，那名叫小小的男孩，回思起暑假当中跟姑姑家的小妹妹无猜的嬉游，遂有寂寞之感；这种寂寞，对失落的情谊的惋惜怀恋，成人也许更多，“此情可待成追忆，只是当时已惘然”呀！（摘自邵燕祥《说“寂寞”》）

③散文者，淡文也。必须淡而不俗，淡而不浅。正如陶渊明所说：“此中有深意，欲辨已忘言”。又如李义山所说：“此情可待成追忆，只是当时已惘然。”其实并非真的“忘言”，也不是真的“惘然”，而是有些“深意”，有些真情，远远不是言语所能表达，于是用淡淡一笔带过，反而使人感觉弦外之音，回味无穷。（摘自罗大冈《我与百花》）

④说起情事，无论是别人的还是自己的，总是过去时，总要情不自禁地想起李义山的那句“此情可待成追忆，只是当时已惘然”。（摘自陌上舞狐《民国女子那些事》）

⑤那些过往的岁月里，一个经典的画面让多少人在孤寂时、在落魄时、在迷惘时，反复地回味不已——一个女人、一树槐花、一家人一桌飘香的饭菜……此情可待成追忆，只是当时已惘然。女人何时在岁月的磨蚀中变得不漂亮了，男人何时在生活的打拼中变得麻木了，接下来是无休止的怨恨、无道理的争吵、一地的鸡毛，哭了、累了、散了……（摘自阮小籍《春山多胜事》）

同是天涯沦落人，相逢何必曾相识！

语出唐·白居易《琵琶行》。诗中句曰：“我闻琵琶已叹息，又闻此语重唧唧。同是天涯沦落人，相逢何必曾相识！”天涯：天边，指离都市极远的地方。实际用法，着重“他乡异域”一层意思。沦落：沉沦流落、遭逢不偶、失意无欢等意思。诗人闻琵琶女弹奏琵琶，又自述身世遭际，知两人同是来自京都，都有繁华得意生活而转入凄凉境况的经历，然后发此感慨。这两句诗的意思是：你我同样，都是遭逢不幸、流落到他乡异域之人，既然遭际、心情有相通之处，则一见如故，何必要从前相识才算故人呢！洪迈说：“乐天之意，直欲摅（shū）写天涯沦落之恨耳。”（《容斋五笔》）后人常引用这两句诗或只引后一句来说明有类似遭际的人一见如故，相助如友的意思。

例如

①读了您的“征婚启事”，我仿佛看到一颗苦苦寻觅爱情的心。“同是天涯沦落人，相逢何必曾相识”，我跟您有相似的婚史，在婚姻上也同样追求真正的爱情……（摘自何天谷《爱之谜》）

②两个人就这样相熟了。之后，每天到厂里听完信儿，他俩便同行，到松花江畔遛遛，坐坐。反正现在是无业游民，白天没事干，回家又憋屈。同是天涯沦落人，相逢何必曾相识。（摘自蒋巍《人生环行道》）

③“其实也没啥，俺俩四年没说话，那次一接触就有‘同是天涯沦落人，相逢何必曾相识’之感……”（摘自鲍光满《冲出你的误区》）

④他们此次合作像是同是天涯沦落人的同病相依，这时只有完全摒弃各怀鬼胎的私念，进行矢志不渝地合作，才能令他们在移动互联江湖开疆拓土。（摘自吕文龙《微软依偎诺基亚：同是天涯沦落人》）

⑤二人在国破之时同处于殖民者的艺妓馆里，都在扮演着寄人篱下的角色，同是天涯沦落人，患难见真情的意味油然而生。（摘自邹文荟《论电影〈色·戒〉对原小说的改编》）

寻寻觅觅，冷冷清清，凄凄惨惨戚戚。

语出宋·李清照《声声慢》。词曰：“寻寻觅觅，冷冷清清，凄凄惨惨戚戚。乍暖还寒时候，最难将息。三杯两盏淡酒，怎敌他晚来风急！雁过也，正伤心，却是旧时相识。　满地黄花堆积，憔悴损，如今有谁堪摘？守着窗儿，独自怎生得黑！梧桐更兼细雨，到黄昏，点点滴滴。这次第，怎一个‘愁’字了得！”这是李清照南渡后所写的名篇，抒发的是词人的孤苦与哀愁。觅（mì）：寻找。戚戚：忧愁苦恼的样子。这三句词的意思是：寻啊找啊，希望精神上有所寄托，可是周围依然是冷冷清清的秋色，令人孤单单的寂寞难挨，凄凉、悲惨、忧伤一直在缠绕着我，无法解脱。三句三层，从行为、时令、感受等方面极力渲染愁思之深："寻"句写心中若有所失，思索追寻；"冷"句写当时周围环境是一片空虚寂寞；"凄"句写当时无可奈何的凄惨心境。此词开头连下这14个叠字，非常著名。罗大经《鹤林玉露》曰："起头连叠七字，以妇人乃能创意出奇如此。"周济《介存斋词选序论》曰："双声叠韵字，要着意布置，……重字则既双且叠，尤宜斟酌，如李易安'凄凄惨惨戚戚'，三叠韵、六双声，是锻炼出来，非偶然拈得也。"徐釚《词苑丛谈》曰："真似大珠小珠落玉盘也。"都予以很高评价。这创造性的叠字开头，确实加强了感情的渲染，形象生动地写出了主人公百无聊赖地去寻找自己精神上的寄托但又徒唤奈何的凄然寡欢的情态。后人常引用这几句叠词来表达寻觅、凄凉、孤独、忧伤之类。

例如

①西语曰："孤独不是人生。"人生来具群体性，一个身心正常的人总是渴望生活在人群中，与他人能够交流，害怕寂寞与孤独。"寻寻觅觅，冷冷清清，凄凄惨惨戚戚。"女词人李清照的这14个字不是已道尽了孤独者凄凉的心境吗？（摘自黄书泉《学会孤独》）

②一天晚上，张蕴之到王文蕙屋里去，说是来借字典，王文蕙把字典交给他。他不走，东拉西扯地聊开了。聊《葬花词》，聊"寻寻觅觅，冷冷清清，凄凄惨惨戚戚"。王文蕙不知道他要干什么，心里怦怦地跳。忽然，"卟！"张蕴之把煤油灯吹熄了。（摘自汪曾祺《桥边小说三篇·詹大胖子》）

③"寻寻觅觅，冷冷清清，凄凄惨惨戚戚"：这个苍凉的词境，正好用来形容我们当时的心情，只是还得加上忐忐忑忑，忧忧悒悒，慌慌煎煎急急。（摘自《柯灵散文选·红泪》）

④自从《地球战场》和《幸运数字》两部大片惨遭滑铁卢之后，这位在好莱坞闯荡多年，并且曾经大出风头青云直上的酷星便给人一种寻寻觅觅、冷冷清清、凄凄惨惨戚戚的感觉，好不容易想借出演"世界最危险的特工"来一回"咸鱼"大翻身，结果也不尽如人意。（摘自晓夫《国际影坛五大冷酷男星》）

⑤大哥驭鹤西行，已去天国数月，可母亲还在茫茫人海中执着地捕捉儿子的身影，有谁知晓这寻寻觅觅冷冷清清凄凄惨惨戚戚之中的老人心头，那失去爱子的惨重伤口仍在无声地流着血，点点滴滴，滴滴点

点，应像今夕枫径园里满径、满阶、满园飞舞的枫叶，片片皆是撼人魂魄心神、催人潸然泪下的红艳、赤灼……（摘自续维国《母亲的泪水》）

尽日寻春不见春，芒鞋踏遍陇头云。归来笑拈梅花嗅，春在枝头已十分。

诗为宋·佚名某尼悟道所作（见罗大经《鹤林玉露》）。清·宋长白《柳亭诗话》谓：梅花尼子名习静，行脚僧，有诗云："着意寻春不见春，芒鞋踏遍陇头云。归来笑拈梅花嗅，春在枝头已十分。""芒鞋"一句一般常写作"芒鞋踏破岭头云"或"杖藜踏破几重云"。这首诗的意思是：整天寻找春天却不见春天到来，脚穿草鞋已经踏遍了岭上云雾。回到园中笑着拾取梅花一闻，才知道春天早已来到枝头，春满十分了。此诗可与辛弃疾《青玉案》的"众里寻他千百度，蓦然回首，那人却在，灯火阑珊处。"和马致远《吕洞宾三醉岳阳楼杂剧》的"踏破铁鞋无觅处，算（今多写作"得"）来全不费功夫"并读。后人常引用此诗或诗中某句来表达此类意思。

例如

①"到处寻春不见春，芒鞋踏破岭头云。归来笑拈梅花嗅，春到枝头已几分。"走出广州一家家企业，记者感受到融融春意。（摘自王培楠《春到枝头已几分——企业家问题探讨之五》）

②东北的春天是短暂的。有人把它比喻成一个顽皮的女孩：漫长的冬天早就叫人厌烦了，人们找她，盼她，可是，"到处寻春不见春"。在你稍不注意的时候，她突然从哪个墙角蹦出来，笑嘻嘻地站在你面前，叫你吃一惊。（摘自金河《堵塞》）

③有首寻春诗写道："尽日寻春不见春，芒鞋踏破陇头云。归来笑拈梅花嗅，春在枝头已十分。"寻春大抵是这样，芒鞋踏破，四处寻觅，其实春就在身边，只是视而不见、不以为然罢了。（摘自陈迅《寻春》）

④如果一个人在自己的心中都找不到美，还能在何处发现美的踪迹？"尽日寻春不见春，芒鞋踏破陇头云。归来笑拈梅花嗅，春在枝头已十分"，正所谓"道不远人"。（摘自陈九林《点滴穿石》）

尽挹西江，细斟北斗，万象为宾客。

语出宋·张孝祥《念奴娇·过洞庭》。词下阕曰：“应念岭表经年，孤光自照，肝胆皆冰雪。短发萧骚襟袖冷，稳泛沧溟空阔，尽挹西江，细斟北斗，万象为宾客。扣舷独啸，不知今夕何夕！”挹（yì）：舀。挹，一作“吸”。西江：从西奔来的大江。宋·道原《景德传灯录》：“庞居士参马祖云：‘不与万法为侣者是什么人？’祖曰：‘待汝一口吸尽西江水，即向汝道。’”斟：倒酒。屈原《楚辞·九歌·东君》：“援北斗兮酌桂浆。”万象：宇宙间的万物。这几句词的意思是：把西江之水舀来当酒，用天上的北斗杓做杯，邀来天地万物作客人。语辞豪迈，气象不凡。宋·魏了翁评曰：“‘洞庭’所赋，在集中最为杰特。方其吸江酌斗，宾客万象时，讵知世间有紫微青琐（官署衙门）哉！”（《查为仁、厉鹗《绝妙好词笺》卷一引）后人常引用这几句来形容襟怀气魄之大，或形容宴会上痛饮的场面。

例如

①张孝祥在舟过洞庭湖时赋《念奴娇》词：“尽挹西江，细斟北斗，万象为宾客”，何等胸襟气魄；“岭表经年，孤光自照，肝胆皆冰雪”，又何等磊落高洁。在官场宴会上为什么会那样庸俗？真是“习俗移人，贤者不免。”（摘自王季思《簪花饮酒和跨马游街》）

②“那是得庆祝一下！”林子厚由衷地说：“今天非‘尽吸西江，细斟北斗’一醉不可！”“难得‘君心似我心’，一定奉陪！”向东斋手指沙发，“请少坐一会。”（摘自尚为《征婚》）

③望着天边那一轮明月，是多么难得的恬静。烟笼寒水月笼沙，春秋几载回溯。居江南，尽挹西江，细酌北斗；住塞北，大漠孤烟，长河落日。（摘自史伟萍《月夜》）

④电视纪实的魅力在于它突破了一般典型化模式的影响和限制，坦对大千，以万象为宾客，把具有生活原始特点的最本真、最自然、最复杂的东西呈现出来，在观众面前展现了一个真实可信的世界。（摘自刘彬《电视纪录片细节运用技巧》）

曲径通幽处，禅房花木深。

语出唐·常建《题破山寺后禅院》。诗曰："清晨入古寺，初日照高林。曲径通幽处，禅房花木深。山光悦鸟性，潭影空人心。万籁此都寂，但余钟磬音。"曲径：深曲的小路。曲，一作"竹"。幽处：幽雅清净的地方。禅房：僧房，也称"寮房"，僧人住处。花木深：与"幽处"相呼应。这两句诗的意思是：弯弯曲曲的小路通向幽雅清净的地方，禅房深藏在花木丛中。写禅房幽净很成功，深得欧阳修的赞赏。后人常引用"曲径通幽处"一句（或两句）来说明弯弯曲曲的小路通向幽雅清净之地，或说明艺术作品的含蓄曲折，深远有致。

例如

①第四，曲径通幽处，禅房花木深。就是说可以采取迂回战术。如前所说，有些考生的怯场现象是由于在作文某一环节上卡壳却又不会转弯，结果越想越紧张、害怕而产生的。有经验的考生对此采取的对策往往是暂时避开，不死心眼地朝一个牛角尖钻。（摘自朱乾坤等《语文复习应试100问》）

②由于这园中之园常常在曲径通幽处，正当你感到"山重水复疑无路"之际，忽见"柳暗花明又一村"，因而产生"迂回不尽之路，云水相忘之乐。"（摘自廖志豪等《苏州史话》）

③出东门向上攀，曲径通幽处，有一块巨大的岩石，石上一株古松，松上古人题词："树老千年欲化龙。"（摘自郭淑敏等《苍岩山断想录》）

④细细品味那句"曲径通幽处，禅房花木深"，仿佛置身于一个幽静的小院，在挤满蓓蕾的树下，品一本自己喜欢的书，抒几句深情的感悟，倾听那四季花开的声音。（摘自季羡林《宁静以致远》）

⑤我在小城曲径通幽处生活，游离在小城之中，却时常深陷在思乡的情结里。（摘自王春芝《和一座城的缘分》）

众里寻他千百度。蓦然回首，那人却在，灯火阑珊处。

语出宋·辛弃疾《青玉案·元夕》。词见"东风夜放花千树……"

条引。度：次。蓦（mò）然：忽然。那人：指所爱的人。阑珊（shān）：零落，将残。这几句词的意思是：在观灯的游人群里，我千百次地寻找，都不见她的影子，忽然间回头一看，那人正在灯火稀落的地方站着呢。词面上是写观灯，实际上显然是有所寄托的。作者追求的是一个不同凡俗、自甘寂寞而又有些迟暮之感的美人，这所反映的是他自己在政治上失意以后，宁愿闲居，也不肯同流合污的品质。王国维曾引用这几句词（参见“昨夜西风凋碧树……”条引），称之为古今成大事业、大学问者必须经过的“第三境”。比喻几经周折或多次失败之后，一个偶然的启迪，遂使思路大开，获得成功。后人常引用这几句词，或用其本意指寻人，更多的则是用作比喻。他，有时引作“她”。

例如

①酒会都快近尾声了，姚茫早应该来了，方月返身过去，在逐渐稀疏的人群中找寻他。姚茫果然从一大群碧眼红发的洋人当中，朝她举了举杯，咧嘴笑笑。“众里寻他千百度，蓦然回首，那人却在，灯火阑珊处。”姚茫显然来了好一会了，他立在那儿，等着方月回头去发现他，他知道她迟早会转过头来的。（摘自施叔青《窑变》）

②有一次我看到一个女同志排队买到了小蛋糕，她站在路灯下那么高兴。我突然想起辛弃疾的词：“众里寻他千百度，蓦然回首，那人却在，灯火阑珊处。”我们搞经济也是一样，寻了千百度，才寻到这种“窗口经济”！（摘自陈祖芬《经济和人——系列报告文学〈挑战与机会〉之三》）

③“众里寻他千百度，蓦然回首，那人却在，灯火阑珊处。”当我们回顾党的十一届三中全会以来所走过的路子，看到一个中国式的社会主义的经济管理体制正脱颖而出的时候，该是多么欣喜和自豪！（摘自重庆日报评论员《回头看不是走回头路》）

④向西月毫不掩饰地说：“你是学文学的，应该读过辛弃疾的《青玉案·元夕》一词：‘……众里寻他千百度。蓦然回首，那人却在，灯火阑珊处。’突然才有诗意！”（摘自肖为《征婚》）

⑤“众里寻他千百度，蓦然回首，那人却在灯火阑珊处”，颇有意境的词句，但现在的济南人恐怕已经很少会记起了。因为，阑珊的灯火已经走入了尘封的记忆。（摘自韩磊等《流光溢彩的济南》）

各人自扫门前雪，莫管他家瓦上霜。

语出明·冯梦龙《古今谭概·谈资部第二十九·都宪令》。酒令曰："天上有云山，地下有寒山。寒山手里持一把扫帚，口称'各人自扫门前雪，莫管他家瓦上霜。'"宋·陈元靓《事林广记·卷九·警世格言》作"自家扫取门前雪，莫管他人瓦上霜。"明·汤显祖《牡丹亭》亦有"各人自扫门前雪，休管他家屋上霜"之句。大意相同，只个别处略有异文。这两句酒令明白如话，意思是：各人只需要扫自己门前的积雪，不要去管别人家屋瓦上的霜。比喻只管自己的那一份，不管别人的事情。后人常引用这两句酒令来表达这一意思；也有的用来讽刺多管闲事的人。

例如

①一是要承认个人的"隐私权"；二要尊重别人的"隐私权"，"各人自扫门前雪，休管他家瓦上霜。"谁若像特务一样老是窥探别人的私生活，谁就应该受到舆论的谴责。（摘自盛祖宏《尊重"隐私权"》）

②对于单居独处的生活，我本习以为常，但"各人自扫门前雪，不管他人瓦上霜"，倒也逍遥自在。（摘自向明《一曲遥寄》）

③鲁迅说："中国的社会，虽说'道德好'，实际却太缺乏相爱相助的心思。"谚语"各人自扫门前雪"，所概括的正是这种常见的社会心理。（摘自刘家鸣《鲁迅小说艺术形象的文化批判内涵》）

④在一个社会里面，如果人人都是一副"事不关己，高高挂起"的姿态，都是一种"各人自扫门前雪，休管他家瓦上霜"的态度，除了冷漠还是冷漠，那么你的生活会愉快吗？（摘自欧金凤《有感动才会有希望》）

⑤比如，同事在工作中出现失误、错误或者危险苗头和不良倾向，有些人不提出、不指正、不拉一把，反而"各人自扫门前雪，休管他家瓦上霜"，让其在危险边缘愈滑愈远。（摘自李璇《"好人主义"要不得》）

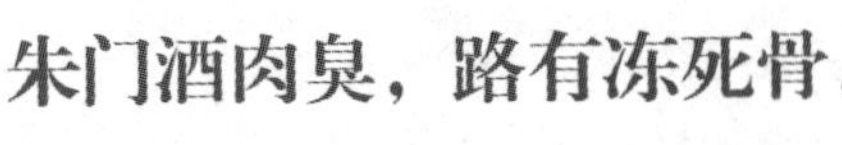

朱门酒肉臭，路有冻死骨。

语出唐·杜甫《自京赴奉先县咏怀五百字》。诗中句曰：“暖客貂鼠裘，悲管逐青瑟。劝客驼蹄羹，霜橙压香橘。朱门酒肉臭，路有冻死骨。荣枯咫尺异，惆怅难再述。”“朱门”句是前四句的直接概括，与“路有”句对比强烈，成为揭露整个封建社会阶级对立的名言。赵翼《瓯北诗话》卷二：“‘朱门酒肉臭，路有冻死骨。’此语本有所自。《孟子》：‘狗彘食人食而不知检，途有饿殍而不知发。’《史记·平原君传》：‘君之后宫婢妾被绮縠，余粱肉，而民衣褐不完，糟糠不餍。’《淮南子》：‘贫民糟糠不接于口，而虎狼熊罴刍豢；百姓短褐不完，而宫室衣锦绣。’此皆古人久已说过，而一入少陵手，便觉惊心动魄，似从来未经人道者。”又《孟子·梁惠王上》：“庖有肥肉，厩有肥马，民有饥色，野有饿殍。”《孙子新书》：“楚庄攻宋，厨有臭肉，樽有败酒，而三军有饥色。”类似的意思，古书多有所述，而一经杜甫点化，便成深刻、警人的名句。这两句诗的意思是：统治者筵席上剩余的酒肉已经腐臭变质，而民间却有人冻死在路上。后人常引用这两句诗来揭露社会阶级的对立现象，作为贫富悬殊的鲜明对照。

例如

①这些同时发生的偶然事件，似乎没有什么必然联系，而作者却正是通过这些“出乎意料之外，却在情理之中”的情节描写，真实地再现了封建社会的生活，深刻地揭露了那“朱门酒肉臭，路有冻死骨”的尖锐的社会矛盾，产生了感人至深的艺术效果。（摘自杨治经《艺术创作中的奇与巧》）

②为了苦苦追求自立，她奋斗、拼搏，拍过电影，唱过歌，跳过舞……“大鱼吃小鱼”的社会环境，粉碎了她天真的幻想；“朱门酒肉臭，路有冻死骨”的严酷现实，使她染上了铜臭气……（摘自齐世明《美丽而又丑陋　可爱而又可怜——谈怎样认识陈白露这一人物》）

③试想，在“朱门酒肉臭，路有冻死骨”的时代，“古仁人”能“不以物喜，不以己悲”，“进亦忧，退亦忧”，矢志不渝地忧国忧民，是何等不易啊！（摘自韦野《名楼赋》）

④这是一种改变了人类生活状态的食材，在古代，它是富人与穷人的区别，诗人杜甫曾言：“朱门酒肉臭，路有冻死骨。”没错，这次

要说的就是中药里面的肉类。（摘自半落青天《舌尖上的中药——肉类》）

⑤因为各种浪费是惊人的客观存在，结果所形成的尖锐对比便是“朱门酒肉臭，路有冻死骨”。（摘自夏书章《旧文杂记》）

朱雀桥边野草花，乌衣巷口夕阳斜。旧时王谢堂前燕，飞入寻常百姓家。

诗出唐·刘禹锡《乌衣巷》。朱雀桥：在乌衣巷附近，是六朝时代都城正南门（名朱雀门）外秦淮河上的大桥（今南京聚宝门内）。野草花：指野草丛中开花。花，动词。乌衣巷：是金陵（今南京市）东南的一条街巷，在秦淮河畔。原是晋代大世族王导、谢安居住之地。三国吴曾在此设军营，军士穿黑衣，故名。寻常：平常，普通。诗的意思是：在朱雀桥边，一片绿茸茸的野草丛中，有几朵小花开放。乌衣巷街头，夕阳正向西偏去，斜晖渐暗。以前寄住在王导、谢安等大世族堂前的燕子，春天来到，返回旧巢，却是飞入普通老百姓家中了。因为王、谢大族已沦为普通百姓，显赫之势已成过去，不复存在。通过燕子“更换主人”，告诉人们，那些一时炙手可热的封建豪门，只不过是历史上的过客而已，含蓄地对统治者进行辛辣地讽刺，寓写出人世沧桑变化的规律。后人或引用“朱雀”一句来比喻身份地位的普通，不为人们所重，“野草花”，言不登大雅；或引用“旧时”两句来说明旧事物的易主，或某事物的屈高就低；也有引用全诗的。

例如

①李布道的家——“李氏诊所”，很好找。“朱雀桥边野草花，乌衣巷口夕阳斜。旧时王谢堂前燕，飞入寻常百姓家。”一座石拱桥旁，门上有骑楼，院里有两棵大垂柳。这时只听柳荫里啾啾鸟鸣，是不是王谢堂的归来燕？（摘自姜磊《谁是报幕的人》）

②浇花锄草的人愈多，园林也会愈茂密。连我这“朱雀桥边野草花”也分领了一些滋润与修剪之劳。（摘自傅庚生《文学赏鉴论丛·前言》）

③这等朱门，哪一家哪一户不期望子孙传承、流祚无疆呢？实际上大大不然，就像游戏中的“击鼓传花”一样，儿孙手里没传上几茬，就空际云烟似的，败亡散没了。路人再过“朱门”，唯见“旧时王谢堂前

燕，飞入寻常百姓家”了。（摘自杨闻宇《说红》）

④君子兰就是一种出身高贵、带着帝王豪气的名花。如果花儿有知，能够顾影自怜的话，定然会觉得自己是“龙种自与常人殊”了。后来，它竟“飞入寻常百姓家”，而且被打上了“和尚”、“染厂”、“吴大夫”等这样世俗平民的印记。（摘自邓加荣《君子兰之谜》）

⑤现在档案人最爱引用“旧时王谢堂前燕，飞入寻常百姓家”的诗句，说明随着社会的进步，档案已不再仅仅是政府的珍藏，在成就“历史”、资政育民的同时，正走出“深闺”，服务民生，由幕后走向台前，成为改变人们生活的一种新动力。（摘自刘克平《档案的活力来自于为民》）

年年岁岁花相似，岁岁年年人不同。

语出唐·刘希夷《代悲白头翁》，题一作《代白头翁吟》。诗中句曰：“今年落花颜色改，明年花开复谁在？已见松柏摧为薪，更闻桑田变沧海。古人无复洛阳东，今人还对落花风。年年岁岁花相似，岁岁年年人不同。寄言全盛红颜子，应怜半死白头翁。”这两句诗的意思是：一年年地过去了，年年百花开放，并没有什么两样，可是随着岁月的更换，人却发生了由年轻到年老的重大变化。此诗前半部分化用东汉宋子侯的乐府歌辞《董娇娆》，而概括得更加典型。这两句是前半部分的总结，以“花相似”反衬“人不同”，比喻形象，深深地表达出人世沧桑，年华易逝之慨。据传：刘希夷的舅舅御用文人宋之问欲把这两句诗据为己有，希夷不允，宋之问派人用土囊将他压死。后人常引用这两句诗来表达同样的意思。

例如

①在当今美女如云争奇斗艳的影视界，她甚至难执牛尾，更何况年年岁岁花相似，岁岁年年人不同？可她愣是立住了脚，而且倍儿稳。（摘自方进《〈渴望〉之后话月娟》）

②“花儿明年会开，岂不闻‘年年岁岁花相似，岁岁年年人不同’？人，有时竟还比不上小花呢。像娘，前年此时不还好好儿的？”（摘自朴月《西风独自凉》）

③中国人传统的审美观是月圆花好，他们在感叹“年年岁岁花相似，岁岁年年人不同”的同时，憧憬着“但愿人长久，千里共婵娟”的

人生理想和美好境界。（摘自思效《“残缺”美不美？》）

④“年年岁岁花相似，岁岁年年人不同。”一年一年，岁月镌刻着我们的行迹，沧桑了我们的脸庞，改变了我们的模样。（摘自孙启懋《惜年有金》）

⑤年年岁岁花相似，为了再次收获丰硕的秋天，扮靓绚烂的春天，可人的年宵花儿如天使般再度降临人间，是她让我们看到了缤纷的世界，绿色的未来。（摘自李琴《陌上花开，可缓缓归矣》）

竹外桃花三两枝，春江水暖鸭先知。

语出宋·苏轼《惠崇春江晚景》二首之一。诗曰：“竹外桃花三两枝，春江水暖鸭先知。蒌蒿满地芦芽短，正是河豚欲上时。”惠崇和尚是宋代著名画家。《春江晚景》（亦作《春江晓景》）是他画的两幅作品，苏轼此诗题的是其中的“鸭戏图”。这两句诗的意思是：春天来了，竹篱外边已有三两枝桃花吐蕊开放，鸭子在水中游戏，江水的由冷变暖，它是最先知道的。“春江水暖鸭先知”一句，很富有理趣。后人常引用这后一句诗来形容察觉事物的灵敏感；或用来说明深入实际，才能体察到事物的发展变化，才能理解到事物的本质等。

例如

①说探春的，有苏东坡的“竹外桃花三两枝，春江水暖鸭先知”，以鸭探春，确已入“无我之境”了。（摘自殷卫海《说春》）

②春江水暖鸭先知。对于社会变革感觉最敏锐的莫过于知识分子。（摘自唐晓云等《纵百家之智　开争鸣之风——浅谈春秋战国时期的百家争鸣》）

③“春江水暖鸭先知”，对于这一类作品在读者心里，从兴奋点逐渐降到疲劳线，最先敏感到的，应该是日读数万字来稿的编辑。（摘自曹阳《关于文学写作的三种积累》）

④四月，犹如苏东坡笔下的春景：“竹外桃花三两枝，春江水暖鸭先知。”也如杜甫笔下的春色：“两个黄鹂鸣翠柳，一行白鹭上青天。”四月，在我们心中留下了美好的记忆，四月的农发行也给客户留下了深深的印记。（摘自黄庆坤《一封感谢信背后的故事》）

⑤竹外桃花三两枝，燕返巢，花开了。柔媚温暖的阳光里，全家人围坐在一起吃春卷，慢慢地品味。那一缕缕微甜的清香，飘得整个院子

香香的，幸福快乐的感觉在心头流淌。（摘自钟芳《春来食春卷》）

华开不并百花丛，独立疏篱趣未穷。宁可枝头抱香死，何曾吹落北风中。

诗出宋·郑思肖《寒菊》。华：同“花”。诗的意思是：菊花是不与百花同时开放的，它独立在疏篱旁有无穷的韵味。宁可枯干在枝头上守着香气死去，从不被北风吹落过。诗人郑思肖也是画家，宋亡后隐居苏州。为记亡国之恨，他不画土、根。后两句是借菊花枯死不离其枝的形象，比喻自己不忘故国的忠贞之情，表现了作者高尚的爱国情操。朱淑真《黄花》诗有“宁可抱香枝上老，不随黄叶舞秋风。”也是此意。现在常引用这首诗或只引后两句来比喻高尚的节操。

例如

①我们访问他时，正是金秋时节，客厅里放着几盆美丽的菊花，有洁白的，有金黄的，也有紫红色的。一张条幅上写着宋人郑思肖的《菊颂》：“华开不并百花丛，独立疏篱趣未穷。宁可枝头抱香死，何曾吹落北风中。”人与景，花与诗，都透着一种峭拔不俗、桀骜不驯的风格。（摘自王筠《辉煌的婴儿》）

②秋有“不是人间种，移从月里来”的桂花，“宁可枝头抱香死，何曾吹落北风中”的野菊花，还有八仙、乌饭树、夹竹桃和主要蜜源的柃木花。（摘自露白《花坪花》）

③三外野人是宋末元初的郑所南，宋亡后改名为思肖，即思趙，隐居苏州近半个世纪，“宁可枝头抱香死，不曾吹落北风中”，坐卧必南向，以示不忘宋室。（摘自山谷《谁唱江南断肠句》）

④草枯叶黄，万花纷谢，唯有黄花遍野，野菊花全然不顾蕊寒香冷蝶难来，每个秋天依然开遍家乡的山山峁峁，宁可枝头抱香死，也不随落叶舞西风。（摘自夏建军《故园情》）

⑤在秋风劲吹、冬雪纷飞之时，是宁可枝头抱香死，也不随落叶舞秋风，还是广阔市场，横刀立马？（摘自蒋士桦《向下扎根破局　抓住机遇突围》）

好一似食尽鸟投林，落了片白茫茫大地真干净！

语出清·曹雪芹《红楼梦》第五回《红楼梦曲·收尾·飞鸟各投林》。曲曰：“为官的，家业凋零；富贵的，金银散尽；有恩的，死里逃生；无情的，分明报应；欠命的，命已还；欠泪的，泪已尽；冤冤相报实非轻，分离聚合皆前定。欲知命短问前生，老来富贵也真侥幸。看破的，遁入空门；痴迷的，枉送了性命。好一似食尽鸟投林，落了片白茫茫大地真干净！”这两句曲的意思是：就好像食物已被吃光了，鸟雀们忽剌一下散了去，飞往荒郊野林之中，只剩下一片白茫茫的大地，干干净净，一无所有了。蔡义江先生说：“作者以食尽鸟飞、唯余白地的悲凉图景，作为贾府未来一败涂地、子孙流散的惨象的写照，从而向读者极其明确地揭示了全书情节发展必以悲剧告终的完整布局。”（《红楼梦诗词曲赋评注》）后人常引用这两句或只引后一句来说明家境一片破落衰败的凄凉景象。

例如

①我那官僚兼资本家的大家庭，被日本人的炮火摧毁后却一蹶不振，树倒猢狲散，经过八年离乱，正如《红楼梦》里写的，“好一似食尽鸟投林，落了片白茫茫大地真干净”了。（摘自张贤亮《绿化树》）

②我似乎从“烈火烹油，鲜花著锦”的贾府黄金岁月，堕入“食尽鸟投林，落了片白茫茫大地真干净”的下梢。（摘自鲍昌《伟大的小说何时到来？》）

③昆剧被判处死刑，京剧的所有传统剧目统统被打入冷宫，各种戏曲剧种无一幸免于诛，那才是“落了片白茫茫大地真干净”呢！（摘自俞振飞《继续为社会主义戏曲事业努力工作——在俞振飞演剧生活六十年纪念会上的答词》）

④雪的含义，有时，要看它落在什么地方了。比如说，落在曹雪芹的金陵，它就是“好了歌”——“好一似食尽鸟投林，落了片白茫茫大地真干净！”（摘自邓金明《政治，就是一首即兴诗》）

⑤真所谓“好一似食尽鸟投林，落了片白茫茫大地真干净”，我甚至无法在板塘再找到国营企业的影子了。（摘自楚荷《我的纠结　我的小说》）

好风频借力，送我上青云。

语出清·曹雪芹《红楼梦》第七十回。史湘云见暮春柳絮飞舞，偶成小令。诗社就发起填词，每人各拈一小调，以咏柳絮，限时作好。薛宝钗《临江仙》词曰：“白玉堂前春解舞，东风卷得均匀。蜂围蝶阵乱纷纷：几曾随逝水？岂必委芳尘？　万缕千丝终不改，任他随聚随分。韶华休笑本无根：好风频借力，送我上青云。”频借力：指不断地借助于风力。青云：高天，也用以说明高位。《史记·伯夷列传》；“闾巷之人欲砥行立名，非附青云之士，恶能施于后世哉？”这两句词的意思是：不断地借助于好风的力量，吹送我到高天之上。原是借咏柳絮，以刻画薛宝钗的人物性格。后人常引用这两句词来比喻借助外力而飞黄腾达，或发生飞跃性的变化。“频”一般引作“凭”。

例如

①儿子对老子，有因其违法犯罪看不起的，有因政治反动看不起的，有因道德败坏看不起的，这些我都存而不论；只说老子“头脑简单、四肢发达”、生计艰难、家门寒素，不能使儿子“好风频借力，送我上青云”，因而被看不起的两种怪现象。（摘自高扬《论儿子看不起老子》）

②沈阳市日用化学厂的生产真是蒸蒸日上，形势喜人。“好风凭借力，送我上青云”，是改革的春风使这个小厂出现了勃勃生机，发生了沧桑巨变，这难道不是事实吗？（摘自李家敖《“小型巨人”是怎样腾飞的——访沈阳市日用化学厂》）

③好风频借力，送我上青云。大学生自主创业的梦想，在一系列政策扶持下，定能披上有力的翅膀，达到理想的彼岸。（摘自谢霞《从大学生到老板，路有多远？》）

④或许总有薛宝钗一类的女子企望“好风频借力，送我上青云”（在现实里，这样的女子已成为时代的主流，男人们是因此越加骄傲抑或益发疲于奔命？）。（摘自潘禾婴《〈错误〉的一种解读》）

⑤“好风频借力，送我上青云”，我们有理由相信借第三方BtoB电子商务平台的技术和人气之力，中小企业的电子商务会迎来一个美好的明天。（摘自王洁等《中小企业应“借力”涉水电子商务》）

好雨知时节，当春乃发生。

语出唐·杜甫《春夜喜雨》。诗曰："好雨知时节，当春乃发生。随风潜入夜，润物细无声。野径云俱黑，江船火独明。晓看红湿处，花重锦官城。"乃：即，就。发生：使万物萌生，申说"春"。《尔雅·释天》："春为发生。"《庄子》："春气发而草木生。"一般仅理解为好雨当春而降，可备一说。这两句诗的意思是：好雨好像懂得季节的变化，正当春天到来之时，它就使草木萌生。用拟人的手法，描写春雨之及时。后人常引用这两句诗来说明好雨及时，或比喻某一事物发生的及时。

例如

①"好雨知时节，当春乃发生"。"全民文明礼貌月"正似一场春雨，必将催放社会主义精神文明之花。（摘自共青团省委《关于动员全省青少年积极投入"全民文明礼貌月"活动的号召书》）

②但我阳台上栽的玫瑰、蝴蝶兰、日本海棠，还有那几棵金银花，却在潇潇细雨中精神抖擞，显得分外嫩绿、光鲜。真是"好雨知时节"、"润物细无声"啊。（摘自贺青《绿叶赋》）

③"好雨知时节"，"润物细无声"，深入细致、动之以情的工作，较之那简单生硬、不近情理的一套，效果可能强上许多倍。（摘自雷克《"感情投资"面面观》）

④好雨知时节，当春乃发生。随着国省道干线公路改造徐徐拉开帷幕，两条具有示范意义的重要国道改造格外引人瞩目。（摘自谢丁等《国道改造 浙江出发》）

⑤"好雨知时节，当春乃发生。随风潜入夜，润物细无声。"绵绵春雨随着轻柔的春风在夜里落下，悄然无声地滋润着大地万物。这好似学生在潜移默化中受教育，受熏陶。（摘自李倩《润物无声春有功——记教育与德育工作案例》）

红豆生南国，春来发几枝？劝君多采撷，此物最相思。

诗出唐·王维《相思》。红豆：产于岭南今广东、广西一带，树干

高丈余，秋季开小花，冬春结果，实如豌豆，色鲜红，形略扁。相传古时有一人死在水边，妻子想念他，哭死在树下，化为红豆，故又名相思子。撷（xié）：摘取。诗的意思是：红豆生长在南方，到了春天又添几枝新叶？希望你多多地摘取，因为它最能表达相思之情。这是一首借红豆表达相思之情的咏物诗，“此物最相思”一句结出正意。用它来表达爱情，流传至今。现在常引用这首诗或诗中部分句子来表达对爱人、朋友或对祖国的思念。

例如

①这就是红豆啊！“红豆生南国，春来发几枝？劝君多采撷，此物最相思。”王维的这首《相思子》涌上心头。咏红豆的诗早已溶解于心，但看见红豆，还是初次。（摘自戴砚田《情溢玄武湖》）

②台湾相思的名字真好，虽然不是为我而取，却牵动我多少的联想。树名如此惹人，恐怕跟小时候读的唐诗有关：“红豆生南国，春来发几枝？劝君多采撷，此物最相思。”这么深永天然的好诗，只怕我一辈子也写不出来了。（摘自余光中《春来半岛》）

③可是，你心里藏着一个久已慕恋的隐秘，即南国的相思之树——红豆。红豆生南国，此物最相思，她该如何地令人销魂呢？（摘自和容《相思豆》）

④时尚男孩在情人节送给女友的往往不是玫瑰，而是个性十足的香醇巧克力，既高雅、浪漫，又有“红豆生南国”般的文化内涵。（摘自龙源《刘静：独创爱情巧克力赚取100万》）

⑤那鲜红似唇坚硬如铁的颗粒就像一枚枚红纽扣，将童年的事儿一个个串起来。红豆生南国，银豆生岚皋。一为相思，一为思乡。（摘自黄开林《老树》）

红杏枝头春意闹

语出宋·宋祁《玉楼春》。词曰：“东城渐觉风光好，縠皱波纹迎客棹。绿杨烟外晓寒轻，红杏枝头春意闹。　浮生长恨欢娱少，肯爱千金轻一笑？为君持酒劝斜阳，且向花间留晚照。”闹：热闹，浓盛。这句词的意思是：红杏开满枝头，花朵绚烂耀眼，热热闹闹，充满无限生机。此篇是宋词中的名作，作者因“红杏”之句而博得“红杏尚书”的雅号。王士祯《花草蒙拾》：“‘红杏枝头春意闹尚书’当时传为美谈”。李渔《窥词管见》认为：“若红杏之在枝头，忽然加一‘闹’字，此语殊难著解。争斗有声之谓闹，桃李争春则有之，红杏闹春，予实未之见也。‘闹’字可用，则‘吵’字、‘斗’字、‘打’字皆可用矣。”黄蓼园《蓼园词选》则谓：“浓丽，‘春意闹’三字，尤奇僻。”王国维《人间词话》更曰：“著一‘闹’字，而境界全出。”作者这里用的是“通感”（或称“移觉”）修辞手法，以“闹”写色，把春天绚烂的景色点染得极为生动，实在用得妙。后人常引用这句词来描绘绚丽多彩的春景。

例如

①古人多有咏春的诗作，“春城无处不飞花”、“红杏枝头春意闹”历来是描绘春景的名句，而李贺的“东方风来满眼春”则更向人们展示了一派东风浩荡、遍地新春的景象。（摘自李延胜《东方风来满眼春》）

②“红杏枝头春意闹”，愿我们封面上那枝妖娆红花，与遍地春风一起，妆点一个绚丽的春天！（摘自《青年文学·编者的话》）

③“红杏枝头春意闹”。几年来，我们的文苑，也像大自然一样，百花竞放，万紫千红，春意盎然。（摘自单复《关于“放”和“争”》）

④冬天呵！虽没有“红杏枝头春意闹”的嫣然鲜艳，也没有雀鸟啁啾的清音婉鸣，但冬天又何尝不是一首朴实无华、清冽壮阔、温暖如春的抒情诗。（摘自叶予之《感恩冬天》）

⑤“绿杨烟外晓寒轻，红杏枝头春意闹。”在中国的广大农村，时下正在迎春雨，忙春耕。（摘自《金融下乡为“三农”》）

会当凌绝顶，一览众山小。

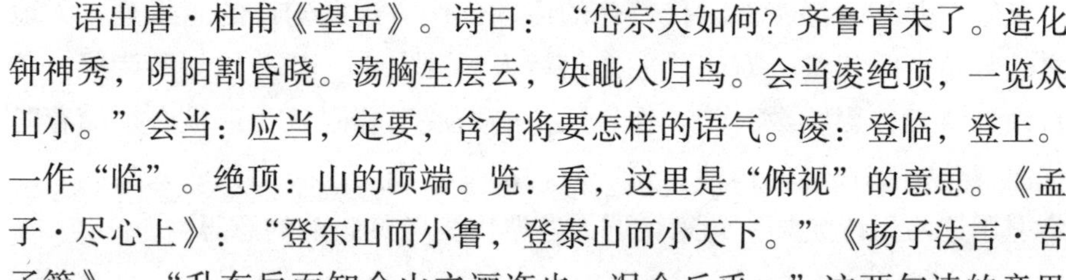

语出唐·杜甫《望岳》。诗曰：“岱宗夫如何？齐鲁青未了。造化钟神秀，阴阳割昏晓。荡胸生层云，决眦入归鸟。会当凌绝顶，一览众山小。”会当：应当，定要，含有将要怎样的语气。凌：登临，登上。一作“临”。绝顶：山的顶端。览：看，这里是“俯视”的意思。《孟子·尽心上》：“登东山而小鲁，登泰山而小天下。”《扬子法言·吾子篇》：“升东岳而知众山之逦迤也，况介丘乎。”这两句诗的意思是：我一定要登上那高山极顶，纵目天下，四周的群山都要显得矮小了。写出了泰山的巍然高耸，超拔群峰的气势，也表达出诗人的雄心壮志。后人不仅游泰山或其他名山时常引用这两句诗来抒发豪情，而且通过深广的联想，也常借以比喻自己或他人的事业将来会攀上高峰，超越前人或同辈，或用来说明站得高看得远的道理。

例如

①我们终于登上了天都！爬上绝顶石崮，正逢万里无云，举目四望，卅六峰尽收眼底，正是“会当凌绝顶，一览众山小”诗意的写照！（摘自陈昌本《海马的后代》）

②登高远望，极目苍天舒，“会当凌绝顶，一览众山小”，而回首历史长河，更是别有一番风趣。（摘自王凤麟《特大暴雨前云系模型》）

③诗云：“会当凌绝顶，一览众山小。”只有站到高处，胸怀全局，才能将山与山、河与河的界限打破，才能获得内在的整体性，题材的超越性。（摘自雷达《关于短篇创作的活力的思考》）

④“会当凌绝顶”，无疑是敲响在泰山绝顶上的洪钟大吕，是蔑视一切困难之抱负、雄心的豪情礼赞。（摘自付秀宏《诗圣的泰山》）

⑤“会当凌绝顶，一览众山小。”办公室工作既要站得高、看得远、想得深，又要尊重客观规律，从实际出发，寻求政务工作的新突破。（摘自唐明生《办公室工作面面“观”》）

江山代有才人出，各领风骚数百年。

语出清·赵翼《论诗》五首之二。诗曰：“李杜诗篇万口传，至今已觉不新鲜。江山代有才人出，各领风骚数百年。”江山：这里指天地之间。才人：有才能的人，指杰出的诗人。领风骚：指领袖诗坛，开一代诗风。风：指《诗经》的“国风”；骚：指屈原的《离骚》。这里“风骚”并举，泛指有时代特色的诗歌创作。这两句诗的意思是：天地之间，每一时代都会有当代的杰出诗人涌现出来，开一代新的诗风，各自领袖诗坛，影响数百年。作者从诗的发展上着眼认为诗歌必须随着时代而变化，反映时代精神，每一时代都会有当时的杰出代表人物。后人常引用这两句诗或某一句来说明人才辈出，各具影响的意思。

例如

①在我们刚刚走上社会舞台，刚刚显露出我们的批判力量时就进行自我否定，这是需要勇气的。但我们必须有这个勇气。现实已将“江山代有才人出，各领风骚数百年”，改变为“各领数十年”，甚至“数年”。（摘自陈兵《青年知识分子的“两难”处境》）

②“江山代有才人出，各领风骚数百年”。新一代的“才人”们，为了从内容和形式的完美结合上显示我们时代的风骚，去努力同时把握生活和美两个脉搏吧！（摘自江溶等《创作例话》）

③“江山代有才人出”，但因才得福的不多，恃才贾祸的倒不少。原因之一是我们这个长期被封建体制盘踞的国度，家长制、一言堂的传统实在是根深蒂固，由来已久矣。（摘自钟晚晴《民主出人才》）

④总之，这副长联生动地体现了大手笔的卓越才华、非凡功力，为桂林山水增辉生色，堪与历史上著名的山水长联媲美，而毫不逊色，可谓“各领风骚数百年”也。（摘自张九阳《王力教授的桂林山水联》）

⑤“江山代有才人出”，何况是需要殚精竭虑、日日承受巨大压力的公募基金行业，能够各领风骚十余年已经实属不易了。（摘自赵迪《最后一个基金大佬》）

江东子弟多才俊，卷土重来未可知。

语出唐·杜牧《题乌江亭》。诗曰：“胜败兵家事不期，包羞忍辱是男儿。江东子弟多才俊，卷土重来未可知。”江东：指乌江（在今安徽省和县东北，苏皖界上的乌江镇，秦置乌江亭）以东，今芜湖、南京以下和长江南岸一带。楚汉之争，项羽垓下失利，败逃至此。《史记·项羽本纪》：“项王乃欲东渡乌江。乌江亭长舣船待，谓项王曰：‘江东虽小，地方千里，众数十万人，亦足王也。愿大王急渡。……’项王笑曰：‘天之亡我，我何渡为？且籍与江东子弟八千人渡江而西，今无一人还，纵江东父兄怜而王我，我何面目见之！……’……乃自刭而死。”才俊：才能俊杰之人。这两句诗的意思是：江东楚国子弟，有许多英雄俊杰人物，也许能卷土重来夺取天下。杜牧是在咏史，对于项羽兵败发表看法。后人常引用这两句诗来形容失败之后，重整旗鼓，大力反攻过来，或失败了的反动势力再度复活。成语“卷土重来”就是由此诗句截取而成。

例如

①前不久，报刊上很热烈地议论过一阵“江东子弟”的问题。有人相信杜牧的诗：“江东子弟多才俊，卷土重来未可知”；有人相信王安石的诗：“江东子弟今虽在，肯为君王卷土来”？一个说来；一个说不来。我是不相信“江东子弟多才俊”的，跟着项羽的“江东子弟”，其实多数是社会上的游民，成事不足，败事有余，所以一入咸阳，纵火烧杀；偶闻楚歌，四散逃窜。（摘自冯英子《再谈“江东子弟”》）

②为政而“不堪政事”，在当今之世，就远远不是什么“此座可惜”的问题了。杜牧“江东子弟多才俊，卷土重来未可知”的诗句也就并非完全没有应验的可能。（摘自胡靖《“圣质如初”戒》）

③“江东子弟多才俊，卷土重来未可知。”在市场经济日益深化的大趋势下，我们坚信我国私募基金将会不屈不挠地向前发展，尽管可能会遇到各种挫折。（摘自吴世君《私募基金重又来》）

④乌江亭长早已在渡口准备好船只，并劝项羽回江东重整旗鼓：“江东子弟多才俊，卷土重来未可知。只要大王赶快过江，汉军即使赶到，也只能望江兴叹，无法飞渡。”（摘自毛元佑《悲剧英雄项羽：生当作人杰，死亦为鬼雄》）

江作青罗带，山如碧玉簪。

语出唐·韩愈《送桂州严大夫同用南字》。诗曰：“苍苍森八桂，兹地在湘南。江作青罗带，山如碧玉簪。户多输翠羽，家自种黄甘。远胜登仙去，飞鸾不假骖。”青罗带：青色绫罗飘带。碧玉簪：碧玉做的簪子。簪，别在发髻上的条状物，有的用玉石制成。这两句诗运用形象的比喻，描绘了漓江山水之美，意思是：江水长流，好似青罗丝带，迤逦飘动，青山耸翠，有如碧玉头簪，直插云天。后人常引用这两句诗来赞美桂林山水的美丽动人。

例如

①唐代著名文学家韩愈的诗句：“江作青罗带，山如碧玉簪。”真是巧妙的艺术夸张，引人遐想的精譬描写。他把蜿蜒的漓江比作青色罗带，拔地挺立，奇特苍翠的山峰比作晶莹的碧玉簪。如果从碧玉簪、青罗带联想开去，桂林山水岂不犹如飘飘欲仙的女神了？（摘自邵克萍《希望您喜欢这幅画》）

②古往今来，有多少诗人用最美好的语言加以赞颂和讴歌！唐代大文学家韩愈的“江作青罗带，山如碧玉篸”的诗句，形象地描绘出这一段漓江的秀丽景色。（摘自孙喆《青罗带流彩　碧玉篸蕴诗——漓江风光游赏》）

③“江作青罗带，山如碧玉篸。”在青花瓷样的山水底色上，诗人挥墨撰写响彻千年的溢美之词。而今，在广西灵秀的风景长廊里，有座瑶乡村寨正回荡一首瑶家人的致富之歌，唱着“中国编织之乡”的传奇，演绎着草芒藤条上的别样生活。（摘自张楠等《穿藤引条在瑶乡》）

④“江作青罗带，山如碧玉篸。”中国西南的喀斯特峰林景观自古至今披满了文人骚客的溢美之词。（摘自冉景丞等《茂兰喀斯特森林岩石上的植物之美》）

⑤“江作青罗带，山如碧玉篸”。八百里漓江，一江流碧；岸列万青峰，玉篸罗髻。（摘自乔樵《访古探幽话漓江》）

江南有丹橘，经冬犹绿林。岂伊地气暖，自有岁寒心。

语出唐·张九龄《感遇十二首》之七。诗曰：“江南有丹橘，经冬犹绿林。岂伊地气暖，自有岁寒心。可以荐嘉客，奈何阻重深？运命惟所遇，循环不可寻。徒言树桃李，此木岂无阴？”丹橘：屈原《楚辞·九章·橘颂》：“后皇嘉树，橘徕服兮；受命不迁，生南国兮。”左思《吴都赋》；“其果则丹橘馀甘，荔枝之林。”这里是比喻人的节操，亦兼有比喻贤者要求用世之意。伊：句中助词。地气暖：《周礼·冬官》：“橘逾淮北而为枳，此地气然也。”《论语·子罕》：“岁寒然后知松柏之后凋也。”刘桢《赠从弟三首》之二：“岂不罹凝寒？松柏有本性。”张句从中化出。心：草木的中心（茎干）。这里语意双关，兼指人的志向。这四句诗的意思是：江南有丹橘树茂盛地生长着，经历过冬天的寒冷，但仍然是常绿不凋，郁郁成林。难道是那里地气温暖的缘故吗？是因为橘树本性就耐寒啊！此诗托物喻志，颂橘实是颂人。张九龄是南方人，谪居楚地荆州，荆州盛产橘，故借橘抒慨。后人常引用这几句诗来说明某人事业的成就，不全在于有利的客观条件，而决定于他的主观因素。

例如

①“江南有丹橘，经冬犹绿林。岂伊地气暖，自有岁寒心。”这是一首我很喜欢的诗，但是我想植物学家感兴趣的是适宜柑橘生长的地理环境，是纬度三十四度左右。（摘自黄宗英《橘》）

②古人不是写过诗么，屈原，端午节投河的那个书呆子，就写过橘树，称它“一心一意，始终如一”，唐诗中不也有“江南有丹橘，经冬犹绿林。岂伊地气暖，自有岁寒心……”么？（摘自王承刚《错位》）

③正在感慨间，忽然看到了令我惊喜的一幕：一棵很小的枣树枝芽，已经从地面钻出来，很茁壮！我难抑心中的惊喜，“岂伊地气暖，自有岁寒心”，我不禁连连惊叹起来。（摘自段佩金《七月枣　八月红》）

江畔何人初见月？江月何年初照人？人生代代无穷已，江月年年只相似。

语出唐·张若虚《春江花月夜》。诗曰：“春江潮水连海平，海上明月共潮生。滟滟随波千万里，何处春江无月明。江流宛转绕芳甸，月照花林皆似霰。空里流霜不觉飞，汀上白沙看不见。江天一色无纤尘，皎皎空中孤月轮。江畔何人初见月？江月何年初照人？人生代代无穷已，江月年年只相似。不知江月照何人，但见长江送流水。……”已：止。这几句诗写诗人以大自然与人生对照而产生的感慨，意思是：在江畔上的人，谁最先看到了江上的月亮？江上的月亮，是哪一年最初照到江畔上的人呢？人生在世上，一代代延续着没有个穷尽，而江上的月亮，却是年年一样啊。后人常引用这几句诗来表达人生的感慨。

例如

①这先人世而生的自然物，不正是人世沧桑的见证者吗？它把我们引向幽远的沉思。“江畔何人初见月？江月何年初照人？人生代代无穷已，江月年年只相似。”是啊，人情虽异，月色依然。（摘自刘正成《夜过秦岭》）

②“也许你还能看到他们当副教授、教授，也许你已经命归九泉。就这样‘人生代代无穷已，江月年年只相似’。”（摘自山木公《风与黄金分割律》）

③这心理是细的、柔的、感伤的、内敛的，中国人选择了这一天像

蚕吐丝一样，把轻易不肯吐露的心思，拉得很长很长——“江畔何人初见月，江月何年初照人”？这轻轻一问，看似漫不经心，却一下子把思想的触角伸向了远古洪荒，追问到了人类的源头。（摘自周涛《明月文》）

④江畔何人初见月？江月何年初照人？人生代代无穷已，江月年年只相似。每当我站在浏阳河之滨，便不由自主地如此感慨。（摘自彭晓玲《青色浏阳河》）

⑤午夜的钟，敲完了一天里最后的一记声响便归于沉寂。今晚无月，我独影而行。“江畔何人初见月，江月何年初照人”这千古一问已成了人类永久的迷惑。（摘自文佳《心灵之箫》）

安得广厦千万间，大庇天下寒士俱欢颜，风雨不动安如山！呜呼！何时眼前突兀见此屋，吾庐独破受冻死亦足！

语出唐·杜甫《茅屋为秋风所破歌》。诗曰：“……床头屋漏无干处，雨脚如麻未断绝。自经丧乱少睡眠，长夜沾湿何由彻！安得广厦千万间，大庇天下寒士俱欢颜，风雨不动安如山！呜呼！何时眼前突兀见此屋，吾庐独破受冻死亦足！”安得：哪得，哪有。是欲得而不能得的假设语气。广厦：宽广的高楼。庇（bì）：遮蔽，覆盖。寒士：贫寒之人。突兀（wù）：高耸特立的样子。见：同“现”，出现。此屋：指广厦千万间。这几句诗的意思是：哪有宽广的高楼千间万间，遮风蔽雨，让普天下贫寒之人都欢欢喜喜，笑逐颜开，在凄风冷雨中不被吹破，安稳如山！唉，什么时候眼前能出现这样巍然耸立的高楼大厦呢？到那时，即使唯独我的茅屋破旧，挨冷受冻至死，也心满意足了。诗人“宁苦身以利人”（黄彻《䂬溪诗话》）的品德与理想，铸成了千古名句，表达了美好的愿望，感情真挚，影响后人无数。白居易《新制绫袄成感而有咏》“争得大裘长万丈，与君都盖洛阳城”；《新制布裘》“安得万里裘，盖裹周四垠”，皆祖此意。后人常引用这几句诗或只引用前两句来表达人们类似的美好愿望。

例如

①所以每提到关于房子的事，李阿姨总是叹气说：“现在什么都不

错，就是这房子……唉，看来这辈子我们得住芦席棚啰！”每听到这样的话，我就会想起杜甫的诗句来：“安得广厦千万间，大庇天下寒士俱欢颜，风雨不动安如山！”是啊，“何时眼前突兀见此屋”呢？（摘自谢凌岚《搬家》）

②好了！为了千千万万个像晓东那样的家庭能住上舒心的好房子，为了中华大地能矗起一片片大厦的群落，咱就终生为完成杜老夫子倚杖而歌的夙愿——“安得广厦千万间，大庇天下寒士俱欢颜”而奋斗，干建筑！（摘自蒋巍《银河，有一颗星》）

③湖北罗昌智说：“古代诗人杜甫尚有‘安得广厦千万间，大庇天下寒士俱欢颜’的愿望，难道我们这些生活在社会主义时代的青年人，只能求‘安得小楼一单元，举家几人尽欢颜’么？置人民利益于不顾，成天为一己的利益去忙碌，是没有出息的。”（摘自《中国青年·青年们的回答》）

④“安得广厦千万间，大庇天下寒士俱欢颜”，早在一千多年前，中国人就对圆一个住房梦发出了这样的感慨。（摘自郭隆《安得广厦千万间——保障房的分配与管理》）

⑤“安得广厦千万间，大庇天下寒士俱欢颜？”千百年来，房子是百姓生活中的大事，正所谓“安居乐业”，安居才能乐业。（摘自温迪《2007，你想住哪儿？》）

亦余心之所善兮，虽九死其犹未悔。

语出战国楚·屈原《楚辞·离骚》。诗中句曰：“既替余以蕙纕兮，又申之以揽茝。亦余心之所善兮，虽九死其犹未悔。”九：泛指多次。其：语气词，表示加重语气。这两句诗的意思是：说到头是我自己的情愿心甘，纵使是死上九回我也不肯悔改。（据郭沫若《离骚今译》）反映出诗人坚持正义，不怕牺牲的精神。后人常引用这两句诗来表示对于自己所追求的事业，充满信心，一定要坚持到底，至死不悔。

例如

①我想起了好多年前在一次大学生的讨论会上，当争辩各种各样的人生理想时，这个梳着两条小辫的白玫，脸胀得红红的，睁圆了眼，鼓起了腮帮，大声大气地说：“我最欣赏屈原‘虽九死其犹未悔’的精神，为了整个民族过上光明和幸福的生活，我真愿意人人都有屈原那股

劲儿！”（摘自林非《爱情，丢失在异邦》）

②无论如何，“李铜钟”之后的张一弓，已作为一种文学现象的存在，你得硬着头皮“虽九死其犹未悔”，你别无选择。（摘自齐岸青《闲话张一弓》）

③“亦余心之所善兮，虽九死其犹未悔。”曾因激进改革而闻名的沭阳县，虽一度引发争议，却不改初衷，砥砺前行。（摘自陈文柏《传承与发展——记江苏省沭阳县中医院》）

④一个辅导员，只有有强烈的责任心，才会记住“亦余心之所善兮，虽九死其犹未悔”，热爱自己的本职工作；一个辅导员，只有有着强烈的责任心，才会记住“问渠那得清如许，为有源头活水来”。（摘自袁海滨《论辅导员的责任心》）

⑤让我们设计出的校服，在他们心扉中既炫耀其黎明，更灿烂于黄昏。路漫漫其修远兮，亦余心之所善兮，设计师们，为了学生，虽九死其犹未悔，吾辈将上下而求索。（摘自孙雅楠《从校服设计浅谈学生穿衣审美》）

汝果欲学诗，工夫在诗外。

语出宋·陆游《示子聿》。诗曰：“我初学诗日，但欲工藻绘；中年始少悟，渐若窥宏大。怪奇亦间出，如石漱湍濑。数仞李杜墙，常恨欠领会。元白才倚门，温李真自郐。正令笔扛鼎，亦未造三昧。诗为六艺一，岂用资狡狯？（原注：晋人谓戏为狡狯，今闽语尚尔。）汝果欲学诗，工夫在诗外。”子聿，即陆游的小儿子。此诗简要地论述了诗人自己所经过的写作道路。在初学时，只知追求词藻的华丽，到中年后才渐趋“宏大”，向李白、杜甫学习。并认为诗是文化中的一个重要组成部分，反对把写诗当成儿戏。这两句诗的意思是：你如果真要立志学习写诗，就应该在诗本身以外的生活中下工夫。说明诗人搞创作，应积极参加社会实践，认真观察生活，到生活中去收集素材，发掘主题，因为生活是创作的源泉。后人常引用这两句诗来说明创作对于实践的依赖关系。工夫，或引作“功夫”。

例如

①作者通过一系列活生生的具体事实，表现了一位个性鲜明可爱的调皮生。陆游说：“汝果欲学诗，工夫在诗外。”此文写作的成功，再

次证明了这是写作的真理。（摘自陈妙云评王小华《我的学生》）

②“汝果欲学诗，工夫在诗外。”书法与印章同样如此。熟知此道者，都善于书外求书，印外求印。（摘自尹凡《字魂——记中年书法篆刻家马士达》）

③初春的一个上午，我们代表全省的工人去拜访了他，当我们向他请教怎样才能写好小说时，他举着手里的烟头沉静地说：“功夫在诗外”。（摘自李华《“功夫在诗外”——作家金河同志近影》）

④中国有句流传已久的学诗名言“汝果欲学诗，工夫在诗外”，以此让后人领会“诗外工夫”对作诗的决定性作用。（摘自甄文媛《解码“充电难”》）

⑤2008年8月2日，我和两位同学跨进无锡市县前西街的一幢办公楼，在位于这座建筑三楼的《扬子晚报》无锡记者站开始了我们的实习生活。回首这一个月的日子，尽管短暂，却让我体会到“汝果欲学诗，工夫在诗外”的真谛。（摘自江河《实习记者初体验》）

衣带渐宽终不悔，为伊消得人憔悴。

语出宋·柳永《凤栖梧》（即《蝶恋花》）。词曰：“伫倚危楼风细细，望极春愁，黯黯生天际。草色烟光残照里，无言谁会凭栏意。拟把疏狂图一醉，对酒当歌，强乐还无味。衣带渐宽终不悔，为伊消得人憔悴。”衣带渐宽：表示人逐渐消瘦。《古诗》：“相去日已远，衣带日以缓。”伊：她，指所爱慕追求的人。消得：值得。憔悴：形容人瘦弱，面色不好看。这两句词的意思是：衣带逐渐宽缓，虽然身体消瘦了，但我始终不后悔，为了思念她，就是憔悴了也是值得的。这两句词曾被王国维引用（参见“昨夜西风凋碧树……”条），以比喻一个人对自己的事业，必须全力以赴，执着追求，锲而不舍，费尽辛劳，乃至把人累瘦而终无后悔之意。后人也常引用这两句词来表述类似的意思。

例如

①当然，仅有多思苦想而无敏锐的思想和独到的见解，多思而不多疑，不敢批，不善创，那么，纵然“衣带渐宽终不悔，为伊消得人憔悴”，灵感也不会光临的。（摘自甫元《灵感——创造的太阳》）

②这是热情洋溢的鼓励，又是一语破的的批评。我将记取住，但愿在这踏进不惑之年的时候，在以后的写作过程中，求得长进，求得突

破，“衣带渐宽终不悔，为伊消得人憔悴”！（摘自罗达成《痛苦而又欢乐的追求》）

③纵然“为伊消得人憔悴”，他却仍是“衣带渐宽终不悔”。1983年，长达四十余万言的《商品包装学论稿》脱手了，当他不停地摩挲着自己装订好的这部手稿时，流泪了。（摘自林晓光《废纸箱里的世界》）

④“衣带渐宽终不悔，为伊消得人憔悴”——奋斗。当我们奔着理想扬帆起航时，我们将不再是港湾中的小船。（摘自孙启懋《昔年有金》）

⑤居里夫人，伽利略，哥白尼，爱因斯坦……无数为科学献身的人们忍受着清贫、挫折甚至是迫害，但他们“衣带渐宽终不悔，为伊消得人憔悴”。（摘自倪海波《贝为成：逐梦科海　天高海阔》）

问君能有几多愁？恰似一江春水向东流。

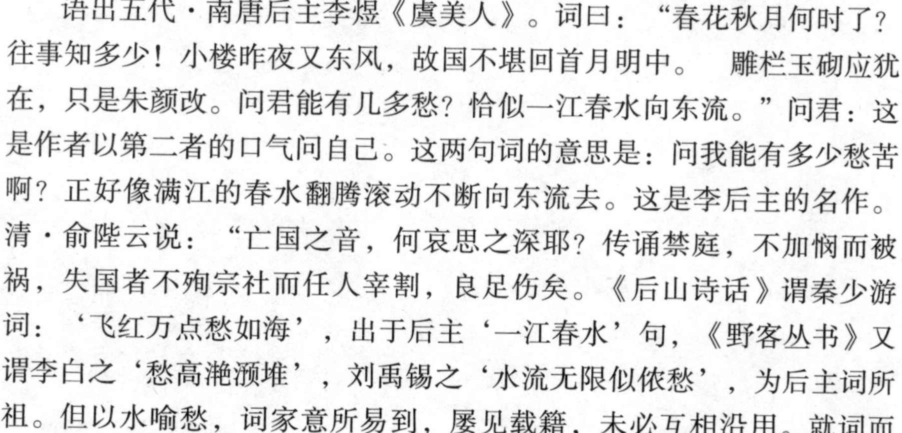

语出五代·南唐后主李煜《虞美人》。词曰：“春花秋月何时了？往事知多少！小楼昨夜又东风，故国不堪回首月明中。　雕栏玉砌应犹在，只是朱颜改。问君能有几多愁？恰似一江春水向东流。”问君：这是作者以第二者的口气问自己。这两句词的意思是：问我能有多少愁苦啊？正好像满江的春水翻腾滚动不断向东流去。这是李后主的名作。清·俞陛云说：“亡国之音，何哀思之深耶？传诵禁庭，不加悯而被祸，失国者不殉宗社而任人宰割，良足伤矣。《后山诗话》谓秦少游词：‘飞红万点愁如海’，出于后主‘一江春水’句，《野客丛书》又谓李白之‘愁高滟滪堆’，刘禹锡之‘水流无限似侬愁’，为后主词所祖。但以水喻愁，词家意所易到，屡见载籍，未必互相沿用。就词而论，李、刘、秦诸家之以水喻愁，仅若后主之春江九字，真伤心人语也。”（《南唐二主词辑述评》）后人常引用这两句词来抒写愁情，或借指自然现象，或说明某种动向。

例如

①然而，悠悠千载，一切悲欢怨艾都会让这横流的沧海淘洗与淡化，最后都混与大海般的深蓝与碧绿，真是“问君能有几多愁”。（摘自晓洋《西北石浮》）

②一江春水向东流，是我国自然界多数河流流向的正常现象。

但是，在经济建设中曾出现的西部技术人才向东流的现象就不大正常。现在终于开始了“东水西流”，这是个好兆头。（摘自《人民日报》短评《赞“东水西流”》）

③“问君能有几多愁，恰似一江春水向东流”。历史确如春水一般无情，如实地映现着历朝历代的兴衰。（摘自魏咏柏《一枚“唐国通宝”小平大样钱》）

④若没有滚滚的春水，哪有“问君能有几多愁，恰似一江春水向东流”；若没有怒吼的长江，哪有“乱石穿空，惊涛拍岸，卷起千堆雪”；若没有“人比黄花瘦”的李清照，哪有“争渡，争渡，惊起一滩鸥鹭”；若没有汪伦，哪有“桃花潭水深千尺，不及汪伦送我情”。（摘自邵帅《水的联想》）

七　画

李杜文章在，光焰万丈长。

语出唐·韩愈《调张籍》。诗曰：“李杜文章在，光焰万丈长。不知群儿愚，那用故谤伤！蚍蜉撼大树，可笑不自量。……”李杜：指李白、杜甫。文章：这里泛指诗文等作品。这两句诗极赞李杜文学作品的伟大成就，意思是：李白、杜甫是了不起的文学巨匠，他们的诗文在天地间广泛流传，具有旺盛的生命力，将永远不衰，光芒万丈。此诗是“论诗”之作，虽曰：“调”（戏赠），实际上写得很严肃。朱彝尊《批韩诗》说：“议论诗，是又别一调，以苍老胜，他人无此胆。”韩诗开头这两句，已成为对李杜成就的千古定评了。他多次推许这两位伟大诗人。洪迈《容斋四笔》说：“予读韩诗，其称李杜者数端，聊疏于此。《石鼓歌》曰：‘少陵无人谪仙死’。《酬卢云夫》曰：‘远追甫白感至诚。’《荐十》曰；‘勃兴得李杜，万类困陵暴。’《醉留东野》曰：‘昔年因读李白杜甫诗，长恨二人不相从。’《感春》曰：‘近怜李杜无检束’。并唐志所引，盖六用之。”可见其对李杜崇敬之深。后人常引用这两句诗来赞颂李杜两人文学作品在文学史上的地位与成就。

例如

①自此以后，情形皆然。比如宋祁《新唐书·文艺传》记杜甫，在准确地勾勒出有唐以来文学发展的线索后，征引韩愈“李杜文章在，光焰万丈长”的诗句，对杜甫在文学史上的地位作了极高的评价。（摘自刘石《文学家的功臣》）

②“李杜文章在，光焰万丈长”，他们那种具有浩然正气和高尚情操的旷古绝唱，都闪耀着伟大民族精神，是我国历史文化遗产中的瑰丽华章。（摘自钱昌照《在中华诗词学会第二次筹委会议上的讲话》）

③杜甫与李白都是写诗的，并没有因此相轻相践，而是相互敬重，成为莫逆之交，“李杜文章在，光焰万丈长”，一对同行成为唐代诗坛上两颗璀璨的明星。（摘自云程《同行不应成虎》）

④正是“李杜文章在，光焰万丈长。”形象逼真的讲解，感情充沛

的朗诵，跨越了历史的长河，缩短了久远的距离，增强了感染力，丰富了学生的知识，加深了学生对教材内涵的理解。（摘自薄小梅《浅谈激发学生学习历史的兴趣》）

⑤“喜新厌旧”原本人之天性，就算是“李杜文章在，光焰万丈长”的好东西，久而久之也会产生“李杜诗篇万古传，至今已觉不新鲜”的感觉。（摘自王廷光《文化，企业之魂》）

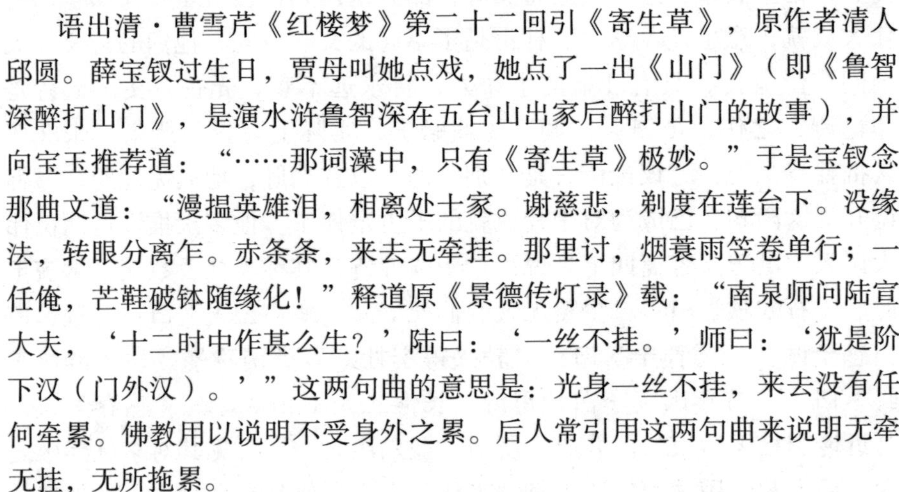

赤条条，来去无牵挂。

语出清·曹雪芹《红楼梦》第二十二回引《寄生草》，原作者清人邱圆。薛宝钗过生日，贾母叫她点戏，她点了一出《山门》（即《鲁智深醉打山门》，是演水浒鲁智深在五台山出家后醉打山门的故事），并向宝玉推荐道：“……那词藻中，只有《寄生草》极妙。”于是宝钗念那曲文道：“漫揾英雄泪，相离处士家。谢慈悲，剃度在莲台下。没缘法，转眼分离乍。赤条条，来去无牵挂。那里讨，烟蓑雨笠卷单行；一任俺，芒鞋破钵随缘化！”释道原《景德传灯录》载：“南泉师问陆宣大夫，‘十二时中作甚么生？’陆曰：‘一丝不挂。’师曰：‘犹是阶下汉（门外汉）。’”这两句曲的意思是：光身一丝不挂，来去没有任何牵累。佛教用以说明不受身外之累。后人常引用这两句曲来说明无牵无挂，无所拖累。

例如

①我来L镇工作不久，老家在千里之外，爱人还是个未知数，这单身汉的日子，“赤条条，来去无牵挂”，本也快乐。（摘自徐小秋《启示》）

②当时我理解朱总司令的中心意思是干革命要牺牲个人的一切，包括生命在内，赤条条枪林弹雨来去无牵挂。（摘自刘南昌《革命莫为官——访李聚奎将军》）

③说秦汉之际的人物，陈平不能不提。这个满腹阴谋诡计的人物，像漂浮不定的浮萍，赤条条来去无牵挂地周旋在魏王咎、项王羽和汉王邦之间。（摘自鲍鹏山《陈平：黑暗的囊》）

两个黄鹂鸣翠柳，一行白鹭上青天。

语出唐·杜甫《绝句》。诗曰：“两个黄鹂鸣翠柳，一行白鹭上青天。窗含西岭千秋雪，门泊东吴万里船。”黄鹂：黄莺。这两句诗是写景名句，意思是：两个黄莺在浓绿的柳树梢上欢乐地歌唱，一行白鹭在晴朗的天空中向上飞去。诗句对仗工整，色泽鲜明，诗中有画，优美动人。后人常引用这两句诗来描写色彩明丽的景物，也有人借以评论文章。

例如

①人们生活在七彩世界中，举目所及，没有无色的角落。杜甫诗云：“两个黄鹂鸣翠柳，一行白鹭上青天。”在小鸟噪林、鹭鸟翔天的动境中，黄绿青白诸色，不只构成了一幅色彩鲜明的画幅，而且在这些明丽色彩的有机组合里，使我们感到诗人欢悦的心情，获得一种悦人的美感。（摘自高今《色彩的诗意》）

②“两个黄鹂鸣翠柳，一行白鹭上青天。”杜甫名句脍炙人口，想迢迢岁月，前人幻想着能像白鹭那样飞鸟凌空翱翔，该多好啊！（摘自詹宏杰《虬江白鹭》）

③清代学者纪晓岚给一篇文章的批语是唐代大诗人杜甫的“两个黄鹂鸣翠柳，一行白鹭上青天”的诗句。文章的作者一看，以为自己的文章写得好，可别人的看法却与作者相反。后来作者就去请教纪晓岚，纪说：“两个黄鹂鸣翠柳，是说你的文章不知所云；一行白鹭上青天，是说你的文章不知所往。”（摘自地震出版社《写作趣谈·要扣紧题目》）

④春天是“几处早莺争暖树，谁家新燕啄春泥”，夏天是“两个黄鹂鸣翠柳，一行白鹭上青天”，秋天是“长空雁过声啾啾”，冬天是“草枯鹰眼疾”；入夜有“明月别枝惊鹊”，雨天有“微雨燕双飞”。（摘自马艳琴《相见鸟儿》）

⑤“不知是否巧合，当我怀着一腔虔诚走近东兴沥尾哈亭时，绿树掩映下的哈亭上空却悠然地飘飞着两只洁白的鹭鸟，不禁使我油然想起杜甫的那句名诗：“两个黄鹂鸣翠柳，一行白鹭上青天。”不觉间，在这方祭祀神灵之地，陡然增添了几分水性的柔情。（摘自陈立宇《哈亭之上有白鹭》）

两岸猿声啼不住，轻舟已过万重山。

语出唐·李白《早发白帝城》。诗曰："朝辞白帝彩云间，千里江陵一日还。两岸猿声啼不住，轻舟已过万重山。"啼不住：指猿啸声此伏彼起，连续不停。这两句诗的意思是：长江两岸的猿啸声此伏彼起，连续不停，而江中轻捷的小船顺流疾下，眨眼间已穿过重重大山。此诗写景抒情，融洽自然，给人以喜悦、轻快的感觉。施补华《岘佣诗说》曰："太白七绝，天才超逸，而神韵随之。如'朝辞白帝彩云间，千里江陵一日还。'如此迅捷，则轻舟之过万山不待言矣。中间却用'两岸猿声啼不住'一句垫之，无此句则直而无味，有此句，走处仍留，急语须缓，可悟用笔之妙。"后人常引用这两句诗来描述类似的境界。

例如

①一道万里长江，古今诵咏者何止万千，"两岸猿声啼不住，轻舟已过万重山"是一种境界，"大江东去，浪淘尽，千古风流人物"又是一种境界。我写长江自不敢跟人比，但我写长江激流勇进之美，这是我所得之长江，我所爱的长江，我的长江之美。（摘自刘白羽《天涯何处无芳草——〈芳草集〉自序》）

②马勒根据原诗分为三段，每段都用"生是黑暗的，死也是黑暗的"作为结尾。这里的猿声，不再是"两岸猿声啼不住，轻舟已过万重山"，而是"孤猿坐啼坟上月"。音乐对此作出了极为伤感、凄凉的描绘，突出了永恒的大自然美景和短暂的人生之间的矛盾。（摘自茅于润《〈大地之歌〉歌大地》）

③嘉陵江水那么湍急，遍布暗礁浅滩，我暗自捏了一把汗。小郭却全然不惧，驾驶气垫船飞越险滩，飞越激流，天堑变通途。在我的脑海里忽然闪出这样的古诗："君看一叶舟，出没风波里"；"两岸猿声啼不住，轻舟已过万重山"。我一边品味着诗意，一边在想，如果范仲淹和李白能看到今天的气垫船，一定又会挥笔写下新的诗篇。（摘自叶永烈《我爱气垫船》）

④小溪走筏，小河行船，大江飞舟，大洋巡舰。两岸猿声啼不住，轻舟已过万重山。你不应眷恋雪山的巍峨、森林的繁茂、高原的广袤……只有把目光放在前方，才能行得更远。（摘自康会欣《切莫刻舟求"宝"》）

⑤从"关关雎鸠，在河之洲"的水墨之美，到"晨兴理荒秽，带月

荷锄归”的田园之美，到“两岸猿声啼不住，轻舟已过万重山”的旅途之美，再到“大漠孤烟直，长河落日圆”的边塞之美，美丽浸润着一代又一代中华儿女的心。（摘自余文霞《唱响美丽“甬”叹调》）

两情若是久长时，又岂在朝朝暮暮！

语出宋·秦观《鹊桥仙》。词曰：“纤云弄巧，飞星传恨，银汉迢迢暗度。金风玉露一相逢，便胜却人间无数。 柔情似水，佳期如梦，忍顾鹊桥归路。两情若是久长时，又岂在朝朝暮暮！”岂：哪，表示反诘语气。朝朝暮暮：日日夜夜。宋玉《高唐赋序》：“朝朝暮暮，阳台之下。”这两句词的意思是：两人的爱情如果是长久不变，又哪里在于日夜永相聚守呢！这是安慰牛郎织女乍聚还分的话。黄蓼园说：“按七夕歌以双星会少别多而恨，少游此词谓两情若是久长，不在朝朝暮暮。所谓化臭腐为神奇。”（《蓼园词选》）后人常引用这两句词来歌颂真挚不移的爱情。

例如

①当我无可奈何地向外走去的时候，她笑吟吟地俯在门边，顽皮地诵了一句秦观词：“两情若是久长时，又岂在朝朝暮暮？”（摘自吴若增《离异——一个当代中国男人的内心独白》）

②人们常常引用秦观的词句赞美爱情：“两情若是久长时，又岂在朝朝暮暮。”这道理好懂。但边防军人的妻子，上有父母，下有儿女，赡养之忧，家务之累，本属于两人的担子，却由一人承担，朝朝暮暮，十分艰辛。（摘自张雨生《读公开的情书》）

③当我捧着母亲的复信，读到“丫家小姐，多年别离，仍属意吾儿，而不为左右爱慕追求者所动……”时，我心中滚过火山熔岩般的炽流，丫的倩影在我泪眼朦朦中闪耀。呵，“两情若是久长时，又岂在朝朝暮暮”！（摘自刘含怀《我的罗曼史》）

④很多时候，天涯海角不是距离，而一步之遥却像重重帘幕锁住你的目光，像千山万壑阻隔你的马蹄；天涯海角让你感受到“两情若是久长时”的绝唱，而一步之遥却让你体味到人若无情的绝望。（摘自刘振侠《一步即成天涯》）

⑤在中国文化里，人们怀有传统的“两情若是久长时，又岂在朝朝暮暮”的态度，故友谊不会随着环境的变化而消失。然而西方人的友谊

往往同特定的条件和情况有联系。一旦情况发生改变，朋友也就发生改变。（摘自高芳芹《中美文化中友谊观的对比》）

却看妻子愁何在，漫卷诗书喜欲狂。

语出唐·杜甫《闻官军收河南河北》。诗曰：“剑外忽传收蓟北，初闻涕泪满衣裳。却看妻子愁何在，漫卷诗书喜欲狂。白日放歌须纵酒，青春作伴好还乡。即从巴峡穿巫峡，便下襄阳向洛阳。”却看：还看。“却”与下句“漫”字相对。漫卷：胡乱地卷起。这两句诗的意思是：再看看妻儿，满面愁云已散，我胡乱地卷起书本，作归乡之计，欢喜得简直发了狂。本篇写诗人闻官军收复河南河北的消息之后，不禁欣喜欲狂的情态。浦起龙谓之老杜“生平第一快诗也”（《读杜心解》）。后人常引用“漫卷诗书喜欲狂”一句来形容欣喜之态。

例如

①因此，当我读到张一弓在他的《火神》中，那样忠实地描绘了农村经济生活蓬勃发展的新局面，那样热情地塑造了郭亮这个新生活开拓者的艺术典型，欢愉之情，不期而至。真有点像我们河南人的老乡杜甫当年那样“漫卷诗书喜欲狂”，“便下襄阳向洛阳”了。（摘自温超藩《文学的创作与开拓者的现代品格》）

②杜甫的“漫卷诗书喜欲狂”用在这里恰到好处，而李白的“朝辞白帝彩云间，千里江陵一日还”的凯旋却实属幻想，遥遥归途岂属易事。首先，须将全部箱子集中到重庆，还要再过大河，重下长江。（摘自刘勇《国宝沧桑》）

③字里行间，既有作者久经丧乱，一旦日寇投降，“漫卷诗书喜欲狂”、“青春作伴好还乡”的悲喜交集的感慨；也表达了他对现实的悲观和失望，欲遁隐桃源而不得的惆怅心情，这也是作者前半生的写照。（摘自邵燕祥《忽然想到“誓死”》）

④今年已经是抗战胜利65周年，我仍然难忘1945年8月15日山城狂欢之夜，数十万人涌上街头，那鞭炮焰火，那欢声笑语，还有许多人心头默诵的杜甫先生那首诗“剑外忽传收蓟北，初闻涕泪满衣裳！却看妻子愁何在？漫卷诗书喜欲狂。白日放歌须纵酒，青春作伴好还乡。即从巴峡穿巫峡，便下襄阳向洛阳。”（摘自章开沅《守望历史》）

⑤一日将归乡行期排上日程，那心情更是急切而狂喜：“却看妻子

愁何在，漫卷诗书喜欲狂。白日放歌须纵酒，青春作伴好还乡。”路上还是心中忐忑，遇见口音相似者，便不管不顾：“君家居何处？妾住在横塘；停船暂借问，或恐是同乡。”（摘自钱国宏《乡土情结》）

杨家有女初长成，养在深闺人未识。

语出唐·白居易《长恨歌》。诗曰：“汉皇重色思倾国，御宇多年求不得。杨家有女初长成，养在深闺人未识。天生丽质难自弃，一朝选在君王侧。回眸一笑百媚生，六宫粉黛无颜色。……”杨家有女：杨贵妃是蜀州司户杨玄琰的女儿，幼时养在叔父杨玄珪家，小名玉环。开元二十三年（735年），册封为寿王（玄宗的儿子李瑁）妃。二十八年玄宗使她为道士，住在太真宫，又改名太真。天宝四年（745年）册封为贵妃。这两句诗的意思是：杨家有位美女小名玉环，刚刚成人，养在深深的闺房之中从不外出，人们都不认识她。诗中这样写杨玉环的身世，不说她先为寿王妃，再为玄宗妃，是诗人“为君讳”的狡黠之笔。后人常借用“养在深闺人未识”一句来比喻某一事物的未被发现，未被认识。

例如

①山水清奇，土石温润，小城便坐落在湘鄂川黔衔邻的山谷里。静幽幽的，清秀秀的，养在深闺人未识。（摘自甘茂华《素描》）

②于是，虽闻其名而不屑登临，只落得这个大自然的佼佼者，千百年来如隔世外。“养在深闺人未识”！看来智者千虑，果有一失，竟也知其一不知其二地顾此失彼，给我们的石膏山造了一个难以平复的历史误会。（摘自温暖《石膏山小识》）

③这些美丽、奇绝的风景，不被人们发现，如同旧时代的那些美丽女性，“长在深闺人未识”，也就寂寥了数千年。（摘自光群《成昆南段之忆》）

④前后仅三四年，该镇已具花卉镇的雏形。“杨家有女初长成，养在深闺人未识”，让我们撷取一些片段，使人们认识一下这个新发展起来的花卉镇。（摘自严大岳《杨梅镇成了花卉镇》）

⑤少儿图书馆不能有“杨家有女初长成，养在深闺人未识”的傲慢和矜持，要主动走出去接近小读者，不断深化服务意识，提升服务质量，把更多的未成年人聚到“家”里来。（摘自郑凌平《少儿图书馆为未成年人服务之探讨》）

还君明珠双泪垂，恨不相逢未嫁时。

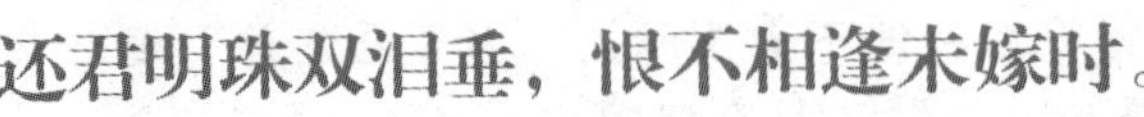

语出唐·张籍《节妇吟》。诗曰："君知妾有夫，赠妾双明珠。感君缠绵意，系在红罗襦。妾家高楼连苑起，良人执戟明光里。知君用心如日月，事夫誓拟同生死。还君明珠双泪垂，恨不相逢未嫁时。"一本题下注云："寄东平李司空师道。"李师道是唐代著名的军阀之一，任平庐淄青节度使。当时许多军阀都想勾结文人和中央官吏，以增强个人实力，而一般不得志的文人和官吏也往往依附军阀，以谋取个人出路。但诗人张籍很有骨气，守正不阿，忠于唐廷，他为拒绝李师道的勾引而写下这首诗。通篇用比兴手法，全以男女的关系来比喻交游之事。他把自己比作一个有夫的少妇，说明已得所归，而所归的（指中央政府）又必须与之同生共死。他说：虽然你用意光明，但我还是只好退还明珠，垂泪拒绝你。恨：遗憾。这两句诗的意思是：奉还你送给我的礼物——双明珠，洒着两行热泪拒绝你的求爱，只恨没有在还未出嫁的时候就与你相识啊。话虽委婉含情，而拒绝的语气却坚决明朗。既表明了自己的心迹，又不致伤害对方的感情，确是"拒婚"妙语。后人常引用这两句诗来表示婉言拒绝别人的求爱，或表示相逢恨晚，造成爱情上的遗憾。

例如

①我颤动着手指，慢慢抽出信时，展开，同往昔一样工整的"仲义同学"四个字下边竟是无论如何也不敢相信的文字：

"还君明珠双泪垂，恨不相逢未嫁时……"

啊，古人的诗句敲响了我爱情的丧钟！我的眼前一黑，歪倒在椅子上。（摘自王金屏《不应错失的错失》）

②"还君明珠双泪垂，恨不相逢未嫁时"，虽然男女互相有情，但女方还是拒绝了对方的求爱，这是正确的。（摘自刘达临《君知妾有夫，赠妾双明珠》）

③以后他发现，自己真爱的，并不是罗普霍夫而是同自己有着相同志趣的、丈夫的朋友沙诺夫。但这已是"恨不相逢未嫁时"了。（摘自静波等《情窦初开须当心》）

④突然，他脑子里灵光一闪，想起那是一句诗词："还君明珠双泪垂，恨不相逢未嫁时。"顿时，他怔在那里，心里五味杂陈：喜悦，甜蜜，辛酸。遗憾，失落，一齐涌上心头。（摘自紫陌《还君明珠》）

⑤李文田无奈，只好将梁卷“抑而不录”，并在卷末批曰：“还君明珠双泪垂，恨不相逢未嫁时。”表明其惜才而又无奈的心情。此后，梁启超便绝迹科场，他做《时务报》主笔时，更是痛斥科举制度扼杀人才。（摘自王开林《人间已无梁任公》）

远上寒山石径斜，白云生处有人家。停车坐爱枫林晚，霜叶红于二月花。

诗出唐·杜牧《山行》。寒山：指深秋的山。径：道路。斜（xiá）：倾斜。白云生处：指山林深处，仿佛白云从那里生出。生处，一作“深处”。坐：因为。枫：枫树，其叶在深秋时变红。晚：指晚景。霜叶：指枫树经霜后的红叶。诗的意思是：远处，一条石头小道，盘旋曲折地通往有些寒意的深山上，在那仿佛生起白云的地方，隐隐约约，有人家居住，我因为爱那深秋时节枫叶火红的晚景，不禁停下车子观赏，遍山经霜染过的枫叶，比仲春二月的桃花、杏花还要红艳得多呢。此诗描写深秋时节山林中的景色，画面优美，语言凝炼，颇有情趣。“霜叶红于二月花”，概括精炼，含义深远，形象地说明了某些社会现象，能引起人们的许多联想。后人在写景或抒情时，常引用杜牧这首诗中的句子。

例如

①山中时见松树、枞树，而在山石缝中则时有奇花异木，杜牧写过远上寒山石径，见“霜叶红于二月花”，而这里确实还有红白黄的山花，可惜我无法叫出它们的名字。（摘自邹荻帆《到萨克森瑞士去》）

②在白沙，同游侣一次漫步经过一段峡谷，走上一座小山，看到竹枝上一只小鸟（大概是画眉），头对夕阳歌唱。“白云深处有人家”。但我们未见到人，只闻微风吹送来的水仙香味。（摘自李霁野《花鸟昆虫创造的奇境》）

③土山缓坡上有一条曲径，虽露人工雕琢的痕迹，却也能招人抒发“停车坐爱枫林晚”之情怀。（摘自航鹰《枫林晚》）

④看到这幅画，让人想到杜牧的诗：“停车坐爱枫林晚，霜叶红于二月花”。迷恋秋色的牧童和“停车坐爱枫林晚”的游人都颇有意味。（摘自夏硕琦《读李可染先生的人物画》）

⑤我是吟着“远上寒山石径斜，白云深处有人家。停车坐爱枫林

晚，霜叶红于二月花”这首诗，走进韩国雪岳山国家公园赏枫的。据韩国朋友说，韩国秋季赏枫的景点颇多，但唯以雪岳山最为驰名。（摘自钱国宏《金秋韩国看“枫景”》）

志士幽人莫怨嗟，古来材大难为用！

语出唐·杜甫《古柏行》。诗曰：“……大厦如倾要梁栋，万牛回首丘山重。不露文章世已惊，未辞剪伐谁能送？苦心岂免容蝼蚁，香叶终经宿鸾凤。志士幽人莫怨嗟，古来材大难为用！”幽人：指不得其志的才人。嗟：感叹：材大：指柏树，也指自己。诗写诸葛亮庙中古柏，以抒发自己怀才不遇之慨。这两句诗的意思是：有志之士、失路之人不要埋怨感叹，自古以来大材是很难得到重用的。托物感兴，结出全篇本意。后人常引用这两句诗来表达大材不受重用的感慨。

例如

①“志士幽人莫怨嗟，古来材大难为用。这是杜甫《古柏行》中的两句名言，多么精辟！”阿国摇头晃脑，像作大报告，“晓易吃亏就在于他太有才干了。……”（摘自王小鹰《一路风尘》）

②在封建社会，李白的“天生我才必有用”只不过是一种空想，杜甫的“古来材大难为用”倒是实话。那时，多少仁人志士，报国无门，或怒发冲冠，或归隐山林。（摘自《光明日报》评论员《从军医大学员参战三谈人生价值》）

③就字面而言，也属于传统歌诗意象表达路数，杜甫有名的《古柏行》，就是借描述深山古柏，因山路险阻，不能被采伐去做大厦栋梁，而抒发“古来材大难为用”的慨叹。（摘自刘隆有《白居易放生》）

鸡声茅店月，人迹板桥霜。

语出唐·温庭筠《商山早行》。诗曰：“晨起动征铎，客行悲故乡。鸡声茅店月，人迹板桥霜。槲叶落山路，枳花明驿墙。因思杜陵梦，凫雁满回塘。”鸡声：报晓的鸡叫。茅店：用茅草搭盖的客店。这两句诗写出了旅子的辛苦，意思是：鸡叫了，天还没有亮，残月挂在茅店的上空，赶路的人已经登途了，走过满是凝霜的木板桥，留下了一个一个的足迹。诗句不仅有景有情，而且还有动态的叙述，却又妙在不用一个动词，而是只用了几个名词就在读者的脑中构成一幅乡村破晓的风景画图，把题目中的“早行”表现得十分明晰。修辞家谓之“列锦”。欧阳修赞它“写道路辛苦见于言外”（《六一诗话》）。后人常引用这两句诗来描述旅途的辛苦。

例如

①我背着我的笔纸，开始一县接一县地走动，真所谓过起温庭筠曾描写过这里的生活了：“鸡声茅店月，人迹板桥霜。”（摘自贾平凹《在商州山地——〈小月前本〉写后》）

②我无从问路，只好提着行李穿街入巷，信步而去，有鸡声喔喔，从深巷传来。沿途路柳墙花，石桥荒坡，才初秋时分，已浅着轻霜。我再一次体味了“鸡声茅店月，人迹板桥霜”的旅人滋味！（摘自陈慧英《夏都随笔》）

③然而，独备一体，自己存在的依据。在“鸡声茅店月”里映出身影，在跨过时间之河的“板桥”上留下染满霜尘的足迹……（摘自胡马《人迹板桥霜——温庭筠》）

④不知怎的，一听到那鸡叫声，我便想起唐人温庭筠的名句“鸡声茅店月，人迹板桥霜”，想起家乡农村那些有鸡鸣为钟的岁月。（摘自陈伯齐《聆听鸡鸣》）

吟安一个字，捻断数茎须。

语出唐·卢延让《苦吟》。诗曰：“莫话诗中事，诗中难更无。吟安一个字，捻断数茎须。险觅天应闷，狂搜海亦枯。不同文赋易，为著者之乎。”捻：用手指搓捏。茎：量词，用于长条形的东西。这两句诗的意思是：作诗为了吟妥帖一个字，竟达到捻断数根胡须的地步。极写诗人写诗时字斟句酌、苦心经营的情况，说明创作上态度极其认真，为刻意求工而煞费苦心。后人常引用这两句诗来形容写作时用心之良苦。捻，有时写作“拈”；它文亦时有出入。

例如

①我国锤字炼句的传统源远流长。《诗经》、《楚辞》就很讲究语言的简炼。《文心雕龙》更有《炼字》、《熔裁》等专门谈炼字炼意的篇章。杜甫的“为人性僻耽佳句，语不惊人死不休”，卢延让的“吟安一个字，捻断数茎须”，杜牧的“欲识为诗苦，秋霜若在心”等，更被

人们传为佳话。（摘自徐宏志《“诗眼”种种》）

②虽然不一定人人都去“吟安一个字，捻断数茎须”，弄得一篇文章写完后就不用刮胡子了，但是要不切切实实改掉粗心草率的作风，不要说是仅具一般智慧的人了，即使才子恐怕也不太容易把散文写工吧！（摘自林呐《散文杂谈》）

③古人说：“吟安一个字，捻断几根须。”翻译作品，也应当注意用词的准确性。（摘自王向东《〈装在套子里的人〉中的两个词》）

④“吟安一个字，拈断数茎须。”意思是说要想写出一篇有分量、有见地的文稿，需要经过深思熟虑、字斟句酌、反复打磨，更需要经历“破茧成蝶”的艰辛耕作。（摘自甘厚兵《写文稿要深于思考》）

⑤30年来，我在宁夏这个地域小、人口少、经济文化相对落后的“新闻贫矿区”，以掘地三尺的劲头发掘新闻，以“吟安一个字，拈断数茎须”的韧劲推敲稿件，在同行认为不出新闻的地方，硬是挖出了大量新闻。（摘自庄电一《风日晴和人意好——我为民族团结进步鼓与呼的工作体会》）

别时容易见时难。

语出五代·南唐后主李煜《浪淘沙》。词曰：“帘外雨潺潺，春意阑珊。罗衾不耐五更寒。梦里不知身是客，一晌贪欢。 独自莫凭栏，无限江山。别时容易见时难。流水落花春去也，天上人间！”曹丕《燕歌行》有“别日何易会日难”之句，盖为李句所自出。又胡仔《苕溪渔隐丛话》后集卷三十九引《复斋漫录》中《颜氏家训》曰：“别易会难，古今所重。”作者用此句表示对故国的无限依恋。意思是：南唐故国的无限江山，别了以后再也难于相见。抒发了这位亡国之君的哀痛之感。后人常引用这句词来表达“别易会难”的感受。

例如

①我们握别时，相约“二年后再见”，但是如今过了三年了，仍不知何时才能相见，一想到这，就很容易联想到古人的那句话：“别时容易见时难”啊！（摘自魏中天《别时容易见时难》）

②别时容易见时难。久别重逢常带偶然性。其实呢，偶然里又藏着必然。（摘自韩静霆《凯旋在子夜》）

③我的学生米福，是中文系三年级学生，她引用了李煜的一句词，

说："'别时容易见时难'，等过两年我储够了钱，一定到中国看你们。"阿芒和妻子使劲地拥抱着我们，一句话也说不出，惜别的泪水打湿了肩头。（摘自陈钟《告别法兰西》）

④谁能想到这样的王朝，在乾隆去世后仅41年便遭遇鸦片战争，此后再70年，辛亥清灭。无限江山，别时容易见时难。（摘自钟伟《中国的未来在何方？》）

⑤李煜认为一难一易，"独自莫凭栏，无限江山，别时容易见时难"（《浪淘沙令》），原先好歹也是一国之君，颐指气使，威风八面，说话好使得很，跺跺脚大小都有地震，只因贪恋美色，荒淫无度，较之历史上的"楼下韩擒虎，楼头张丽华"的陈后主有过之而无不及，坐北朝南王魔术般地变成了阶下囚，落差之大，"天上人间"，那故国只能心想，望是望不到的，见是不可能的，是不会被允许的。（摘自郭莲《见仁见智各千秋》）

男儿有泪不轻弹，只因未到伤心处。

语出明·李开先《宝剑记·林冲夜奔》。《宝剑记》全名《新编林冲宝剑记》，是传奇剧本，五十二出，写水浒英雄林冲被逼上梁山的故事，把林冲塑造成一个"少年豪气，平生不向权臣屈"的威武形象。剧中有诗曰："回首西山日又斜，天涯孤客真难度。男儿有泪不轻弹，只因未到伤心处。"轻弹（tán）：轻易弹洒。处：时，当儿。这两句诗的意思是：男子大丈夫是不会轻易流眼泪的，只是因为不到伤心的时候。后人常引用这两句诗来说明人到伤心时总会落泪的，但男子汉却不会轻易落泪。

例如

①男儿有泪不轻弹，只因未到伤心处。刚强的彭老总啊，我们过去几时看他掉过眼泪？今天却见他老泪横流了。（摘自王颖《无言》）

②都说男儿有泪不轻弹，那是只因未到伤心处。面对外宾和华胞那惑然的惊愕的目光，张懋祺怎么也控制不住眼中酸楚的泪水……（摘自戴明久《痛苦的奉献——记张懋祺整复点穴疗法的效验及其遭遇》）

③"男儿有泪不轻弹"，可这样接二连三的打击使他怎么也控制不住感情，伤心地大哭了一场。此刻他才感到自己的腿竟是那样的沉重。（摘自王杏元《肢体·智力·机器人》）

④可以想象一下，在那个年代以他当时的身份，独自一人在书房里哭泣是何等的悲伤！所以演奏这段唱腔时，要充分地运用“连弓”跟“压揉”，必要时要加一些很短促的“小短弓”来体现百里奚内心复杂和悲伤的心情，这真是“男儿有泪不轻弹，只因未到伤心处”。（摘自熊长江《浅谈广东汉剧〈百里奚认妻〉头弦领奏心得体会》）

⑤我们经常听人语气铿然地说：“男儿有泪不轻弹！”乍听去，这话能给人留下强烈的印象，那大言炎炎者仿佛是经过太上老君八卦炉中三昧火久炼而成的超人，自属铜皮铁骨，刀枪不入，殊不知，凡人总有弱点，那句话也还有下文，不过说起来，舌头再也拉不开三百石硬弓，而已近乎嗫嚅了：“只因未到伤心处。”（摘自王开林《三副热泪》）

君不见青海头，古来白骨无人收。新鬼烦冤旧鬼哭，天阴雨湿声啾啾。

语出唐·杜甫《兵车行》。诗曰：“……长者虽有问，役夫敢伸恨？且如今年冬，未休关西卒。县官急索租，租税从何出？信是生男恶，反是生女好。生女犹得嫁比邻，生男埋没随百草。君不见青海头，古来白骨无人收。新鬼烦冤旧鬼哭，天阴雨湿声啾啾。”君不见：即君不闻。见：闻。唐诗中多用“君不见”发端，引出下边的感叹。青海：即今青海省西宁以西一带，因有大湖名青海，故称。原为吐谷浑之地，唐高宗时为吐蕃所占，以后数十年间唐与吐蕃多次发生战争。“凤仪中，李敬玄与吐蕃战败于青海。开元中，……皇甫惟明、王忠嗣先后破吐蕃，皆在青海。”（钱谦益引《旧唐书·西戎传》）白骨无人收：梁·鼓角横吹曲《企喻歌》：“尸丧狭谷中，白骨无人收。”烦冤：烦躁愤懑。天阴：李华《吊古战场文》：“往往鬼哭，天阴则闻。”啾啾（jiū jiū）：古人想象中鬼的呜咽声。这几句诗的意思是：你没听见吗？那青海西边的古战场上，多年来白骨无人收拾，新鬼烦躁愤懑，旧鬼还在哭泣，天阴雨湿之时，那呜咽声凄凄惨惨，令人感到恐怖。诗人描写出“武皇（实指唐皇）开边犹未已”所造成的恶果，那唐王朝穷兵黩武、用兵西域的罪恶，被深刻地揭露出来。后人常引用这几句诗来描述战争给人们带来的灾难。

例如

①啊，青海湖，我在古代诗人的诗中读到过“君不见，青海头，古来白骨无人收。新鬼烦冤旧鬼哭，天阴雨湿声啾啾。”——萧杀，荒凉，凄凄惨惨……（摘自戴永夏《西行散记》）

②唐诗云：“君不见青海头，古来白骨无人收。新鬼烦冤旧鬼哭，天阴雨湿声啾啾。”这也许是古时青海的景象吧！现在的青海并不那么荒凉。（摘自朱振声《新长征中筑路忙——柴达木散记》）

③“……君不见青海头，古来白骨无人收。”我们的万里长江文化考察才刚刚开始，难道死亡的阴影就跟随而来了么？不知还有多少困难危险在前面等待我们，脚下的路，该怎样在执着的信念中延伸呢？……（摘自黎正光等《江源一日》）

④在几千年的漫长岁月里，它哺育中华民族，也历经大苦大难，“君不见青海头，古来白骨无人收。新鬼烦冤旧鬼哭，天阴雨湿声啾啾。”这是杜甫的沉郁悲歌。（摘自郎绍君《西部绘画之梦》）

⑤但是，当人们试图用战争解决争端的时候，牺牲的总是人民，战争从来就是“一将功成万骨枯”。这等的残酷，如果用数字、用理念的方式来谈论，不足以动人的话，我们还可以经常读读杜甫的诗歌《兵车行》：“君不见青海头，古来白骨无人收。”“信知生男恶，反是生女好。生女犹得嫁比邻，生男埋没随百草。”路过诺曼底阵亡将士墓群，中国古人炼就的绝妙诗句是很管用的。（摘自李天纲《诺曼底的云》）

删繁就简三秋树，领异标新二月花。

语出清·郑板桥对联。删繁就简：删除繁杂的，使之趋于简明、精炼。清·李汝珍《镜花缘》第十八回：“都像这样，却也不难，大约删繁就简，只消八百韵也就够了。”三秋：这里指秋季的第三个月。王勃《滕王阁序》：“时维九月，序属三秋。”领异标新：略同于“标新立异”，指特创新意，立意与众不同。领：开创，倡导。这两句对联的意思是：搞艺术创作，要删除繁杂的，使之趋于简明、精炼，像深秋里脱落枯叶的树木那样；又要特创新意，力求与众不同，像各具特色、竞相争艳的二月里的春花那样。此联对仗工巧，比喻形象生动，深得艺术创作的要领。后人常引用这两句对联来说明艺术创作须务求简洁，更要立意新颖。

例如

①清代画家郑板桥留给后人的一副对联，上联是："删繁就简三秋树"；下联是："领异标新二月花"。如果将有所发明创造比作"领异标新"的"二月花"，那么"删繁就简"则是孕育这种"智慧花"的枝干。当然，枝干下还有深扎大地、汲取养分的根基。（摘自王通讯《删繁就简三秋树》）

②它使我想起了郑板桥的著名诗句："删繁就简三秋树，领异标新二月花。"用它来形容武永和同志勇于探索、开拓创新的精神是颇有意味的。（摘自黎明星《武永和——一个不断探索新流通渠道的人》）

③"删繁就简三秋树，领异标新二月花。"彭荆风同志的《驿路梨花》，是一篇很有特色的艺术作品。（摘自吴鸿逵《立异标新二月花——谈〈驿路梨花〉的艺术特色》）

④于是，便多了来来往往，把时间都耗费在本不需要耗费的客套和应酬的废话里……我往往于情急处，就搬出郑板桥的语录，宜得"删繁就简三秋树，领异标新二月花"。（摘自陈忠实《删繁就简》）

⑤一年一度的中央经济工作会议于2013年12月10日至14日在北京举行，会议首次"套开"全国城镇化会议，恰如"删繁就简三秋树，领异标新二月花"，为2014年宏观经济政策锚定出稳中求进的新基调，为今年全面深化改革、经济永续发展和推进城镇化建设做出系统的总部署。（摘自刘胜《新元年　新希望》）

何以解忧，唯有杜康！

语出三国魏·曹操《短歌行》。诗见"对酒当歌……"条引。何以：以何，用什么。杜康：即少康，传说中酿酒的发明者。后即把酒称杜康，借代辞。这两句诗的意思是：用什么来解除我的忧愁？只有饮酒！后人常引用来说明借酒消愁。

例如

①"何以解忧，唯有杜康！"可不是吗？连横霸一世的魏武帝都曾经消沉如是！（摘自桑柔《李叔同的灵性》）

②"何以解忧，唯有杜康。"

《解忧集》的作者们，在今天是百分之百的名人。（摘自孙以荪《"名"的杂话》）

③可是她的丈夫连这一点可怜的安慰都不可能得到，他该多么悲伤！“何以解忧，唯有杜康。”她想，丈夫为了排遣胸中的怨恨和忧伤，也许此时正在酒灌愁肠。（摘自刘刈《诗经鉴赏集·诗从彼岸飞来——说〈卷耳〉和〈陟岵〉》）

④自从有了酒，这杯中之物就被老祖宗们演绎出无数的精彩故事。“何以解忧，唯有杜康”，这千百年来广为流传的“酒幌子”，家喻户晓。（摘自秦筠《酒——百药之长》）

⑤“对酒当歌，人生几何？譬如朝露，去日苦多。慨当以慷，忧思难忘。何以解忧，唯有杜康。”曹操这一叹息，道尽千古诗酒况味。要多少场对酒当歌，才能够酣畅今生？（摘自裴秀生《诗酒趁年华》）

作诗火急追亡逋，清景一失后难摹。

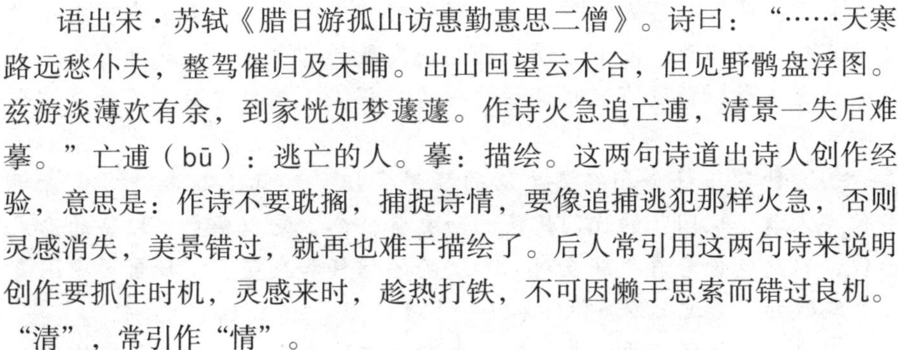

语出宋·苏轼《腊日游孤山访惠勤惠思二僧》。诗曰：“……天寒路远愁仆夫，整驾催归及未晡。出山回望云木合，但见野鹘盘浮图。兹游淡薄欢有余，到家恍如梦蘧蘧。作诗火急追亡逋，清景一失后难摹。”亡逋（bū）：逃亡的人。摹：描绘。这两句诗道出诗人创作经验，意思是：作诗不要耽搁，捕捉诗情，要像追捕逃犯那样火急，否则灵感消失，美景错过，就再也难于描绘了。后人常引用这两句诗来说明创作要抓住时机，灵感来时，趁热打铁，不可因懒于思索而错过良机。“清”，常引作“情”。

例如

①宋朝诗人苏东坡说得好：“作诗火急追亡逋，清景一失后难摹。”这和摄影不失时机地抓住稍纵即逝的美妙瞬间是一个道理。《险》之成功，就是恰到好处地抓住了拍摄时机。（摘自安烈《时机，至关重要》）

②灵感的又一特征是短暂性。灵感爆发后，持续时间固然因创作者主客观条件不同而有差异，但一般说来都很短，甚至只有几秒钟，有人说：“才著手便熬，一放手又飘忽去。”苏东坡形容道：“作诗火急追亡逋，清景一失后难摹。”（摘自陆晓光《浅说“灵感”》）

③另外，“作诗火急追亡逋，清景一失后难摹。”要时刻作好穷追不舍的准备，42岁的画家莫尔斯在邮船上看到杰克逊的电学实验受启发，晚上就趁热打铁画出了收发报机的草图。（摘自甫元《灵感——创

造的太阳》）

位卑未敢忘忧国，事定犹须待阖棺。

语出宋·陆游《病起书怀》。诗曰：“病骨支离纱帽宽，孤臣万里客江干。位卑未敢忘忧国，事定犹须待阖棺。天地神灵扶庙社，京华父老望和銮。出师一表通今古，夜半挑灯更细看。”阖（hé）棺：盖棺，指人死说。这两句诗的意思是：我地位低微，却不敢忘怀忧国忧民，能否干一番事业，得到死后才可定论。此篇是淳熙三年（1176）陆游在成都时写的，表达了诗人忧国忧民、渴望收复失地的爱国之情。后人常引用“位卑”一句来说明关心国家大事，为国家分忧。

例如

①“位卑未敢忘忧国”，地位卑微的“平民”，并不乏宽广的一身浩然正气，可以说，没有推动社会向前发展的“平民”，就没有波澜壮阔的历史画卷，就没有光辉灿烂的锦绣前程。（摘自皮丽英《我以“平民”为乐》）

②这种参与社会和经济生活的强烈意识，实际上凝聚着当代青年“位卑未敢忘忧国”的忧国忧民的历史责任感，它以率直、坦诚的形式出现，自然包含着青年朋友对党和政府的信任和期望。（摘自《中国青年》编辑部《透过七万多份答卷……》）

③读完《今日“两地书”》，我深为边防战士“位卑未敢忘忧国”的崇高精神所感染。（摘自胡小明《位卑未敢忘忧国》）

④“位卑未敢忘忧国”，小张就是这样一位值得钦敬的农民。农村基层干部群众中的大多数，都渴望基层干部机制好起来，渴望农村社会环境好起来，因为只有这样，广大人民群众的生活才会真正好起来。（摘自徐付群《编辑部记事》）

⑤屈原九死无悔，于谦清白一生，林则徐不避祸福，陆游“位卑未敢忘忧国”，鲁迅“我以我血荐轩辕”……他们赴国家之难，造福苍生，践行爱国为民、正身律己的价值取向，唤醒人们于国于民的道义感和责任感。（摘自胡紫薇《知荣明辱　修身正己》）

纸上得来终觉浅，绝知此事要躬行。

语出宋·陆游《冬夜读书示子聿》八首之三。诗曰：“古人学问无遗力，少壮工夫老始成。纸上得来终觉浅，绝知此事要躬行。”子聿：陆游最小的儿子。纸上：指书本。躬行：亲身实践。这两句诗的意思是：从书本上学来的知识终归觉得浅薄，必须懂得身体力行，参加社会实践，方能见出真知。这是诗人学习实践的经验之谈。后人常引用这两句诗来说明实践出真知的道理。

例如

①回北京以后，就这个问题，我几次请教中国社会科学院考古研究所的李文杰同志，并且阅读了一些有关大溪文化的资料和文章。“纸上得来终觉浅，绝知此事要躬行”，于是，金秋时节，再次前往长江中下游探访祖先的足迹。（摘自杨兆麟《探访祖先的足迹——大溪文化见闻》）

②由此观之，采撷、品尝生活的“鲜荔枝”，实在是一切艺术工作者不可等闲视之的事情。“纸上得来终觉浅，绝知此事要躬行。”伟大诗人陆游《冬夜读书示子聿》第三首中的这一联诗，应当成为我们每一个笔耕者的座右铭。（摘自江溶等《创作例话·难能可贵鲜荔枝》）

③“纸上得来终觉浅，绝知此事要躬行。”一个语文教师要指导学生作文，要分析范文的得失长短，自己却从不动笔写文章，没有亲身体验写作甘苦，教学就容易隔靴搔痒，带八股腔调。（摘自鄢烈山《教师、编辑与科研、写作》）

④“纸上得来终觉浅，绝知此事要躬行”，我们应该自觉响应党和国家的号召，到基层去、到农村去、到祖国最需要的地方去，把知识转化为能力，把能力转化为责任。（摘自宁博《在中国梦的生动实践中放飞青春》）

⑤对于读书，晋代陶渊明是“好读书不求甚解”，南宋陆游却认为“纸上得来终觉浅，绝知此事要躬行”，宋朝朱熹觉得“问渠那得清如许，为有源头活水来。”而北宋诗词大家苏轼则有这样的体会：“读书切忌在慌忙，涵咏工夫兴味长。”（摘自武宏钧《书须用“心”来读》）

银瓶乍破水浆迸，铁骑突出刀枪鸣。

语出唐·白居易《琵琶行》。诗见“此时无声胜有声”条引。迸（bèng）：冲激，溅射。铁骑（jì）：强悍的骑兵。骑，名词。这两句诗紧承上句的“此时无声胜有声”，意思是：曲调稍停，又突然进入高峰顶点，像银瓶猛然破裂，水浆四下溅射一般，又如强悍的骑兵突然冲击出阵，刀枪相接，铿锵作响。这是以比喻之法，形容琵琶在低沉、似乎停顿之后，又突然暴发出清脆的声音。后人常引用这两句诗或只引后一句来形容某种事物突然显示出非凡的气势，也用以比喻诗文笔法的抑而后扬等。

例如

①巨浪连着巨浪。撞在巍然矗立的石壁上，白花四射，“银瓶乍破水浆迸，铁骑突出刀枪鸣！”（摘自霍达《追日者》）

②若以小说视之，这篇“倾城”大约在二分之一以后的部分，进入了急促、迫切的旋律。正是一种“铁骑突出刀枪鸣”的旋律。（摘自菩提《读三毛的〈倾城〉》）

③现轮白文典接走：（18）……炮4进7。铁骑突出刀枪鸣，弃炮轰士，石破惊天、扭转被动局面的佳构。（摘自张丰评注棋局《银瓶乍破水浆迸》）

④为此，不少写家作过不懈的努力。有起笔雄奇，开头便“银瓶乍破水浆迸，铁骑突出刀枪鸣”；有收笔戛然，结尾似“来如雷霆收震怒，罢如江海凝清光”。（摘自赵忠生《钢铁热血与军旅柔情》）

⑤在琵琶艺术高度发展的隋唐时期，无论在宫廷里，市井里，还是民间习俗中，琵琶常以独奏、合奏相伴，出现了许多琵琶演奏家和琵琶乐曲。此时虽然没有武曲的正式称谓，但从诗人的吟咏“霜刀破竹无残节”“断弦砉騞层冰裂”“千悲万恨四五弦，弦中甲马声骈阗”“银瓶乍破水浆迸，铁骑突出刀枪鸣。曲终收拨当心画，四弦一声如裂帛”中能感受到武曲雄健豪宕、势不可挡的气概。（摘自邹伟铭等《影片〈十面埋伏〉中琵琶曲的艺术表现》）

我劝天公重抖擞，不拘一格降人才

语出清·龚自珍《己亥杂诗》三百五十首之一百二十五首。诗曰："九州生气恃风雷，万马齐喑究可哀。我劝天公重抖擞，不拘一格降人才。"重：重新。抖擞（sǒu）：振作。不拘一格：不限于一种规格。降：降生，产生。这两句诗的意思是：我劝老天重新振作起精神，不要拘限于一种规格，要把各式各样的人才降生到人间。原诗下自注曰："过镇江，见赛玉皇及风神、雷神者，祷祠万数，道士乞撰青词。"青词，又叫"绿章"，用朱笔写在青藤纸上，道士打醮时献给神灵的祝文。可知这首诗是作者写给道士上奏玉皇用的。诗为讽谕，实际是写给人间的清朝皇帝看的，巧妙地表达出他虽已去官归隐，但仍然关心着国家命运的封建社会进步知识分子的爱国之情。后人常引用这两句诗来表达渴望有各种人才出现的心情。

例如

①写至此，不禁想起清人龚自珍的两句诗来："我劝天公重抖擞，不拘一格降人才。"啊，愿我三江大地，文运昌盛，百花似锦！（摘自《北京文学》编后小记）

②"我劝天公重抖擞，不拘一格降人才"，龚自珍这两句诗是人们熟悉的。其实，龚老先生对天公有点误解。天公抖擞也罢，不抖擞也罢，降下人才从无一定之格。而拘于一格的是人。用一定的格去卡"出格"之才，久而久之，反而迁怒于天公，岂不冤枉！（摘自陈小川《改革三题》）

③蔡元培是旧中国的大学校长，但他却没有半点论资排辈的嗜好，真正做到了任人唯贤，才尽其用；而我们整天呼唤着"我劝天公重抖擞，不拘一格降人才"，而真的有了人才，却又要"破格"地让他去苦熬寒窗，一步一步地爬楼梯，这是不是多少有点叶公好龙的味道呢？（摘自张文力《破格·研究生·文凭》）

④"万马齐喑"的沉闷局面早已在九百六十万平方公里的九州大地上成为历史，而伴随着科学发展观的贯彻落实，人才强市战略的大规模实施，龚自珍发出世纪感叹之地镇江，更是"抖擞"精神，激荡"风雷"，呈现出一派"不拘一格降人才"的勃勃"生气"。（摘自张军等《新思路引领新希望——来自镇江人才强市战略的报告》）

⑤面对那个“三千年未有之大变局”，曾国藩说：“治国之道，在乎自强。”李鸿章说：“中国欲自强，则莫如学习外国利器。”面对人才的匮乏，龚自珍抱怨：“朝无才相，巷无才偷，泽无才盗。”不但缺少有才能的政府官员，甚至连有才能的小偷都没有，他不禁发出“我劝天公重抖擞，不拘一格降人才”的呼喊。（摘自郭霞《为一个理想的中华》）

我自横刀向天笑，去留肝胆两昆仑。

语出清·谭嗣同《狱中题壁》。诗曰：“望门投止思张俭，忍死须臾待杜根。我自横刀向天笑，去留肝胆两昆仑。”横刀：握刀。去：去者，指康有为。留：留者，指大刀王五。肝胆：比喻亲密关系。《庄子·德充符》：“自其异者视之肝胆楚越也。”两昆仑：指康有为和王五都是像昆仑山一样巍然矗立的英雄豪杰。一说，留者指自己留下牺牲，则“两昆仑”指康有为与作者自己。这两句诗的意思是：在死亡面前，我自握刀仰天大笑，我死后还有康王两位如昆仑高耸的豪杰，必将继续斗争下去。谭嗣同因戊戌政变失败而死，梁启超赞之为“中国为国流血第一烈士”（《仁学序》）。政变失败后，他毅然拒绝东渡日本避难，而坚决留下，以死唤醒民众，就义前大呼“死得其所，快哉快哉！”（《临终诗》）后人常引用这两句诗来表示仁人志士大义凛然、视死如归的革命精神。

例如

①谭嗣同说这些话，如同他说“中国未闻有变法且流血者，此国之所以不昌也。有之，请自嗣同始！”高唱“我自横刀向天笑，去留肝胆两昆仑！”一样的认真，一样的心地清白。（摘自唐弢《不必大惊小怪》）

②“要说的话不敢说，要做的事情不敢做，这算什么？看看谭嗣同有何等的气魄！两年前马关条约割让台湾的时候，他就怒斥清廷，你知道他被捕后在狱中题的诗吗？‘我自横刀向天笑，去留肝胆两昆仑’！他真是死得其所，不亦快哉！”（摘自桑柔《李叔同的灵性》）

③在拯救民族国家危亡宏大叙事中，百日维新和戊戌六君子流淌的血红以一道闪电的姿态划过天朝的万里夜空，把谭嗣同绝命诗“望门投止思张俭，忍死须臾待杜根。我自横刀向天笑，去留肝胆两昆仑”传遍

神州万里江山。（摘自袁锋《晚清义士大刀王五的武术贡献》）

④自古以来，有人因国家存亡视死如归："生当作人杰，死亦为鬼雄"（李清照）；"我自横刀向天笑，去留肝胆两昆仑"（谭嗣同）；有人因人民疾苦而沉郁顿挫："朱门酒肉臭，路有冻死骨"（杜甫）……（摘自马晓霞《今天，我们需要诵读经典》）

⑤这对命运的反抗不同于嵇康在刑场上弹奏的《广陵散》，认命和无奈；也不同于谭嗣同临别时的我自横刀向天笑、我以我血荐昆仑，义无反顾却决绝凄美，它是一种孤傲，是倔强的临水自赏的水仙之神，纵然花败枝残也不减其美。（摘自谷秋枫《第三只耳朵听音乐》）

我欲乘风归去，又恐琼楼玉宇，高处不胜寒。

语出宋·苏轼《水调歌头·丙辰中秋》。词上阕曰："明月几时有？把酒问青天。不知天上宫阙，今夕是何年。我欲乘风归去，又恐琼楼玉宇，高处不胜寒。起舞弄清影，何似在人间！"乘风归去：驾着风回到天上去。古书有"列子御风而行"（《庄子·逍遥游》）或"列子乘风而归"（《列子·黄帝》）的记载，此用其意。卢仝《茶歌》："蓬莱山，在何处，玉川子乘此清风欲归去"，此用其语。词以问月开头，作者此亦有以谪仙李白自比之意。琼楼玉宇：指神仙居住的天上宫阙，此当指月宫，寓指朝廷。颜师古《大业拾遗记》："瞿乾佑于江岸玩月。或问：'此中何有？'瞿笑曰：'可随我观之。'俄见月规半天，琼楼玉宇烂然。"又恐，一作"惟恐"、"只恐"。不胜（shēng）寒：忍受不了寒冷。这三句词的意思是：我想要驾着风回到天上宫殿中去，又恐怕月宫太高，忍受不了寒冷。作者作此词时，正处在家庭生活上夫人王弗死去，政治上早与王安石意见不合，一直被贬的境遇中，心情郁悒忠愤，故望月有怀，借景抒情。清人黄蓼园说："前阕是见月思君，言天上宫阙，高不胜寒。但仿佛神魂归去，几不知身在人间也。"后人常引用这几句词来抒发个人情怀，或引"高处不胜寒"一句来说明"高不可攀"一类的意思。

例如

①"我欲乘风归去，又恐琼楼玉宇，高处不胜寒。"当陈先枢用刻刀在方石上凿下这一行字句时，他的心底深处有一种抽搐的阵痛。（摘自林晓光《废纸箱里的世界》）

②谁家传出一两声婴儿的啼哭，对门房里的电视机开着，朱明瑛在深情地“劝君莫忧愁”。我长吁一口气，情不自禁地仰望明月。“我欲乘风归去，又恐琼楼玉宇，高处不胜寒。”（摘自滕章贵《圆圈》）

③“我欲乘风归去”……哪去？能甩下户口粮食关系、组织关系，以及那个婚姻关系么？（摘自吴若增《离异——一个当代中国男人的内心独白》）

④近三四年，很少写诗。一些诗歌园地上，象牙之塔高筑，巍巍乎云端，既乏梯以攀，又恐远离大地，“琼楼玉宇，高处不胜寒。”（摘自柯岩《人间的诗》）

⑤我但愿自己将来，不要变成历代那些一朝得道，便悠悠然于“高处不胜寒”的士大夫们；更不要变成农夫怀里那条暖过身子以后的蛇。（摘自苏炜《隔海的歌声》）

身无彩凤双飞翼，心有灵犀一点通。

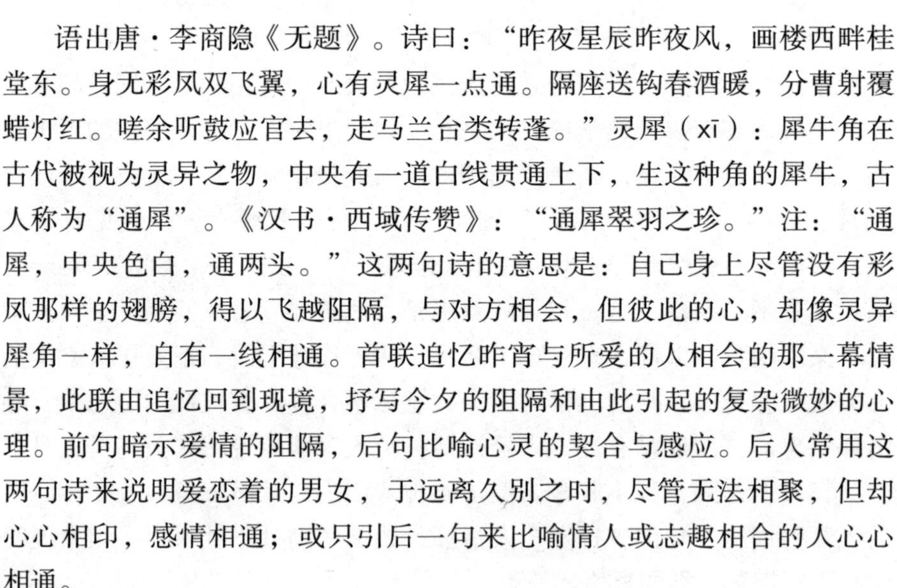

语出唐·李商隐《无题》。诗曰：“昨夜星辰昨夜风，画楼西畔桂堂东。身无彩凤双飞翼，心有灵犀一点通。隔座送钩春酒暖，分曹射覆蜡灯红。嗟余听鼓应官去，走马兰台类转蓬。”灵犀（xī）：犀牛角在古代被视为灵异之物，中央有一道白线贯通上下，生这种角的犀牛，古人称为“通犀”。《汉书·西域传赞》：“通犀翠羽之珍。”注：“通犀，中央色白，通两头。”这两句诗的意思是：自己身上尽管没有彩凤那样的翅膀，得以飞越阻隔，与对方相会，但彼此的心，却像灵异犀角一样，自有一线相通。首联追忆昨宵与所爱的人相会的那一幕情景，此联由追忆回到现境，抒写今夕的阻隔和由此引起的复杂微妙的心理。前句暗示爱情的阻隔，后句比喻心灵的契合与感应。后人常用这两句诗来说明爱恋着的男女，于远离久别之时，尽管无法相聚，但却心心相印，感情相通；或只引后一句来比喻情人或志趣相合的人心心相通。

例如

①我就是凭借最初的印象，一下子爱上了你，看中了你。“身无彩凤双飞翼，心有灵犀一点通。”我真佩服李商隐，寥寥两句诗，就描绘出男女恋情上的一个神秘而优美的境界。（摘自鲍昌《祝福你，费尔

马！》）

②原来这时年轻人在淡淡的月光下，对着故宫这面历史的镜子，也在审视我们生活的历程。“身无彩凤双飞翼，心有灵犀一点通。”他们是这样地相知相亲，这是新的一代啊！（摘自郭建英《故宫神思》）

③我们明白，这个家伙又“鬼”又沉得住气，“冰冻三尺，非一日之寒”，他准是早就看上蔡七雄，两人心有灵犀一点通！不过，他也有些顾虑跟老师的关系。（摘自罗达成《一个成功者和他的影子》）

④数据新闻曾是报道的“配角”，今天要让其唱主角，还须依托信息图形中的关键词和主要数据的“链接”，不断地给予读者直接的暗示及刺激，使之发挥“心有灵犀一点通”的作用。（摘自胡惦仁《话说数据新闻》）

⑤男人们总是抱怨，女人心，海底针，她们的大脑究竟在想些什么？但现在，这个问题马上就要解决了——一个可以读懂大脑的工具Insight能从人类脑部提取信息，让人们“心有灵犀一点通”。（摘自傅依冬《脑波“紧箍咒”》）

乱石穿空，惊涛拍岸，卷起千堆雪。

语出宋·苏轼《念奴娇·赤壁怀古》。词见“大江东去……”条引。“乱石”两句，一作“乱石崩云，惊涛裂岸”。千堆雪：比喻雪白的浪花。这几句词的意思是：陡峭不平的石壁插入天空，动人心魄的巨浪拍打崖岸，浪花飞卷，如千堆白雪。描绘出赤壁雄奇的景色，以衬写“千古风流人物”。后人常引用这几句词来描绘山形之壮，水势之大。

例如

①一泻千里的急流挟裹着它们穿峡谷，过险滩，形成了多少“乱石穿空，惊涛裂岸，卷起千堆雪”的壮丽奇观呵！（摘自苜德麟《鹅卵石赋》）

②1981年9月连降大雨，上游的雨水汇成巨流，以每秒5570立方米的流量冲向龙羊峡围堰和工地，乱石崩云，惊涛拍岸。（摘自王春声《制服黄河锁龙头》）

③怎么能听海呢？只好面对海螺，心里设想着：海，一定是“乱石

崩云，惊涛裂岸……”不，那是长江；再不就是“水又深来浪又高，奔腾咆哮……”不，那是黄河；也许是“莽苍苍奔来眼底……”不，那是滇池；大概是“水光潋滟晴方好……”不，那是西湖，都不是海。（摘自赵赴《海之歌》）

④水看起来很平常，无色无味无形态，但若在大江大海，水则显得无际浩森；若在激流险滩，则“惊涛拍岸，卷起千堆雪！”（摘自黄茨娅《与水有关的思考》）

⑤“飞流直下三千尺，疑是银河落九天。”这是一幅多么壮美的图画，而“乱石穿空，惊涛拍岸，卷起千堆雪”更写出了水的恢宏气势。（摘自纳兰玉儿《生命如水》）

床前明月光，疑是地上霜。举头望明月，低头思故乡。

诗出唐·李白《静夜思》。“床前”句：《古诗十九首·明月何皎皎》：“明月何皎皎，照我罗床帏。”“疑是”句：梁·简文帝《玄圃纳凉》：“夜月似秋霜。”疑：疑心。这里有“仿佛”之意。“举头”两句：晋《清商曲辞·子夜四时歌·秋歌》之十七：“仰头看明月，寄情千里光。”举头：抬头。望明月：一作“望山月”。这首诗的意思是：坐具前是一片洁白明朗的月光，仿佛是地上下了一层清霜。抬头看那高挂中天的明月，低头又不觉思念起家乡。此篇为诗人在漫游途中所作，写的是游子在寂静的夜晚思念故乡的感受，重在抒情。其节奏起伏，富于虚实变化，用白描法，于平淡中见浓郁。胡应麟说太白此诗“妙绝古今”，“信口而成，所谓无意于工而无不工者。”（《诗薮·内编》卷六）后人常引用这首诗或只引用后两句来表达思乡之情。

例如

①李白的《静夜思》如今是三岁小儿都会牙牙背诵了，而那“床前明月光，疑是地上霜”的丝丝体味，那“举头望明月，低头思故乡”的缕缕深情，又曾打动过风风雨雨中多少游子的心！（摘自周佩红《乡思种种》）

②久居海外的华人在大洋彼岸欢度中华民族这个传统佳节时，“举头望明月，低头思故乡”，那包藏在质朴无华的果皮内的石榴籽儿，以其红亮晶莹的形态被寓为“赤子”，象征着赏月人不忘炎黄之根的情

感。（摘自萌明《石榴小记》）

③“举头望明月，低头思故乡”。喧嚣的异国都市夜空中的一轮皎月，勾起了明明无限的心事。（摘自林克欢《梦非梦——评写意话剧〈中国梦〉》）

④离家愈久，念家愈急，这是人之常情。在古诗中，像李白的“床前明月光，疑是地上霜。举头望明月，低头思故乡”这类借月抒情的“思乡诗”比比皆是，而借梅思乡的诗却较少。（摘自柏贵宝《汪中以梅诉乡情》）

⑤“床前明月光，疑是地上霜。举头望明月，低头思故乡。”李白的低头，带着静夜的孤独，带着思念的执着，体现了诗人对故乡深深的眷恋。（摘自李钢《向谁低头》）

沉舟侧畔千帆过，病树前头万木春。

语出唐·刘禹锡《酬乐天扬州初逢席上有赠》。诗曰：“巴山楚水凄凉地，二十三年弃置身。怀旧空吟闻笛赋，到乡翻似烂柯人。沉舟侧畔千帆过，病树前头万木春。今日听君歌一曲，暂凭杯酒长精神。”沉舟：沉没了的船。侧畔：旁边。帆：指代船。病树：枯木秃老的树木。万木春：各种草木生机勃勃，呈现出一片春色。春，这里是草木萌发的意思，用作动词。这两句诗的意思是：沉船旁边千百只帆船仍不停地驶去，枯树前面万种草木欣欣向荣，一派生机，春意盎然。标题说明，此诗是为酬答白乐天（居易）而作。白赠他的诗中有“举眼风光长寂寞，满朝官职独蹉跎”之句，为刘禹锡被贬官23年鸣不平。刘以此诗答他，自比“沉舟”、“病树”，虽有感慨，但指出个人的沉埋算不了什么，“千帆”仍过，“万木”犹春，世界还是向前发展的，新陈代谢是自然界的规律，比白诗要显得胸襟开阔些。后人常引用这两句诗，一般反用比喻，把腐朽的旧事物或反动势力的行将灭亡比作“沉舟”、“病树”，而把新生事物或新生力量的成长壮大比作“千帆”、“万木”；也引来表示世事的变迁。

例如

①尚璞同志，你一定会记得这样两句诗：“沉舟侧畔千帆过，病树前头万木春。”抛弃过去的烦恼吧？“天涯何处无芳草”？不错，你的

前面的确是一片香气袭人的“芳草”，是一望无垠的“万木春”。（摘自刘冲《斩断初恋的情丝》）

②通过竞争，保护和鼓励先进，推动或淘汰落后。这样，才能形成“沉舟侧畔千帆过，病树前头万木春”的有气势的新局面，打破“万籁俱寂”、“一湖平水”的无差别境界。（摘自朱述新《北大在办校中贯彻竞争原则——“万籁俱寂”“一湖平水”的无差别境界受到冲击》）

③“沉舟侧畔千帆过，病树前头万木春。”现实，我安怡地在织女台前神游八荒，驰笔驰骋。（摘自张若愚《织女台前的歌》）

④刘禹锡处在“巴山楚水凄凉地，二十三年弃置身”的境地，没有功名，没有皇帝的垂青，却在平淡中悟出了“沉舟侧畔千帆过，病树前头万木春”的道理。（摘自吴泽《平淡，是一种享受》）

⑤“回望”，用好听点的说法，叫历史回眸。而“回望”所寄，其实义蕴各异：有“无可奈何花落去，似曾相识燕归来”的书生式感怀；有“大江东去，浪淘尽，千古风流人物”的英雄式惆怅；有“折戟沉沙铁未销，自将磨洗认前朝”的失意者之慨叹；有“沉舟侧畔千帆过，病树前头万木春”的改革者之激荡……笔端千种，意象万般，不一而足。（摘自庆年《回望洪堡》）

沧浪之水清兮，可以濯我缨；沧浪之水浊兮，可以濯我足。

语出战国邹·孟轲《孟子·离娄上》。孟子曰：“不仁者可以言哉？安其危而利其灾，乐其所以亡者。不仁而可与言，则何亡国败家之有？有孺子歌曰：‘沧浪之水清兮，可以濯我缨；沧浪之水浊兮，可以濯我足。’孔子曰：‘小子听之！清斯濯缨，浊斯濯足矣。自取之也’……”此句歌辞又见于屈原《楚辞·渔父》，两“我”字皆作“吾”。沧浪：卢文昭《钟山札记》云：“仓浪，青色；在竹曰苍莨，在水曰沧浪。”一说，“沧浪（láng）”为水名，或云汉水的支流，或云即汉水；又说为地名，在今湖北均县北。濯（zhuó）：洗涤。缨：系帽的丝带。这几句诗的意思是：沧浪的水清洁呀，可以用来洗我的帽缨；沧浪的水浑浊呀，可以用来洗我的双脚。孔子认为“清斯濯缨，浊斯濯足矣。自取之也。”意思说人们的荣辱也都是由自己取得的。《楚辞》中用以比喻人们应该顺应时势，随遇而安。是作者借渔父之口，揭示社会上的一种庸俗之见。后人常引用这几句诗来表示水的清浊，各得其所之类。

例如

①然而，那溪水却日甚一日地浑浊恶臭起来，“沧浪之水清兮，可以濯我缨；沧浪之水浊兮，可以濯我足”，但溪水如果浊到不堪濯足的程度，你又奈何呢？（摘自张晓风《地毯的那一端·给我一点水》）

②泉水清洌，不浇菜也可以浇果树，或者用来洗头，洗衣服。“沧浪之水清兮，可以濯我缨；沧浪之水浊兮，可以濯我足。”这比沧浪之水还好。（摘自吴伯箫《北极星·菜园小记》）

③郭炎上们和蓉蓉们的必然归宿也许只能是无可奈何、随遇而安的“沧浪之水清兮，可以濯吾缨；沧浪之水浊兮，可以濯吾足。”（摘自刘嘉陵《重要的不是道德的审判——读金河〈渔父〉随感》）

沧海月明珠有泪，蓝田日暖玉生烟。

语出唐·李商隐《锦瑟》。诗见“此情可待成追忆……”条引。沧海：大海。月明珠有泪：《博物志·异人》载：“南海外有鲛人，水居如鱼，不废织绩，其眼能泣珠。”左思《吴都赋》：“泉室潜织而卷绡，渊客慷慨而泣珠。”《文选》注曰：“俗传鲛人从水中出，曾寄寓人家，积日卖绡……鲛人临去，从主人索器，泣而出珠满盘，以与主人。”蓝田：《长安志》载：“蓝田山在长安县（即今陕西省西安市，蓝田山在今陕西省蓝田县南30里），其山产玉，亦名玉山。”《困学纪闻·评诗》：“司空表圣（图）云，‘戴容州叔伦谓诗家之景，如蓝田日暖，良玉生烟。’”李商隐这两句诗当本此。此诗意思最为晦涩难解。或以为这两句是烘托欢乐的气氛，意思是：想着昔日的悲痛，内心酸楚，仿佛那沧海的鲛人在月下流泣着珍珠般的眼泪；追忆已过去的欢乐，心情愉快，有如煦暖的蓝田山，美玉生出了缕缕轻烟。后人常引用这两句诗借以抒发悠远的情思。

例如

①晶莹如玉的“夜光白”使人想起静夜里的皎皎的月光；轻盈淡雅的“蓝田玉”引人生发李商隐诗中的悠远情思：“沧海月明珠有泪，蓝田日暖玉生烟。”（摘自杨鸥《洛阳花》）

②在杏色的光环下，流泻着莫扎特小夜曲的温馨，音符从远方踏浪而来，把美感倾注下来。李商隐带了成灰的蜡炬来到灯下，我问他是否满意人们解释“沧海月明珠有泪”，问他为什么“碧海青天夜夜心”都是名词，可怜他被偷灵药的嫦娥害得苦，什么都不可解！（摘自陶里《小品五题·春夜灯语》）

③沧海月明珠有泪，蓝田日暖玉生烟。我们如果忘记这个民族的不屈和付出，那就是对自己未来的背叛和自弃。（摘自佚名《你真的了解这个国家吗》）

④诗人普希金说：那逝去的一切，都将会变成美好的记忆；诗人华兹华斯说：诗是在沉静中回忆过来的情绪；诗人李商隐说：沧海月明珠有泪，蓝田日暖玉生烟，这是在回忆；诗人白居易说：天长地久有时尽，此恨绵绵无绝期，这依然是在回忆。（摘自李汉荣《记忆光线》）

⑤写玉的诗，我最喜欢的一句是李商隐的“蓝田日暖玉生烟”。这句诗，把玉的绝望、伤感、轻烟似雾，以及那种不食人间烟火的隔绝与薄凉写出来了。（摘自雪小禅《玉》）

近乡情更怯，不敢问来人。

语出唐·宋之问《渡汉江》。诗曰：“岭外音书断，终冬复历春。近乡情更怯，不敢问来人。”怯（qiè）：畏缩不前，胆怯。来人：指从家乡出来的人。这两句诗的意思是：回家时离家乡越近，心情越感到胆怯不安，害怕听到家中发生什么意外，竟不敢向从家乡出来的人打听情况。诗人在流放期间作此诗述感。“近乡”二字点题，暗指渡过汉江，“怯”字写出遭际不幸客久还乡的归人的心境。后人常引用这两句诗来表达类似的心境。

例如

①既然想家就振作回去。归途心境“百尺风中旗”（孟郊），行路更难，“近乡情更怯，不敢问来人”（宋之问）。终于回到祖地。有的用胡语胡侃，乡人越听越不懂，他越得意。有的乡音依旧，但未离乡的孩童不认识老头，“笑问客从何处来？”（贺知章）幸亏仍讲乡音，没被赶出去。（摘自许达然《回家》）

②“近乡情更怯，不敢问来人。”我带着孩子走下火车，忐忑不安地四下张望。（摘自李一信《乡吟》）

③“近乡情更怯。”二百多位来自美国、加拿大、澳大利亚、巴西、瑞士等地的荣氏亲属，从各自乘坐的机舱里，几乎都是目不转睛地俯瞰着，俯瞰着……终于，望眼欲穿的故土、魂牵梦萦的山山水水展现在眼前了。（摘自计泓赓等《团圆——记荣氏亲属在北京的团聚》）

④故乡对于杜甫，是“即从巴峡穿巫峡，便下襄阳向洛阳”的归心似箭；故乡对于宋之问，是“近乡情更怯，不敢问来人”的纠结；故乡对于余光中，是一湾浅浅的海峡对岸的大陆。（摘自佟晨绪《故乡是什么》）

⑤可能是由于自小学戏的缘故吧，长大后，对舞台有一种说不出的感觉，仿佛游子久不归，近乡情更怯。（摘自赵武《再见了，东华》）

近水楼台先得月，向阳花木易为春。

语出宋·苏麟《断句》。苏麟曾献给范仲淹两句诗：“近水楼台先得月，向阳花木易为春。”掌故见下文引例①。这句诗的意思是：临水建造的楼台，先得到美好的月色，向阳生长的花木，最容易萌生发育。原是作者借比喻含蓄曲折地发牢骚，说范仲淹只提拔亲近，而不录用他。后人常引用“近水楼台先得月”一句来比喻近便而获得优先的机会。

例如

①当然，近也有近的好处。俞文豹《清夜录》载：“范文正公（仲淹）镇钱塘，兵官皆被荐，独巡检苏麟不录，乃献诗云：‘近水楼台先得月，向阳花木易为春’。”这“近水楼台先得月”，与“远来和尚会念经”，真是天然一副巧对。因为相处日久，相知便深，“内举不避亲”，原无可厚非。……然而倘只在亲信中选“千里马”，一味让身边的“兵官”“先得月”，而只见树木，不见森林，就属于“近视眼”患者，难免要误国害事的。（摘自罗荣兴《远来的和尚与近水楼台》）

②据说，在评奖中，为了取得数百元的“花纸头”……有的“近水楼台先得月”，利用委员之便为自己拉票。（摘自浙人《“红纸头”和“花纸头”》）

③但老黎看到公司批发、零售店有的财会人员干了十多年，工作经验丰富，能力也强，只因名额有限没能转干，于是便对自己的孩子说：“奶奶是党员干部，应当严于律己，不能‘近水楼台先得月’！”她教

育孩子安心工作，主动放弃了转干机会。（摘自李劲夫《九让名额》）

④“近水楼台先得月”，独特的政治文化背景赋予了北京广告人太多的便利。北京就如同一块巨大的蛋糕，等待着有能力的人们尽情分享。（摘自刘文欣等《“变”在北京》）

⑤航模队经常在大操场上训练和表演，我们小学生“近水楼台先得月”，放学后一听见有航模发动机的声音，就像小鸡逐食一样跑去观看。（摘自杨作利《圆梦大飞机》）

八 画

青山遮不住，毕竟东流去。

语出宋·辛弃疾《菩萨蛮·书江西造口壁》。词曰："郁孤台下清江水，中间多少行人泪！西北望长安，可怜无数山。 青山遮不住，毕竟东流去。江晚正愁予，山深闻鹧鸪。"毕竟：到底。这两句词的意思是：青山虽然能遮断人们北望长安的视线，却遮不住浩荡的长江之水，江水到底要向东奔流而去。这不仅写出了青山屹立、大江东去的壮丽景色，而且景中含情，情景交融，表现了诗人收复河山、统一国土的必胜信念，蕴含着客观趋势不可抗阻的哲理。周济说："借水怨山。"（《宋四家词选》）后人常引用这两句词来说明大势所趋，不可抗拒。

例如

①尽管不时还有些许寒意，我们坚信时代的潮水，"青山遮不住，毕竟东流去"！尽管诗歌在发展中还存在这样那样问题，我们坚信它会"更上一层楼"！（摘自阿红《关于新诗的一次民意测验》）

②是呵，"青山遮不住，毕竟东流去"。滔滔的台湾海峡上终将铺成一条通往故乡之路，一条金灿灿的统一之路。坚信这一天是不会遥远的。（摘自蓬生《望断故乡路》）

③历史常常是于无字处见精神的，它从遥远的过去走来，又向遥远的未来走去，它的轨迹曲折跌宕，但是"青山遮不住，毕竟东流去"，它的朝向永远是指着前方的。（摘自黑瑛《关中道情·印满历史辙印的土地》）

④上世纪90年代底，我曾多次或溯水或顺流经过长江三峡，与所有游三峡的人一样，每次经过这里都被这自然的神奇而折服。心中不禁升起"青山遮不住，毕竟东流去。"的豪情。（摘自张连友《天地有大美》）

⑤这就好比水向东流，虽然会经历蜿蜒曲折，高低起伏，甚至不乏山挡道、沟断路，但最终都会"青山遮不住，毕竟东流去"。（摘自张保振《勤有道 事竟成》）

昔人已乘黄鹤去，此地空余黄鹤楼。黄鹤一去不复返，白云千载空悠悠。

语出唐·崔颢《黄鹤楼》。诗曰："昔人已乘黄鹤去，此地空余黄鹤楼。黄鹤一去不复返，白云千载空悠悠。晴川历历汉阳树，芳草萋萋鹦鹉洲。日暮乡关何处是？烟波江上使人愁。"黄鹤楼：在湖北省武汉市。武昌西有黄鹤山，山西北有黄鹤矶，峭立江中，旧有黄鹤楼。《方舆志》："昔有仙人子安乘黄鹤过此，因得名。"故址在今武汉长江大桥武昌桥头，1985年重建于蛇山。俯瞰江汉，极目千里，是我国名胜之一。此诗格调优美，最为传颂。严羽《沧浪诗话》评曰："唐人七言律诗，当以崔颢《黄鹤楼》为第一。"据元人辛文房《唐才子传》载，李白登黄鹤楼本欲赋诗，因见崔颢此作，为之敛手，说："眼前有景道不得，崔颢题诗在上头。"昔人：指骑鹤的仙人。黄鹤，一作"白云"。悠悠：长久。这几句诗的意思是：昔日的仙人已乘坐黄鹤飞去了，此地只剩下一座著名的黄鹤楼。黄鹤一经飞去，便再也不飞回来了，而黄鹤楼上空的白云，却千载不去，长久飘荡着。后人常引用这四句诗来抒写黄鹤楼思古之幽情，或只引前两句来表达人已离去，此地空留的感慨。

例如

①"昔人已乘黄鹤去，此地空余黄鹤楼。黄鹤一去不复返，白云千载空悠悠。"我心中默默朗诵这两句诗，站在大厅外的跑马廊极目远望：雄伟的长江大桥、玉带般的长江、烟雾茫茫的城市……倚楼思绪万千！（摘自彭赞《九霄仙鹤又乘风》）

②"昔人已乘黄鹤去，此地空余黄鹤楼"，前年大难临头，北平的学者们所想援以掩护自己的是古文化，而惟一大事，则是古物的南迁，这不是自己彻底的说明了北平所有的是什么了吗？（摘自鲁迅《花边文学·"京派"与"海派"》）

③卫东临走前信誓旦旦，说一定要把我从这个大山沟里搭救出去。可一去五个年头，却音讯杳然。我给他寄了一首唐诗："昔人已乘黄鹤去，此地空余黄鹤楼……"也没有见他寄回片言只字。（摘自江渔《大山，绿色的大山》）

④不幸的是，当我出生在这片土地上时，这种景象已不复存在了。"昔人已乘黄鹤去，此地空余黄鹤楼。"古人说的这还是一种比较好的状况，更糟糕的是连黄鹤楼也不知所踪。（摘自古土《故乡沧桑》）

⑤近年来，包括海尔在内许多大型家电制造企业的发展步伐均迟缓下来，前几年动辄30%以上的增长率几乎已经“黄鹤一去不复返”，企业盈利状况尤为糟糕。（摘自刘步尘《海信：凭什么逆风飞扬？》）

昔我往矣，杨柳依依。

语出《诗经·小雅·采薇》。诗第五节曰：“昔我往矣，杨柳依依。今我来思，雨雪霏霏。行道迟迟，载渴载饥。我心伤悲，莫知我哀！”这是一首描述戍边战士久历艰苦，在还乡的路上又饱受饥寒，痛定思痛，所唱出的哀歌。依依：柳条柔弱随风不定的样子。这两句诗的意思是：想起以前我离开家乡的景况，杨柳轻轻地随风飘拂呵，牵动着离人的心肠。王夫之很称道“昔我往矣”四句，认为：“以乐景写哀，以哀景写乐，一倍增其哀乐。”（《姜斋诗话》卷上）。由于这几句诗用“相反相成”法，传情曲折，情景交融，故传颂不绝。据《世说新语·文学篇》载：“谢公（安）因子弟集聚，问《毛诗》何句最佳。遏（谢玄小字）称曰：‘昔我往矣，杨柳依依；今我来思，雨雪霏霏。’”后人常引用这两句诗来表述依依惜别之情。

例如

①前天，我收到了我的同学牛耕一封寄自西藏高原的来信。信中引用《诗经·小雅·采薇》中的句子“昔我往矣，杨柳依依。”一个“柳”字，立刻勾起了送别牛耕的情景的回忆——（摘自高自双《柳成荫》）

②远在两千多年前的《诗经》里就有“昔我往矣，杨柳依依”之句。从汉代开始，送别离长安东行的亲友故旧，多在灞桥停步告别。（摘自禹云裘《折柳赠别的兴衰》）

③其中，最早是那些台湾相思树，引动了我的乡情。她们那婀娜的身姿，很像是弱不禁风的女子；她们那细细的长叶，极似白居易咏叹过的柳眉；纵然没有长垂的柔条，依然可以引起“昔我往矣，杨柳依依”的思绪。（摘自王树人《黄埔留影记》）

④昔我往矣，杨柳依依；今我来思，树老墙颓。当下，越来越多的中国人正在忧虑远在农村的故乡。记忆中的村庄已经变了模样；虽然很多房子翻新了，却多是院门紧闭，没了人气。（摘自《“空心化”农村如何养活中国？》）

⑤依依，是江南春柳派生出来的眷恋之态。诗曰：“昔我往矣，杨

柳依依。”一语牵扯出不舍、缠绵和挂念等无尽的情思。（摘自陈志宏《江南柳》）

奇文共欣赏，疑义相与析。

语出晋·陶渊明《移居二首》之一。诗曰：“昔欲居南村，非为卜其宅。闻多素心人，乐与数晨夕。怀此颇有年，今日从兹役。敝庐何必广，取足蔽床席。邻曲时时来，抗言谈在昔。奇文共欣赏，疑义相与析。”相与：相互，共同。这两句诗的意思是：如果有奇妙的文章，就拿出来共同欣赏；在某些地方产生疑难，就共同进行研究分析。这是作者写他与朋友交往，经常在一起谈论诗文、交流见解之乐。后人常引用这两句诗来表示朋友间彼此切磋诗文技艺，自有无穷乐趣；或反其义而用之，以“奇文”指发表奇谈怪论的文章，把这样的文章拿出来示众，旨在让大家批判反驳，含有贬义色彩。

例如

①不敢说已经全懂，但不妨把自以为有点懂的地方，用评点方式，与同好者交流。所谓“奇文共欣赏，疑义相与析”，正是小说鉴赏用得着的古训。（摘自曾镇南《〈来劲〉评点》）

②总之，读书穷理，正襟危坐，读经典著作是一回事，“奇文共欣赏，疑义相与析”，也可以豁落尘襟，时得佳趣。即使偷闲读小说戏剧，有时也能于小见大，发人深省。（摘自苏仲翔《读书之乐乐何如？》）

③“奇文共欣赏，疑义相与析”。对古人的名作，往往需要不断提出“疑义”来共同分析，以求得更深入一步的理解。本文写作的意图就是如此。（摘自张志岳《说辛弃疾〈破阵子〉》）

④近读苏州古玩商丁宗琪的几篇忆旧文章，其中有关珍罕钱币的故事，趣味良多，不免生发与泉友“奇文共欣赏”的冲动。（摘自张春岭《一网捞出孤品钱》）

⑤我们希望所有《今传媒》作者力争为我刊提供理论前瞻、学术创新、表达专业、格式规范，文法标准及理论水平高、借鉴性强的优秀文章，并在参考文献、引用、论文中注明《今传媒》，以提高《今传媒》的影响因子。正所谓“奇文共欣赏，疑义相与析”。（摘自《致作者书》）

抽刀断水水更流，举杯消愁愁更愁

语出唐·李白《宣州谢朓楼饯别校书叔云》。诗曰："……蓬莱文章建安骨，中间小谢又清发。俱怀逸兴壮思飞，欲上青天揽明月。抽刀断水水更流，举杯消愁愁更愁。人生在世不称意，明朝散发弄扁舟。"这两句诗的意思是：抽刀断流水，流水更奔流，举杯消愁绪，愁绪更悠悠。这首诗前面部分写得意气豪迈，语辞慷慨，深刻地反映了诗人怀才不遇的苦闷，后面几句流露出消极厌世的思想情绪。后人常引用这两句诗来形容愁绪是无法以酒消除的，就像流水无法斩断一样，饮酒解愁而愁情更甚等。

例如

①有些青年每当遇到不顺心的事，总愿借酒消愁。可是"抽刀断水水更流，举杯消愁愁更愁。"在愁闷时喝酒，往往会导致没有节制，最易喝醉，这种饮酒也最伤身体，并非解愁的良策。（摘自顾青等《当你举杯祝酒的时候——写给好喝酒的青年朋友……》）

②生活是无始无终无休无止的长河，"抽刀断水水更流。"写小说却还要"断水""取一瓢饮"。生活又好比参天大树，写小说不过是断取一枝一节。（摘自林斤澜《枝节纵横》）

③祖国要统一，亲人要团聚，这不是任何力量可以抗拒的。"抽刀断水水更流"，中国人民永远要团结、前进。（摘自方任《迎亲人》）

④相信很多生活在城市里的人都遇到过这样的场景：在马路边、天桥下的很多地方，城管人员一来，无证小摊贩就一哄而散；管理人员一走，小摊贩又迅速铺开摊子，如此循环反复，似乎有"抽刀断水水更流"的意思。（摘自王洋《城市小摊贩，宜"疏"不宜"堵"》）

⑤李白曾感慨"抽刀断水水更流，举杯消愁愁更愁"。我想，所谓"愁更愁"，或许是一种酒难消愁的真切体验吧。（摘自杨兴花《正视痛苦》）

周公恐惧流言日，王莽谦恭未篡时。向使当初身便死，一生真伪复谁知？

语出唐·白居易《放言》五首之三。诗曰："赠君一法决狐疑，不

用钻龟与祝蓍。试玉要烧三日满，辨材须待七年期。周公恐惧流言日，王莽谦恭未篡时。向使当初身便死，一生真伪复谁知？”“周公”句：周公，姬姓，名旦，周武王的弟弟，成王的叔叔。武王死，成王年幼，周公摄政，而管、蔡、霍三叔都嫉妒他，乃造作流言，说周公要篡位。《尚书·金滕》：“武王既丧，管叔及其群弟乃言于国，曰：‘公将不利于孺子（成王）！’周公避居于东，后成王悔悟，迎之归；三叔惧而叛，成王命周公东征，奠定东南，周乃大治。”日，一作“后”。“王莽”句：王莽，字巨君，前汉末孝元皇后之侄，封新郎侯；为大司马，秉政；哀帝死，莽迎立平帝，以已女为皇后，独揽朝政，号为“安汉公”；旋弑平帝，立孺子婴，摄政，称“假（代理）皇帝”；不久篡汉自立，国号“新”，后为光武帝刘秀所灭，被杀。王莽初时伪为谦退，颇得人望。《汉书·王莽传》说他“爵位愈尊，节操愈谦。散舆马衣裘，振施宾客，家无所余。收赡名士，交结将相卿大夫甚众。……欲令名誉过前人，遂克己不倦。”后来阿谀者也屡说王莽“事事谦退，动而固辞”，“谦约退让，公之常节”。向使：假使，假如。这四句诗的意思是：周公当年被流言中伤、说他要篡位的时候，王莽当年被誉为谦恭、说他有节操的时候，假如那时他们便都死去，那么他们一生是正是邪、是真是伪，还有谁能知道呢？诗人以周公、王莽两人为例，说明时间是对人的重要考验，不能只凭一时一地的情况下结论，盖棺始可论定。否则，就会把周公当成篡位者，把王莽当成谦谦君子了。末两句说出关键。诗是白居易被贬时所作，表示像自己以及友人元稹这样受权贵诬陷的人，是经得起时间考验的，历史将辨明真伪。后人常引用这几句诗来说明时间是正邪真伪的最公正的检验者等。

例如

①“周公恐惧流言日，王莽谦恭未篡时。向使当初身便死，一生真伪复谁知？”不经过必要的时间，大大的忠臣和大大的奸佞，怕要真的被颠倒了。（摘自刘革文《请时间作答》）

②其实，这正是十足的书生气，因为“造一点舆论”，不仅现在如此，历来也是如此。“周公恐惧流言日”，那“流言”，也许就是当时造出来的“舆论”。（摘自冯英子《论“造一点舆论”》）

③古诗云：“周公恐惧流言日，王莽谦恭未篡时。向使当初身便死，一生真伪复谁知。”中国历史上类似周公这样大忠若奸，王莽那样

大奸若忠的人物不可胜数，要想弄清楚他们真实的另一面太难了。（摘自屠雨迅《两面人》）

④公元9年，王莽改国号“新”。后人作诗云：“周公恐惧流言日，王莽谦恭未篡时。向使当初身便死，一生真伪复谁知。”历史事实告诉我们，小人最善于伪装，他们能够在自己最痛恨的人面前露出最甜蜜的笑脸，当他的异己还看不清他所包藏的祸心时，他就毫不留情地狠下毒手。（摘自刘傅海《小人古今说》）

⑤一直以来，口是心非、言行不一、不以真实面目示人的“伪君子”并不少见，甚至还会迷惑一时。为此，白居易赋诗叹曰：“周公恐惧流言日，王莽谦恭未篡时。向使当初身便死，一生真伪复谁知？”（摘自许海《“伪君子”与“真小人”》）

明日复明日，明日何其多！我生待明日，万事成蹉跎。

语出明·钱福《明日歌》。诗曰：“明日复明日，明日何其多！我生待明日，万事成蹉跎。世人苦被明日累，春去秋来老将至。朝看水东流，暮看西日坠。百年明日能几何？请君听我《明日歌》！”复：又，再。蹉跎（cuō tuó）：失时，虚度时光。这四句诗的意思是：明天过去了还有明天，“明天”多么多呀！如果我们一生总是等待明天再去做事，那么什么事都做不成。明·文嘉（文徵明之子）有《今日歌》曰：“今日复今日，今日何其少！今日又不为，此事何时了？人生百年几今日，今日不为真可惜！若言姑待明朝至，明朝又有明朝事。为君聊赋今日诗，努力请从今日起！”《明日歌》与《今日歌》可称姊妹篇。作者从“明日”方面取意，劝戒人们不要坐“待明日”以致蹉跎岁月，老来无成。可与《今日歌》并读。后人常引用这几句诗来说明时不我待的意思，以劝诫人们抓紧时间读书、做事。

例如

①可是，我们有些同志，却不懂得“现在”和“今天”的可贵，总以为来日方长，时间多得很，结果是“明日复明日，明日何其多！我生待明日，万事成蹉跎”了。（摘自程辉《拉紧生活的纤绳》）

②有人认为时间多得很，明天再说吧。古代《明日歌》告诉我们：“明日复明日，明日何其多？我生待明日，万事成蹉跎。”显然今天推

明天的作法是站不住脚的。（摘自杨旭《谈“恒心”》）

③……还有人染上某些恶习，因管不住自己而越陷越深，以至堕落；或者虽立下大志，但“明日复明日”，终究一事无成。（摘自王中秀《自胜者强》）

④古人云：“我生待明日，万事成蹉跎”，可见“待”的害处。倘若人人都翘首以待，这改革不但难以“深化”，就是“一般化”怕也难以达到。（摘自铁耕《不能守株待兔》）

⑤清朝的一首《明日歌》中这样写道：“明日复明日，明日何其多？我生待明日，万事成蹉跎。”人生就是短短几十载，没有多少个明日可以等待。当我们需要自我改变时，就应该从现在开始，从自己下定决心那刻做起，按照自己提出的改进方向，时刻提醒自己，警醒自己，克服各种困难，咬紧牙关坚持下来，不断地自我完善，变得成熟起来。（摘自姚荣华《改变从现在开始》）

明月几时有？把酒问青天。不知天上宫阙，今夕是何年。

语出宋·苏轼《水调歌头·丙辰中秋》。词见“我欲乘风归去……”条引。“明月”两句：李白《把酒问月》：“青天有月来几时？我今停杯一问之。”此用其意。宫阙（què）：宫殿。这四句词的意思是：明月何时出来？手把酒杯问青天。不知天上的宫殿里，今天夜晚是什么年月。开篇问月，突兀奇崛。见今夕明月之美而引出诗人的种种想象，直由人间想到天上，然后借景以抒情，因月以及人。蔡绦《铁围山丛谈》：“歌者袁陶，乃天宝之李龟年也。宣和间，供奉九重。尝为吾言：东坡公者与客游金山，适中秋夕，天宇四垂，一碧无际，如江流倾涌。俄月色如昼，遂共登金山山顶之妙高台，命陶歌其《水调歌头》曰：‘明月几时有？把酒问青天。’歌罢，坡为起舞，而顾问曰：‘此便是神仙矣，吾辈文章人物，诚千载一时，后世安所得乎？’”后人常引用这几句词或其中某句借以抒发感慨。

例如

①在浊浪排天的黄河畔，我们打开了一瓶汾酒，一边对着瓶嘴饮酒，一边吟着古诗：“明月几时有，把酒问青天。”我们希望着对我们彻底解禁的那一天早些到来。（摘自从维熙《雪落黄河静无声》）

②日寇占领东北，侵略者吞噬了他的家园，故乡的月亮被天狗吃掉了。“谁谓含愁独不见，更教明月照流黄”，儿时的杨麦忧愤地斥问青天：“明月几时有？”（摘自耿晓东《何人不起故园情——访我市作家杨麦》）

③见到眼前景象，我竟飘飘忽忽起来，仿佛置身于云中仙山，置身于琼楼玉宇与金木玉树之前，似乎还听到苏东坡的南方口音：“不知天上宫阙，今夕是何年？”（摘自刘再复《榕树，生命进行曲》）

④今夕是何年？如果我们每个人都能用这诗句自问，是会有许多感慨的。少年会说，我又长高了；中年人会感到，时间过得真快；而老年同志们，则会产生更多的紧迫感。（摘自王怀让《今夕是何年》）

⑤“明月几时有，把酒问青天。不知天上宫阙，今夕是何年？”又一个中秋之节姗姗来临。中秋夜，含情脉脉，飘逸抒情，充满温馨；中秋月，圆满明亮，撩人心弦，引人遐思。（摘自李琳《你了解月饼有多深？》）

明月松间照，清泉石上流

语出唐·王维《山居秋暝》。诗曰：“空山新雨后，天气晚来秋。明月松间照，清泉石上流。竹喧归浣女，莲动下渔舟。随意春芳歇，王孙自可留。”这两句诗纯用白描，意思是：明朗的月光，照耀着寂静的松林，清悠的泉水，淙淙作响，从山间石上流出。苏轼曾评说王维“诗中有画”，这两句诗确实做到了写景如画，自然生动，达到了艺术上炉火纯青的地步。所谓“以物芳而明志洁”，是诗人高尚情操的自我写照。后人常引用这两句诗来描绘恬静安谧的山林景物。

例如

①还有按唐人诗句塑造的“明月松间照，清泉石上流”，“竹喧归浣女，莲动下渔舟”。单凭这一手，老拱就可以在三行称王了。（摘自谢明《古庵奇遇》）

②透过作者的描写，我们进入了一个又一个美妙的境界：清泉映月，清幽美净，我们仿佛进入“明月松间照，清泉石上流”的美景……（摘自江边柳《一篇独出机杼的山水游记——读〈鼎湖山听泉〉》）

③“明月松间照”，照一片宁静淡泊，“清泉石上流”，流一江春水细浪。你是否看到月光似水，在心间流动，你是否感到清泉如琴，在

胸中奏响？（摘自小小鑫《心中的明月清泉》）

④说起森林公安的工作，人们第一个想到的都是山清水秀，鸟语花香，即便没有了古时候的“山重水复疑无路，柳暗花明又一村”，想必也是春天“山光悦鸟性，潭影空人心”，夏天“明月松间照，清泉石上流”，秋天“停车坐爱枫林晚，霜叶红于二月花”，冬天“看山舞银蛇，原驰蜡象，红妆素裹，分外妖娆”。（摘自武倩《森林公安工作“五味”》）

⑤当然，淡泊名利并不是寂寞沙洲冷般的落寞，不是顾影自怜时的黯然，也不是沉浸虚幻中的飘渺，而是一种“明月松间照，清泉石上流”的平和心境，一种“壁立千仞，无欲则刚”的操守自持。（摘自孔令武《饮茶思廉》）

国破山河在，城春草木深。

语出唐·杜甫《春望》。诗曰：“国破山河在，城春草木深。感时花溅泪，恨别鸟惊心。烽火连三月，家书抵万金。白头搔更短，浑欲不胜簪。”这两句诗的意思是：国家残破，山河虽依然如故，而江山已经易主，长安城春天来临，只有草木丛生，而人烟稀少了。此诗是至德二年（757年）三月杜甫身陷贼中时所作，写的是忧国伤春，国破家亡后的内心痛苦。司马光说：“古人为诗，贵于意在言外，使人思而得之。……近世诗人，唯子美最得诗人之体，如‘国破山河在，城春草木深。感时花溅泪，恨别鸟惊心’。山河在，明无余物矣；草木深，明无人矣；花鸟，平时可娱之物，见之而泣，闻之而悲，则时可知矣。”（《温公续诗话》）“在”字则兴废可悲；“深”字则荟蔚满目，点一字而神理俱出。（见吴见思《杜诗论文》）后人常引用这两句诗来表达国破家亡的痛苦。

例如

①那时候，我在这小楼上，常常看到大海怒涛滚滚，浊浪排空，在北风呼啸的天气里，衣服褴褛的穷人流浪在街头，侵略军的水兵酗酒行凶，国民党的警车横冲直撞……就在这“国破山河在，城春草木深”时刻，我动手创作了《山雨》……（摘自郭同文《像观海山一样苍翠——忆老作家王统照先生》）

②回来后便匆匆赶到他小时候经常流连的城头，他曾几个小时地在

这里读杜工部的诗，如今变得满目凄凉，不忍卒读，真是“国破山河在，城春草木深”，他很呆了一阵才离开，只觉得如果再回头看一眼他就要哭了。（摘自罗灏白《诗人与少年——京口旧闻》）

③我在思索，什么是寂寞？“国破山河在，城春草木深”，这里有寂寞。“床前明月光，疑是地上霜”，这里也有寂寞。“独钓寒江雪”，是寂寞，“野渡无人舟自横”更是寂寞。“劝君更尽一杯酒，西出阳关无故人”，够寂寞的吧，“君不见青海头，古来白骨无人收。新鬼烦冤旧鬼哭，天阴雨湿声啾啾。”这寂寞又如何？（摘自韩蔼丽《寂寞》）

④纵观近代史，鲜血淋漓的历史事实告诉中国人，几次“国破山河在”的致命军事侵略都来自海上。（摘自汪栀膊《向海而兴　背海而衰》）

⑤身处日渐衰败的王朝，国破山河在，时代和命运又要求他们必须有所担当，他们不甘于醉生梦死。（摘自杜璞君《扛起历史的魂灵》）

采菊东篱下，悠然见南山

语出晋·陶潜《饮酒》二十首之五。诗见“此中有真意……”条引。这是陶渊明（潜）的代表作之一。悠然，一作“时时”。见南山，一作“望南山”。苏轼说：“‘采菊东篱下，悠然见南山。’因采菊而见山，境与意会，此句最有妙处。近岁俗本皆作‘望南山’，则此一篇神气都索然矣。”（《东坡题跋》卷二）鲁迅先生说：“‘采菊东篱下，悠然见南山’。这样的自然状态，实在不易模仿。他穷到衣服也破烂不堪，而还在东篱下采菊，偶然抬起头来，悠然地见了南山，这是何等自然。”（《而已集·魏晋风度及文章与药及酒之关系》）这两句诗的意思是：在南山下采摘菊花，悠闲自得之间，偶一抬头，见到了南山。写他的无所羁绊、怡然自得之态，见出诗人超尘脱俗，清高恬淡的生活情趣。后人常引用这两句诗来表述类似的情趣。

例如

①当然，“闲”有种种。……陶渊明“不为五斗米折腰”，辞官归乡，“采菊东篱下，悠然见南山”，甚至憧憬着与世隔绝的桃花源生活，也是一种“闲”。（摘自郑克兴《难得浮生半日闲》）

②极目向南，便是有名的终南山。它像一道屏障，巍巍峨峨，郁郁葱葱。不禁联想起陶渊明的诗句：“采菊东篱下，悠然见南山。”只可

惜柳青门前，不见东篱，也没有菊花，想来这位当代大作家，没有靖节先生那么多的闲情逸致。（摘自丁宁《当我想起柳青》）

③他并没有寻找什么“世外桃源”，去“采菊东篱下”。只是面对严酷的现实，虽然不与恶势力沆瀣一气，但也没有勇气投身于惊涛骇浪。（摘自王广新《朱自清为什么“惦着江南”？》）

④久在樊笼里，复得返自然。采菊东篱下，悠然见南山。养了花草，有时竟觉得，现实的生活也变得有些古意，平凡乏味的日子也有些诗意了。（摘自叶建松《花事》）

⑤“采菊东篱下，悠然见南山。”东晋陶渊明在一千多年前用诗词表达了自己向往田园生活的心情。现如今，在快节奏的社会生活中，广州出现了这样一群都市人，他们为了逃离城市的喧嚣，竟到市郊另辟天地开创出“懒人部落”，过上了“世外桃源”般的生活。（摘自《“慢生活”PK“快节奏”》）

忽见陌头杨柳色，悔教夫婿觅封侯。

语出唐·王昌龄《闺怨》。诗曰：“闺中少妇不知愁，春日凝妆上翠楼。忽见陌头杨柳色，悔教夫婿觅封侯。”陌头：路边。觅（mì）封侯：指从军求取功名。这两句诗“不说别而别情自见，不言愁而愁思倍增。”（喻守真语）意思是：忽然看见路边的杨柳树，春来发出青青的颜色，不觉惹动离情别绪，懊悔当初让丈夫去从军求取功名了。后人常引用这两句诗来表述离愁别恨。

例如

①当然，以上所举都是些极端的例子，但即使是合理的追求，也需要牺牲人自身或自身范围的一些东西的。“忽见陌头杨柳色，悔教夫婿觅封侯”，其中不也有多少不足和哀愁吗？（摘自杨济东《酒中谁解不平鸣——读元好问〈鹧鸪天〉》）

②此刻梵梵刻骨铭心地思念起晓易来了，真有“悔教夫婿觅封侯”的懊丧！倘若晓易在身边，扶着她，偎着她，梵梵的痛苦就能减少一半了，丈夫是妻子的精神支柱啊！（摘自王小鹰《一路风尘》）

③怪不得闺中少妇偶尔抬头，“忽见陌头杨柳色”，就会从内心深处“悔教夫婿觅封侯”；也怪不得李益随军到荒凉的戈壁，只在滹沱河边望见一抹柳色，即会意识到春已到来，而吟出了“漠南春色到滹沱，

碧柳青青塞马多”的佳句；还有那位王之涣先生，出关见不到杨柳，只不过从笛声中听到“折杨柳”的曲子，便发出来“羌笛何须怨杨柳，春风不度玉门关”的感慨和叹息。（摘自金伯弢《漏泄春光有柳条》）

④在《春夜雨霏霏》中，莫言一反“忽见陌头杨柳色，悔教夫婿觅封侯”的怨妇伤春古典传统，而是以“两情若是久长时，又岂在朝朝暮暮”的浪漫而抒情的清新柔美笔调，细腻地写出了一个有着“脸是晒不黑的玉兰花瓣”般美丽的村居军属少妇“我”在结婚2周年纪念日的春雨霏霏之夜对婚后20天就离家守岛而至今未归的丈夫的绵绵思念。（摘自丁玉柱《春夜雨霏霏》）

⑤你也许什么都没有看见过，可你读过那首诗：“闺中少妇不知愁，春日凝妆上翠楼。忽见陌头杨柳色，悔教夫婿觅封侯”，在你的想象里那昔日的翠楼就是眼下的危楼了。（摘自陆文夫《生命的留痕》）

忽如一夜春风来，千树万树梨花开。

语出唐·岑参《白雪歌送武判官归京》。诗见“北风卷地白草折……”条引。忽如，一作“忽然”。梨花：指雪。萧子显《燕歌行》：“洛阳梨花落如雪。”这里是把雪比作梨花。这两句诗紧接首二句，描绘塞外雪景，意思是：忽然有如一夜春风吹来，千万树梨花顿时开放，遍地皆白。此为写雪名句，把北风看作春风，把雪花比作梨花，想象奇特，比喻新鲜。后人常引用这两句诗来描绘雪景、梨花，或形容某一美好事物的突然出现，或形容某一繁荣昌盛的景象。

例如

①那“忽如一夜春风来，千树万树梨花开”的雪花，飘飘，飘飘，是你春意融融的永不凋谢的诗稿。（摘自胡月《看君马去疾如鸟》）

②春天来了，沉睡的花草树木开始苏醒、萌动，给大地带来了生机。“忽如一夜春风来，千树万树梨花开。”随着梨花的盛开，各种害虫也蠢蠢欲动，果树的防虫治虫已刻不容缓。（摘自陈本德《知音——记农艺师叶孟贤、汪宜蕙夫妇》）

③诗群崛起，词家涌现，华章比比，佳作连连，出现了“忽如一夜春风来，千树万树梨花开”的繁荣，形成了“莫笑过江典午鲫，岂无横槊建安才”的诗词创作队伍。（摘自文中俊《在长白山诗社成立三周年纪念大会上的工作报告》）

④众多商家都瞄准了微信营销这一快速发展的新应用，颇有“忽如一夜春风来，微信营销遍地开”的架势。（摘自梁雪等《你好，微信！》）

⑤忽如一夜春风来，千树万树梨花开。2013年中国的半导体产业瞬间“春风送暖入屠苏”：好事不断，多点开花。（摘自顾文军《半导体的春天》）

忽闻海上有仙山，山在虚无缥缈间。

语出唐·白居易《长恨歌》。诗中句曰：“忽闻海上有仙山，山在虚无缥缈间。楼阁玲珑五云起，其中绰约多仙子。中有一人字太真，雪肤花貌参差是。”缥缈（piāo miǎo）：隐隐约约若有若无的样子。这两句诗的意思是：忽然听说东海之上有座仙山，山就在那空虚缈远、若有若无之处。诗写唐明皇李隆基因思念马嵬坡前被缢死的贵妃杨玉环，派方士四处打探消息，去寻找她的魂魄。在“上穷碧落下黄泉，两处茫茫皆不见”之后，道士又欺骗他，说是“海上有仙山”，杨贵妃就住在那里。后人常引用这两句诗借以描述虚幻美妙的境界，或说明事物的虚幻不实。

例如

①真的，这海上的夜色美极啦！那远处影影绰绰的波山浪峰，该不是白居易当年所写的“忽闻海上有仙山，山在虚无缥缈间”的地方吧！（摘自毛琦《看海》）

②都说海上有仙山，山在虚无缥缈间。仙山哪有我的故乡美！九曲飘香的武夷山。啊，你好！故乡，你好！……（摘自于之等《武夷秋》）

③（山峦）有的如出征号角吹响时整装待发的骑士，威武俊逸。也有的像奔腾的野马，昂首扬蹄，觉着它马上就会发出一阵阵声震苍穹的长啸来……这一切在缥缥缈缈的云雾中，添了多少含蓄，很能给人一种“山在虚无缥缈间”的意境。（摘自张汝宜《爱神阿芙罗狄蒂》）

④“忽闻海上有仙山，山在虚无缥缈间”，当人们吟诵起白居易优美的诗句时，脑中便会浮现出海市蜃楼的人间仙境。其实，浙江东南沿海民俗旅游村——里箬村就是一个现实版的“海上仙山”。（摘自邵银燕《海山人家话里箬》）

⑤蓬莱，中国“东方神话之都”，从秦皇东巡求药到汉武御驾访

仙，从白居易笔下的“忽闻海上有仙山，山在虚无缥缈间”到苏东坡的“东方云海空复空，群仙出没空明中”，加之“八仙过海”传说与“海市蜃楼”奇观，惟妙惟肖地描绘出一个令人神往的神仙世界，使蓬莱以“人间仙境”著称于世。（摘自张厚龙等《人间仙境现蓬莱》）

凭崖揽八极，目尽长空闲。

语出唐·李白《游泰山》六首之三。诗曰：“平明登日观，举手开云关。精神四飞扬，如出天地间。黄河从西来，窈窕入远山。凭崖揽八极，目尽长空闲。偶然值青童，绿发双云鬟。笑我晚学仙，蹉跎凋朱颜。踌躇忽不见，浩荡难追攀。”凭：倚靠。八极：指最远的地方。《淮南子·地形训》：“天地之间，九州八极。”尽：望尽，望到头。这两句诗的意思是：在泰山顶上，凭靠在石崖旁可以收览极远极远的地方，举目四望，万里长空，空旷广漠，尽在眼底。极写泰山之高，登上日观峰可以尽收天下景观。后人常引用这两句诗来描述登泰山或登其他高山时的感受。“揽”多引作“望”。

例如

①我觉得，大诗人李白的两句诗写得极好，“凭崖望八极，目尽长空闲。”站在玉皇顶上，但见周围的群山矮了下去；一股磅礴雄浑的气概，充溢在我们心间。泰山，正是我们中华民族雄浑气概的象征。（摘自鲍昌《祝福你，费尔马！》）

②我登过泰山。当我拾级而上，我着实被磅礴雄伟的山势、峻拔突兀的峰峦惊撼。我有的只是“凭崖望八极，目尽长空闲”和“会当凌绝顶，一览众山小”的意境，而绝无半点疲乏，三个多小时的石级我登得轻松自如，时恍瞬间。（摘自凌进《三百四十七级台阶》）

③泰山，踞山东，临沧海，巍峨，雄伟，自古被尊为五岳之首。东方朔的“吞西华，压南衡，驾中嵩，轶北恒”，李白的“凭崖揽八极，目尽长空闲”，杜甫的“会当凌绝顶，一览众山小”无不极道泰山之高、之极、之壮、之赫。（摘自朱永远等《数典怀祖 高山景行——记山东省珠协名誉会长李予昂》）

④喀尔喀山西边最高峰名曰“望江峰”。踏上峰顶，使人大有“凭崖揽八极，目尽长空闲”之叹。身旁石林呼号，头上流云拂发，回首东望，雄伟的峻岭，起伏的山峦，像大海里翻卷的碧波，汹涌澎湃地向天

际涌去。（摘自江霞《神奇的喀尔喀山》）

⑤仰视可以欣赏到“天似穹庐笼盖四野”、“凭崖揽八极，目尽长空闲”的景致；俯视则可以领略到“天门一长啸，万里清风来”、“蝶衣晒粉花枝舞，蛛网添丝屋角晴”的风采。（摘自钱国宏《俯仰之间》）

细雨鱼儿出，微风燕子斜。

语出唐·杜甫《水槛遣心二首》之一。诗曰：“去郭轩楹敞，无村眺望赊。澄江平少岸，幽树晚多花。细雨鱼儿出，微风燕子斜。城中十万户，此地两三家。”这两句诗刻画细腻，描写生动。意思是：毛毛细雨中，鱼儿欢快自由，游出水面，微风吹拂着，轻盈的燕子，倾斜着身子掠过水蒙蒙的天空。叶梦得《石林诗话》评道：“诗语忌过巧。然缘情体物，自有天然之妙，如老杜‘细雨鱼儿出，微风燕子斜’，此十字，殆无一字虚设。细雨着水面为沤（ōu，水泡），鱼常上浮而淰（shěn，惊走，此指欢欣跳跃）。若大雨，则伏而不出矣。燕体轻弱，风猛则不胜，惟微风乃受以为势，故又有‘轻燕受风斜’之句。”诗人善于“缘情体物”，表达出热爱春天的喜悦，成为千古名句。后人常引用这两句诗来描绘春天的景物等。

例如

①“细雨鱼儿出，微风燕子斜”，“随风潜入夜，润物细无声”，春天的小雨便是大自然的温柔与谦逊，大自然的慷慨与恩宠，却也是大自然的顽皮。（摘自王蒙《雨·船》）

②杜甫名句：“细雨鱼儿出，微风燕子斜。”也同样能说明这一点。细雨落在水面上，水面上有一个个水泡。鱼儿在水泡中跳跃，如果是大雨，鱼儿就不会这样；燕子体轻，只有微风，它才会借着风势飞行，如果是大风，那也不成。诗人之所以可以将这景物描写得如此动人，还不是由于他观察得细致入微吗？（摘自地震出版社《写作趣谈·啊，风景如画》）

③“细雨鱼儿出，微风燕子斜。”风雨使一切都变得更生动活泼，更富于灵性了。（摘自柳嘉《风雨吟》）

④这里的自然植被葱郁，有大量野生鸟类、禽类繁衍生息，与湿地原生态共同呈现“细雨鱼儿出，微风燕子斜”的美景。（摘自应舍法《下渚湖：“天堂”边的翡翠》）

⑤绵绵细雨又会把人带进“黄梅时节家家雨，青草池塘处处蛙”、“细雨鱼儿出，微风燕子斜”的意境中，于是，天地间的一山一水，一草一木，无不在浓妆淡抹中如诗如画，给人一种野旷天低、江清月近、满目青山、心如处子的安适和山长水阔、天高地远的豁朗。（摘自肖晓玲《坐在书房游山水》）

沾衣欲湿杏花雨，吹面不寒杨柳风。

语出宋·僧志南《绝句》。诗曰：“古木阴中系短篷，杖藜扶我过桥东。沾衣欲湿杏花雨，吹面不寒杨柳风。”这两句诗的意思是：杏花般的细雨，飘落在游人身上，欲湿而又不湿；杨柳般的柔风，吹拂在游人脸上，一点不觉其寒。诗人写游春的感受，巧设比喻，绘出春风春雨的特点，又交待出时令特征，景中有情，物中着色，构成一幅春意盎然的画面，令人喜悦。后人常引用这两句诗或只引其中一句来描绘春雨之细、春风之柔。

例如

①“沾衣欲湿杏花雨，吹面不寒杨柳风”。今天和读者见面的专栏“杨柳风”，即从宋人僧志南这两句诗中生发而来。本栏将……发表典型事例，给不同层次的读者吹吹“风”。这是春天的风，和煦的风，扑面而无寒意，但要有少许的“辣”味。（摘自《辽宁日报·寄语读者》）

②“沾衣欲湿杏花雨，吹面不寒杨柳风。”——杏花时节的微雨，不但肉眼看不见，连衣裳也沾不湿，这大概就是李商隐在圣女祠前碰到的“梦雨”吧。可不是，像梦一般空幻的雨，怎能沾湿衣裳？（摘自陈一凡《风雨三题》）

③但是，一霎时却又春云舒卷，细雨如丝，立刻又成为“沾衣欲湿杏花雨”的境界了。（摘自杜宣《井冈山散记》）

④不意这样的机会果真来了。前不久，一个春光融融的日子，我迎着“吹面不寒杨柳风”，回到了五陵原上。（摘自毛琦《蒲公英》）

⑤我爱纯洁无瑕的白雪，爱金黄飘香的硕果，爱郁郁葱葱的绿荫，但我更爱暖意融融的春风，因为它有“沾衣欲湿杏花雨，吹面不寒杨柳风”的温暖，有“镜前飘落粉，琴上响余声”的柔和，更有“东风便试新刀尺，万叶千花一手裁”的神奇，它具有不可抗拒的生命力，它既能给自然带来新生，又能给人带来新的希望。（摘自陈洪军《春风融坚冰

话语润人心》）

羌笛何须怨杨柳，春风不度玉门关。

语出唐·王之涣《凉州词》。诗曰：“黄河远上白云间，一片孤城万仞山。羌笛何须怨杨柳，春风不度玉门关。”羌（qiāng）笛：指羌笛吹奏的《折杨柳》曲。古人有临别折杨柳相赠的风俗。柳、留谐音，赠柳以表示留念之意。北朝乐府《鼓角横吹曲》有《折杨柳枝》云：“上马不捉鞭，反拗杨柳枝。下马吹横笛，愁杀行客儿。”这里化用其意。羌，我国古代西北少数民族。怨杨柳：即怨离别之意，因为听到《折杨柳》的曲子就会引起离别的愁思。春风，一作“春光”。度：过。玉门关：在今甘肃省敦煌县西，唐时为凉州西境，是古代通往西域的要道。这两句诗的意思是：羌笛为什么要吹奏《折杨柳》那样悲伤忧怨的曲调呢？要知道，温暖的春风是吹不过玉门关的啊！杨慎《升庵诗话》卷二：“此诗言恩泽不及于边塞，所谓君门远于万里也。”这里喻指皇恩，含蓄地指出皇帝不关心远边戍卒，抒写出塞上士兵的苦闷与怨情。后人说到杨柳或西北边疆等，常引用这两句诗。

例如

①“羌笛何须怨杨柳，春风不度玉门关”，那是我国诗人王之涣描写古代边疆的凄凉景象和倾诉个人思想感受的名句。如今，新疆各项建设事业蒸蒸日上，各族人民幸福安乐，到处欢歌笑语，今日的新疆正是“春风已度玉门关”。（摘自赵寻《春风已度玉门关——看电视音乐艺术片〈天山交响曲〉有感》）

②春风不度玉门关。如果真是如此，那倒是幸事——在西北，春风一起，漫天沙尘。一出门，脸上痒乎乎的，抹得下沙子来。眼睛涩得发疼。（摘自戈悟觉《今天，昨天，还有明天》）

③“羌笛何须怨杨柳，春风不度玉门关”、“劝君更尽一杯酒，西出阳关无故人”、“大漠孤烟直，长河落日圆”，说起敦煌，脑海中不由地闪出这些诗句，也曾想象一幅幅精美的壁画、慢舒广袖的飞天、浩瀚无边的大漠戈壁……（摘自李佳芯等《行摄敦煌——穿越沧桑 感受历史》）

④“羌笛何须怨杨柳，春风不度玉门关。”将士的思乡之情，塞外苍凉的景象，我们在此将之忽略掉了，竟至于没有感受。（摘自魏广军《西行漫记》）

⑤从敦煌去玉门关的路上，我脑子里一直盘桓着这些疑问，这段行程有90公里，当地的朋友劝我不必作此行，说是要让我失望的。我说，哪怕是只看到一些土墩，也心甘情愿。这样的情结，缘于唐代诗人王之涣的《凉州词》：“黄河远上白云间，一片孤城万仞山。羌笛何须怨杨柳，春风不度玉门关。”（摘自兵哥《千年风沙》）

夜来风雨声，花落知多少？

语出唐·孟浩然《春晓》。诗曰：“春眠不觉晓，处处闻啼鸟。夜来风雨声，花落知多少？”来：传来。这两句诗的意思是：夜里传来一阵风雨之声，不知外面刚刚开出的花瓣被风雨吹打落了多少？以问句收束，颇觉韵味无穷。有人评此诗“是最自然的诗篇，是天籁”。《唐诗鉴赏辞典》）后人常引用这两句诗来描述风雨吹打花残的景象，或比喻美好事物遭到恶势力的摧残。

例如

①一串古诗句裹风挟雨，跃上心头：“夜来风雨声，花落知多少？”哦，楼外那株含苞待放的早桃不知怎么了，真叫人担心……（摘自陈一凡《风雨三题》）

②“冬眠不觉晓，处处闹萧条。夜来风雨声，兼并知多少。”每一轮经济衰退或危机，总是有一大批企业陷入困境或倒闭，相应的大量企业股权和投资性资产出现“无承接”的贬值。（摘自崔凯《反周期并购：馅饼还是陷阱》）

③孟浩然的《春晓》：“春眠不觉晓，处处闻啼鸟。夜来风雨声，花落知多少。”那美妙的春在窗外鸟鸣中醒来，一夜风雨，满处落花，春天的清晨是如此妩媚动人。（摘自周广玲《古诗里的春天》）

诗文随世运，无日不趋新。

语出清·赵翼《论诗》。诗曰：“作诗必此诗，定知非诗人。此言出东坡，意取象外神。羚羊眠挂角，天马奔绝尘。其实论过高，后学未易遵。诗文随世运，无日不趋新。……”世运：指时代盛衰治乱的气运。班彪《王命论》：“验行事之成败，稽帝王之世运。”趋：趋向，奔向。这两句诗的意思是：诗文的写作总是随着时代盛衰治乱的气运而发展变化的，没有一天不趋向创新。这代表着作者论诗力倡创新，反对盲目拟古的正确观点。后人常引用这两句诗来说明文学创作要随着时代的发展而日益创新，即诗文必须反映时代精神。

例如

①“诗文随世运，无日不趋新”。读者或者能从本期窗口窥探出“五月鲜花遍地开”的景象。再细心观赏一番，也许还不难获悉一个新的消息：创作自由与作家责任相协调、相统一的兆头，正在更新、丰富文学的内容和形式。（摘自《人民文学·编者的话》）

②诗文随世运，无日不趋新。艺术是最讲求创新的。获得一双“音乐的耳朵”，并非一劳永逸之事。（摘自胡一峰《文艺批评中的“我”》）

③“观今宜鉴古，无古不成今”，“诗文随世运，人文今又新”。怎样“把跨越时空、超越国度、富有永恒魅力、具有当代价值的文化精神弘扬起来，让收藏在博物馆里的文物、陈列在广阔大地上的遗产、书写在古籍里的文字都活起来。”？（摘自青周《丝路文明因交流互鉴而精彩纷呈》）

诚知此恨人人有，贫贱夫妻百事哀。

语出唐·元稹《遣悲怀三首》之二。题一作《三遣悲怀》。诗曰：“昔日戏言身后意，今朝都到眼前来。衣裳已施行看尽，针线犹存未忍开。尚想旧情怜婢仆，也曾因梦送钱财。诚知此恨人人有，贫贱夫妻百事哀。”诗是元稹为悼念亡妻韦氏（名丛，字蕙丛）而作。本篇紧承上一首的悲凉凄哀的情调，主要写妻亡之后的哀情。这两句诗，从“诚知此恨人人有”的泛说，落到特指上，意思是：确实知道，这种遗恨人人都会有的，对于生活贫困地位低贱而患难与共的夫妻来说，妻亡之后，一切事情都会令人感到悲哀伤感。把亡妻之痛表达得更加深切感人。后人常引用这两句诗来说明贫贱夫妻生活的坎坷，或多灾多难。

例如

①“贫贱夫妻百事哀。”不好说这句话没有一点儿道理；但能不能反其意而断言：“富贵夫妻百事乐”呢？（摘自商子雍《爱……——求是斋小札》）

②他没想到，妻子也替他想好了：要给他同样买件呢子大衣。他穿了一冬天的一身油的棉大衣也该换换了！什么叫心心相印？什么叫相濡以沫？什么叫贫贱夫妻百事哀？（摘自肖复兴《呵，老三届》）

③少年人追寻成长的幸福，成年人却又怀念无忧无虑的童年时代；一个人的时候孤单寂寞，两个人的时候却又害怕失去自由；在这个充斥着金钱的社会，曾经以为贫贱夫妻百事哀，但现在发现，那些所谓的富豪名媛同样找不到真爱……（摘自李福全《幸福相对论》）

④家庭收入减少，本来不甚宽裕的生活更是拮据，为了钱，我和丈夫头一次吵架，有了头一次，就难免有第二次、第三次……真是“贫贱夫妻百事哀”。（摘自陶玲等《狂风过后，家庭的上空依然风和日丽》）

试玉要烧三日满，辨材须待七年期

语出唐·白居易《放言》五首之三。诗见“周公恐惧流言日……”条引。此为诗人于元和十年（815）贬赴江州途中，奉和友人元稹《闻乐天授江州司马》所作。“试玉”句：《淮南子·俶真》：“钟山之玉，炊以炉炭，三日三夜而色泽不变。”作者自注云：“真玉烧三日不热。”“辨材”句：《史记·司马相如传》正义：“豫，今之枕木也；章，今之樟木也；二木生至七年枕樟乃可分别。”作者自注云：“豫章木生七年而后知。”这两句诗的意思是：试验是不是真玉，要用烈火焚烧三日才可认出；辨别是豫木还是章木，须等待七年之后方见分明。诗人表示像自己及友人元稹这样受诬陷的人，是经得起时间考验的，历史自会澄清事实，辨明真伪。后人常引用这两句诗来比喻只有经过长期的严峻考验，才能真正识别人的真伪善恶。

例如

①有道是“路遥知马力，日久见人心”，“试玉要烧三日满，辨材须待七年期”。一个人物，其经验的积累，本事的提高，品格的修养，总要在实践中进行，实践便要有时间。即令是风云人物真的在实践中出了洋相，办了蠢事，如若性质不是那么严重，可不可以给个改过、重新实践的机会？我想是可以的，应当的。（摘自储瑞耕《改革人物与“领风骚”的年头》）

②只要坚持不懈地努力，孜孜不倦地探求，你就会有被人承认的一天。“试玉要烧三日满，辨材须待七年期”。时间最能考验一个人。愿

天下所有叹息不得志的朋友，都能经得起时间的考验。（摘自昕晔《莫叹您总不得志》）

③不能幻想一两天就识别一个人的真假，要留出一个时间来。唐代大诗人白居易说：试玉要烧三日满，辨材须待七年期。他在诗中讲的“材”是说一种豫木和一种樟木，幼时长得一样，长到七年后才能辨别；真玉烧三天色泽不变。有些人一时看不清，不要忙着下结论，可以让时间考验一下。（摘自文勇《怎样结交真朋友》）

④有道是“试玉要烧三日满，辨材须待七年期”，讲的就是在纷繁复杂的客观世界里，要想真正了解一件事物的本质，需要一个相对长期的过程。（摘自宋好雨《实话说“实”》）

⑤巴菲特有句名言：“只有当潮水退去时，你才能知道谁在裸泳。”一般我们将这句话理解为股神以此警示世人——在投资中不要过于贪婪。不过由此及彼，或许可以引起我们另一方面的思考：大浪淘沙，不能因一时的成败论英雄；千帆过尽，笑到最后的才是真正的成功者。古诗云：“试玉要烧三日满，辨材须待七年期。”说的也是同样的道理。（摘自康会欣《稳定回报才是王道》）

直如弦，死道边；曲如钩，反封侯。

诗出汉《京都童谣》。见《后汉书·五行志》，是东汉京都洛阳百姓为李固被害而作。《桓帝纪》李贤注引《续汉志》：“曲如钩谓梁冀、胡广等，直如弦谓李固等。”弦：弓弦。钩：衣带上的钩。这四句诗的意思是：正直得像弓弦一样的人，惨遭杀害，死弃道边；邪曲得像衣钩一样的人，反而受宠，封侯升官。汉顺帝时，外戚梁冀擅权。顺帝死后，冲帝夭折，质帝又被梁冀毒杀，在争议继承者的时候，太尉李固反对梁冀立蠡吾侯刘志为帝（即桓帝），坚持立年长的清河王刘蒜，结果被“幽毙于狱，暴尸道路”，而附和梁冀的胡广等人都被封为侯爵。后人常引用这几句诗来表示对正直者被害，奸邪者得宠的罪恶社会现象的愤懑之情。

例如

①我对他的话品味了很久，又看了一些书，在《古诗源》中看到这样一首诗：“直如弦，死道边；曲如钩，反封侯。”我终于承认高副部长讲得对。我看透了人生就是如此。（摘自迟迟《诱惑》）

②汉代虽以儒家标准“举孝廉”，结果也出现“举秀才，不知书；举孝廉，父别居”的情况，这表明有人通过伪装做戏或施行贿赂而进入仕途；再说，当时官场存在“直如弦死道边；曲如钩反封侯”现象，则表明正直的君子会被逆淘汰，而精于表演的滑头则春风得意。（摘自陈良《贪官的“双面人格”因何形成》）

九画

城中桃李须臾尽，争似垂杨无限时。

语出唐·刘禹锡《杨柳枝词》九首之四。诗曰："金谷园中莺乱飞，铜驼陌上好风吹。城中桃李须臾尽，争似垂杨无限时。"须臾（yú）：片刻。争：同"怎"。这两句诗的意思是；城里的桃花与李花鲜艳一时，很快就零落成泥了，怎能像垂条杨柳，袅袅迎风，长久地葱郁茂盛呢！这是作者对势利小人的讽刺，说他们不过是过眼桃花，只能争艳一时而已，不会长久的。后人常引用这两句诗来说明桃李虽艳而不长久，从而对杨柳加以赞美。

例如

①在一般人心目中，秾李夭桃自是佳丽无比的春色。可是，那位写过《陋室铭》的很有些辩证思想的刘禹锡，却说："城中桃李须臾尽，争似垂杨无限时！"在诗人的笔下，柳色是十分秀美的。（摘自王充闾《柳荫絮语》）

②当它完成了自己的使命后，桃李、白杨、桦林，万千树木才效仿它披一身绿装，难怪古人云："城中桃李须臾尽，争似垂杨无限时"，先人慧眼识玉，给柳以公正的评说。（摘自赵丽君《柳》）

故人西辞黄鹤楼，烟花三月下扬州。

语出唐·李白《黄鹤楼送孟浩然之广陵》。诗曰："故人西辞黄鹤楼，烟花三月下扬州。孤帆远影碧空尽，唯见长江天际流。"烟花：指春天繁华的景物，即柳如烟、花似锦的明媚春光。扬州：即今江苏省扬州市，唐称"广陵"。这两句诗的意思是：老朋友辞别了西边的黄鹤楼，在烟花美景春光明媚的三月间，顺流东下，到扬州去。后人常引用"烟花三月下扬州"一句来描述去扬州旅行的情景，或一般地描述春景。

例如

①“烟花三月下扬州”，人们一到扬州，总要去游览瘦西湖，参观平山堂，到大明寺拜谒鉴真大师像，去梅花岭凭吊史可法墓，而我，因为读了罗隐的两句诗“君王忍把平陈业，换取雷塘数亩田”，才知道隋炀帝葬在扬州，于是，在烟花迷离的四月的一天，我来到了隋炀帝陵。（摘自刘思祥《隋炀帝陵前》）

②空闲时，也跟着附庸风雅的茶商，谈些古往今来，谈些唐诗宋词。每年窨完春茶，跟着茶商“烟花三月下扬州”，开过眼界，见过世面。（摘自潮清《窨花岭》）

③搓手。踏步。活动得热了一点，坐下。坐冷了，再站起身。说不清反复了多少次。正困寒交加，又下起雪来。“烟花三月下扬州”，这里四月却大雪飘飘，真是个鬼地方！（摘自奚青《天涯孤旅》）

④古人所谓良辰美景赏心乐事，又名四美，实乃人生快事。烟花三月下扬州，可谓四美俱、二难并矣。我们且趁这阳春三月，春光明媚，杂花繁盛之时——下扬州！（摘自柳向阳《盛唐，烟花三月下扬州》）

⑤享有“富甲天下，扬一益二”美誉的扬州，自古就是长江、黄河、淮河三大流域经济、文化发展和交流的中心，更有李白诗句“故人西辞黄鹤楼，烟花三月下扬州”为这个文化水都抹上了一缕朦胧的诗意。（摘自魏洁《邦威三变》）

春风又绿江南岸，明月何时照我还。

语出宋·王安石《泊船瓜洲》。诗曰：“京口瓜洲一水间，钟山只隔数重山。春风又绿江南岸，明月何时照我还？”绿：吹绿，动词。这两句诗的意思是：温暖的春风又一次吹绿了长江南岸的草木，故乡真美啊，明月什么时候才能照着我回到故乡呢！此诗“绿”字用得极好，成为古来讲究炼字的谈资。洪迈《容斋续笔》卷八：“王荆公绝句云：‘京口瓜洲一水间，钟山只隔数重山。春风又绿江南岸，明月何时照我还？’吴中士人家藏其草。初云：‘又到江南岸’，圈去‘到’字，注曰：‘不好’，改为‘过’。复圈去而改为‘入’，旋改为‘满’……凡如是十许字，始定为‘绿’。”“绿”字用为动词，并非王安石首创，唐诗中已早见且屡见：丘为《题农父庐舍》：“东风何时至？已绿湖上山”；李白《侍从宜春苑赋柳色听新莺百啭歌》：“东风已绿瀛洲草”；常建《闲斋卧雨行药至山馆稍次湖亭》：“行药至石壁，东风变萌芽。主人山门绿，小隐湖中花。”王句也许是受到了前人的启发，而“绿”字也确实用活了。后人常引用这两句诗或只引前一句来描述春天已回到人间。

例如

①末了，我舒出一口气，站起来，同江边主人握手言别，心中油然生起“春风又绿江南岸，明月何时照我还”这首诗句。48个春天已经过去了，今日有幸回到这个“家”，我怎能不感慨万千呢！（摘自李真《重回金沙江》）

②自然，现在这些都可以按下不表了，而今春风又绿江南岸，想必我的老同学正在不同的岗位上，为建设现代化的社会主义新天地而忙碌着，又顾不上通讯叙旧了。（摘自吴岩《从寂寞中走出去》）

③而描写梅雨潭的绿则不同了，形容那绿色是“鲜润的”又是“滑滑的明亮”，真像“蔚蓝的天融了一块在里面似的”，这绿色就显得水灵灵的，晶莹又润滑的，它并不给人清冷之感，却倒令人觉得温煦而舒坦。连蔚蓝的天都融化入绿了，这简直是“春风又绿江南岸”的绿，绿得汪汪洋洋，醉人心灵。（摘自时萌《朱自清的散文风格》）

④一句“春风又绿江南岸”，以绵绵诗意，把岸这一稚拙的江南风物，深深地烙进人们的心里。江南文人王安石对“绿”字的斟酌，历来为人颂扬。（摘自陈志宏《江南岸》）

⑤古往今来，迁客骚人，都对“绿色”情有独钟，发出了不绝的赞叹：“苔痕上阶绿，草色入帘青”、“绿树村边合，青山郭外斜”、“春风又绿江南岸，明月何时照我还”、“日出江花红胜火，春来江水绿如蓝”、“江波蘸岸绿堪染，山色迎人秀可餐”……绿流淌哪里，生机就在那里；绿注入哪里，灵气就在那里；绿色溶进哪里，真情就在那里；绿镶嵌哪里，美感就在那里。（摘自杨涛《那一片绿》）

春风得意马蹄疾，一日看尽长安花。

语出唐·孟郊《登科后》。诗曰：“昔日龌龊不足夸，今朝放荡思无涯。春风得意马蹄疾，一日看尽长安花。”疾：快。前两句直抒胸臆，说自己已往在生活上的困顿与思想上的局促不安再不值得一提了，今朝金榜题名，郁结的闷气已如风吹云散，心上有说不出的畅快。这两句诗的意思是：春风中我得意洋洋，打马飞驰，四蹄生风，一日之内，看完了长安城内繁华美景。诗人活灵活现地描绘出登科后自己神采飞扬的得意之志，酣畅淋漓地抒发了他心花怒放、喜不自胜的得意之情。做到了情与景会，意随笔到。后人常引用这两句诗，更多地是引用第一句来形容一个人遇事顺畅，心情愉快。

例如

①你“春风得意马蹄疾，一日看尽长安花”的轻狂，瞬间叶落枝残。（摘自巴尔遥《夜学晓不休　苦吟鬼神愁——孟郊》）

②“好雨知时节……润物细无声”，“春风得意马蹄疾，一日看尽长安花。”为什么不使和畅的惠风、润物的好雨常驻人间呢？（摘自柳嘉《风雨吟》）

③试问，谁主浮沉：好个开拓新天、开展新地、开发新人啊！背负时代使命，经历几许坎坷，会比清水更纯净！今朝“春风得意马蹄疾”，为乘晨曦登程，扬帆出征……（摘自魏福茂《晨曦》）

④马年说马，便有了神笔马良的灵性，便有了伯乐相马的慧眼，便有了“春风得意马蹄疾，一日看尽长安花”的快感和意境。（摘自柯娇《马与中国文化》）

⑤马是人类挚友。它自远古走来，与人类休戚与共，早就成为心心相印的伙伴：欢喜时，“春风得意马蹄疾，一日看尽长安花”；失落时，“古道西风瘦马，断肠人在天涯”，诗人的描绘，道尽了人与马之间的亲密关系。（摘自陈燮君《说马》）

春色满园关不住，一枝红杏出墙来。

语出宋·叶绍翁《游园不值》。诗曰：“应怜屐齿印苍苔，小扣柴扉久不开。春色满园关不住，一枝红杏出墙来。”“春色”两句诗，脱胎于陆游的《马上作》“杨柳不遮春色断，一枝红杏出墙头。”又南宋张良臣《偶题》云：“一段好春藏不住，粉墙斜露杏花梢”；唐人温庭筠《杏花》云：“杳杳艳歌春日午，出墙何处隔朱门”；吴融《途中见杏花》云：“一枝红杏出墙来，墙外行人正独愁”，《杏花》云：“独照影时临水畔，最含情处出墙头”等，都未及叶句古今传诵。这两句诗的意思是：春色到底是关不住的，尽管园门紧闭，居然还是有一枝鲜红浓艳的杏花，不受任何阻碍，冲破樊篱而伸出墙外来了。真是把十分春色写得有声有色，精神奕奕，令人鼓舞，引人遐思。“春色”和“红杏”，“满园”和“一枝”，“关不住”和“出墙来”，差互为对，自然天成，构成了一幅极美的图画，而且画外有音，使人想到：一切有生命力的新鲜事物，都是不可以禁锢住的。这一层意思，常被后人引用。大概是出于对偶的关系，一般很容易把“春色满园”引作“满园春色”。

例如

①古诗云：“春色满园关不住，一枝红杏出墙来。”语文老师经过长期的辛勤耕耘和细心浇灌，培育出来的将不是一枝出墙红杏，而是“枝枝红杏出墙来”的满园春色！（摘自张放《用读书唤起同学的社会责任感》）

②在三中全会路线方针、政策指引下，三明市的商业有了极大的改进，正是：满园春色关不住，一枝红杏出墙来。（摘自陈允豪《满园春色关不住》）

③右手摔脱白了，用左手写，一写就是两万字；晚上停电，点蜡烛；蜡没了，借月光……终于，满园春色关不住，一枝红杏出墙来。（摘自石永伟《闾山劲草——农妇吴秀春的事业追求》）

④“春色满园关不住，一枝红杏出墙来”。科学精英远比红杏让人拥戴。改革开放以来，西方发达国家凭借自身优势，同发展中国家展开了旷日持久的人才争夺战。（摘自丁福虎《科学界“流星”》）

⑤春色满园关不住，柳蔓轩窗正月间。翠鸟欢啼了小河的喧闹，和着浅浅的流淌，变得舒缓透澈，水中那一脉水草，密密匝匝地吐出新绿。（摘自宋伯航《迎接春天》）

春城无处不飞花，寒食东风御柳斜。

语出唐·韩翃（hóng）《寒食》。诗曰：“春城无处不飞花，寒食东风御柳斜。日暮汉宫传蜡烛，轻烟散入五侯家。”春城：指春天的长安城。寒食：春秋时，晋公子重耳流亡在外19年，介子推精心扶侍他，受尽辛苦。后来重耳复国，做了国君即晋文公，在赏赐当初与之共患难的臣仆时，介子推既不做官，又不受赏，而是带着老母隐居在绵山中（今山西省介休县）。重耳得知，遍山寻不见，便用火焚山逼他走出来，结果事与愿违，火熄后，发现介子推已被烧死在树下。后人为了纪念他，每年清明节前三日，昼不举火，夜不点灯，都吃冷食，俗称寒食节。御柳：御苑中的杨柳。这两句诗的意思是：春天的长安城内外，到处都飘扬着柳絮杨花。寒食节的时候，东风吹拂，御苑中的杨柳飘然起舞。这是一首政治讽刺诗。喻守真说："四句不说别处，偏飞'五侯家'，则是明指宦官之得宠，而能传赐蜡烛。寓意深刻，不加讥刺，而已甚于讥刺。"（《唐诗三百首详析》）用《春秋》笔法，含蓄讽刺，暗指皇帝信宠太监，大权旁落，终于亡国。"春城无处不飞花"一句，写长安春景，生动形象，广为传诵。后人常引用这一句来描绘春天来临的景色。

例如

①"春城无处不飞花"。最近，我随车采访，听到、看到的无数新事，使我感到每节车厢都洋溢着温暖如春的气息。于是我将这句唐诗改了一个字，作为本文的标题。（摘自陈继光《春程无处不飞花——记13/14次特快列车》）

②正逢繁花似锦的三月，又幸运去到"春城无处不飞花"的昆明，欣赏了中外闻名的"滇茶"。（摘自李华飞《花二题》）

③二月的西安，虽不是"春城无处不飞花"的季节，但在熙熙攘攘的闹区，一下子涌出数万"朵"姹紫嫣红的"鲜花"，给古城带来盎然的春意。（摘自南来苏《周原奇葩》）

④我八小时以内忙工作，业余时间忙自己的事，一天又一天，除了吃饭、睡觉，几乎没有闲暇出去，以至于看到"江上燕子故来频"、"春城无处不飞花"时，才惊觉季节的变换。（摘自钟寿军《大雁河边》）

⑤春城无处不飞花，即使在寒冷的冬季。道旁耐寒的杜鹃仍然缤纷吐艳，院里报春的山茶已经含苞欲放。（摘自林筱芳等《昆明：品牌与模式》）

春眠不觉晓，处处闻啼鸟。

语出唐·孟浩然《春晓》。诗曰："春眠不觉晓，处处闻啼鸟。夜来风雨声，花落知多少？"晓：天亮。这两句诗写春天里人们的感受和鸟雀们的欢跃，意思是：春天里人们睡得最香，天亮了也不觉得，而到处都可以听到鸟雀欢跃的叫声。后人常引用这两句诗来描述春天里早晨的情景，也有借“春眠不觉晓”来描写人的懒散的。

例如

①两只黄鹂对着望，似乎正在和唱着，使人不禁想起了一句诗：“春眠不觉晓，处处闻啼鸟。”（摘自劳更生《绒制花鸟——一件栩栩如生的工艺品》）

②睡眠正是大脑神经处于抑制状态的一种表现，于是，就会出现越睡越想睡的“春困”现象。古诗说“春眠不觉晓”是有一定道理的。（摘自阿良《春眠不觉晓》）

③温顺的肖园对这个“春眠不觉晓”的“大鸟”没有办法，只好每日牵着他的手把他送上电车，而他却能前门上去、后门下来，等肖园中午回家一看，他竟在床上四肢伸展地神睡呢。（摘自纯民《混凝土》）

④小的时候，谁没有跟着李白看过“床前明月光”？虽然不懂得什么叫思乡，但孩子的眼睛却像月光一样清清亮亮。谁没有跟着孟浩然背过“春眠不觉晓”？背诗的声音起起落落，一如初春的纷纷啼鸟。（摘自于丹《唤醒心中的诗意》）

⑤从耳熟能详的“春眠不觉晓，处处闻啼鸟”，到朗朗上口的“燕草如碧丝，秦桑低绿枝”，都将一番“探春”、“惜春”之情倾诸纸上，当我们踏青郊外，游兴正浓，脑海里忽泛起这一句句五言古诗，那种心情，想必会更加怡然自得、乐而忘返吧！（摘自陈志芳《“踏”春》）

春蚕到死丝方尽，蜡炬成灰泪始干。

语出唐·李商隐《无题》。诗曰：“相见时难别亦难，东风无力百花残。春蚕到死丝方尽，蜡炬成灰泪始干。晓镜但愁云鬓改，夜吟应觉月光寒。蓬山此去无多路，青鸟殷勤为探看。”方：才。丝：谐“思”音。蜡炬：蜡烛。泪：蜡炬燃点时流溢的脂油叫作“烛泪”。庾信《对烛赋》：“铜荷承泪蜡，铁铗染浮烟。”这两句诗的意思是：春天里的蚕直到死才停止吐丝，燃点着的蜡烛直到成为灰烬才停止流泪。即是说，要使不相思，除非身已死。蘅塘退士在《唐诗三百首》中批道：“一息尚存，志不少懈。可以言情，可以喻道。”词面上的意思是“情深一往，幽恨难消”，比喻爱情的忠贞不渝，但联系到作者的身世，很可能借此抒发政治上屡遭失败的苦情。叶葱奇先生认为：“看起结以及中间，情思缠结之深，中心寄望之切，当是对令狐绹（táo）而发”。（《李商隐诗集注疏》）后人常引用这两句诗，或比喻爱情的坚贞不渝；或比喻对自己的理想坚贞精诚；或比喻为自己的事业鞠躬尽瘁，死而后已的崇高品质。

例如

①君宇想了一会儿，说道：“评梅，记得有这样两句诗吗，——春蚕到死丝方尽，蜡炬成灰泪始干。我愿做一支蜡烛，照亮人间，哪怕毁灭自己！”（摘自柯兴《风流才女——石评梅传》之二十）

②小黄和同学们在家中组成自学小组，李老师常牺牲休息时间去辅导。“春蚕到死丝方尽，蜡炬成灰泪始干。”李老师的献身精神感动了小黄，小黄立志要当像李老师那样的“人类灵魂工程师”。（摘自黄启后《严师·慈母——记优秀班主任李俊兰老师》）

③我爱江南水乡，我爱这具有自我牺牲精神的典型的中国妇女，“春蚕到死丝方尽”就是她一生的写照。（摘自吴海燕《我爱飞翔》）

④长期以来，主流观点将师德定格为理想道德的化身，学校在师德教育实践中经常采用的也主要是三种方法：一是崇尚“红烛”精神的人生观教育。“教师是人类灵魂的工程师。”“春蚕到死丝方尽，蜡炬成灰泪始干”便是其写照。（摘自范晓伟等《师德，不仅仅是那盏用爱心铸就的灯》）

⑤“春蚕到死丝方尽，蜡炬成灰泪始干”，一句流传了千年的诗句深深地诠释给我们生命的意义与伟大，而泰戈尔的“一沙一世界，一花一天堂”又给了我们另一份对生命的感悟。关于生命，诺贝尔说：“生命，那是自然拿给人类去雕琢的宝石。”而我看来，生命，不仅是呱呱坠地的那一声啼哭，而且是母亲十月怀胎的辛苦；生命，不仅是你我拥有的一笔财富，而且是培育我们的所有人的心血灌注。（摘自野草《生命就在今天》）

春宵一刻值千金，花有清香月有阴

语出宋·苏轼《春夜》。诗曰：“春宵一刻值千金，花有清香月有阴。歌管楼台声细细，秋千院落夜沉沉。”有：前“有”字为蕴含、散发之意；后“有”字为具有之意。阴：同“荫”，荫蔽，这里是普照之意。王贞白《白鹿洞》：“一寸光阴一寸金。”此翻用其意。这两句诗的意思是：春天夜晚的一刻时间，有如千金那样宝贵，春花散发出宜人的清香，春月的光辉普照大地，多么美好！高度地概括了春宵的价值。后人常引用这两句诗或只引前一句来强调春夜时间宝贵，应加倍珍惜利用。

例如

①我好不容易见到他，他的确是忙人。诗有“春宵一刻值千金，花有清香月有阴”之句。这是有闲的享乐写照。而卢钢荣却是一分一秒值千金。他想用有限的生命去创造无限的价值。（摘自陶萍《它们生活的飞跃——访深圳光明华侨畜牧场》）

②人家说，春宵一刻值千金，又说什么春宵苦短，对于宋小焕来说，他最担心这个后半夜过得太快。（摘自李辉英《人鬼恋》）

③“春宵一刻值千金”。正当春回大地、万木复苏的大好时光，让我们尽情地投入大自然的怀抱，去观赏祖国大好河山的壮丽景色吧！（摘自黄渭铭《和风送暖话春游》）

④富足而又缺乏安全感的生活，让人们觉得人生苦短、浮生若梦，“春宵一刻值千金”，直须“诗酒趁年华”。于是就朝朝美酒，夜夜笙歌，“舞低杨柳楼心月，歌尽桃花扇底风”。（摘自邱京平《谁把杭州作汴州》）

⑤春晚上的一个镜头，直接受众是十几亿的电视观众，其商业价值，绝对是“春宵一刻值千金”。（摘自《央视春晚：商机无限“钱”途光明》）

春寒赐浴华清池，温泉水滑洗凝脂。

语出唐·白居易《长恨歌》。诗曰：“汉皇重色思倾国，御宇多年求不得。杨家有女初长成，养在深闺人未识。天生丽质难自弃，一朝选在君王侧。回眸一笑百媚生，六宫粉黛无颜色。春寒赐浴华清池，温泉水滑洗凝脂。侍儿扶起娇无力，始是新承恩泽时。……”华清池：即骊山（在今陕西西安市临潼区境）上华清宫的温泉。唐开元十一年（723年）建温泉宫，天宝六年（747年）改名华清宫。凝脂：形容美人皮肤细白滑腻，好像凝固的脂肪一样。《诗经·卫风·硕人》：“肤如凝脂。”这两句诗的意思是：春日里余寒未尽，唐明皇恩赐杨贵妃在华清池里沐浴，温泉中水流柔滑，洗浴着美人细白滑腻如凝固的脂肪一般的皮肤。后人在谈及华清池或唐明皇杨贵妃的爱情生活时，常引用这两句诗来表达李对杨的恩宠。

例如

①杨贵妃贪恋温泉水，在华清宫内居住达11年之久，过着十分奢侈的宫廷生活。“春寒赐浴华清池，温泉水滑洗凝脂”，这是真实的历史写照。（摘自杨光中《骊山探胜》）

②昔日开元盛世，唐玄宗每年十月驾临西安华清宫沐浴温泉。“春寒赐浴华清池，温泉水滑洗凝脂”，白居易作《长恨歌》，以其生花妙笔，使明皇、贵妃哀艳缠绵的爱情故事传至妇孺皆知，华清池乃得以名闻四海，传颂千载。（摘自涂祥生《凤城汤池小记》）

③杨贵妃经常在温泉池沐浴，白居易诗：“春寒赐浴华清池，温泉水滑洗凝脂。”传唱至今，令人向往。（摘自雷子震《神女峰与神女泉》）

④秦始皇建骊山汤，唐玄宗建华清宫，诗人白居易一曲《长恨歌》：“春寒赐浴华清池，温泉水滑洗凝脂。”华清池温泉从此闻名天下。（摘自王江炜《中国温泉之都——文登》）

⑤这是一座充满了阳刚和生猛之气的城市，似乎只有当年李隆基和杨玉环“春寒赐浴华清池，温泉水滑洗凝脂”的华清宫带有那么一点点稀有的“脂粉气”，除此之外，秦俑、碑林、大雁塔、钟楼、鼓楼，都和女人没什么关系。（摘自张琰《一个游乐分子的四城记》）

春潮带雨晚来急，野渡无人舟自横。

语出唐·韦应物《滁州西涧》。诗曰：“独怜幽草涧边生，上有黄鹂深树鸣。春潮带雨晚来急，野渡无人舟自横。”春潮：二、三月间江河之水上涨，叫春潮，俗称桃花讯。野渡：郊外的渡口。这两句诗的意思是：春天的潮水与暮雨一齐急迫地袭来，郊外的渡口无人摆渡，只有小船在岸边横斜着，飘荡着。用“急”字写潮、写雨，用“横”字写舟，造语工精，很受后人赞赏。喻守真说此二句“一幅荒江渡口景象，宛在目前，是造意用字之妙。”（《唐诗三百首详析》）后人常引用“春潮带雨晚来急”一句诗来比喻某种形势来临之快；或引用“野渡无人舟自横”一句诗来描写孤舟停系在岸边的景象。

例如

①不过，船到十里老虎滩，如果没有纤夫，光靠哼唱李白那个“轻舟已过万重山”的诗篇，船舶照样不会逆水而上，只能是落得个诗人自写状：“野渡无人舟自横”……（摘自陈继光《多极的世界》）

②是“野渡无人舟自横”的意境？是“明朝散发弄扁舟”的冷清？这游人留下笑涡的河湾，叩响了我记忆的窗棂。（摘自李平为张铁元摄影作品《小舟》配文）

③要看春雨，还得到郊外去。“春潮带雨晚来急，野渡无人舟自横。”这样的春雨斯文全无，瞧那来势汹汹的样子，伴随着潮水，似乎要摧毁什么物件似的。（摘自彭忠富《杏花春雨杨柳风》）

④呼应世界，闲人不再闲，马不停蹄在路上，赏“乱花渐欲迷人眼，浅草才能没马蹄”的绚烂，品“春潮带雨晚来急，野渡无人舟自横”的静幽，叹“飞流直下三千尺，疑是银河落九天”的壮丽，与散学归来早的孩子一道安享“忙趁东风放纸鸢”的童真，和快乐农夫一道“把酒话桑麻”，感受泥土芬芳的田园气息……他返璞归真，不上网，不发短信，不看电视，不打电游，一心一意融入自然。（摘自陈志宏《闲人》）

⑤雨点急急地倾打在水面上，将水上的空濛拉得更深更近。那草野的岸边小舟，在雨的急切中，缓缓飘荡开来，让你不经意间，领略一番“春潮带雨晚来急，野渡无人舟自横”的春意。（摘自卢晓庆《春雨·湖·小调》）

枯藤老树昏鸦，小桥流水人家，古道西风瘦马，夕阳西下，断肠人在天涯。

曲出元·马致远《［越调］天净沙·秋思》。此曲是元人写景名作。昏鸦：黄昏时的乌鸦。这支小令的意思是：缠绕着枯藤的老树上落着几只在黄昏中栖息的乌鸦，小桥下是潺潺的流水，有几户人家居住，古老的道路上，萧瑟的秋风中，一个人骑着一匹瘦马在奔走。傍晚的太阳已经向西落去，满腹愁肠的游子正远离故乡到天涯去流荡。开头三句用“列锦”修辞法，连设九个没有动词的并列词把九种不同的景物有机地连缀在一起，创造出一个萧瑟苍凉的意境，深刻而形象地表达出游子彷徨悲苦的心情。元·周德清《中原音韵·小令定格》称之为“秋思之祖”。王国维《元剧之文章》誉之为“纯是天籁，仿佛唐人绝句。”都说明了此曲具有很高的艺术成就。后人常引用这支曲子或其中的句子来描述苍凉的秋景，悲苦的秋思之类。

例如

①这归心在温庭筠的“鸡声茅店月，人迹板桥霜”上，也在马致远的“枯藤老树昏鸦，小桥流水人家，古道西风瘦马”上；无动词，因诗意已被乡思贯通了。（摘自许达然《回家》）

②但两个小时过去，我真有些失望，看到的只是满坡的乱石，丛生的野草，泥泞的道路和纵横的沟壑。平心而论，大有“古道、西风、瘦马，枯藤、老树、昏鸦”之感，只是还说不上“断肠人在天涯”就是了。（摘自李文珊《雨中希腊奇岛——南斯拉夫散记》）

③这许是变革时代的必然。小桥流水人家，靠安贫乐道的惰性，无法将未名沟变成经济大动脉；于是只好转向，转向熙熙攘攘，转向自然力之外的生存竞争……（摘自陈章汉《未名沟随想》）

④尽管这类杂文，满稿纸皆是风烟滚滚，但风烟之中是一匹跑不快跳不动的老马：老马识途的老路子，老马无肉的老骨架，老马毛长的老调子……且不说作者写得累，读者读得也累，“古道西风瘦马”好不凄凉！（摘自田田《披甲持枪跨老马——文坛随感录》）

⑤印象里，最美好的家的景象便是少时学的一首《天净沙》“枯藤老树昏鸦，小桥流水人家”。幼时的我根本体味不到这一字一句间饱含的诗人的凄怆悲凉之感，即使现在，我也只是专注于那种夕阳落日的美丽。（摘自董丽丽《那棵老树》）

相见时难别亦难，东风无力百花残。

语出唐·李商隐《无题》。诗见“春蚕到死丝方尽……”条引。前一个“难”字：指困难。后一个“难”字：指难受、难忍。残：凋谢、零落。这两句诗的意思是：相见的机会难得，因而离别时更觉难于忍受。在东风衰减、百花凋谢的暮春时节分手，更觉无限伤情啊。写出了诗人与所爱女子别离时的感伤，情景交融，有很强的感染力。后人常引用“相见时难别亦难”一句来表述“别易会难”的感伤情绪。

例如

①算了算，足足地在一起呆了四天！真是“相见时难别亦难”啊，

临分手，我们早已和好如初了，并又只恨隔期无日！（摘自吴若增《离异——一个当代中国男人的内心独白》）

②三天过去了，他们又默默地洒泪而别。真是“相见时难别亦难”，短暂的重逢后又将是长长的别离！（摘自傅德岷《“笋尖”与“菜心”——散文创作谈之七》）

③“相见时难别亦难”，人生最怕是离别。三毛匆匆而来、匆匆而去，又要在潇潇春雨中离开故乡。（摘自华家杉《三毛回乡记》）

④简单的行李就在墙角的一隅，他又要归队了，我泪湿无语。又一次尝到离别的滋味，那种刻骨铭心的感觉，天天厮守在一起的恋人们是无法体会的，正所谓相见时难别亦难。（摘自侯梅《离别，也是一种美丽》）

⑤相见时难别亦难，毕业的时候总有些舍不得，可是天下没有不散的筵席，身边的朋友一个一个相继离开。除了将来陪伴一生的伴侣会永远追随，朋友都会不断地更替。（摘自以不《毕业花落知多少》）

咬定青山不放松，立根原在破岩中。千磨万击还坚劲，任尔东西南北风。

诗出清·郑燮《竹石》。这是为其自作的竹石图所写的题画诗。磨：磨折。坚劲：指身骨坚实刚劲。诗的意思是：翠竹牢牢地生长在青山上，毫不动摇，竹根原来深扎在破裂开的岩石中。经过千万次磨折和侵袭，它的身骨仍然坚实刚劲，任凭你东西南北风凶狂地吹吧。此诗写竹亦写人，作者借写这竿坚定地扎根于破岩中而不畏狂风吹折，傲然挺立的岩竹形象，表白了自己的刚劲风骨，寓写出自己的思想品格。后人常引用这首诗或部分诗句来赞美如岩竹一样的品质。

例如

①我们应该具有忍小我之辱、负民族之重的精神，“咬定青山不放松，立根原在破岩中。千磨万击还坚劲，任尔东西南北风”。（摘自王建农《忍小我之辱，负民族之重》）

②一个问题在解决之前，应采取慎重态度。一旦看准并决定之后，就要“咬定青山不放松”，切不可见异思迁，见好就收。如果十件事都做半截，就不如把一件事做到底。（摘自宋德福《坚持抓下去 全年抓到底》）

③新的时代要求我们，有开拓的勇气、坚忍的意志、明快的格调，有“咬定青山不放松”（板桥语）的精神。（摘自王石《略论“难得糊涂”之不宜张扬》）

④现在，他们不仅能胜任工作，有的还成了县内较有声望的骨干教师。20年来，他们正如郑板桥在《题竹》诗中所云：“千磨万击还坚劲，任尔东西南北风！”（摘自梁世楷《自修三议》）

⑤保持韧性是生存所必须具备的一种智慧。郑板桥有一首写竹的诗：“咬定青山不放松，立根原在破岩中。千磨万击还坚劲，任尔东西南北风。”在自然界中，很多树木常常遭到风雨的摧折，但是竹子却很少有被风雨折断的。（摘自佟国忠《保持韧性》）

昨夜西风凋碧树，独上高楼，望尽天涯路。

语出宋·晏殊《蝶恋花》。词曰：“槛菊愁烟兰泣露，罗幕轻寒，燕子双飞去。明月不谙离恨苦，斜光到晓穿朱户。　昨夜西风凋碧树，独上高楼，望尽天涯路。欲寄彩笺兼尺素，山长水阔知何处？”凋碧树：使碧树凋零，指秋风把树叶吹落了。西风：指秋风。天涯路：通往天边的路，指极远的路。这三句词写“闺愁”，抒发的是怀念离人的怅惘之情。意思是：昨天夜里秋风吹落了碧绿的树叶，我独自登上高楼，望到了天边路的尽头，也不见离人归来。晚清著名词话家王国维《人间词话》认为此词写得悲壮，颇近《诗经·秦风·蒹葭》之意。他引这三句词并柳永、辛弃疾的几句词，曰：“古今之成大事业、大学问者，必经过三种之境界：‘昨夜西风凋碧树，独上高楼，望尽天涯路。’此第一境也。‘衣带渐宽终不悔，为伊消得人憔悴。’此第二境也。‘众里寻他千百度，回头蓦见（当作“蓦然回首”），那人正（当作“却”）在，灯火阑珊处。’此第三境也。”（《人间词话》二六）王引晏词，比喻“成大事业、大学问者”，虽然志存高远，但不悉路径，迷离徜徉，不知目标之所在。后人常引用这几句词，也多用于比喻。

例如

①沈于心和中善敏站在一根灯柱下观看着整个工地。此刻，涌上沈于心脑际的竟是清代大学问家王国维论做学问的“三境界”。那岂止是做学问的三境界，也是创办事业、发现人才的三境界。对于沈于心来

说，不好说“昨夜西风凋碧树，独上高楼，望尽天涯路”，但是总可以说“衣带渐宽终不悔，为伊消得人憔悴！”而他确实领悟到了：“众里寻他千百度，蓦然回首，那人却在灯火阑珊处”！（摘自闰水等《城市之夏》）

②有人说，古今成大事业、大学问者必经三种境界；我们已经经历过“昨夜西风凋碧树，独上高楼，望尽天涯路”的第一种境界；我们正在经历着“衣带渐宽终不悔，为伊消得人憔悴”的第二种境界；相信那“众里寻他千百度，蓦然回首，那人却在，灯火阑珊处”的第三种境界必然到来。（摘自淮士《航向》）

③灵感以它自己的新颖独到使思维者鲜明地感到，自己的思想前进到了一个新的意境、新的阶段；原来存在的困难已经被突破，进一步前进的思路已经明确，使思维者产生一种“独上高楼，望尽天涯路”的彻悟，于一瞬间茅塞顿开、豁然开朗。（摘自王海平《灵感——思维园地中的奇葩》）

④“昨夜西风凋碧树，独上高楼，望尽天涯路。”晏殊的一首《蝶恋花》拉开了冬天的序幕，也将我们带入一个萧飒、冷清的境地。北方的冬天总是让人有些无奈，除了那像刀子一样割人的寒风外，大地更是一片荒芜灰蒙，没有一点生气。（摘自周礼《冬天的树》）

虽惭老圃秋容淡，且看寒花晚节香。

语出宋·韩琦《九日水阁》。诗曰：“池馆隳摧古榭荒，此延嘉客会重阳。虽惭老圃秋容淡，且看寒花晚节香。酒味已醇新过热，蟹黄先实不须霜。年来饮兴衰难强，漫有高吟力尚狂。”虽惭，一作“不羞”。惭：羞愧。老圃：深秋时的花园。寒花：这里指凌寒独放的菊花。晚节：晚秋时的节操。这两句诗的意思是：虽然自惭这深秋时花园的景色已不那么浓艳，但却可观赏那凌寒独放的菊花仍保持着的清香的晚节。《韩魏公集·补遗》中单引此句，且批曰：“公居常谓保初节易，保晚节难，故晚节事事尤著力。”诗言志，表现出诗人重视节操，尤重保持晚节的品格。后人常引用这两句诗来赞扬能保持晚节的贤者，或勉励人们应注意保持晚节。引用时文字或有出入。

例如

①老人们回到沈阳后，个个身体健康，精神焕发，饭量增加。“莫

嫌老圃秋容淡，且看黄花晚节香”。老人们满怀激情地表示，今后要在祖国建设中继续发挥光和热。（摘自振绵等《我省首届自行车旅游团回沈》）

②宋代韩琦曰：“虽惭老圃秋容淡，且看黄花晚节香。”任高同志虽然早已从工作岗位上离退了，但在政治、思想和作风上并没有离退休。（摘自李天才《老圃秋容淡　黄花晚节香——记十堰市老干部模范、房县政协原副主席任高》）

③“虽惭老圃秋容淡，且看寒花晚节香。”用这两句古诗形容林放晚年的敬业精神和晚节情操，是对他最公正的评价。（摘自《思想不老的人永远年轻——访河北省新闻工作者协会原主席林放》）

柔情似水，佳期如梦，忍顾鹊桥归路！

语出宋·秦观《鹊桥仙》。《草堂诗余》题作《七夕》。词见“两情若是久长时……”条引。忍：怎忍。顾：回头看。《风俗记》：“织女七夕当渡河，使鹊为桥。”这几句词的意思是：思念之情像天河水那样多，那样长，七夕之会，像梦那样恍惚，那样短暂，怎么忍心回头去看那条从鹊桥上回去的路呢？写牛郎织女的题材，魏晋以来，作品很多。秦观此词，不落俗套，有所创新，被称为“化臭腐为神奇”之作。后人常引用这几句词来说明情长聚短。

例如

①筠英一个人带着佳佳在农村，她思念弦和，思念母亲。可怜这一家人老的老，小的小，分散在天南海北难以团聚，真是“柔情似水，佳期如梦，忍顾鹊桥归路”啊！（摘自纪宇《爱的和弦——记瞿弦和与张筠英》）

②林素回到家里，房里乱糟糟、空荡荡的，没有“红酥手”举案齐眉，没有“柳腰身”挑灯补衣，没有“柔情似水”，没有“佳期如梦”……不觉惆怅起来。（摘自肖为《征婚》）

③那时，未婚妻在城里日夜盼望，多病的双亲每每来信，天真地问我何时才算脱胎换骨完毕。渐渐地，我失去了“佳期如梦，柔情似水”一类的相思，对她怀着深深的歉疚，提笔疾书，发泄了惆怅与怨恨，大有“早知潮有信，嫁与弄潮儿”的悔恨。（摘自陈浮《百万雄兵夜半潮》）

④纤云弄巧，飞星传恨，银汉迢迢暗度。金风玉露一相逢，便胜却人间无数。柔情似水，佳期如梦，忍顾鹊桥归路！两情若是久长时，又岂在朝朝暮暮！然而尴尬的是，尽管有着深厚的传统文化积淀，牛郎织女鹊桥会的故事也妇孺皆知，可“七夕”这个中国情人节却每年都遭到冷落。（摘自张鑫宇《拿什么拯救你，我的“年”——以春节等传统节日为中心的讨论》）

独在异乡为异客，每逢佳节倍思亲。

语出唐·王维《九月九日忆山东兄弟》。诗曰：“独在异乡为异客，每逢佳节倍思亲。遥知兄弟登高处，遍插茱萸少一人。”第二个“异”：指异乡，他乡。佳节：这里指阴历九月九日——重阳节。古代民间习俗要插茱萸喝黄酒。倍：格外。亲：父母，这里泛指亲人。这两句诗的意思是：独自一个人在他乡作客，一到重阳佳节，就格外思念亲人。写出了诗人漂流异乡的游子心境，抒发出佳节思亲的真挚感情。——“独”字发端，两“异”字衬托，益发能表现游子的凄苦。“倍”字用得尤其恰到好处，极写思乡之切。此诗为王维17岁时所作，这两句极为传诵。后人常引用这两句诗来说明身居异地的思乡之情，或单引前一句来说明身居异地之苦，或单引后一句来说明佳节思亲之切。

例如

①中秋节。前几天我们“全团”都在计算这个日子。“独在异乡为异客，每逢佳节倍思亲”。天已尽黑。在这充满着伊斯兰气氛的饭店房里凭窗远望，除黑茫茫一片沙漠，没有星光，没有圆月。（摘自周克芹《国门外日记若干》）

②1984年春节前夕，因为经济拮据，我不能回新疆。牧村惦记着我，在合家欢乐的时刻，“独在异乡为异客”，这寂寞怎能忍受？（摘自王星军《我从戈壁滩走来》）

③不久就是新年。“同是天涯沦落人”，“每逢佳节倍思亲”。于是苦中作乐，就各自买了酒菜在宿舍里欢聚。（摘自李健《“我是侏儒”》）

④乡愁是什么，乡愁是游子对故乡记忆的眷恋和思念，愁之所生者多元，有“独在异乡为异客，每逢佳节倍思亲”的游子之愁；有“偶闲也作登楼望，万户千灯不是家”的民工之愁；有“日暮乡关何处是，烟

波江上使人愁”的文人之愁，有“若为化得身千亿，散向峰头望故乡”的士大夫之愁。不论哪种愁，其源均出于异乡的孤独、思想的愁苦和归乡的尴尬。（摘自刘奇《“乡愁”九脉》）

⑤住在外地的时候，我往往会忘了我是在外地，我会感到仍然居住在自己的城市里，这可以使人在很大程度上消除“客居”之感。“独在异乡为异客”，已经是一种很少见的情态了，有什么不好呢，走到任何一个地方，都可以“认他乡为故乡”，也许正是一种很好的状态哩。（摘自刘洪波《千城一面的城市》）

看似寻常最奇崛，成如容易却艰辛。

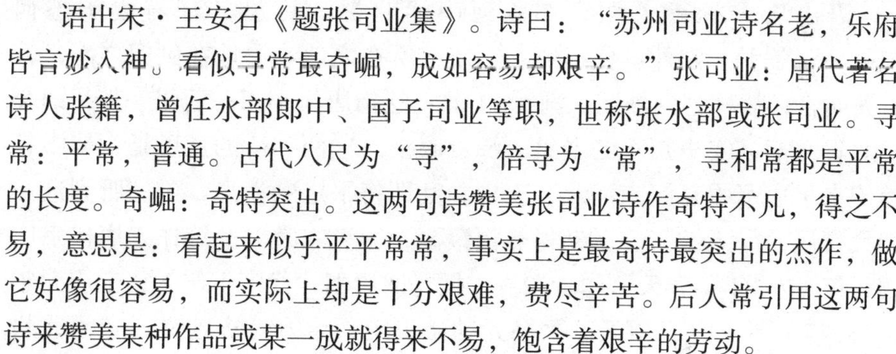
语出宋·王安石《题张司业集》。诗曰：“苏州司业诗名老，乐府皆言妙入神。看似寻常最奇崛，成如容易却艰辛。”张司业：唐代著名诗人张籍，曾任水部郎中、国子司业等职，世称张水部或张司业。寻常：平常，普通。古代八尺为“寻”，倍寻为“常”，寻和常都是平常的长度。奇崛：奇特突出。这两句诗赞美张司业诗作奇特不凡，得之不易，意思是：看起来似乎平平常常，事实上是最奇特最突出的杰作，做它好像很容易，而实际上却是十分艰难，费尽辛苦。后人常引用这两句诗来赞美某种作品或某一成就得来不易，饱含着艰辛的劳动。

例如

①无疑，既然作品追求的是平和淡泊的美，那么，作为载体的语言也应力求质朴、简洁、凝炼、含蓄，也就是说应该力戒错彩镂金的雕饰，尽量使用白描性的文字，使用生活中的寻常语言。——这对于阿拉提·阿斯木来说，未免显得过于沉重了，因为这种白描性文字往往“看似寻常最奇崛，成如容易却艰辛”。（摘自其纲《寓思致于平和 寄至味于淡泊——读〈那醒来的和睡着的〉》）

②我写篆书，包括金文在内，行笔力求刚劲深厚，以端庄平正为主，绝不矫揉造作，须知“平正”才见工夫。“看似寻常最奇崛，成如容易却艰辛。”此可为知者道，难为外人言也。（摘自商承祚《契斋生活随笔》）

③“看似寻常最奇崛，成如容易却艰辛。”冰雕雪造之中，镂出千姿百态的美，装扮了北国壮丽的风光和人民的新生活，那是创造性的劳动带来的。（摘自海南《千姿百态的冰雕》）

④“看似寻常最奇崛，成如容易却艰辛。”这句本来用于评说文学创作的话，如果用来形容汉字创造，我看也是合适的。有些笔画十分简单的字，其实却蕴藏着深刻的智慧。（摘自简卫山《“化”是一种境界》）

⑤正因为如此，世界上最难写的文章恐怕也莫过于公文了——大家都会画瓢，你若想脱颖而出，画出个性、画出特色来，那就“看似寻常最奇崛”，不是一件容易的事了。（摘自张苏平《写活公文的几点感悟》）

剑外忽传收蓟北，初闻涕泪满衣裳

语出唐·杜甫《闻官军收河南河北》。诗见“却看妻子愁何在……”条引。剑外：代指蜀中。诗人所在之地。蜀地在剑门之南，就长安而言，故称“剑外”。蓟（jì）北：泛指唐代幽州、蓟州一带，即今河北省北部，安史叛军的老巢。涕：眼泪。这两句诗的意思是：蜀中忽然传来了唐军收复河南河北，安史之乱即将平定的消息，乍一听到这一特大喜讯，令人惊喜、激动得热泪滚滚，湿满衣裳。此诗作于唐代宗广德元年（763年）春天，作者52岁。据《旧唐书·代宗本纪》，宝应元年（762年）冬十月，诏天下兵马元帅雍王统兵十万讨史朝义，“河北州郡悉平”。次年正月，“贼范阳尹李怀仙斩史朝义首来献，请降”。至此，延续七年之久的“安史之乱”即将结束。杜甫流寓梓州（治所在今四川三台），闻讯喜极而悲，悲喜交集，遂作此诗。“涕泪满衣裳”，以形传神，表现初闻捷报时的激情，形象而逼真。王嗣奭说：“此诗句句有喜跃意，一气流注，而曲折尽情，绝无妆点，愈朴愈真。他人绝不能道。”后人常引用这开头两句诗来形容初闻喜讯时惊喜若狂的心情。

例如

①亿万人民长久盼望的一天，在我们没有料到的时间提前来到了！亿万人民衷心期待的胜利，在我们最焦急、最愤懑的时刻成为钢浇铁铸的现实了！“剑外忽传收蓟北，初闻涕泪满衣裳。却看妻子愁何在？漫卷诗书喜欲狂……”杜甫的诗句，虽然被人重复引用，又怎能表达今天喜悦的心情呢？又怎能代替积郁在心头的千言万语呢？（摘自袁鹰《十月长安街》）

②从我自己来讲，我诞生于黑暗旧世界，我的思想开始形成时，就

满怀国破家亡之痛；同时，那又是“五四”之后大觉醒时代，因此，“剑外忽传收蓟北，初闻涕泪满衣裳”、“王师北定中原日，家祭勿忘告乃翁”，每一读之，辄涕泪纵横，击节称赏。（摘自刘白羽《天涯何处无芳草——〈芳草集〉自序》）

③多少年来，盼的就是“冒着敌人的炮火前进”，打出一个新天地来；而今炮声隆隆，真是“初闻涕泪满衣裳”，一时也说不清，说不完那种复杂而又痛快的感受。（摘自吴岩《从寂寞中走出来》）

④到8月15日日本天皇宣布投降的那一天，我虽然感受到当夜那种狂欢之乐，也许有机会吻一吻异国娇娃，但作为中国人，比较拘谨，我没有胆量到大街上去尽情享受那狂欢之夜，只是坐在自己的宿舍里喜极而泣，反复背诵杜甫的名诗：“剑外忽传收蓟北，初闻涕泪满衣裳。”（摘自刘绪贻《海外闻喜讯》）

⑤现代都市满目的石屎森林，多不胜数的建筑垃圾，早已让人失去了憧憬的冲动。在番禺看见清华坊，如醍醐灌顶，久积的情愫訇然洞开。恰似杜甫剑外忽传收蓟北，漫卷诗书喜欲狂；不经意间，我居然找到了“丁香一样的姑娘”。（摘自佚名《清华坊》）

亲戚或余悲，他人亦已歌。死去何所道，托体同山阿。

语出晋·陶潜《挽歌诗》三首之三。一题《拟挽歌辞》。诗曰：“荒草何茫茫，白杨亦萧萧。严霜九月中，送我出远郊。四面无人居，高坟正崔峣。马为仰天鸣，风为自萧条。幽室一已闭，千年不复朝。千年不复朝，贤达无奈何。向来相送人，各自还其家。亲戚或余悲，他人亦已歌。死去何所道，托体同山阿。”诗末四句，作亡人自叹旷达语气。或：有的人。山阿（ē）：山陵。这四句诗的意思是：亲戚朋友有的还余哀未尽，别人却已经在那里唱歌了。死去的有什么可说的呢？无非是寄身在山陵之中罢了。后人常引用这几句诗来表达对死去者的伤痛之情。

例如

①然而既然有了血痕了，当然不觉要扩大。至少，也当浸渍了亲族，师友，爱人的心，纵使时光流驶，洗成绯红，也会在微漠的悲哀中永存微笑的和蔼的旧影。陶潜说过，“亲戚或余悲，他人亦已歌。死去

何所道，托体同山阿。”倘能如此，这也就够了。（摘自鲁迅《华盖集续编·记念刘和珍君》）

②“亲戚或余悲，他人亦已歌；死去何所道，托体同山阿”。如果真有所谓“在天之灵”，老院长也可瞑目九泉了。（摘自张世恩《艺苑春浓，君何逝矣！——忆周信芳同志》）

③长歌当哭，须在痛定之后，此时，我心占一阕，祈母安息：

死去何所道，托体同山阿。

叶落终归根，懿范留心间！（摘自巴桐《魂兮归来》）

④马年过去了，马航370航班还没有找到。亲戚或余悲，他人亦已歌。（摘自俞肖云《官样文章》）

⑤如今，北京城早已恢复了原有的繁荣和喧哗，南方灾区也日渐平静。亲戚或余悲，他人亦已歌。我们不必要长时间悲伤叹息，而是要在灾难中吸取教训，更好地生活。（摘自康会欣《众望所向，保险在行动》）

前不见古人，后不见来者。念天地之悠悠，独怆然而涕下。

诗出唐·陈子昂《登幽州台歌》。古人，指前贤。来者：指后贤。悠悠：长久。怆（chuàng）然：凄恻感伤的样子。这首诗是诗人登幽州台（在今北京市大兴区，即蓟北楼）远眺，独立苍茫，有感而发。诗的意思是：前不见古代的贤人，后不见来世的贤人。感念天长地久，无穷无尽，而人生短暂，个人渺小，不由得凄恻感伤，泪下沾襟。诗人抱负远大，却怀才不遇，又感到知音难逢，故孤独悲愤，慷慨悲歌。全诗不绘景物而直抒胸臆，写得感情强烈，动人心弦，遂成千古绝调。后人常引这首诗或部分诗句借以抒发人生感慨，或说明空前绝后。

例如

①“诗缘情而绮靡。”绝不要离开了情去“绮靡”。根据题材内容的需要，也可以不施任何色彩。“前不见古人，后不见来者，念天地之悠悠，独怆然而涕下”，如果非要加上红色或绿色，岂不画蛇添足？（摘自宋垒《色彩和美》）

②我在这个土坛上低徊慢步，想起了许许多多的事情。我们未必“前不见古人，后不见来者”，凭着思想和激情的羽翼，我们尽可去会

一会古人，见一见来者。（摘自秦牧《社稷坛抒情》）

③好悲壮的告别仪式——天之下，地之上，孤零零地站着刘亚洲。大有“念天地之悠悠，独怆然而涕下”之感！（摘自刘亚伟等《孤独的猎人》）

④鲁迅先生曾说过，他最憎恨那种人，他们“‘前不见古人，后不见来者’，吃完许多米肉，擦了许多雪花膏之后，就什么也不留一点给未来的人们”。（摘自刘擎《大学生的称号意味着什么？》）

⑤无论是摄影大师茹安·密利，用镜头捕捉毕加索光辉轨迹时，那高超技艺和敏锐洞察力的展示；还是丁俊晖面对一桌乱球，从容精确地杆杆中的；或是我们举杯相视的刹那，心灵被怦然一击的灵光一闪，都让人明白了一个道理：人的成功并不是“前不见古人，后不见来者”的空前超越，而是不失毫厘把握住人生的瞬间，并积累成永恒的财富，孜孜不倦地求索……（摘自武文龙《把握瞬间》）

洛阳亲友如相问，一片冰心在玉壶。

语出唐·王昌龄《芙蓉楼送辛渐》二首之一。诗曰：“寒雨连江夜入吴，平明送客楚山孤。洛阳亲友如相问，一片冰心在玉壶。”冰心：像冰一样明洁的心。陆机《汉高祖功德颂》：“心若怀冰”。玉壶：玉制的酒壶。鲍照《代白头吟》有“直如朱丝绳，清如玉壶冰”之句。王诗从中化出，比喻自己心地明净纯洁，不受功名富贵的牵扰。这两句诗的意思是：你回到洛阳，如果亲友们问起我的近况，你就告诉他们，说我对仕宦生涯早已厌倦，心地如玉壶之冰一般明净纯洁，绝不会受到功名富贵的干扰。这首诗是作者贬为江宁丞后写的送别诗。它含蓄地反映了诗人遭受打击的愤懑和孤寂心情。“一片冰心在玉壶”是表示心地明净纯洁的名句。后人常引用这两句诗来表示心地明洁之意，也有套用全诗的。

例如

①“洛阳亲友如相问，一片冰心在玉壶”，这是唐人王昌龄的一句诗。帅大姐的一生行事，也可以说是冰心一片，纯净无瑕。（摘自李锐《回首一生雄》）

②他（吴佩孚）在行前声言，今后不问军事、政治，将以饮酒、看花终老。谢觉哉闻之，乃仿王昌龄诗写道：“白日青天竟倒吴，炮声送

客火车孤。洛阳亲友如相问，一片雄心在酒壶。”讽刺可谓入木三分。（摘自苏新《“一片雄心在酒壶”》）

③对于曾经的友谊和感情，我内心一直向往着“劝君更尽一杯酒，西出阳关无故人”的豁达，一直欣赏着“洛阳亲友如相问，一片冰心在玉壶”的诚挚。（摘自刘惠智《心的距离》）

④“君子之交淡如水，高山流水觅知音”，追求的是朋友间平淡如水的相识、相知、相伴；“清水出芙蓉，天然去雕饰”，去伪存真，自然的境界最难达到；“洛阳亲友如相问，一片冰心在玉壶”，赤子情怀，冰清玉洁，天真的性情最难有。（摘自樊红梅《教师如水》）

⑤“洛阳亲友如相问，一片冰心在玉壶。”我想说，无论我走到哪里，我对故乡的思念，都是洁白无瑕，一往情深啊。（摘自枫苑斋《乡音人生》）

将军欲以巧伏人，盘马弯弓惜不发。

语出唐·韩愈《雉带箭》。诗曰：“原头火烧静兀兀，野雉畏鹰出复没。将军欲以巧伏人，盘马弯弓惜不发。地形渐窄观者多，雉惊弓满劲箭加。冲人决起百余尺，红翎白镞随倾斜。将军仰笑军吏贺，五色离披马前堕。”本篇写诗人随从徐州节度使张建封射猎的情景。将军：指张建封。巧：指射技的精巧。盘马：骑马盘旋不进。弯弓：挽弓，拉开弓。弯，用作动词。惜不发：不轻易发箭。这两句诗的意思是：将军想要用射箭的精巧技艺胜伏别人，他骑马盘旋不进，拉开弓却不轻易射出箭，而在等待最有利的时机。近人程学恂《韩诗臆说》评曰：“二句写射之妙处，全在未射时，是能于空际得神。”后人常引用这两句诗来比喻作文之法，从虚处着笔，以曲笔传神。

例如

①韩愈诗云：“将军欲以巧伏人，盘马弯弓惜不发。”用“盘马弯弓”形容作品情节的铺垫和蓄势，倒是很确切的。（摘自刘宗德《铺垫·蓄势——章法漫谈》）

②蓄势愈充沛，便愈能动人心魄。蓄势愈充分，便愈能突出主题。韩愈诗云：“将军欲以巧伏人，盘马弯弓惜不发。”诚哉斯言！（摘自钟世焯《盘马弯弓惜不发——谈蓄势》）

③铺垫法就是用层层垫高的办法，拖延释悬的时间，使悬疑递增，

就如“盘马弯弓箭不发”一般，又像“掣一个线球，吊在小猫眼前，等它跳起来抓时，又把球掣开了”（米尔顿语）一样，使读者始终处于提心吊胆之中，直到最后才得以解脱。（摘自都本忱《设悬念——文章结构技巧杂谈之一》）

④余近来虽力求此境，总觉太过分明，时显作意。当以荆浩然、范华原之法度构架，倪云林、董香光之韵致气息为指归、以求得“将军欲以巧服人，盘马弯弓惜不发”之感。高标既定，求索不止，信经年以往必有所得。（摘自喻建十《不动容斋絮语》）

⑤盘马弯弓惜不发——这似乎是一种静止的状态，却比马狂奔、箭离弦更有期待的味道。（摘自朱以撒《盘马弯弓》）

养怡之福，可得永年。

语出三国魏·曹操《步出夏门行·龟虽寿》。诗见“老骥伏枥……”条引。此篇说人寿有限而壮志无穷，寿命长短不一定全由天定，只要注意调养，也可以延长。养：培养。怡（yí）：乐观，愉快。福：吉，这里是好处的意思。永年：长寿。这两句诗的意思是：培养乐观情绪的好处，可以使人长寿。后人常引用来说明养生之道在于乐观，在于保养。

例如

①难怪！记得东汉时的大政治家曹孟德在《步出夏门行·神龟虽寿》一诗中写到“养怡之福，可得永年”。仔细玩味，甚有所悟。（摘自丁冬《养怡之福，可得永年——访原航天工业部副部长徐昌裕》）

②“养怡之福，可得永年”是曹操的名句。这说明，人的寿命不完全取决于自然，只要保养得法，人人都能长寿。（摘自吴琪《少食多餐延年益寿》）

③“年”也指人的年龄，如“北山愚公者年且九十”，由此引申，也指人的寿命，曹操《龟虽寿》诗有句：“养怡之福，可得永年。”“永年”，即长寿。（摘自《新年话“年”》）

④“一堆荒冢草没了”。可是，追求健康，延年益寿，是人之常情，健身之术，乃养生必需。诚如曹孟德所言：“盈缩之期，不但在天；养怡之福，可得永年。”养怡健身，可终生得益，而养生之法，又非一端。（摘自赵哲等《生命中的动与静》）

⑤三国时期的曹操在《龟虽寿》诗中说："养怡之福，可得永年"。这是身心和涵养的总和，决非仅是长寿而已。（摘自张慎诺《反思发怒》）

十画

桃花流水窅然去，别有天地非人间。

语出唐·李白《山中问答》。诗曰：“问余何意栖碧山，笑而不答心自闲。桃花流水窅然去，别有天地非人间。”窅（yǎo）然：深远的样子。去：离开。别：另外。这两句诗的意思是：飘落下来的艳丽桃花，随着清悠悠的河水向远方流去，这里另有一番境地，优美的景致非比尘世，宛如天上仙境。此诗以问答方式抒写出诗人超尘拔俗的闲适心情。后两句有虚有实，意境幽雅，富于感染力。后人常引用“桃花流水窅然去”一句来比喻美好事物的离去，或引用“别有天地非人间”一句来描绘某种不同寻常的境地。

例如

①据说解放前夕张家人给了她一笔养老费，她定居南京，嫁人生子，可谓“桃花流水窅然去”。如今不知所终。（摘自刘心武《名门之后》）

②清风徐来，万虑俱消，令人顿感“别有天地非人间”而飘飘欲仙。（摘自魏奕雄《载酒时作凌云游——漫话乐山凌云寺》）

③在湘西沅水之畔的凤凰山上囚禁时，张学良为感激于凤至对他的患难挚情，曾为于凤至题诗一首，以为纪念：

“卿名凤至不一般，
凤至落到凤凰山。
深山古刹多梵语，
别有天地非人间。”（摘自窦应泰《愿将悲欢写新诗——于凤至和张学良的结合与离异》）

④桃花在人们心中多为娇艳、妩媚之意，事实上在唐诗中，桃花被赋予了多姿多彩的感情内涵。她是自由隐逸之花，如李白的“问余何意栖碧山，笑而不答心自闲。桃花流水窅然去，别有天地非人间。”抒发了诗人高蹈尘外、醉心山林的隐逸情怀。（摘自一森《三月桃花红》）

⑤问余何意栖碧山，笑而不答心自闲。桃花流水窅然去，别有天地非人间。白兆山，又名碧山。山下有桃花岩，李白读书处。想李白果然性情中人，读书的地方颇有讲究。身畔桃花流水，山间自在无人。可想

而知，于一个爱读书的人而言，挑个好地方从容读书，那也相当重要。繁华都市，如此诗意的所在着实难寻，我们也可灯下夜读，心静便好。（摘自夏爱华《书香盈梦诗为伴》）

桐花万里丹山路，雏凤清于老凤声。

语出唐·李商隐《韩冬郎》二首之一。诗曰：“十岁裁诗走马成，冷灰残烛动离情。桐花万里丹山路，雏凤清于老凤声。”丹山：唐时有丹山县，故治在今四川省资阳市。这里指产凤之地。《山海经·南山经》：“丹穴之山……有鸟焉，其状如鸡，五彩而文，名曰凤凰。”雏凤：幼凤。这两句诗的意思是：在开满桐花的万里丹山路上，幼凤的鸣声比老凤的鸣声还要清脆动听。诗人用比兴法，说韩冬郎（偓）的才华胜过他的老父。“万里丹山”暗说他是“远到之器”。后人常引用这两句诗或只引后一句来比喻后来者居上，晚辈超过老辈，青年胜过老年，学生赶过老师。

例如

①“桐花万里丹山路，雏凤清于老凤声”。出自唐朝诗人李商隐的《韩冬郎》诗。意思是说，雏凤鸣声嘹亮，比老凤的鸣声更为悦耳动听。喻指青出于蓝而胜于蓝，年轻的超过年老的，可谓至理名言。这使我想起了巴罗教授让贤的故事。（摘自杜新柱《雏凤清于老凤声——也谈不能总以职称还债》）

②“桐花万里丹山路，雏凤清于老凤声”。广大老同志对挑起重担的年轻干部寄予殷切的期望。（摘自《人民日报》社论《意义重大的一步》）

③这里的专栏是为我们的青年作者而设，诗是从他们的来稿中选出的一小部分。他们的水平不一，成就有别，但也不缺风骚雅正之音和刚健清新之气。我们欣慰，我们鼓舞。李义山云：“雏凤清于老凤声”，我们已如斯感觉了，我们更如斯期待着。（摘自花城出版社《当代诗词》第二集《雏凤新声》）

④上中学时，读到唐代诗人李商隐的诗句“桐花万里丹山路，雏凤清于老凤声”，心里跳出意外的惊喜。啊，原来桐花是可以入诗的，而桐树，在我的家乡不正很多么？（摘自李成《家乡的树》）

秦时明月汉时关，万里长征人未还。但使龙城飞将在，不教胡马度阴山。

诗出唐·王昌龄《出塞》。题一作《从军行》。《出塞》是乐府《横吹曲辞·汉横吹曲》旧题，内容多写边塞军旅生活。“秦时”句：秦、汉虽在字面上分属月和关，但意义上是合指的，修辞上是“互文”。龙城飞将：指汉朝右北平太守李广。《史记·李将军列传》：“广居右北平，匈奴闻之，号曰汉之飞将军，避之数岁，不敢入右北平。”龙城，一作“卢城”，即今河北省卢龙城。胡：指北方少数民族。阴山：即今横亘于内蒙古自治区南境、东北接连内兴安岭的阴山山脉。这里泛指北方有战略意义的地区。这首诗的意思是：曾经照过秦汉时人的明月依然高挂，建筑于秦汉时的边关至今犹存，可是那些远征万里来到此地的守关战士，自秦汉以来，却很少有人能返回家乡。只要龙城太守李广那样的“飞将军”还活着，就一定不会让敌人入侵的兵马越过阴山南下内地。被誉为“诗家天子”的王昌龄，这首诗确实写得很出色，李攀龙曾推之为唐人七绝的压卷之作。沈德潜《说诗晬语》评曰：“‘秦时明月’一章，前人推奖之而未言其妙，盖言师劳力竭，而功不成，由将非其人之故；得飞将军备边，边烽自熄，即高常侍《燕歌行》归重‘至今人说李将军’也。防边筑城，起于秦汉，明月属秦，关属汉，诗中互文。”此诗表达战争给人们带来的牺牲，深沉而含蓄，希望有“飞将军”守卫边塞，情切而雄壮。后人常引用这首诗或只引前两句来表达思古之幽情。

例如

①……而轮到我和这位好友时，两人不约而同地朗诵了王昌龄的《出塞》诗：“秦时明月汉时关，万里长征人未还。但使龙城飞将在，不教胡马度阴山。”因为当时中越边境自卫反击战的战斗已经打响。（摘自姚洪赓《中秋倍思老山友》）

②倘若你登上了赵长城的废墟，那不断的雨丝，许又会扯起你思古之幽情呢。“秦时明月汉时关，万里长征人未还”。（摘自方滶《塞上的雨》）

③一国设门，也是为了开和关。这国门就是人们常说的“关”，“秦时明月汉时关，万里长征人未还。”古代的“关”，主要是从军事上说的。（摘自舒平《关于开和关的知识》）

④想到此雄心益壮，诗兴涌起，不禁要勒名题诗，抒发壮志豪情，标榜自己效法的楷模，这就是：戚继光一定要做一个像西汉“不教胡马度阴山”的“飞将军”李广那样的边将。（摘自王向峰《古典抒情诗鉴赏·戚继光的〈盘山绝顶〉》）

⑤追寻先贤的足迹，我们远离了都市的喧嚣，逐渐深入了寂寥、苍茫的戈壁滩，偶尔传来的马蹄碎步，独显弱水两岸的空旷和广延。夕阳下，破败的墙垣、坍塌的烽燧，早已不复有“秦时明月汉时关”的雄浑。（摘自罗桂环《弱水感怀》）

莫道不消魂，帘卷西风，人比黄花瘦。

语出宋·李清照《醉花阴》。词曰：“薄雾浓云愁永昼，瑞脑消金兽。佳节又重阳，玉枕纱厨，半夜凉初透。　东篱把酒黄昏后，有暗香盈袖。莫道不消魂，帘卷西风，人比黄花瘦。”此词黄升《花庵词选》题作《九日》，是写闺情的名篇，情深词苦，古今共赏。消魂：即销魂，因离别而引起愁情。帘卷西风：帘子被西风卷起。黄花：菊花。这几句词的意思是：不要说离别之苦不伤神啊，帘子被西风卷了起来，为思念远离的丈夫，人都憔悴了，比那九秋的菊花还要瘦弱几分呢！以新颖、奇特的比拟，吟出了女词人独居的旷苦心情。元人伊世珍《琅嬛记》卷中记载：“易安以《重阳·醉花阴》词函致明诚，明诚叹赏，自愧弗逮，务欲胜之。一切谢客，忘食忘寝者三日夜，得五十阕，杂易安作，以示友人陆德夫。德夫玩之再三，曰：‘只三句绝佳。’明诚诘之。答曰：‘莫道不消魂，帘卷西风，人比黄花瘦。’政（正）易安作也。”这段词史佳话，说明李清照此句的艺术技巧是高人一筹的。王世贞《艺苑卮言》说：“‘帘卷西风，人比黄花瘦’……字字俱妙。”《词论随笔》说：“‘黄花比瘦’，言情之善者也。”后人常引用这几句词来说明相思的苦情。

例如

①妻子元贞，大家闺秀，高雄富商之女，新婚才一年半，刚生下个胖小子，侯德健就把娇妻和爱子留在可望而不可即的海峡彼岸了。不久前，侯德健收到母亲托人从香港辗转带来的口信，元贞瘦多了。

是啊，“莫道不消魂，帘卷西风，人比黄花瘦”。可也是，“这次第，怎一个愁字了得”！（摘自胡思升《生命的三分之一》）

②“莫道不消魂，帘卷西风，人比黄花瘦。”丈夫被贬、被逐、被冤屈，使陈琏连夜失眠，全改了旧日丰满的模样。（摘自高建国等《陈布雷和他的女儿》）

③现在她有了作伴的花了，且非一般的花儿可比，它是伴过李清照的啊！李清照有词云：

帘卷西风，人比黄花瘦。

我们的这盆黄菊，花头大得像朵小葵花，沉甸甸的，须用小竹梢撑持。今非昔比，它也不跟李清照一道瘦下去，变胖了。（摘自忆明珠《菊、蟹与“阿Q的天真”——小天地庐漫笔之一》）

莫道桑榆晚，微霞尚满天。

语出唐·刘禹锡《酬乐天咏老见示》。诗曰：“人谁不顾老，老去有谁怜？身瘦带频减，发稀冠自偏。废书缘惜眼，多炙为随年。经事还谙事，阅人如阅川。细思皆幸矣，下此便翛然。莫道桑榆晚，微霞尚满天。”桑榆：指日落处。《名义考》卷二：“……《淮南子》：‘西日垂景在树端，谓之桑榆，谓晚也。’”桑榆晚：即日落晚景，这里比喻人的垂老之年。王勃《滕王阁序》有“东隅已逝，桑榆非晚”之句。微霞：指晚霞。微，一作“为”。这两句诗的意思是：不要说夕阳西下，天色已晚，看晚霞四射，还能映红整个天空。诗人以形象的比喻，表达出老而不衰，仍想干一番事情的乐观进取精神。后人常引用这两句诗来比喻年纪虽老而仍能干一番事情。

例如

①一个多小时在交谈中逝去。从先生家出来，已是傍晚时分，夕阳的余晖尚未消尽，披着淡淡霞光的松柏林在微风的吹拂下，发出沙沙的响声。忽然间记起古人的诗句“莫道桑榆晚，微霞尚满天。”（摘自迟美桦等《访黄药眠先生》）

②“莫道桑榆晚，微霞尚满天。”年过花甲的高级工程师宋忠恭继续在知识的海洋中遨游，在科技大道上跋涉、拼搏、登攀，真是个霜染鬓发情更浓。（摘自谭绵国《莫道桑榆晚 微霞尚满天——记高级工程师宋忠恭》）

③我曾谈过退休、离休的感想，认为如老有所用，则“莫道桑榆晚，为霞尚满天”，未尝不可做出对国家、社会有益的贡献。（摘自曾

敏之《望云楼随笔·刀下留情的呼声》）

④有一种理念叫与时俱进，有一种追求叫夕阳更红。在龙口，像姜永祥这样“退而不休”的老同志数不胜数。莫道桑榆晚，为霞尚满天。在龙口，老干部们正绽放着别样风采夕阳红。（摘自王成刚等《龙口重晚晴，更喜夕阳红》）

⑤在网民的队伍中，年轻人占了很大份额，老年网友人数较少。虽然数量较少，但是老年网友绝对算得上网络里的一道独特的风景。莫道桑榆晚，为霞尚满天。（摘自绘丹《互联时代，我邀奶奶去逛网》）

莫等闲，白了少年头，空悲切。

语出宋·岳飞《满江红》。词上阕曰：“怒发冲冠，凭栏处，潇潇雨歇。抬望眼，仰天长啸，壮怀激烈。三十功名尘与土，八千里路云和月。莫等闲，白了少年头，空悲切。”这是向来以“壮怀激烈”著称的名作。等闲：轻易，随便。这两句似从古乐府《长歌行》“少壮不努力，老大徒伤悲”化出。意思是：不要轻易放过大好年光，如果不趁少年力壮时努力建立功业，等老来满头白发，悲伤也无济于事了。后人常引用这几句词来勉励青少年要及时努力，珍惜年华，莫让光阴白白流逝，以致老来后悔。

例如

①空白再大并不可怕，从脚下可踩出成学的路。记住岳飞发自肺腑的金玉良言：“莫等闲，白了少年头，空悲切！”（摘自梁世楷《自修三议》）

②“天地存肝胆，江山阅鬓华”。让我们趁年轻，立定尚武志，投身军旅中，披肝沥胆，壮我中华，“莫等闲，白了少年头，空悲切”，做一个能文善武的热血男儿，做一个顶天立地的有为青年！（摘自杨玉辰《少年志尚武　老来无缺憾》）

③须知：生活的纤绳，就操在我们自己的手上。让我们拉紧生命的船，向美好的未来进发！让我们以岳飞的词句“莫等闲，白了少年头，空悲切”共勉：拉紧生活的纤绳走向理想的彼岸。（摘自程辉《拉紧生活的纤绳》）

④学习是学生的主要任务。教育学生珍惜时光，充分抓住人生的黄金时间，莫等闲，白了少年头，空悲切，要锐志以学。（摘自谢凌云

《抓好点线面，优化班级管理》）

⑤当时我用爱国将领岳飞的“满江红”激励自己，“莫等闲，白了少年头，空悲切”，只有刻苦学习，掌握科学知识，国家才能强盛，才能早日将日本帝国主义从中国国土上赶出去。（摘自陈清如《治学与人生——我的成长历程》）

莫愁前路无知己，天下谁人不识君？

语出唐·高适《别董大》二首之一。诗曰：“千里黄云白日曛，北风吹雁雪纷纷。莫愁前路无知己，天下谁人不识君？”知己：知心的人。王勃《送杜少府之任蜀州》：“海内存知己，天涯若比邻。”这两句诗的意思是：不要担心在你前去的路上遇不到知心朋友，天下的人谁不知道你的大名呢？诗题名曰别董大，实际上是抒写个人的不凡抱负和落拓不得其志的处境。语言洗炼，形象苍劲，警策动人。后人常引用这两句诗来赞誉别人才能出众，为天下人所赏知，以表示慰勉。

例如

①唐朝诗人高适有诗云：“莫愁前路无知己，天下谁人不识君？”人生遇到挫折，才华得不到施展与重视，这只是暂时的现象，有道是玫瑰，总会开花的。（摘自昕晔《莫叹你总不得志》）

②百刚夫妇涉世非浅，早察觉到达夫“醉翁之意不在酒”，只是碍着面子，不好当面点破，仍是以礼相待。此时，百刚见达夫吟出唐诗，也笑着和了两句，乃是高适之句曰：“莫愁前路无知己，天下谁人不识君？”（摘自肖波《新文坛外传》）

③……你一句话值千金，顶一张公文，顶一枚政府印章，你说你不认识这些部门，可你说出你的名来，天下谁人不识君呢？（摘自贾平凹《名人》）

④青山行不尽，绿水何处长。玩具行业仍是大有发展前景的产业，经营者只要善于和巧于经营，莫愁前路无知己。（摘自徐德志《永不玩腻的玩具》）

⑤品牌评价标准还是一个新生的事物，2013年参评的各个企业只是我国众多企业的缩影，我们希望有更多的企业参与进来，在此，我借用一句唐诗与大家共勉，莫愁前路无知己，天下谁人不识君。（摘自刘平均《国际标准助推品牌强国》）

衰兰送客咸阳道，天若有情天亦老。

语出唐·李贺《金铜仙人辞汉歌》。诗曰："茂陵刘郎秋风客，夜闻马嘶晓无迹。画栏桂树悬秋香，三十六宫土花碧。魏官牵车指千里，东关酸风射眸子。空将汉月出宫门，忆君清泪如铅水。衰兰送客咸阳道，天若有情天亦老。携盘独出月荒凉，渭城已远波声小。"衰兰：指秋天衰败的兰花。客：指铜人。这两句诗的意思是：秋天的兰花凋零了，也在咸阳道旁送铜人归去，天公不断地看到这种兴亡盛衰的变化，如果它是有情的，也会因哀伤而衰老。本是铜人离别汉宫的花木而去，却说是"衰兰送客"；又说老天有情也会衰老，正是以不老的天，衬托人事有代谢，草木有盛衰。用衰兰的愁映衬金铜人的愁，也就是诗人自身的愁，婉曲而新奇。后人常引用"天若有情天亦老"一句诗来抒发感叹盛衰之情。

例如

①然而，他却不会再回这斗室了，永远不再回了……

斗室呵，斗室，"衰兰送客咸阳道，天若有情天亦老"！（摘自徐柏容《明月不归沉碧海》）

②振宇心受触动，便说："中国有句诗：'天若有情天亦老。'那是同情的天泪。你妈妈知道你带着我的鲜花去了，她会安息的。"（摘自杨嘉《南国名医》）

③天若有情天亦老，人世尘寰，又是春风浩荡，姹紫嫣红。（摘自《芙蓉镇》）

④为了确保基本的研究时间与教学精力，导师有权拒填那些漫天飞舞而且颇有难度的量化表格，尤其有权拒绝自撰关于"学术地位"、"社会影响"之类无异于诱导和纵容自吹、有损填表者之尊严的表格。"衰兰送客咸阳道，天若有情天亦老。"如此填来填去，不仅无助于提高导师学术水准与指导能力，反而徒耗其学术生命，助长浮夸风气。（摘自郭世佑《导师的权利》）

⑤天若有情天亦老，冯丹阳的生活注定要充满意外。突然有一天，在没有任何征兆的情况下，她相守了6年之久的郑凯飞悄无声息地不辞而别。（摘自唐朝《以浮云之名》）

谁知对床语，胜读十年书。

语出宋·张孝祥《钦夫、子明、定叟夜话舟中，钦夫说〈论语〉数解，天地之心、圣人之心尽在是矣，明日赋诗以别》。诗曰：“江北我归去，湘西君卜居。谁知对床语，胜读十年书。不饮清无寐，来朋乐有余。明朝千里别，密处几曾疏。”这两句诗的意思是：谁能想到，与友人对床畅谈典籍，收获实在大，简直胜过读十年书啊。这是对友人的博学多才的赞语。后来被人们说成“与君一夕话，胜读十年书”等。今人常引用来说明通过交谈得到的收获很大，胜过读书。

例如

①他好像比我长十岁，而不是大一岁。我说：“与君一夕话，胜读十年书。”（摘自梁山丁《北征诗人——杨朔——东北作家群像之六》）

②讲得得法，有效果。“听君一夕话，胜读十年书”，那就尽可讲去；讲得不得法，效果欠佳，虽言者谆谆，但听者昏昏，学生尽盼望下课铃响，即使讲得少，也未可肯定。（摘自周铸《关于少讲和多讲的思考》）

③一个偶然的机会，我发现了贵刊，真是“同君一席话，胜读十年书”啊！就这样，我成为贵刊的读者，学到了很多说话的技巧。（摘自《我最喜爱这本杂志》宋子华语）

④有朋友来访，促膝长谈，互诉友情，交流思想，是生活中的一大乐事。宋朝著名词人张孝祥在跟友人夜谈之后，不禁发出“谁知对床语，胜读十年书”的感叹。（摘自小依《学会对付饶舌的常客》）

⑤于是，一言可以兴邦，一言可以悟道，一席话可以惊醒梦中人，一席话可以胜读十年书，一句话可以发隔夜之呕，一句话也能引来满门抄斩。（摘自刘墉《嘴里乾坤日月长》）

谁言寸草心，报得三春晖。

语出唐·孟郊《游子吟》。诗曰：“慈母手中线，游子身上衣。临行密密缝，意恐迟迟归。谁言寸草心，报得三春晖。”寸草：小草。比喻子女。心：草木初发的茎干也叫作心。这里是双关语。三春晖：春天里的阳光。比喻贫寒人家的母亲对子女的关心。这两句诗的意思是：谁说柔弱的小草，能报答春天里阳光的照育之恩。比喻儿女对母亲的心意不能报答母亲的恩泽于万一。后人常引用这两句诗来表达儿女不能报答母爱；或赤子不能报答祖国的养育之恩；或学生不能报答老师的培养之情。

例如

①我想，世间本来就没有过统一的思想，人们尽可以随意地说，但是草们却绝不会如此地没有心肝。孟郊的《游子吟》中“谁言寸草心，报得三春晖”已成流传千古的名句。足见寸草也是有心的。（摘自方漱《塞上的雨》）

②“谁言寸草心，报得三春晖”。陈尝经觉得自己就是这片国土上的一棵草。他愿意燃烧自己有限的生命，换取母亲的安宁，祖国的昌盛。（摘自林祁等《中国心——记从台湾归来的企业家陈尝经》）

③“谁言寸草心，报得三春晖。”海外同胞这种爱国爱乡，为中华之崛起而贡献自己的力量的热忱和行动，子孙后代是不会忘记的。（摘自陈敏《捐资办学爱国爱乡》）

④现在由于工作关系，我很少回家。常常在午夜梦回之时，对家的依恋就会化为深夜枕边的一缕清泪，我会不由自主地吟诵唐代孟郊的《游子吟》“慈母手中线，游子身上衣。临行密密缝，意恐迟迟归。谁言寸草心，报得三春晖。”我终于明白了在这世事变迁如浮云的世上，真正变不了、迁不动的，还是自己心上的家。（摘自王晓敏《心灵的驿站》）

⑤五月，因为母亲而庄严神圣。“慈母手中线，游子身上衣。临行密密缝，意恐迟迟归。谁言寸草心，报得三春晖。”母爱，是人类亘古不变的主题。（摘自张永生《五月在节日里飞扬》）

谈笑间，樯橹灰飞烟灭。

语出宋·苏轼《念奴娇·赤壁怀古》。词下阕曰：“遥想公瑾当年，小乔初嫁了，雄姿英发。羽扇纶巾，谈笑间、樯橹灰飞烟灭。故国神游，多情应笑我，早生华发。人间如梦，一樽还酹江月。”谈笑间：说说笑笑之间，表示轻而易举，不费力气。樯（qiáng）橹：代指船，这里指曹军的船舰。樯是船上挂帆的桅杆，橹是划船的桨。樯橹，一作

“强虏”，又作“狂虏”，指曹操和他的军队。灰飞烟灭：指曹操战船被周瑜部将黄盖用火攻全部焚毁。这两句词的意思是：说说笑笑之间，轻而易举地把曹操的战船烧成灰烬。下阕咏写三国时吴将周瑜纵火破曹之事，见《三国志·吴志·周瑜传》。词人用寥寥数笔，便勾勒出少年英雄的动人形象，借写周瑜的战功以抒发自己年近五旬而功名未立的感怀。后人常引用这两句词来形容轻而易举地战胜强敌。

例如

①远在苻坚入寇176年前，曹操率军破荆州，下江陵，舳舻千里，旌旗蔽空。然而指顾之间，樯橹灰飞烟灭。数十万之众，葬身于鱼腹了。（摘自曾秀苍《入峡小记》）

②试看真正运筹帷幄、决胜疆场，“谈笑间、强虏灰飞烟灭”的开拓型人物，不少倒是一些“干瘪老头”，如孔明、吴用之类。（摘自公今度《以“？”取人》）

③处长想好了，等明天吧，明天的什么时候——当然是自己气色最好、嗓音最宏亮、表情最生动的时候，到那俄罗斯建筑风格的高干病房去探视探视。非钟子期和俞伯牙在琴台相会不能如此的。高山流水。山不转水转。吉人自有天相。真人不露本相。谈笑间、樯橹灰飞烟灭。（摘自李本深《白太阳》）

④刚从学校出来时，大有一种周公瑾“羽扇纶巾，谈笑间、樯橹灰飞烟灭”的书生意气。等到真的与会计接触，激情不再，浪漫远离。（摘自黄磊《一个会计人的自白》）

⑤开阔的思路，缜密的逻辑，优美的学理，锐利的锋芒，都应成为批评必备的元素。探囊取物，心有灵犀，一针见血，直击腠理；谈笑间、樯橹灰飞烟灭。这样的批评真是令人拍案叫绝。（摘自张宗刚《我的批评观》）

流光容易把人抛。红了樱桃，绿了芭蕉。

语出宋·蒋捷《一剪梅·舟过吴江》。词曰：“一片春愁待酒浇。江上舟摇，楼上帘招。秋娘渡与泰娘桥。风又飘飘，雨又萧萧。 何日归家洗客袍？银字笙调，心字香烧。流光容易把人抛。红了樱桃，绿了芭蕉。”流光：流逝的光阴。这几句词的意思是：时光迅速不等人啊，转眼又到了夏天，樱桃红了，芭蕉绿了。词句以江南具体的夏天景物，说明时间过得太快，衬写出客子愁思和归乡的急切心情。后人常引用这几句词来说明光阴迅速以反衬愁情等。

例如

①“流光容易把人抛。红了樱桃，绿了芭蕉。”这是蒋捷的名句。它写时光倏忽，绘出色彩鲜艳的画面。从句子中摘出四字作为这篇小说的题目，的确是恰到好处的。（摘自李德才《命题妙，角度新——〈红了樱桃〉读后一得》）

②后来，颜克民老师穿过楼廊的时候，落起小雨来了，沙沙地打着那些树叶，热切地，又依旧漠然地。风又飘飘，雨又潇潇，流光容易把人抛。这是哪一位的句子呢？浮上心来，又还是一怀愁绪。（摘自何士光《青砖的楼房》）

③年光似水人易老，红了樱桃，绿了芭蕉。一晃就是几十年过去了。那件往事沉睡于我记忆的角落，几乎消失了，而眼前那个中年妇女的面貌、身姿却又叫它苏醒。我断定她就是当年我看到并且曾经抱过的小女孩。（摘自嵇鸿《火山口邂逅》）

④“流光容易把人抛。红了樱桃，绿了芭蕉。”时光之舟顺流而下，不肯停留片刻，转眼间又到了新旧交替的码头。（摘自马亚伟《但留馨香在心间》）

⑤走在路上，蓦然间发现道路两旁的树上已若隐若现地冒出新芽，赫然告诉我，春天已经来了！这让包裹严实、棉衣棉帽的我有些猝不及防，可不是吗？都已经立春了呢，真是“流光容易把人抛”啊！（摘自杨敏《穿过冬日暖阳，去看春日芳菲》）

流水落花春去也，天上人间。

语出五代·南唐后主李煜《浪淘沙》。词见“别时容易见时难”条引。宋·蔡绦《西清诗话》云：“后主归朝后每念江国，且念嫔妾散落，郁郁不自聊。遂作此词，念思凄惋，未几下世。”这两句词的意思是：（独自一人在夜幕降临的时候凭栏眺望，往日的无限江山，已难再见，）正像落花随着流水，一去不复返，天上人间成永诀，难道还堪凭栏眺望吗？抒发出对于亡国的哀叹。后人常引用这两句词，或只引前一句来表示春光逝去；或比喻大势已去，一切已成过去；也表示机会已经错过。

例如

①落花时节也暗示了当年的开元盛世，以及两人往日得意时光都将一去不复返了。用李煜的一句词来诠释，就是："流水落花春去也——天上人间。"（摘自陈友冰《极为深沉的人生叹喟——谈杜甫的〈江南逢李龟年〉》）

②这时候哪会有茉莉花？丁扬失望地摇摇头。鲜花易凋谢。流水落花春去也，天上人间。（摘自王方《雨后，到室外去》）

③落英缤纷固然具有一种独特的魅力，但是它会给人带来一种"流水落花春去也"的惆怅思绪；相反地，看到一行行蓓蕾满枝，间有一枝先发的樱花林，加上片片先开几日的梅花林，却会给人带来一种生气勃勃和前景无限的感觉。（摘自冯牧《樱花与梅花——东瀛纪事》）

④眼前种种，身边种种，流水落花春去也，越来越引发了我对"哀人生之艰"的心。（摘自韩小蕙《人生之悟（摘自两则）》）

⑤历史有个规律：一个稳定和谐的社会是，官员对平民有最大限度的谅解，平民对官员有最大力度的"挑剔"。否则，执政者悲歌"流水落花春去也"，老百姓憧憬"桃花源里可耕田"。（摘自应献《倒置的谅解》）

疾风知劲草，板荡识诚臣。

语出唐·太宗李世民《赐萧瑀》。诗曰："疾风知劲草，板荡识诚臣。勇夫安知义？智者必怀仁。"贞观九年（635年），唐太宗"以光禄大夫萧瑀为特进，复令参预政事。"赠他这两句诗，表彰他"不可以利诱，不可以死胁，真社稷臣也！"疾风：大风。劲（jìng）草：强劲的草。《后汉书·王霸传》："光武谓霸曰：'颍川从我者皆逝，而子独留，努力！疾风知劲草。'"《宋书·顾恺之传》："疾风知劲草，严霜识贞木。"比喻经历艰难困苦，经得起考验，才显示出坚强的意志和坚贞的节操。《板》、《荡》：都是《诗经·大雅》的篇名。《诗序》说："《板》，凡伯刺厉王也。""《荡》，召穆公伤周室大坏也。厉王无道，天下荡荡，无纲纪文章，故作是诗也。"因这两篇诗都反映乱世，所以作为"乱世"的借代。诚臣：即忠臣。这两句诗的意思是：只有经过猛烈大风的考验，才能知道什么样的草是强劲坚韧不可摧折的；政局混乱不安，社会动荡不定，才可以识别出谁是忠诚的臣子。后人常引用这两句诗来说明同样的意思，但多赋“诚臣”以新意，用指无产阶级革命事业的忠诚战士。

例如

①唐太宗李世民曾写过两句诗叫作“疾风知劲草，板荡识诚臣。”（《赠萧瑀》）如果我们扬弃它所带有的一点封建色彩，那么在今天看来，也是正确的。在国家和人民危难之秋，在严峻的考验中，梅林与欧阳平这两代革命者，把个人的生死置之度外，坚强不屈、无私无畏地为真理而斗争，表现出共产党员和革命者的高贵品质和浩然正气。（摘自潘旭澜《艺术断想·相反相成》）

②行走在乡村田间小道，你会发现成熟了的水稻、小麦、高粱，无不低下深思熟虑的头，这是诚实守信、感恩回报的低调；大雪压顶，寒风凛冽，秀木易折，而小草却依旧岿然不动，路遥知马力，疾风知劲草，这是坚韧顽强、不屈不挠的低调；野生河蚌生活在江河底层，沉浸在汹涌波涛下，默默无闻地孕育着珍珠，这是无私无畏、敬业奉献的低调……（摘自胡春麟《万物皆道理》）

③有道是：疾风知劲草，国难见忠臣。身为御史言官的钱峰，屡向乾隆帝冒死进谏，一本参劾十个督抚滥权贪渎、欺君虐民之罪。（摘自楚汉《官到能贫乃是清》）

④在特定的环境中，人才的作用才能够发挥出来，唐太宗有一句话“疾风知劲草，板荡识诚臣”。人的才能及优点有时需要借助于特定的情形才能更好地施展。（摘自张茹《浅析我国企业如何识人用人》）

粉骨碎身全不怕，要留清白在人间。

语出明·于谦《石灰吟》。诗曰：“千锤万击出深山，烈火焚烧若等闲。粉骨碎身全不怕，要留清白在人间。”这首诗写作时，于谦年17岁。借咏石灰以言志，表现了诗人不畏艰险、勇于自我牺牲的献身精神和坦荡襟怀。击，一作“凿”。“烈火”句，一作“烈火光中走一番”。粉骨碎身，一作“粉身碎骨”。全，一作“浑”。清白：“清白”的谐音。这里用石灰的洁白比喻正直的人生。这两句诗的意思是：虽然身体破碎成粉末，但一点也不惧怕。要的是在人间留下“清白”的品行。后人常引用这两句诗来表示做人要清白正直。此诗异文较多，引用时也或有改动，或借表它意。

例如

①又如，在公路上见到“英雄车”相撞，残骸狼藉，他驾车驰过，会说：“这才是粉身碎骨浑不怕，要留清白在人间哩！”（摘自赵瑜《中国的要害》）

②直到在她声名狼藉，受到单位严肃批评教育后，她绝望了，在一个漆黑的夜晚，她给剧团领导留下了一纸“要留清白在人间”的字条，乘上西去的公共汽车，在一家饭店吞下了大量安眠药片。（摘自沙池沼《金菊新生记》）

③因此，作为带兵人，要像石灰那样，“千锤万凿出深山，烈火焚烧若等闲。粉骨碎身全不怕，要留清白在人间”。只要把自己的品行搞正了、形象树好了、官德扶直了，育人便成了一件很简单的事情。（摘自蒲兴友《谨防“塔西佗陷阱”》）

④国人历来推崇“宁为玉碎，不为瓦全”的英雄节操，赞扬“富贵不能淫，贫贱不能移，威武不能屈”的浩然气节，寄情“要留清白在人间”的美德，看重“出污泥而不染”的品格。（摘自齐夫《为官当养骨气》）

⑤“精美的石头会唱歌”，石头村里这比比皆是、千锤万击出深山的石头，续唱着“要留清白在人间”的不朽情操，这日日远处而来的赏石人，续听着宁为玉碎、不为瓦全的风骨。（摘自春林《石头村里读石头》）

读书破万卷，下笔如有神。

语出唐·杜甫《奉赠韦左丞丈二十二韵》。诗中句曰：“甫昔少年日，早充观国宾。读书破万卷，下笔如有神。赋料扬雄敌，诗看子建亲。李邕求识面，王翰愿卜邻。自谓颇挺出，立登要路津。致君尧舜上，再使风俗淳。”破：尽，遍，透。这两句诗的意思是：我读书极多，不下万卷，因而下笔写作，左右逢源，才思风发，如有神助。诗人这里是向前辈自述才学，大有踌躇满志之慨，但绝非狂妄之语。它道出了读书与创作的关系，读书如采花，创作如酿蜜，确是经验之谈。后人常引用这两句诗来说明读与写的关系，或只引后一句来说明才思敏捷，写作神速。

例如

①至于有人说，初学写作的青年不应该读那么多的书，那是不对

的。唐代大诗人杜甫有句名言，叫作“读书破万卷，下笔如有神”。是一句真理。不读书的人是属于不学无术，而不学无术的人能写作，世界上恐怕还没有。（摘自李惠文《写作主要靠生活》）

②语文学习与写作实践的关系如何？怎样提高写作的能力？有人说，杜甫的“读书破万卷，下笔如有神”，是不是说书读得多了，自然能写出好文章来？怎么有的大学生也写不好一篇短文？（摘自刘叶秋《漫谈读和写》）

③杜甫有诗道：“读书破万卷，下笔如有神”。在文字资料极度贫瘠的家具研究领域，一件明代家具便是一篇绝妙文章。（摘自陈四益《王世襄素描》）

④“知识就是力量”，“书籍是人类进步的阶梯”，“读书破万卷，下笔如有神”，古今贤哲对读书的重要性都有精辟的论述。“知识改变命运”也让许多成功人士有切身的体会。（摘自陆正之《祈愿书香飘万家》）

⑤杜甫说得好：“读书破万卷，下笔如有神。”读书和练笔两者有机统一，才能达到“神”的境界。只读书不练笔，是囫囵吞枣，泛泛而读，结果只能是收效甚微；只练笔不读书，是无水之源，最终只能落个山穷水尽的地步。（摘自王蕴芬《小小练笔，大有作为》）

窈窕淑女，君子好逑。

语出《诗经·周南·关雎》。诗第一节曰：“关关雎鸠，在河之洲。窈窕淑女，君子好逑。”窈窕（yǎo tiǎo）：文静而美好的样子。淑：温和善良。君子：当时贵族阶级男子的通称。好（hào）：男女相爱。逑（qiú）：配偶。好逑：这里用作动词，是爱慕而希望结成配偶之意。这两句诗的意思是：苗条的姑娘真美好，公子哥想娶她作配偶。后人常引用这两句诗来表示男子对女子的爱慕追求，或比喻对美好事物的追求。

例如

①她闪着亚热带阳光的脸盘上，几点深颜色的雀斑，更显示着勃发的诱惑力，阿瑞见到她，青梅竹马的稚气早已成为过去，“窈窕淑女，君子好逑”之情，便在心中萌动。（摘自杜峻《女人，熵和厄运》）

②她那个研究生院是学社会科学的，新闻、哲学、各种历史……其

中除了书还容得下大大的生活空间，显然比毗邻的几个自然科学研究生院要活跃、丰富、自由自在得多。于是“窈窕淑女，君子好逑”，千古不变的规律特别地通行起来。（摘自胡建《吸力》）

③在文学社里，有个小伙子问我：搞对象要个什么样的？小伙子是写诗的，在报刊上发了一些爱情诗，写得挺好的。问我，我就说：窈窕淑女，君子好逑。一个姑娘家，还怕没人爱吗？（摘自尹玉如《卖菜的妹子十八九》）

④而女性的宠儿则是唐代柳公权“端雅、犀利、透骨、露筋”的《玄秘塔碑》，让女人变得更加乖巧、柔弱、细腻，一副窈窕淑女君子好逑之态。（摘自璐徽《纸香墨飞的古老情怀》）

⑤当前，使爱情诞生的是一纸房产证，这个证书比窈窕淑女君子好逑更有力，爱情会在证书里萌芽，成长。（摘自张国宇《待我长发及腰……》）

借问酒家何处有？牧童遥指杏花村

语出唐·杜牧《清明》。诗曰：“清明时节雨纷纷，路上行人欲断魂。借问酒家何处有？牧童遥指杏花村。”酒家：卖酒的人家，酒店。杏花村：其说不一，一说为今山西省汾阳县的杏花村；一说为今安徽省贵池县的杏花村。这两句诗的意思是：想询问一下，附近什么地方有酒店呢？放牧的孩子没有开口，而是用手指着远处盛开着杏花的一带村庄。“遥指”二字，引读者生发联想，杏花村庄深处，酒旗斜矗，诗境美妙，意味隽永。后人常引用这两句诗来说酒店、谈杏花之类。

例如

①杏花盛开的园林中，喝上一杯香醇浓郁的美酒，不禁想起“借问酒家何处有？牧童遥指杏花村”的诗句，难怪到过古达的同志都亲切地把它称为“杏花村”。（摘自陈积昌等《春游古达》）

②公共厕所的安排，需要有一定的艺术手法。既不宜于显著张扬，又不宜于隐蔽难见。我想借用两句唐诗的意境来作比拟，诗曰：借问“酒家”何处有？牧童遥指杏花村。（摘自石生《闲话厕所》）

③汾酒名气之大，有唐诗作证：“借问酒家何处有？牧童遥指杏花村”。无独有偶，并不在十大名酒之列的杜康酒，据云也有酒之“鼻祖”的桂冠。（摘自李连泰《从二泉说到酒》）

④多少乡间往事、儿时趣事，变得诗意盎然。牧童的身影，总在酒精的伴随下，由清晰变得朦胧，又由朦胧变得清晰——借问酒家何处有，牧童遥指杏花村。（摘自包光潜《风雨牧归路》）

⑤“清明时节雨纷纷，路上行人欲断魂。借问酒家何处有？牧童遥指杏花村。”走进那遥遥的村落，一片醉意朦胧的杏花春图，把酒临风，无须浅尝，便醉在了其中。（摘自周广玲《杏花探春》）

请君莫奏前朝曲，听唱新翻《杨柳枝》。

语出唐·刘禹锡《杨柳枝词》九首之一。诗曰：“塞北梅花羌笛吹，淮南桂树小山词。请君莫奏前朝曲，听唱新翻《杨柳枝》。”翻：创作，创新。《杨柳枝》：源于乐府旧曲。乐府横吹曲中有《折杨柳》曲，鼓角横吹曲中有《折杨柳歌辞》、《折杨柳词》，相和歌辞中有《折杨柳行》，清商曲辞中有《月节折杨柳歌》，多为汉魏六朝时的作品，五言古体。唐代诗人白居易、刘禹锡、李商隐、温庭筠、薛能等多用其旧题而制新词，改七绝体。这两句诗的意思是：请你不要再演奏前朝的旧曲了，听听我新制作的《杨柳枝》词吧。诗人借劝演新制之曲，表现出他反对因循守旧，主张不断革新的进取精神。这后两句诗含蕴丰富，饶有启发意义。后人常引用来说明弃旧图新之意。

例如

①老调子过了时，总不讨人喜欢，所以，成语“老调重弹”带有明显的贬义色彩。唐代诗人刘禹锡有两句诗曰：“请君莫奏前朝曲，听唱新翻杨柳枝”，“前朝曲”想来也就是老调子。（摘自苗恩生《老调重“谈”》）

②我是主张“请君莫奏前朝曲，听唱新翻杨柳枝”的。需要说明的是，我在这里所说的“前朝曲”绝不是指我们民族的优秀的音乐文化传统，对于我们民族的优秀的文化传统，我们是要继承与发扬的。（摘自晓星《贯彻中央指示精神，努力提高歌词质量——在歌词创作座谈会上的发言》）

③整台演出无论从作品质量、演奏水平还是服装设计、安排次序上都相当新颖、合度、有魅力，颇具大家风度。用一句话来概括观众的感受，那便是“听唱新翻杨柳声”。（摘自曾毅《听唱新翻杨柳声——中国艺术音乐、舞蹈节目巡礼》）

④“请君莫奏前朝曲，听唱新翻杨柳枝”。隆隆的发动机声代替了川江号子声。尽管如此，我们也有必要把川江号子记录下来，因为这是我们川人的历史文化遗产。（摘自许增泽《川江号子》）

⑤“请君莫奏前朝曲，听唱新翻杨柳枝。”贾传华在舞蹈编排上不落窠臼，敢于创新，30多年电力工作生活的积累，是她灵感、想象及创作的不竭源泉和动力。（摘自冯勇《梦追霓裳》）

十一画

随风潜入夜，润物细无声。

语出唐·杜甫《春夜喜雨》。诗见“好雨知时节……”条引。潜：悄悄地。润：滋润。这两句诗的意思是：春雨随着春风，在夜间悄悄地降落，无声无息地滋润着万物，不为人们所知觉。联系首联，浦起龙谓：“起有悟境，从次联得来。于‘随风’、‘润物’悟出‘发生’，于‘发生’悟出‘知时’也”。（《读杜心解》）描绘工细，体物入微。后人常引用这两句诗来说明时雨润物之泽，或比喻教育的潜移默化。

例如

①小说、散文是“随风潜入夜，润物细无声”地感染读者，像“食补”，消化功能不太好的“食客”让大部分“营养”排泄了。（摘自燃兮《管窥蠡测说杂文》）

②此时，“汉族离不开少数民族，少数民族离不开汉族”的主题思想，像“随风潜入夜，润物细无声”的春雨，悄然不觉地浸透到观众的心灵之中。（摘自赵立魁《不是亲人胜似亲人——影片〈亲人〉观后》）

③从人一降生起，文化就从衣食住行各方面制约着人，并且，如同“润物细无声”的春雨，悄悄地在人心上刻下印记。（摘自聂莉莉《润物细无声——漫谈社会与文化》）

④教育大境界往往成于小视野，匠心独运的教育细节就像春雨“随风潜入夜，润物细无声”，滋润出绿草成茵，培育出参天大树。（摘自曹永浩《教育藏于细节》）

⑤随风潜入夜，润物细无声。微传播的“细雨”，移动通信和新媒体技术的快速发展，在改变着媒体生态环境的同时，也改变着我们的生活。（摘自陆高峰《微传播，侵入我们生活的“客人”》）

黄河之水天上来，奔流到海不复回！

语出唐·李白《将进酒》。诗见“人生得意须尽欢……”条引。此诗作于颍阳山，颍阳去黄河不远，登高纵目，故借这两句起兴。意思是：黄河源远流长，落差极大，如从天而降，奔腾浩荡，一泻千里，东走大海，再不回返。诗人“自道所得”，语带夸张，为后文感叹人生短促，从反面蓄势，手法巧妙。后人常引用这两句诗或只引前一句来描写黄河的气势等。

例如

①“黄河之水天上来，奔流到海不复回。”

黄河，你哺育了自己的子孙，却又带来了多少灾难；你是我们民族不屈的象征，却又那么桀骜不驯……“制服黄河，造福中华”，这是中华民族千百年来的夙愿，只有在新中国，梦想才变成了现实。（摘自王春声《制服黄河锁龙头》）

②1983年5月离开了晋西北，渡过九曲黄河，走进陕甘宁边区的时候，忽然想起李白的诗句：“黄河之水天上来，奔流到海不复回。”李白的天才不仅写出祖国的山河面貌，更重要的是写出了中华民族的气魄……（摘自马加《黄河之水天上来——纪念柯仲平同志逝世二十周年》）

③不错，一人泉太小，品外泉太浅，远不如“黄河之水天上来，奔流到海不复回”（李白《将进酒》）那么气势磅礴，也不如“浙江八月何如此，涛似连山喷雪来”（李白《横江词六首》）那么来势凶猛。（摘自王向东《水不在深》）

④景区的主人提醒我，这不是一湖水，这分明是黄河！“黄河之水天上来”，“浪涛风簸自天涯”，一切磅礴与粗粝，在此幻化为温柔与娇媚。（摘自赵玙《柔情黛眉》）

⑤只因音乐家冼星海在壶口瀑布谱写出鼓舞人民斗志的《黄河大合唱》，又因唐代诗人李白诗云“黄河之水天上来，奔流到海不复回”，我对世界最大瀑布之一的黄河壶口瀑布总有一分期待。（摘自马婧婧《壶口观瀑》）

接天莲叶无穷碧，映日荷花别样红。

语出宋·杨万里《晓出净慈寺送林子方》。诗曰：“毕竟西湖六月中，风光不与四时同。接天莲叶无穷碧，映日荷花别样红。”别样红：红得特别出色。这两句诗的意思是：与天际相接的莲叶是一片无穷无尽的碧绿，与朝阳映照的荷花是特别出色的红艳鲜明。这是一副绝妙的对联。莲叶荷花，红绿映衬，真是诗中有画。后人常引用这两句诗来形容比喻美丽多彩的事物。

例如

①“接天莲叶无穷碧，映日荷花别样红。”这二句脍炙人口的诗句，说的是六月里盛开的荷花的壮观景象。这种令人神怡的风景，我们只能到郊旷田园的池塘边去欣赏。今有一种花卉技艺——碗莲，却能补以上之憾。（摘自夏启椒《朵朵莲花碗中开》）

②晚上看秧歌就更是别有一番情趣了，一色粉莲纸扎成的荷灯，像衬在水里一样，又透溜又鲜亮。再配上用光纸剪成的荷叶，泛着绿莹莹的光，真是“接天莲叶无穷碧，映日荷花别样红”呢！（摘自魏丹《秧歌舞起千番情》）

③我是想试一试自己，看看还能不能写点东西。现在，信心略有增长。“接天莲叶无穷碧”，指生活可以这样说，“映日荷花别样红”，就完全没有把握了。（摘自范国华整理《乐观的悲剧——谈〈冷暖灾星〉》）

④南方是啥样？是“千里莺啼绿映红”、“春来江水绿如蓝”，是“接天莲叶无穷碧”、“山色空蒙雨亦奇”，是“万山磅礴水泱漭”、“江流曲似九回肠”，是“余霞散成绮，澄江净如练”，是“星垂平野阔，月涌大江流”，是“江流天地外，山色有无中”……（摘自谭萍《诗意南方》）

⑤“接天莲叶无穷碧，映日荷花别样红。”荷叶不仅供人欣赏还能入药、入馔，为人类作出了很大贡献。荷叶还可以直接入菜，也可以作为配料。（摘自马盼盼等《清香四溢荷叶菜》）

梧桐更兼细雨，到黄昏、点点滴滴。

语出宋·李清照《声声慢》。词见“寻寻觅觅……”条引。兼：再加上。这两句词的意思是：晚来风急，吹动得梧桐树叶发出声响，再加上小雨打叶，一点点，一滴滴，这孤独与愁苦使人几乎无法忍受。此词开头连用十四叠字，十分著名。“后叠又云：‘梧桐更兼细雨，到黄昏点点滴滴’，又使叠字。俱无斧凿痕。”（宋·张端义《贵耳集》）后人常引用这两句词来形容秋雨给人们带来无限愁情之类。

例如

①也有“凄风苦雨”，“秋风秋雨愁杀人”，“梧桐更兼细雨，到黄昏、点点滴滴”。其实那倒不一定是“一场秋雨一场寒”的秋天。即使这样的天气也给繁忙的人们带来休息，带来希望，带来遐思。（摘自王蒙《雨·船》）

②人们说：诗中有画，画中有诗。王实甫的《西厢记》长亭送别是“碧云天，黄花地，西风紧，北雁南飞”，李清照写愁情是“梧桐更兼细雨，到黄昏点点滴滴”，都是情景交融的。这种含蓄隐秀的手法，大有利于调动观众的思维活动。（摘自韩尚义《环境·情景·意境》）

③自从那个梧桐更兼细雨的黄昏你留下独自的我，我的日子就已不再平淡。（摘自程黎眉《平淡的日子》）

④说起梧桐，人们在“高大”、“挺拔”这些词的背后，更多地会联想到“梧桐更兼细雨，到黄昏、点点滴滴，这次第，怎一个愁字了得。”“寂寞梧桐，深院锁清秋”等充满忧愁的婉词丽句。于是，因为人心的悲凉，梧桐定格成了寂寞的代名词。（摘自廖华玲《梧桐不寂寞》）

⑤“梧桐更兼细雨，到黄昏、点点滴滴”，收获了什么？天晓得。远游归来，未名湖畔秋星灿烂，落叶飘摇。（摘自张京华《燕赵之风：秋游日记》）

野火烧不尽，春风吹又生。

语出唐·白居易《赋得古原草送别》。诗曰：“离离原上草，一岁一枯荣。野火烧不尽，春风吹又生。远芳侵古道，晴翠接荒城。又送王孙去，萋萋满别情。”前四句诗的意思是：蓬勃茂盛的古原上的野草，每年都要有一次枯萎，有一次繁荣。草枯了，野火烧掉了败叶，但烧不掉深深扎在沃土里的根，春风一吹，它又茁壮地发芽、生长起来。写野草顽强，火烧不尽，正形象地写出了作者送别时的离情是斩不断烧不绝的。此诗为白居易十五六岁时所作。据宋·尤袤《全唐诗话》卷二：“乐天未冠，以文谒顾况，况睹姓名，熟视曰：‘长安米贵，居大不易。’及披卷读其《芳草诗》，至‘野火烧不尽，春风吹又生’，叹曰：‘我谓斯文遂绝，今复得子矣，前言戏之耳。’”这颔联两句诗极为出名。后人常引来，或用其本意，或比喻新生事物是扼杀不了的，暂时受压，终必兴旺，暂时失败，终必胜利。

例如

①我们的小草，在那纤细的弱小的身躯里，竟然蕴藏着这么强大的生命力，难怪古代诗人写下的咏草诗句“野火烧不尽，春风吹又生”，千载之后，读来仍然使人激动不已！（摘自黑瑛《青青草》）

②“野火烧不尽，春风吹又生”。枯干的蒿草被春风吹动，化成绿茵茵的茵陈，多么鲜嫩，多么水灵，像那边框左上角的小花，欣欣向荣。（摘自张旺模《三月的茵陈》）

③“野火烧不尽，春风吹又生。”一到春天，漫山遍野，向大地显露着无限生机的，依然是那一望无际的青青翠竹！（摘自袁鹰《井岗翠竹》）

④如果你是一颗草，那就不要像树一样伟岸，你应该演绎出“野火烧不尽，春风吹又生”的柔韧与顽强。（摘自丁松英《树与草的哲思》）

⑤每年杂草疯长的夏天，姑姑会将草割去喂牲口，而冬天杂草干枯的时候就以火烧的方式将其清除，以显得土地光滑平整。而野火烧不尽，春风吹又生，这种刀割火烧的办法只能维持短暂的时日，斜坡上依然杂草横生，出门看见总觉得不规整。（摘自冯娜《给灵魂的旷野种上庄稼》）

鸳鸯绣了从教看，莫把金针度与人。

语出金·元好问《论诗》三首之二。诗曰：“晕碧裁红点缀匀，一回拈出一回新。鸳鸯绣了从教看，莫把金针度与人。”从教看：任意让人看，随便教人看。“莫把金针”句：冯翊子（一说为五代时的严子休）《桂苑丛谈》：“郑侃女采娘，七夕陈香筵，祈于织女曰：‘愿乞巧’。织女乃遗一金针，长寸余，缀于纸上，置裙带中，令‘三日勿语，汝当奇巧’。”后以“金针度人”为传授秘要、决窍之辞。《元诗纪事》卷三引《月山诗话》：“元遗山诗，喜用古人成语，陶、杜句尤多，论诗绝句‘鸳鸯’云云，亦是古句，朱子云：子静说话，常用两头明，中间暗，其所以不说破，便是禅。所说‘鸳鸯绣了从教看，莫把金针度与人’，他禅家自爱如此。”这两句诗的意思是：鸳鸯图刺绣好了可以随便人家观看，欣赏，却不能把绣花金针传送给别人。诗画本一律。苏东坡曾说王维“诗中有画”，“画中有诗”（《书摩诘蓝田烟雨图》）。这两句诗是用绘画、绣花作比喻，来阐述论诗的观点的：写出的诗，有声有色，自然清新，可以给别人阅读，但写诗的“秘要”、“决窍”却无法传授给别人。这是诗人创作经验的总结。后人常引用这两句诗来比喻美妙的作品可以示人，而创作技巧不能传人。

例如

①古今的作家，多半又是“鸳鸯绣了从教看，莫把金针度与人”（元好问诗句）的，愈是好的作品，愈是天衣无缝；不寻绎它的针线之迹，又无从辨识针黹之功。（摘自傅庚生《文学赏鉴论丛·前言》）

②元遗山有这样两句诗：“鸳鸯绣了从教看，莫把金针度与人”，这是不正确的态度，而我们是要“勤把金针度与人”。训练学生养成查字典的习惯，就正是学习汉字的“金针”之一。（摘自张寿康《中学语文课的文字教学工作》）

③语言学家吕叔湘在中学语文教学研究会成立大会上的讲话中，提倡要反对注入式的教学方法。他引用了“鸳鸯绣取从君看，不把金针度与人”的古诗，叮嘱我们千万别做这种“不把金针度与人”的绣工。（摘自李榷《金针还须度与人》）

④元好问有两句诗：“鸳鸯绣了从教看，莫把金针度与人。”我们教师不只要绣出鸳鸯给学生看，还要“把金针度与人”，让学生自己绣出更多更美的鸳鸯来。（摘自李营海《教改与创新》）

⑤“绣出鸳鸯凭君看，莫把金针度与人”，有质量的精品力作不只是一双绣鸳鸯，还是一根闪闪的金针。思想如水，润物无声，凡精品力作，都超出了实践的范围而有了理性的意义。（摘自赵畅《著文贵乎精》）

清水出芙蓉，天然去雕饰。

语出唐·李白《经乱离后天恩流夜郎忆旧游书怀赠江夏韦太守良宰》。诗中句曰：“览君荆山作，江鲍堪动色。清水出芙蓉，天然去雕饰。”芙蓉：荷花。雕饰：指文章雕琢。这两句诗是李白称赞韦太守文章写得清新、自然，不事雕琢而明媚成趣。意思是：太守的文章如同清净的池水中亭亭玉立的荷花，天然美丽，不用人工去雕琢。用之于韦太守，实属奉承之词，而李白自己的作品却正是如此。他极力推崇追求这种文章风格。后人常引用这两句诗来评价李白的作品或其他不事雕琢、真率自然的诗文等作品。

例如

①诗人（李白）快速捕捉这一刹那间的映象，遂成此诗，真可谓“清水出芙蓉，天然去雕饰”的绝妙之作。（摘自康怀远《“明镜”别解》）

②他最欣赏美国作家海明威的作品，称道其文字洗练、准确、有力。古龙语言风格明显受其影响，但更具有中国古典通俗小说特色：清水出芙蓉，天然去雕饰。（摘自蓬生《台湾武侠小说家古龙之死》）

③这是一幅乡间暮雨图，画面选取的是夏天骤雨初歇云开日露的一刹那。笔调是平和徐缓的，用词极朴素，可以说是“清水出芙蓉，天然去雕饰”，传达出一种喜悦中透着闲适的情绪，也许还有一点淡淡的哀愁。（摘自郭宏安《译诗评点》）

④许是厌倦了浓妆艳抹的掩饰，人们渴慕的“神仙姐姐”，往往也是淡妆雅服，浑身洋溢着“清水出芙蓉，天然去雕饰”的淡雅气质，淡远出尘、一袭素纱、明眸浅笑，美丽至极。（摘自张金刚《淡》）

⑤我喜爱荷花，曾到许多地方看过荷塘。古人云：“清水出芙蓉，天然去雕饰。”窃以为，荷花之美在乎天然，赏荷的境界也在天然。（摘自谢胜江《雅儒荷塘》）

清明时节雨纷纷，路上行人欲断魂。

语出唐·杜牧《清明》。诗见“借问酒家何处有……”条引。欲：好像。这两句诗的意思是：清明节这一天，细雨纷纷降落，路上的来往行人，触景伤情，怀念起已故的亲人，一个个心情沉痛，像断了魂似的。既是描写春雨，也是形容情绪，而主要在于形容情绪。景中含情，景即是情。后人常引用这两句诗来描写春雨，借景抒情。

例如

①江南三月，是个多雨的季节，所谓“清明时节雨纷纷，路上行人欲断魂。”这雨滋润着万物，勃发着生机，也给山水披上了一层空濛润湿的色彩。（摘自陈友冰《水乡风景画　江南春汛图——张志和〈渔歌子〉赏析》）

②冰兄运用的讽刺技巧，因长于诗词歌曲更显灵活多变，如《酬赠

图》套用《诗经》辞句，《大猫跳小猫跳……》借用儿歌《精憎鬼厌》中的“清明时节雨纷纷，游子回乡拜山坟。眼见发财机会到，阿庚拉队走捉人……”显然有从杜牧和杜甫诗里借来的调调。（摘自方成《时代的缩影——看张乐平和廖冰兄画展》）

③“清明时节雨纷纷”，今日虽无雨，但满天阴霾。也叫人“断魂”啊！（摘自吴若增《离异——一个当代中国男人的内心独白》）

④都怪几百年前的那个唐人杜牧，一句“清明时节雨纷纷，路上行人欲断魂”，便将清明节涂抹上了凄冷悲哀的灰色调。（摘自婷婷《抓住春天的尾巴》）

⑤“清明时节雨纷纷，路上行人欲断魂。”虽然生命的乐章没有休止符，但有时也须“停下脚步，等等灵魂”，祭扫宗祠，凭吊先人，就是生命与灵魂的相惜、交流和对话。（摘自张传悦《网祭——别样哀思一样情》）

剪不断，理还乱，是离愁。别是一般滋味在心头。

语出五代·南唐后主李煜《乌夜啼》。词曰：“无言独上西楼，月如钩。寂寞梧桐深院锁清秋。 剪不断，理还乱，是离愁。别是一般滋味在心头。”下阕这几句词的意思是：这恼人的愁绪如团团丝线，剪也不断，理了还乱，另有一种滋味在心中，难以言传。词写离恨，明白如话，妙在把抽象的愁绪写得十分具体，既可“剪”，又可“理”，实际上是把离愁比作乱丝，而喻体又隐而不露。宋·黄升说：“此词最凄惋，所谓亡国之音哀以思。”（《花庵词选》）王闿运赞道：“词之妙处，亦别是一般滋味。”（《湘绮楼词选》）后人常引用“剪不断，理还乱”两句词来说明感情的缠绕难断或头绪不易弄清；或引用“别是一般滋味在心头”来说明对离愁的特殊感受。

例如

①把这一切，都交给虔诚的乡情去烹煮吧，这剪不断，理还乱，别是一般滋味在心头的乡愁啊。（摘自陈金山等《魂兮归来》）

②我不是为了她而离婚的，老天爷可为我作证，我也不必为此自责。但是，既然有了她，难道就不应该抓紧么？准是有许多剪不断、理还乱的因素，堵在我的下意识里，让我也一时说不清。（摘自吴若增

《离异——一个当代中国男人的内心独白》）

③家茵伏在桌上哭。桌上一堆卷曲的绒线，“剪不断，理还乱。”（摘自张爱玲《多少恨》）

④今夜，在剡溪边上又听到《渔光曲》，更使我感到亲切，在胸中似有一种“是离愁，别有一番滋味在心头”的感觉。（摘自周艾文《剡溪岸边怀任光》）

⑤会上，专家发言无不关注数字传播技术带来的媒体传播现实、理论与教学的变化，由此引起的感慨、展望、担忧、沉思……可谓五味杂陈。听着发言，不禁想起李煜的词《相见欢》中的后两句：“剪不断，理还乱，是离愁。别是一般滋味在心头。”（摘自黄芝晓《剪不断 理得清》）

假作真时真亦假，无为有处有还无。

语出清·曹雪芹《红楼梦》第一回，太虚幻境对联。这两句对联的意思是：把假的当作真的，真的也就成了假的；把没有的当作有的，有的也就成了没有的了。“作者用高度概括的哲理诗的语言，提醒大家读本书要辨清什么是真的、有的，什么是假的、无的，才不至惑于假象而迷失真意”（蔡义江《红楼梦诗词曲赋评注》评语）。后人常引用这两句对联或只引前一句来说明以假乱真之类。

例如

①看来，“传”的厉害不可小觑。它能把假的传成真的，也能把真的传成假的，“假作真时真亦假，无为有处有还无”。（摘自季洪余《察“传”》）

②《红楼梦》中有句诗颇富哲理：假作真时真亦假；《水浒》中的李鬼，《西游记》中的六耳猕猴，固然也曾一度以假乱真，但最终仍要现出原形。（摘自郭全《圣水盆的启示》）

③中秋佳节，好友聚会，我拿出一瓶酒来助兴，却遭到朋友们一致“拒喝”，理由是“杜康酒”里有好几种是假冒的，商标装潢一模一样，“谁敢保证你这一瓶喝不死人？”我怎么解释也没用，只好摇头叹息“假作真时真亦假”，留着那瓶酒自己慢慢独享。（摘自安陵《假作真时真亦假》）

④“假作真时真亦假，无为有处有还无”。这话出自曹雪芹，其

中的哲学意味，成了今天某些人在官场上混世的原则。所谓把实事办虚，把虚事说实，正是这些人的“功夫”。（摘自秦海《官场“虚实”论》）

⑤《红楼梦》中说，假作真时真亦假。“转疯了”的鼓动、“集赞送礼”的利诱、“不转不是中国人”的怂恿，让“朋友圈”里的谣言病毒式传播、裹挟式转发，影响更为深广，危害也就更大。（摘自《警惕政治谣言》）

海上生明月，天涯共此时。情人怨遥夜，竟夕起相思。

语出唐·张九龄《望月怀远》。诗曰：“海上生明月，天涯共此时。情人怨遥夜，竟夕起相思。灭烛怜光满，披衣觉露滋。不堪盈手赠，还寝梦佳期。”怀远：怀念正在远方的亲人。天涯：即天边，指遥远的地方。情人：有怀远之情的人。遥夜：长夜。竟夕：终夜，整个夜晚。这四句诗的意思是：海上一轮明月高高升起，这时候远在天边的亲人也一定和我同样在观赏月色。我这怀念远方亲人的人，埋怨夜太长久了，整夜相思而不能入睡。开篇点明“望月”，接着由景入情，转入“怀远”，宋·苏轼《水调歌头·丙辰中秋》词结句：“但愿人长久，千里共婵娟”，主旨基本相同，都是千古写月名句。后人常引用这四句诗或只引前两句来表明亲人虽远隔天涯，但共赏一轮明月，互相思念，其心相知，其意缠绵。

例如

①从杨秀兰家出来，夜幕降临了。皓洁的月光轻柔地撒在海岛上，令人想起了古人的诗句：“海上生明月，天涯共此时。情人怨遥夜，竟夕起相思。”（摘自李欲晓《长岛情思——访长岛县去台人员家属》）

②“海上生明月，天涯共此时。”海上的月光是小轩窗低绮户所无法比拟的。在床前望月思乡的游子，当你来到月光下的海滩，又该是一番什么心情呢？（摘自张星《海之交响》）

③李铁铮贪婪地望着巴黎的夜景，神思却一下子飞到了新中国的首都北京。“海上生明月，天涯共此时。”相违了19年的北京、南京、上海、重庆、兰州，如今变成什么样子啦？（摘自魏秀堂《他经巴黎归来——李铁铮先生回归纪略》）

④“海上生明月，天涯共此时”。儿时，每到中秋节，妈妈便教我念这句诗。那时我们搬个小凳子，坐在院子里，感受徐徐吹来的凉风，听着唧唧的虫鸣声，望着皎洁的圆月。（摘自丁海霞《妈妈的中秋节》）

⑤明月，在诗人的笔下，有过“流光正徘徊”的荡漾，有过“海上生明月”的怀远，也有过“明月出天山”的苍茫，而我更喜欢“清月出岭光入扉”的那份纯净。（摘自沙海燕《追忆当年明月》）

海内存知己，天涯若比邻。

语出唐·王勃《送杜少府之任蜀州》。蜀州，一作“蜀川”。一题无“送”字。诗曰：“城阙辅三秦，风烟望五津。与君离别意，同是宦游人。海内存知己，天涯若比邻。无为在歧路，儿女共沾巾。”海内：四海之内，即指全中国。曹植《赠白马王彪》：“丈夫志四海，万里犹比邻。恩爱苟不亏，在远分日亲。”似为王句所本。这两句诗的意思是：在四海之内，到处都可以有知心朋友，你我只要心心相连，即使一在天涯、一在海角，也会像在比邻一样，不必为离别而发愁。这是千古传唱的名句。后人常引来表述友情深厚，不必愁相隔遥远，以示宽慰；或形容革命者在普天之下都有同志，以互相勉励。

例如

①看到了他的这些纪念品，我又不禁想起了唐代诗人王勃的两句诗：“海内存知己，天涯若比邻”，内山嘉吉先生在过去对待鲁迅先生的友谊亲密无间。（摘自黄渭渔《老树绽新蕾——介绍老画家陈卓坤及其作品》）

②王勃说得好：“海内存知己，天涯若比邻”，有了李纲这样的知己，不是已经够幸福了么！是否再次会晤，那是无足轻重的。（摘自蒋星煜《湛江和她的湖光岩》）

③世上真有知心朋友吗？有。你大概会记得唐代诗人王勃的友谊箴句“海内存知己，天涯若比邻”吧，王勃同杜少府之间的友谊就堪称为“知心之谊”。（摘自康秋《世上真有知心朋友吗？》）

④比如，现代院前院长陆忠伟先生就曾撰文提出大周边概念，他甚至用“邻距离”这个概念把大周边分为“近邻”和“远亲”。其立论基础充满哲学意味和豪放诗情：海内存知己，天涯若比邻。（摘自翟崑

《最是大周边》）

⑤海内存知己，天涯若比邻。我和日野先生半个世纪的师生情缘，频繁的跨国鸿雁传书，留下一段中日医务工作者友谊的佳话。这是我人生经历中最有意义的事情。（摘自魏纯久等《我和我的日籍老师》）

海阔从鱼跃，天空任鸟飞。

语出唐·僧玄览诗，见宋·阮阅《诗话总龟》前集卷三十引《古今诗话》。海阔，一作“大海”。天空，一作“长空”。这两句诗的意思是：大海辽阔，任凭鱼儿腾跃，天空高远，任凭鸟儿飞翔。后人常引作“海阔凭鱼跃，天高任鸟飞”，用来比喻“英雄有用武之地”，可以尽情地施展才能。

例如

①我一直是乐观主义者，一直在算计着有一天能“海阔凭鱼跃，天高任鸟飞”的时候，一定要去看看他。（摘自周骥良《怀念阿英同志》）

②想象是在观察的基础上，尤其是在内在观察的基础上起飞的，基于实，但不泥于实；一旦起飞，它就进入了“海阔凭鱼跃，天高任鸟飞”的自由天地。（摘自袁忠岳《诗人的眼睛》）

③我的孩子如鱼得水，一进画室，就冲着老师要这要那，挪过哥哥姐姐的水缸和调色碟，迫不及待地纵横涂抹开了。这才叫海阔凭鱼跃，天高任鸟飞。打那以后，她作画时常喜欢有伴。（摘自刘仁毅《女儿画画小记》）

④海阔凭鱼跃，天空任鸟飞的前提是在海阔天空时，具备跃起和飞翔的本事与能力，同时要做好遭遇风雨的准备。“海阔”和“天空”正在形成，准备创新创业的我们在准备充足的时候，就可以乘风破浪、直挂云帆，开创属于我们自己的，也属于我们国家和民族的新天地！（摘自《创出一片新天地》）

烽火连三月，家书抵万金。

语出唐·杜甫《春望》。诗见“国破山河在……”条引。烽火：战火。三月：指春季三个月。本篇作于唐肃宗至德二年（757）三月。当年这三个月中，史思明、蔡希德等围攻太原，受到了李光弼的抵御；郭子仪引兵从鄜（fū）州出击崔乾佑于河东；安守忠等从长安出兵西寇武功。各方战事紧张，杜甫家在鄜州，音信稀少。抵：抵当，顶得上。“烽火”句上承“感时”句，“家书”句上承“恨别”句。这两句诗的意思是：接连遭受三个月的战火，多么盼望家中亲人的消息，这时的一封家书真是胜过“万金”啊！后人常引用这两句诗来形容战乱年代家书的宝贵。

例如

①因为只有打起仗来，才会燃放烽火，所以古人常借烽火来指战乱、战火。如杜甫《春望》：“烽火连三月，家书抵万金。”这烽火可以理解为兵荒马乱。（摘自张庆《烽析漫话》）

②“烽火连三月，家书抵万金”。杜甫的诗句深深地刻在范基标的心中。他想战友之所想，急战友之所急，遇到只有部队代号、没分号，或只要老山前线×××收这样的信件，总是千方百计到各分队打听，不厌其烦到机关查花名册。上前线后，他共救活了683封这样的疑难信件。（摘自陈其付等《老山鸿雁》）

③“烽火连三月，家书抵万金。”通信给人们带来的精神价值，似乎是不可估量的。（摘自李强《绿魂》）

④说起家书，自然会让人想起唐代大诗人杜甫的名句：“烽火连三月，家书抵万金。”但在信息化时代的今天，已很少有“请明月代传情，寄我片纸儿慰离情”的情况了。（摘自钟美芬《女儿的家书》）

⑤在电信业务没有出现之前，人们远距离的沟通交流只能用信件往来，既不方便又耗时间。因此诗人杜甫说：“烽火连三月，家书抵万金。”（摘自王煜全《电信创世纪》）

欲穷千里目，更上一层楼。

语出唐·王之涣《登鹳雀楼》。诗曰：“白日依山尽，黄河入海流。欲穷千里目，更上一层楼。”此诗气象雄浑，思想积极。“鹳鹊楼三层，前瞻中条，下瞰大河”（沈括《梦溪笔谈》）。诗人登高远眺，赋诗抒怀。穷：尽。千里：这里夸说远。更：再。这两句诗的意思是：要使眼界开阔，看得更远更清楚，还须更上一层楼观看。写得诗外有诗，景中含景，曲折含蓄之至。后人常引用这两句诗来勉励自己或他人要站得高，才能看得远，要再接再厉，激昂向上，达到更高的理想境界。

例如

①春天正在发出微笑，八闽胜景分外妖娆，若欲饱览、酣歌，化出绕梁余音，仍须不懈攀登。“欲穷千里目，更上一层楼。”（摘自王耀华《春满武夷》）

②“欲穷千里目，更上一层楼。”在炮台大树底下稍事休息，我们便登上金鸡山的最高处——来到了边防部队某部观察所。（摘自吴世斌《雄英风貌》）

③这次比赛的获奖者都是青年歌唱演员，虽有不够成熟之处，但他们是少数民族声乐事业的未来和希望。“欲穷千里目，更上一层楼。”愿年轻的歌手们用健康的歌声，为社会主义精神文明的建设做出新贡献。（摘自毛继增《雏凤清声》）

④一位事前不肯透露采访内容的老外导演问我：“为什么拍上海？”我回答说：“因为我是上海人。”“为什么选择登高拍摄？”面对接踵而来的第二个问题我回答说：“中国古人说，‘欲穷千里目，更上一层楼’。”我想他一定不知道王之涣是何许人也，也不知道翻译是如何翻译的。但老外听完后点了点头说道：“高度很重要！”。（摘自郑宪章《鸟瞰上海》）

⑤“欲穷千里目，更上一层楼”；“会当凌绝顶，一览众山小”；“不畏浮云遮望眼，只缘身在最高层”，这些传诵千古的名句充分表明，一个人若想看得远，走得远，就必须提升思想和信念的高度。（摘自姜炳炎《心的高远》）

欲把西湖比西子，淡妆浓抹总相宜。

语出宋·苏轼《饮湖上初晴后雨》二首之一。诗见“水光潋滟晴方好……”条引。西子：指古代春秋时越国的著名美女西施。淡妆：薄施脂粉。浓抹：浓艳打扮。相宜：合适。这两句诗的意思是：要是把西湖比作美女西施，无论是薄施脂粉，还是浓艳打扮，都是很合适的。此诗写杭州西湖的山光水色，以美女西施作比喻，新鲜巧妙，能唤起读者的丰富想象，历来传诵，被认为是歌咏西湖美景的绝唱。后人常引用这两句诗来比喻美丽动人的人或事物，或说明事物、文章应浓淡适宜的道理。

例如

①早晨五点半乘车去杭州，看到了美丽的西湖，正赶上细雨霏霏，湖光山色如雾里看花，别有风味。“若把西湖比西子，淡妆浓抹总相宜”，真想抹几笔水粉，无奈走时轻装，只好作罢。（摘自赵安《大学生交响曲》）

②母亲打扮了我，父亲还要打扮母亲。他整好母亲稍稍蓬乱的头发，把一支红色的小绒花斜斜地插在她的鬓角上，细细端详，含笑问道：“‘若把西湖比西子’，下句是什么？”母亲满脸绯红，含笑不答。“我知道，爸爸！”我扯住父亲的衣角说：“是‘淡妆浓抹总相宜’。”父亲高兴地笑了，对母亲说：“我们的孩子多好啊！长大一定像妈妈！”（摘自刘融忱《润物细无声》）

③我相信，凭着作家的灵气和对艺术的执着，这种缺陷在今后的创作中很快就可以得到弥补。“欲把西湖比西子，淡妆浓抹总相宜。”我所期待于这位杭州姑娘的，正是这样一种浑然天成、和谐完美的艺术境界。（摘自刘润为《年轻的一代选择——〈从春天到春天〉、〈从春天到秋天〉读后》）

④“欲把西湖比西子，淡妆浓抹总相宜。”苏东坡的名句正是今天杭州市的精美写照。金秋时节，人们在这里发现，西湖已经真正做到了还湖于民，重现“一湖双塔三岛三堤”全景图；杭州展现出“东热南旺西幽北雅中靓”的市区新格局；呈现出大运河“一馆两带两场三园六埠十五桥”的崭新面貌……（摘自鲍航《杭州：打造生活品质之城》）

⑤杭州西湖四季风景如画，正如苏东坡所描述“欲把西湖比西子，淡妆浓抹总相宜”。而当冬天鹅毛般大雪如约而至时，那洁白雪花覆盖了西湖所有的色彩，处处银装素裹，此时她的妆容最为淡雅，让人看到一个别样的西湖。（摘自缪士毅《品味雪中西湖》）

欲将心事付瑶琴，知音少，弦断有谁听？

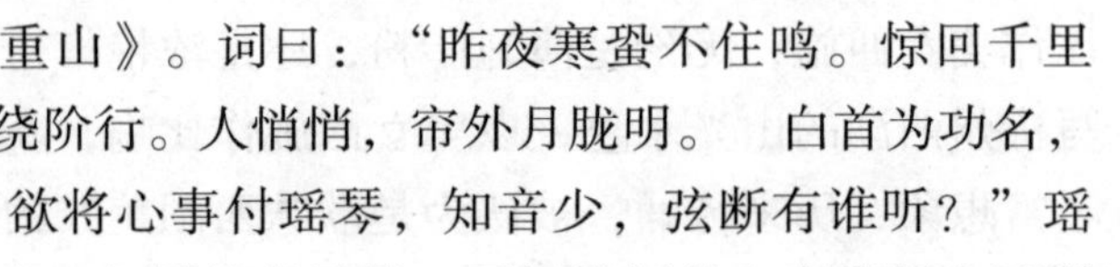

语出宋·岳飞《小重山》。词曰：“昨夜寒蛩不住鸣。惊回千里梦，已三更。起来独自绕阶行。人悄悄，帘外月胧明。 白首为功名，旧山松竹老，阻归程。欲将心事付瑶琴，知音少，弦断有谁听？”瑶琴：用美玉装饰的琴。这三句词的意思是：要把满怀的心事寄托在瑶琴之上，可是知音太少，就是拨断了琴弦，又有谁来欣赏、聆听呢？此词约作于宋金议和之后。清·陈郁《藏一话腴》：“武穆（岳飞）《贺讲和赦表》云：‘莫守金石之约，难充溪壑之求。’故作词云：‘欲将心事付瑶琴，知音少，弦断有谁听。’盖指和议之非也。”抒发了爱国者抗金主张无人理解的慨叹与苦闷。后人常引用这几句词来抒发知音难得之情。

例如

①“欲将心事付瑶琴，知音少，弦断有谁听？”这是宋代名将岳鹏举发出的感叹。“人生得一知己足矣，斯世当以同怀视之。”这是鲁迅先生送给知己瞿秋白同志的联语。可见，知音难觅，知音可贵，自古而然。（摘自陈本德《知音——记农艺师叶孟贤、汪宜蕙夫妇》）

②只有两个“善”凑在一起，才会产生“高山流水”那样的效应。记得岳飞在他著名的《小重山》词里就曾非常寂寞地慨叹过：“知音少，弦断有谁听？”（摘自何西来《知音·知心·诤友》）

③世间如伯牙与子期的知音着实太少，因此就有岳飞无眠之夜“欲将心事付瑶琴，知音少，弦断有谁听？”的感慨，贾岛“两句三年得，一吟双泪流。知音如不赏，归卧故山秋”的辛酸。（摘自崔玲等《我的那些小伙伴》）

④有人说，寂寞是文人墨客的通行证，孤独是天才伟人的墓志铭。并不是文人喜欢寂寞，也不是天才偏爱孤独，只是欲将心事付瑶琴，知音少，弦断无人听。（摘自邓玉珍《寂寞如歌》）

⑤英雄志士在临死时大义凛然，慷慨悲歌，令人敬佩，如荆轲素衣赴秦，高吟“风萧萧兮易水寒，壮士一去兮不复还”，是视死如归。岳飞将金牌纳入怀中，仰天长叹“欲将心事付瑶琴，知音少，弦断有谁听？”是壮志未酬的无可奈何。（摘自李传环《最后的熄火》）

欲黄昏，雨打梨花深闭门

语出宋·李重元《忆王孙·春词》。词曰：“萋萋芳草忆王孙，柳外楼高空断魂，杜宇声声不忍闻。欲黄昏，雨打梨花深闭门。”欲：将要。黄昏：日落以后星出以前的时间。这两句词的意思是：天将要黑下来了，任雨点打落了梨花，高楼上的闺门已经关闭。《蓼园词选》引明·沈际飞说：“一句一思，因楼高曰空，因闭门曰深，俱可味。”后人常引用这两句词来描述春思孤寂的情境。

例如

①读者明显地感受到诗中哀怨的颓废情愫，但又不能不接受《雨巷》特定意境的艺术感染。戴望舒的这首名作，与宋人李重元的“欲黄昏，雨打梨花深闭门。”有异曲同工之妙。（摘自吴伟卿《微雨随笔》）

②手帕湿淋淋的，玻璃上流下水来，又有点像“雨打梨花深闭门”。无论如何她没想到这时还有人来看她。（摘自张爱玲《多少恨》）

③我年轻时，曾为“雨打梨花深闭门”而陶醉过，后来，才感觉“大江东去，浪淘尽千古风流人物”之美。（摘自刘白羽《答读者问》）

④走上十几级陡峭的木梯，我看到了当年的闺房。我体味到了什么叫“足不出户”，什么叫“宫花寂寞红”“雨打梨花深闭门”。可怜无数世代的女儿们就只能厮守在这样的深闺，“迟迟钟鼓初长夜，耿耿星河欲曙天。”只能靠一扇小窗，一方狭窄的天空，去感知“春风桃李花开日，秋雨梧桐叶落时”。（摘自李登求等《中国画里的乡村——宏村》）

⑤其实，读宋人诗，如苏轼“谁道人生无再少，门前流水尚能西”，如王安石“一水护田将绿绕，两山排闼送青来”，如刘攽“唯有南风旧相识，偷开门户又翻书”，如李清照“枕上诗书闲处好，门前风景雨来佳”，至少在宋代家家户户并不都是“雨打梨花深闭门”的。（摘自李国文《超越四合院》）

欲渡黄河冰塞川，将登太行雪满山。

语出唐·李白《行路难》三首之一。诗见“长风破浪会有时……”条引。太行：山名，在今山西、河南、河北三省交界处。雪满山，一作“雪暗天”。这两句诗是对“拔剑四顾”所见的客观景色的具体描绘，意思是：我要渡过黄河，有坚冰塞满河道；将要登上太行，有大雪积满山路。诗人以客观的具体景物比喻人生途中的事与愿违，语意双关，耐人寻味。李白具有远大的政治抱负，热心于建立功业，受诏入京后，却因小人谗阻而未能受到皇帝任用，反被“赐金还山”、变相赶出长安，故有此叹。后人常引用这两句诗来描述人生道途的艰难或抒发事与愿违的感慨。

例如

①我原来很想到全国各地走一走，了解一些实际情况。但当时出不去，在家呆着，也没有什么可干的。当时真是有一点“欲渡黄河冰塞川，将登太行雪满山”，“拔剑四顾心茫然”啊。（摘自魏巍《我是怎样写〈东方〉的——在解放军文艺社军事题材短篇小说读书班的谈话》）

②自然环境的限制常常使个人的行动目的不能实现，正所谓“欲渡黄河冰塞川，将登太行雪满山”。因各种无法克服的自然灾害而使人们实现目的的行动受阻的情况，是经常发生的，如地震使人们生命受到威胁而又无法逃避，水灾淹没了农田使农民无法继续耕种而无收成等。（摘自马志国《走过挫折，就会收获你的人生》）

③希望楠楠的未来，多一些“春风得意马蹄疾”、“轻舟已过万重山”的顺畅，少一些“欲渡黄河冰塞川，将登太行雪满山”的艰难。（摘自郑迎春《瞬间十八年》）

渔阳鼙鼓动地来，惊破霓裳羽衣曲。

语出唐·白居易《长恨歌》。诗中句曰：“骊宫高处入青云，仙乐风飘处处闻。缓歌慢舞凝丝竹，尽日君王看不足。渔阳鼙鼓动地来，惊破霓裳羽衣曲。九重城阙烟尘生，千乘万骑西南行。翠华摇摇行复止，西出都门百余里。六军不发无奈何，宛转蛾眉马前死。”渔阳：天宝元年河北道的蓟州改称渔阳郡，辖区约在今北京市东面的地区，包括今蓟县、平谷区等境在内，原属平卢、范阳、河东三镇节度使安禄山管辖。鼙（pí）：古代军中用的小鼓，骑鼓。霓裳羽衣曲：著名舞曲名。诗人《霓裳羽衣舞歌》自注：“开元中，西凉府节度杨敬述造。”一说本名《婆罗门》，开元时从印度传入中国。这两句诗写安禄山反叛，兵进长安城。意思是：驻守在渔阳的安禄山反叛唐廷，敲响战鼓，挥军杀入长安，声势浩大，惊天动地，惊破了唐明皇正在欣赏的《霓裳羽衣曲》。后人常引用这两句诗来描述安史之乱，战争破坏了统治者灯红酒绿的奢侈生活；或只引前一句来形容某一事物的声势浩大。

例如

①安禄山叛军临长安城下时，玄宗仓皇出逃，行至马嵬坡前，六军不发，要求除掉祸国殃民的杨贵妃。玄宗不得不忍痛将杨贵妃缢杀军前。从此大唐江山便在“渔阳鼙鼓动地来”，“惊破霓裳羽衣曲”的形势下衰败下去。（摘自史博《有感于“独乐”》）

②凭吊这骊山周围的古建筑群和古墓群，不禁使人又想起了另一幅令人哀怨凄楚的骊骏图：“渔阳鼙鼓动地来，惊破霓裳羽衣曲。九重城阙烟尘生，千乘万骑西南行。”那时的骊骏已不是骁勇的战马，而是逃亡的坐骑；不是征战沙场的骏骥，而是落荒而走的病驹。（摘自柳嘉《骊骏图——西北纪行》）

③起句呼天抢地，犹如渔阳鼙鼓，动地而来，似石破天惊，狂涛裂岸，显得突兀劲峭，问得深沉，问得悲痛。（摘自谢国平等《如泣似诉千古哀音——读李煜《虞美人》）

④公元755年，就是白居易《长恨歌》里写的“渔阳鼙鼓动地来，惊破《霓裳羽衣曲》”的那一年，安史之乱起，黄河以北的中国，陷入血流成河、尸骸遍野的拉锯战中。多年不动干戈、未上战场的官兵，哪里敌得住北方杀来的胡兵胡骑。（摘自李国文《文人的聪明》）

⑤周幽王为博褒姒一笑，不惜“烽火戏诸侯”，以致身死国灭；唐明皇宠爱杨贵妃，荒怠朝政、宠信奸臣，以致“渔阳鼙鼓动地来”；明朝万历皇帝干脆数十年不上朝，纵情于声色犬马，积弊日深、国事日坏，以致史家感慨“明之亡，不亡于崇祯，而亡于万历”。（摘自詹勇《闲话“任性”》）

商女不知亡国恨，隔江犹唱后庭花。

语出唐·杜牧《泊秦淮》。诗曰：“烟笼寒水月笼沙，夜泊秦淮近酒家。商女不知亡国恨，隔江犹唱后庭花。”秦淮，即秦淮河，发源于江苏省溧水县东北，向西流经金陵（今南京市）入长江。河道相传为秦始皇南巡会稽时所凿以疏淮水，故名。商女：指卖唱的歌妓。江：这里指秦淮河。后庭花：即乐曲《玉树后庭花》。相传为南朝陈后主所作。后主陈叔宝荒淫奢侈，耽于声色，终于亡国。他所娱乐的曲子《玉树后庭花》内容淫靡腐朽，哀伤凄惋，被看作亡国之音。如《旧唐书·音乐志》引杜淹对唐太宗语曰：“前代兴亡，实由于乐。陈将亡也，为《玉树后庭花》；齐将亡也，而为《伴侣曲》，行路闻之，莫不悲泣，所谓亡国之音也。”这两句诗的意思是：秦淮河畔的歌女，只知道唱歌，不知道亡国之恨，还在那河对岸唱着《玉树后庭花》呢！诗人从夜泊秦淮所见所闻，联想到南朝君主的灭亡，又从而想到当时最高统治集团的腐化堕落。叙事中有讨论，寄寓着无限感慨，讽刺的矛头所向是不言而喻的。后人常引用这两句诗来抒写爱国情怀，为奢靡者敲警钟。

例如

①所谓“商女不知亡国恨，隔江犹唱后庭花”，这所“隔”之“江”便是秦淮河。但即使是再正统的封建官吏和文人，有谁不想领略一下那热闹的市廛风光？又有谁不想细细品味那诗一般的情韵，画一般的意境？（摘自孙逊《静谧安详的秦淮河》）

②在那十里洋场，歌台舞榭，灯红酒绿，那靡靡之音，神女歌唱，更是不堪入耳，在外侮入侵、国家存亡之秋，听了真使人有“商女不知亡国恨，隔江犹唱后庭花”的感叹，产生悲愤之情。（摘自孙善康《曼妙清歌动心弦》）

③《夜》这一段景物描写，与黛玉之死的写景有异曲同工之妙。“商女不知亡国恨，隔江犹唱后庭花。”一边是庄严的工作，一边是荒淫的生活。（摘自丁祥根《缘情以布境　写物以言情——〈夜〉写景艺术举隅》）

④唐朝杜牧诗云：“商女不知亡国恨，隔江犹唱后庭花。”这首诗太有名了，从此“商女”常常被作为纸醉金迷的典型，其实商女亦不乏爱国者。风起云涌的民国时期，就出现过不少颇有气节的义妓。（摘自民林颐《民国商女有气节》）

⑤风流雅士们挥金如土、广筵长席，却把责任推在无辜的贫弱女子身上，并且在她们头上硬扣上一顶“红颜祸水”的帽子，让我不禁想到了杜牧的《夜泊秦淮》，其所以千古传诵而不衰的原因就在“商女不知亡国恨，隔江犹唱后庭花”这一联上。（摘自李厚光《秦淮河畔赋沧桑》）

晚来天欲雪，能饮一杯无？

语出唐·白居易《问刘十九》。诗曰：“绿蚁新醅酒，红泥小火炉。晚来天欲雪，能饮一杯无？”无：用法同“否”、“吗”，疑问

词。这两句诗的意思是：天快黑了，看来要下雪了，你能来与我对饮一杯热酒吗？“无”字之用，虽然带有商量口气，但邀友之情却很真挚，饶有风趣。后人在写到晚上饮酒时，常引用这两句诗，为文章增加诗意之美。

例如

①他领我走到地安门外，进了一条胡同，上了一座小楼，窗外什刹海已经有很厚积雪，大雪还在纷纷飘落。他告诉我们，这里是有悠久历史的“烤肉季”。我想大概是“晚来天欲雪，能饮一杯无？”引起他的灵感吧。（摘自李霁野《忆常维钧同志》）

②白居易《问刘十九》：“晚来天欲雪，能饮一杯无？”酒能抵御雪冷的进犯。我问谁？此时能问谁？只能问我自己：“更深天已雪，能饮一杯无？”（摘自祖慰《困惑，在双轨上运行》）

③土炕上生蓝旺旺一盆木炭火，烫一壶烧酒，炒四个小菜，全家便悠哉乐哉。老人戴上花镜念那《唐诗三百首》：“晚来天欲雪，能饮一杯无？……”（摘自杨栋《梨花村记》）

④初冬的黄昏，天空阴沉得紧，大雪好像转瞬即至，耳边不禁响起白居易的那首《问刘十九》：“绿蚁新醅酒，红泥小火炉。晚来天欲雪，能饮一杯无？”不由想把这首暖意融融、妙趣横生的小诗发给远方的友人，而自己呢，则送人玫瑰，手有余馨。（摘自忆江南《另一层妙处》）

⑤万籁俱寂的群山环绕中的山村，不管是雪中的东北平原，还是钟灵毓秀的皖南古居，总会有家犬几只，红灯初悬，温馨依旧。雪在宫先生的画中不是清冷的，而是暖融贴心的，是关怀中“晚来天欲雪，能饮一杯无”的亲切召唤；是“柴门闻犬吠，风雪夜归人”后的一壶老酒，半碗热汤；是失魂落魄游子回家后“梦暖雪生香”的一枕思念……（摘自赵英辉《水静舟自横　梦暖雪生香》）

疏影横斜水清浅，暗香浮动月黄昏。

语出宋·林逋《山园小梅》。诗曰：“众芳摇落独暄妍，占尽风情向小园。疏影横斜水清浅，暗香浮动月黄昏。霜禽欲下先偷眼，粉蝶如知合断魂。幸有微吟可相狎，不须檀板共金尊。”暗香：幽香。这两句诗的意思是：疏疏落落的梅枝，纵横交错，映在清浅明澈的池塘中，黄昏的淡月下，飘散着缕缕幽香。这是咏梅名句，人称“曲尽梅之体态”（司马光《温公诗话》），“其卓绝不可及”（黄彻《䂬溪诗话》）。顾嗣立《寒厅诗话》：“秀水李竹懒曰：‘江为诗：“竹影横斜水清浅，桂香浮动月黄昏。”林君复（逋）改二字为“疏影”“暗香”以咏梅，遂成千古绝调，所谓点铁成金也。’”林逋酷爱梅花，雅好养鹤，有“梅妻鹤子”之称。他根据自己的生活体验和感受，点化江为诗句，构成新的意境，赋予新的主题，故成“古今绝唱”（俞弁《逸老堂诗话》）。后人常引用或吟赏这两句诗，或写梅，或绘景。

例如

①当然喽，梅花是以“疏影横斜水清浅，暗香浮动月黄昏”为美，桃花却是以“千朵万朵压枝低”为俏。（摘自劳更生《绒制花鸟——一件栩栩如生的工艺品》）

②某公爱柳，尝谓人曰：“‘江上柳如烟，雁飞残月天’，此何等景致！”及为县令，遍伐杂树，以柳易之。任满秋迁，继任者恶柳而好梅，曰：“柳无风骨，岂若梅之耐寒也。况‘疏影横斜水清浅，暗香浮动月黄昏’，胜‘江上柳如烟’多矣。”乃伐柳易梅。（摘自陈四益《种树》）

③最是灵动可人的，是你“疏影横斜水清浅，暗香浮动月黄昏”的“山园小梅”。若披拂轻云薄雾故常不染尘俗的绰约处子，那般骨秀神清，幽独娴静。（摘自曲微《暗香浮动月黄昏——林逋》）

④梅花在北宋林和靖的那一句“疏影横斜水清浅，暗香浮动月黄昏”之下已成了绝唱，梅花亦成了隐士的代名词；周敦颐在《爱莲说》中将莲花也写成了绝笔，“出淤泥而不染，濯清涟而不妖”，那亭亭玉立的莲花俨然已成了君子的同义词；而与俏脸相映红的桃花在唐人崔护的七绝中俨然成了爱情的代表。（摘自王清锋《一样的菊花 不一样的情怀》）

⑤“疏影横斜水清浅，暗香浮动月黄昏。霜禽欲下先偷眼，粉蝶如知合断魂。”窗外一阵清丽的鸟鸣声，使我从梦境中清醒过来。打开窗门，随着一股清凉的晨风，我的眼前便现出那盆梅花，只见在它的疏枝间正涌出含苞待放的点点红蕊，透出一股迫不及待的暗香，香气隐藏在郁郁葱葱的嫩叶后面，红蕊爬满了枝头，好像是在有意地提醒我，新的一春已经到来，应该趁早勤思勤做吧。（摘自江虹《春天思语》）

十二画

黑云压城城欲摧，甲光向日金鳞开。

语出唐·李贺《雁门太守行》。诗曰：“黑云压城城欲摧，甲光向日金鳞开。角声满天秋色里，塞上燕脂凝夜紫。半卷红旗临易水，霜重鼓寒声不起。报君黄金台上意，提携玉龙为君死。”黑云：《晋书》：“凡坚城之上有黑云如屋，名曰军精。”甲光：铠甲在太阳照射下的反光。向日，一作“向月”。这两句诗的意思是：黑云浓重，向城头压来，城墙好像要被摧垮，铠甲在阳光下如鱼鳞一般，闪动着金光。写初出兵之时，语气十分雄壮。《幽闲鼓吹》：“李贺以歌诗谒韩吏部，吏部时为国子博士分司，送客归，极困，门人呈卷，解带旋读之。首篇《雁门太守行》曰：‘黑云压城城欲摧，甲光向日金鳞开’，却援带命邀之。”开篇便打动了韩愈。后人常引用“黑云压城城欲摧”一句诗来形容反动势力一时来得猖獗，也有借来写气候现象的。

例如

①留下这么一个晴朗灿烂的回忆可不容易啊，那时候上海这个“孤岛”正处于“黑云压城城欲摧”的境地，凡是挺直脊梁骨的华胄子孙都煎熬在水深火热之中，生活里多的是凄风苦雨。（摘自吴岩《荒芜园》）

②所以，能否倾听不同意见，想一想，似乎没有什么了不起，及至轮到自己头上，说不定又会觉得“黑云压城城欲摧”，天好像就要坍下来的样子。因此，谔谔者，是很不受欢迎的。（摘自公今度《再加一个“宽”》）

③今天早晨8时30分左右，北京上空乌云密布，天黑似锅底，大有“黑云压城城欲摧”之势。（摘自崔俐莎《逆风相聚堆云压城·北京昨晨几似暗夜》）

④在人生中穿梭心灵常被尘土蒙蔽，如生命的云层遮蔽了阳光。处在困厄的阴云之下，抬头望处皆是“黑云压城城欲摧”之景，这时不妨跳出阴云，站在云层之上俯视：一切云淡风轻。（摘自孟佳《心的境界》）

童孙未解供耕织，也傍桑阴学种瓜

语出宋·范成大《四时田园杂兴》六十首之三十一。诗曰："昼出耘田夜绩麻，村庄儿女各当家。童孙未解供耕织，也傍桑阴学种瓜。"供：参加。这两句诗的意思是：年幼的小孙子还不会耕地、织布，但也学着大人的样子，在桑树荫凉下学着种瓜呢。后人常引用这两句诗来描述农村生活，或只引后一句来说明跟他人学做某种事情。

例如

①"童孙未解供耕织，也傍桑阴学种瓜。"我曾跟着母亲快乐地歌唱：又黑又小的蚕姑娘，吃了几天桑叶，就睡在蚕床上。（摘自史小溪《喙声，永不消失》）

②在高平城关，有一位县级干部、共产党员，把私房盖到干线路的路基上，甚至将行道树圈入他的墙院，公然无视公路两侧三米之内属路权范围的规定，别人"也傍桑阴学种瓜"，纷纷在他两侧盖起了私房，竟达半里地长。（摘自赵瑜《中国的要害》）

③最近在村子里转，发现乡村很自卑，几千年农耕文明培养起来的"昼出耕田夜绩麻，村庄儿女各当家。童孙未解供耕织，也傍桑阴学种瓜"式的自信和存在感，几乎完全被电视里宣传的那个时髦世界击垮了。（摘自于坚《自卑的乡村》）

④"童孙未解供耕织，也傍桑阴学种瓜"，桑树旁成了他们种瓜的试验田。他们悠闲地躺在大自然的怀抱里，亲近鸟兽鱼虫，亲近花草树木，亲近山川河流，紧紧地牵着大自然母亲的手。（摘自朱国忠《古代儿童的快乐密码》）

⑤说到儿童的幼稚憨态之美，我们就会想到奶声奶气、清脆如小铃铛般的童声演唱，想到大巧若拙、憨态毕现的"娃娃体"，还会想到白雪公主、丑小鸭、白天鹅、哈利·波特……稚态之美是"童孙未解供耕织，也傍桑阴学种瓜"的纯真，是"小荷才露尖尖角，早有蜻蜓立上头"的稚嫩，是"最喜小儿无赖，溪头卧剥莲蓬"的憨态。（摘自李永进《童心如花》）

曾经沧海难为水，除却巫山不是云

语出唐·元稹《离思五首》之四。诗曰："曾经沧海难为水，除却

巫山不是云。取次花丛懒回顾，半缘修道半缘君。”沧海：大海。因大海水深呈青苍色，故称“沧海”。巫山：在四川省巫山县东南，上有神女峰。《孟子·尽心上》：“观于海者难为水，游于圣人之门者难为言。”宋玉《高唐赋序》：“妾在巫山之阳，高丘之阻，旦为朝云，暮为行雨。暮暮朝朝，阳台之下。”这两句诗的意思是：对于曾经见过大海的人来说，别的水便谈不上是水，难以引起他的兴趣了，除去巫山顶上美丽的彩云，别的地方的云在他眼里简直不成其为云了。诗用“索物以托情”的比兴手法，表达出了作者对妻子的忠贞与爱念之情。“难为水”、“不是云”，都是情语。后人常引用这两句诗来说明除了对方再不爱别人，表示爱情的专一；或比喻人的阅历广，见识多，眼界高；也有借以描绘景物的。

例如

①“曾经沧海难为水，除却巫山不是云”，除了玛丽亚，世界上已不再有别的姑娘值得他爱。（摘自梅禾译《狄更斯初恋失败之后》）

②对于农村之富貌我已经失去了好奇心和审美欲，因为我看过深圳特区、珠海特区的农民、渔民之富。“曾经沧海难为水，除却巫山不是云。”（摘自祖慰《映日荷花别样红——洪湖模型的文学表述》）

③“曾经沧海难为水，除却巫山不是云”，正门高志就会无形中形成一个欣赏的高标准，再去阅读和鉴赏别的作品就容易居高临下地把握了。（摘自江溶等《创作例话》）

④初次知道巫山，是在元稹《离思五首》第四首中的“曾经沧海难为水，除却巫山不是云”。索物以托情，感情有如沧海之水和巫山之云，其深广和美好世间无与伦比，这是何等的感情、何等的地方啊！（摘自贺存定《巫山情结》）

⑤当偏激的诗人从心灵深处发出“曾经沧海难为水，除却巫山不是云”的感叹时，旷达的禅者却在悠然地吟咏着“千江水映千江月，千江水月共圆缺”的诗句。（摘自王飙《成熟的心灵》）

锄禾日当午，汗滴禾下土。谁知盘中餐，粒粒皆辛苦。

诗出唐·李绅《悯农》二首之二。题一作《古风》。禾：谷子，这里泛指庄稼。这首诗的意思是：农民们头顶着炎热的太阳，为庄稼锄

草，辛勤的汗水一滴滴落在田里。谁能想到盘中的饭食，每一粒都是辛辛苦苦换来的呢！此诗颇为传诵。诗人选取中午烈日下辛勤锄禾的一个典型场面，用朴素的语言、生动的形象，描绘了农民在田间的苦情，从而告诫人们要爱惜粮食，理解农民的不易。后人常引用这首诗或只引其中的句子来表述类似的意思。

例如

①“锄禾日当午，汗滴禾下土。”面向黄土，背朝蓝天，几千年来，这就是中国农民的形象。（摘自李绍东《东北的金凤凰》）

②在西双版纳生活了十年，把个上海姑娘的娇气磨得干干净净。陈银凤知道了“锄禾日当午”的苦楚，明白了“粒粒皆辛苦”的道理。（摘自王宗仁《老山前线，来了夫妻经理》）

③当那些“锄禾日当午”、汗流浃背的劳动者，到这儿来披襟而坐，吹一阵沁人心脾的凉风的时候。……人们就更加感到榕树的可爱可亲，不由得要对它产生一种恒久的、真挚的感情。（摘自秦似《榕树的风度》）

④无疑，农作是艰辛的，“锄禾日当午，汗滴禾下土。谁知盘中餐，粒粒皆辛苦”，农民用身体与土地打交道，一些关键环节的劳动量之大之重，凡有过切身体验的人都一定印象深刻。（摘自贺雪峰《理解农作》）

⑤“锄禾日当午，汗滴禾下土。谁知盘中餐，粒粒皆辛苦。”中华民族传统美德中的节俭，在孩子朗朗的读书声中一代代传递。然而，2013年底，一组数据显示，中国餐饮业每年浪费的粮食能养活2亿人口。（摘自彭纳《让节俭留于心化于行》）

朝饮木兰之坠露兮，夕餐秋菊之落英。

语出战国·屈原《楚辞·离骚》。诗中句曰：“朝饮木兰之坠露兮，夕餐秋菊之落英。苟余情其信姱以练要兮，长颇颔亦何伤？”木兰：落叶小乔木，早春先叶开花，微香，果实似玉。坠：落下，掉下。落英：落下来的花瓣。英是花的别名。一般的菊花不自落，但南方有一种菊花是自落的。一说，此“落”字是初、始的意思（据《尔雅》），落花，即始开之花。这两句诗的意思是：春天的早上我饮用木兰花上掉下的露珠，秋天到来我餐食着自己落下的菊花瓣。诗人以饮露餐花象征自己高尚的节操。后人常引用这两句诗来评赞菊花，或表示从文学作品中吸收营养。

例如

①展室的扩音器里播放着古筝伴奏的《咏菊》独唱："朝饮木兰之坠露兮，夕餐秋菊之落英……"我徘徊在上万盆名菊面前，忽然想起了我曾经居住过偏僻的山村，山村旁沿坡而筑的旧居小屋后一大片野菊花。（摘自张守仁《菊之忆》）

②我们正以此种心情，撷近期诸刊所载古典诗词欣赏66篇，按时代先后为序，汇集成册，奉献给读者，俾更多的古典诗词爱好者能"朝饮木兰之坠露兮，夕餐秋菊之落英"。（摘自岳麓书社《中国古代诗歌欣赏·出版说明》）

③秋菊，首先孕育了诗人的灵感。"夕餐秋菊之落英"。伟大诗人屈原以菊花高风亮节自勉，忧国忧民的辞赋，成为自古以来咏菊最早的名句。（摘自孙欣《重阳随笔》）

④早在2000多年前，我国的养生家、道家、僧家，出于养生保健、延年益寿之需要，就常以菊花伴食，大诗人屈原的《离骚》中就有"朝饮木兰之坠露兮，夕餐秋菊之落英"的诗句。（摘自沙平《大理的食花习俗》）

⑤每到夏季登临山顶，耳边只闻鸟鸣，百啭千声，似瑶琴鼓瑟之音。"朝饮木兰之坠露兮，夕餐秋菊之落英。"作为一名森林公安民警，能守卫这样一方灵山秀水，我无上光荣！（摘自周振瑜《守卫美丽呵护安宁》）

朝看水东流，暮看西日坠。

语出明·钱福（一说文嘉）《明日歌》。诗见"明日复明日……"条引。朝：早上。这两句诗的意思是：早上看水向东流去，晚上看向西落去的红日。言时间如流水，一去不复返。后人常引用这两句诗来说明日月如流水，光阴迅速。引用时文字略有出入。

例如

①朝看东流水，暮看日西坠，转瞬三十年矣！如今硝烟早从城市的上空消散了，当年两军鏖战、英雄挥洒过鲜血的地方，早开出了粉白、鹅黄、淡紫的小花，或者兴建起了繁华的街道，矗起了耸入云霄的烟

囱。（摘自乔迈《脱颖》）

②朝看东流水，暮看西日坠，随着一次次地受到冷遇，他的勇气也愈发不足了。（摘自林晓光《废纸箱里的世界》）

③我镜头前这条分分秒秒不停流淌的小河，好像在用它独有的语言告诉我一个哲理与永恒！我想起明代诗人文嘉笔下的《明日歌》：“春去秋来老将至，朝看东流水，暮看西日坠……”（摘自石永亭《流动的秋天》）

朝辞白帝彩云间，千里江陵一日还。

语出唐·李白《早发白帝城》。题一作《白帝下江陵》。诗见“两岸猿声啼不住……”条引。朝：早上。白帝：白帝城，在今四川省奉节县东白帝山上。西汉末公孙述据此，据称殿前井内有白龙跃出，因自称白帝，称山为白帝山，城为白帝城，山峻城高，如入云霄。江陵：在今湖北省江陵县。郦道元《水经注·江水》：“有时朝发白帝，暮到江陵，其间千二百里，虽乘奔御风不以疾也。……”这两句诗的意思是：早上乘船辞别了高入云霄彩云缭绕的白帝城，至江陵一千多里，一天之内就可以到达了。此诗脍炙人口，被后人誉为“神品”、“绝唱”。这两句诗写出了乘舟顺江而下的迅速，一日千里，若有神助。后人常引用这两句诗来形容旅途速度之快。

例如

①“朝辞白帝彩云间，千里江陵一日还。”李太白的诗句还在我的耳边回响。客轮已在汽笛长鸣声中起航了。我要从古代的夔子国都白帝城，到现代化的枢纽工程葛洲坝去，这中间，要走过四百里险峻而又壮丽的三峡航道。（摘自马朝彬《三峡行》）

②画里三峡多着呢，大都远远不能满足人们感情的容量，因为作者太胆小，太拘泥于具象。“千里江陵一日还”，诗人比画家更敢于运用抽象手法！（摘自吴冠中《追求天趣的画家刘国松》）

③渡口设在林木的深处，只有几爪雏鸡的泥痕，我的竹篙取自诗歌的节奏，从容指点，大有“千里江陵一日还”的太白之风。（摘自吕纯晖《少女心情总是诗——爱之路》）

④一个人不可能离开时代做任何事情，文学创作更是如此。唐代大诗人李白在山野自由自在时，狂放不羁，放歌游历：“朝辞白帝彩云

间，千里江陵一日还。两岸猿声啼不住，轻舟已过万重山。”后来他到了朝廷，面对皇帝与宫廷生活，他只能写出歌颂杨贵妃的《清平调》之类东西，“云想衣裳花想容”十分无聊也无奈。（摘自王一民《文章得失寸心知》）

⑤长江是中华民族的母亲河，她孕育了神奇的自然景观和博大精深的长江文明，造就了无数风流人物和文学佳作。“朝辞白帝彩云间，千里江陵一日还。两岸猿声啼不住，轻舟已过万重山。”“大江东去，浪淘尽，千古风流人物。故垒西边，人道是：三国周郎赤壁。乱石穿空，惊涛拍岸，卷起千堆雪。江山如画，一时多少豪杰。”李白和苏轼虽已远去，但他们歌咏长江的诗篇仍让人唏嘘不已。（摘自海川《打造生态长江》）

悲莫悲兮生别离，乐莫乐兮新相知。

语出战国楚·屈原《楚辞·九歌·少司命》。诗中句曰：“入不言兮出不辞，乘回风兮载云旗。悲莫悲兮生别离，乐莫乐兮新相知。”此篇是楚人祭祀少司命神的乐歌。少司命神主宰少年的命运。歌辞为男女对话，有人神恋爱的意味。这两句诗的意思是：今天，我感受到人生最大的悲哀，是生生的别离，回忆过去最大的愉快，没有能超过我俩初恋的滋味。（用文怀沙先生译文）悲、乐对比，映衬出“悲欢离合”的感情变化。后人常引用这两句诗来表达人际间的感情关系。

例如

①楚辞云：悲莫悲兮生别离，乐莫乐兮新相知。我在读《河魂》的过程中，感到彩彩和河女两姐妹的命运和爱情，作为艺术整体的组成部分，是最具“激情方式”的，也是最能扣动读者心弦的。（摘自雷达《冲出历史峡谷的湍流——评〈河魂〉》）

②《楚辞·九歌》：“悲莫悲兮生别离。”生离死别，人之所悲。作者表示不愿与爱人分离，但环境所迫，不能不分离，只有“行行重行行”，直到不得不分离的地步。（摘自何沛雄《试谈〈古诗十九首〉的修辞技巧》）

③一对被迫分离的恩爱夫妻，实是一幅人生分离的悲苦图画，可在当时有多少夫妻面临着这样的分别呢！“悲莫悲兮生别离，乐莫乐兮新相知。”新婚分离，悲苦甚矣！（摘自罗英《二人台〈走西口〉的悲剧

意蕴》)

④我国人民从来都“喜合厌分”,于是有“悲欢离合”的成语,有“悲莫悲兮生别离,乐莫乐兮新相知”,有“何当共剪西窗烛,却话巴山夜雨时”等诗句。(摘自李菲《中秋节的审美内涵》)

⑤“悲莫悲兮生别离”,“黯然销魂者,唯别而已矣”,唯其如此,送别成为诗人永久的话题,反复吟咏,况味弥浓。(摘自王洪志《送别如歌,滋味几许》)

落日照大旗,马鸣风萧萧

语出唐·杜甫《后出塞五首》之二。诗曰:“朝进东门营,暮上河阳桥。落日照大旗,马鸣风萧萧。平沙列万幕,部伍各见招。中天悬明月,令严夜寂寥。悲笳数声动,壮士惨不骄。借问大将谁,恐是霍嫖姚。”本篇以一个刚入伍的新兵的口吻,叙述了出征关塞的部队生活情景。大旗:大将所用红旗。“马鸣”句:化用古语。《诗经·小雅·车攻》:“萧萧马鸣,悠悠旆旌。”萧萧:风声。《楚辞·九怀·蓄英》:“秋风兮萧萧”。这两句诗的意思是:军旗在落日的余辉照耀下,猎猎飘扬,战马感奋而嘶鸣,北风在不停地呼啸。写出了边地傍晚行军时凛然庄严的场面。着一“风”字,“觉全局都动,飒然有关塞之气”。后人常引用这两句诗来描绘边关军旅生活。

例如

①春、江、花、月、夜五景同在,妙意共陈,烘托着草长莺飞的特定情境及超脱之美;而读过杜甫《后出塞五首》的人,又会无不为“落日照大旗,马鸣风萧萧”的关塞之气倍感飒然、凄惨。(摘自金马《青春的风采》)

②现在我明白了,不正是由于我曾经乘马在战场上飞奔,我才最理解“落日照大旗,马鸣风萧萧”那诗的意境,那是多么豪爽、多么旷达的美的意境。(摘自刘白羽《马鸣风萧萧》)

③剑光曳电,盔缨涂地,将军的首级如落日。呵呀呀马鸣风萧萧,一滴残阳爬在剑刃上。(摘自何立伟《古意图》)

④塞外的落日,映照着无际的黄沙,让人为之动魄。可只要十余分钟,这壮阔的景象即消散,换来一片冰冷的夜。而在书中,一句“落日照大旗,马鸣风萧萧”既出,眼前立刻就能浮现出这幅奇绝壮观的画

面。（摘自李元骏《书中的风景》）

⑤作为读者，看到《纵横》创刊十年，载文千计，既有“细雨鱼儿出，微风燕子斜”的雅致美文，亦有“落日照大旗，马鸣风萧萧”的黄钟大吕；既贴近税收工作，又积极探索，成为税收工作的指南。（摘自胡立升《十年如歌》）

落红不是无情物，化作春泥更护花。

语出清·龚自珍《己亥杂诗》三百五十首之五。诗曰：“浩荡离愁白日斜，吟鞭东指即天涯。落红不是无情物，化作春泥更护花。”落红：落花。李贺《将进酒》：“桃花乱落如红雨”。这两句诗的意思是：落花并不是无情之物，回到大地，化成春天的泥土，养育着新花成长。诗人是以落花自比，说他像落花一样离开了官场，但对于自己的理想仍然执着地坚持，还要“化作春泥”，培育新花成长。后人常引用这两句诗来比喻老一代退出历史舞台，但仍然关心国家、关心事业，培养新人成长起来；或表达爱才、惜才之情。

例如

①我当时有病，心境恶劣，我将这些零星的片段，记了下来，准备给我的学生路秉杰，“落红不是无情物，化作春泥更护花”。（摘自陈从周《书边人语》）

②现在，陈企霞同志也已作古。在他百日忌辰之际，我写就了此文，同时也想起了他常吟诵的两句古诗：“落红不是无情物，化作春泥更护花。”这两句诗，某种意义上可以当作他这个人的写照。（摘自胡国华《他已化作春泥——写在陈企霞同志百日忌辰之际》）

③路边的树叶褪去青绿色的衣装，换上了金银色的美丽的衣服，偶尔飘落的几片落叶让人不禁想起“落红不是无情物，化作春泥更护花”。（摘自郭玉婷《秋天，美丽的时节》）

④感恩就像一道闪亮的光芒，驱散黑暗与凄冷，照亮茫茫夜空，温暖着世间百态。龚自珍诗云：“落红不是无情物，化作春泥更护花”，这是一种真正意义上的感恩，是生命的答谢，是温情的延续，也是善意的传承。（摘自谢汝平《感恩之光点亮生活》）

⑤到了冬天，那些树光秃的枝干如同人的五指直指天空，它跟我们一样在凛冽的朔风中感到寒冷，但它牢牢抓住了脚下那一方泥土。落红

不是无情物，化作春泥更护花。在人们很轻易地就想起冰刀霜剑的时候，农场的树虔诚地挺拔在岁月深处，守望着又一度的春天。（摘自韩玉山《农场的树》）

煮豆燃豆萁，豆在釜中泣。本是同根生，相煎何太急！

诗出三国魏·曹植《七步诗》。刘义庆《世说新语·文学》："文帝（曹丕）尝令东阿王（曹植）七步中作诗，不成者行大法。应声便为诗曰：'煮豆持作羹，漉菽以为汁。萁在釜下燃，豆在釜中泣。本是同根生，相煎何太急！'帝深有惭色。"《汉魏六朝百三名家集·陈思王集》引《漫叟诗话》如条目所录四句。萁（qí）：豆秸，豆茎。釜（fǔ）：古代炊具，相当于现代的锅。这首诗的意思是：煮豆的时候燃烧豆秸，豆在锅里哭泣、埋怨。本是同根所生，何必如此急火相煎？后人常引用这首诗或只引后两句来比喻骨肉相残等。

例如

①你读过这首诗吗？"煮豆燃豆萁，豆在釜中泣。本是同根生，相煎何太急。"这是曹操的小儿子曹植写的一首脍炙人口的好诗。不过，咱现在不是来欣赏诗的贴切词藻和优美的韵律，而是透过诗意来看看曹植的哥哥——曹丕的嫉妒心。（摘自李鸣皋《冲破嫉妒的潜网》）

②"煮豆燃豆萁，豆在釜中泣。本是同根生，相煎何太急！"这是一千多年前曹植哀怨"兄弟相煎"的诗句，不料：今天有些知识分子也因自己的遭遇触发类似的慨叹。（摘自李德民《"庞涓"不该整"孙膑"》）

③"你有什么根据？"

"你心里比我清楚。"方墨轩一甩手，悻然而去，"真是煮豆燃豆萁，相煎何太急！"（摘自雪涅《三个人的一个故事》）

④在记者的采访中，许多负责海外业务的企业领导都喜欢用"独在异乡为异客，最怕他乡遇故知"、"本是同根生，相煎何太急"来表示对中国企业在海外市场"窝里斗"的困惑。（摘自张利娟《南北车背后的中国企业海外战》）

⑤在全民族抗战的旗帜下，我国各民族、各阶级、各阶层、各党派、各团体，精诚团结、众志成城、铜墙铁壁、持久恒力，筑起坚不可

摧、牢不可破的抗日统一战线，开创了国共两党团结合作、枪口对外同御外辱的先河，从而一次次避免了“煮豆燃豆萁”和“鹬蚌相持，渔人得利”，矗立起一座座抗战胜利的历史丰碑。（摘自桑士达《铭记历史 毋忘国耻 圆梦中华 日本军国主义侵略罪行岂容否认——写在中国人民抗日战争暨世界反法西斯战争胜利70周年之际》）

晴空一鹤排云上，便引诗情到碧霄。

语出唐·刘禹锡《秋词二首》之一。诗曰：“自古逢秋悲寂寥，我言秋日胜春朝。晴空一鹤排云上，便引诗情到碧霄。”排：推开，冲开。碧霄：碧蓝色的天空。这两句诗的意思是：在晴朗的秋空里，一只白鹤排云直上，那矫健的姿态，激动着我的诗情，引发出我的壮志，与之一同飞上碧蓝的高天。古人多悲秋。对秋天和秋色，刘禹锡却表现出与众不同的感受，唱出了高昂而令人鼓舞的激情。后人常引用这两句诗来表述类似的景物和奋发向上的激情。

例如

①我们走进石罅之中，仰首望，蓝天一线！忽见一朵白云，形如白鹤，从蓝天中飘过。有人情不自禁地朗诵两句古诗：

晴空一鹤排云上，便引诗情到碧霄。

这就是著名的“八步紧”了。（摘自张希征《千山揽胜》）

②贤人政治之所以潜伏着危机，纵有诸葛亮的明智也难以善终，还因为人的思维需要互补、共振、砥砺，才能撞开思维的火花。“晴空一鹤排云上，便引诗情到碧霄。”马克思不读亚当·斯密、圣西门、黑格尔的著作，不能写出震撼全球的《资本论》……（摘自吕克难《孔明之过的遐想》）

③“晴空一鹤排云上，便引诗情到碧霄。”聂卫平所表现出的这种顽强进取、坚定从容和崇高的责任感，必将成为全体青年的楷模。因为这是时代的需要。（摘自毕熙东《了不起，聂卫平！》）

④唐代诗人刘禹锡曾作《秋词》：“自古逢秋悲寂寥，我言秋日胜春朝。晴空一鹤排云上，便引诗情到碧霄。”仁人志士只会嗟叹时日之短，哪来得及伤春悲秋？排云而上的豪迈、直冲九霄的激情，才是中年应有的状态。（摘自严介和《中年况味是奋斗》）

⑤这个时候即使工作再繁重，每个人的眉宇之间也洋溢着轻松与悠

闲。此情此景，让我不禁想起刘禹锡的《秋词》：“自古逢秋悲寂寥，我言秋日胜春朝。晴空一鹤排云上，便引诗情到碧霄。”（摘自杜中伏《秋情》）

惶恐滩头说惶恐，零丁洋里叹零丁。

语出宋·文天祥《过零丁洋》。诗见“人生自古谁无死……”条引。南宋帝昺（bǐng）祥兴元年（1278）十月二十六日，文天祥在五坡岭（在今广东省海丰县北）被元军所俘。元将张弘范随即又去追击在崖山（在今广东省新会县南海中）的帝昺，强迫文天祥随船同往。此诗为诗人过零丁洋时所作。惶恐滩：江西省赣州市北章水、贡水合流处到万安县界赣江中有十八滩，其一为惶恐滩。零丁洋：在广东中山县南有零丁山，山下的海面为零丁洋。零丁：孤单，没有依靠。这两句诗的意思是：路经惶恐滩头，不觉涌起心中的惭愧、惊惧，船过零丁洋，难免悲叹处境的孤独、无靠。“滩”与“洋”，实有其地，诗人历经此地，而且都当兵败之时、被俘之日，心情与地名正好合一，吟出此句，构思奇巧。后人常引用这两句诗来说明心情不佳的处境。

例如

①一块无边无涯的黑布蒙住了天空。夜色，那么深重，四周的一世，仿佛被泼上了浓墨。“惶恐滩头说惶恐，零丁洋里叹零丁”。一艘电动拖船驶离珠江口，在零丁洋上悄然朝东南方向——香港前进。（摘自叶永烈《思乡曲——马思聪传》）

②那是一座新建的现代化码头。这就是当年文天祥“惶恐滩头说惶恐”的地方。《今日惶恐滩》，一幅照片的标题从钟国华脑子里闪过。（摘自陈安先《蜿蜒的界河》）

③“惶恐滩头说惶恐，零丁洋里叹零丁。”

尽管写诗人已去了八个世纪，他举袖望故国的颤抖，仍遗落在伶仃洋里，在雨中在浪里，有热泪点点，横飞竖洒，激荡不已。（摘自王维洲《雨中过伶仃洋》）

十三画

路曼曼其修远兮，吾将上下而求索。

语出战国楚·屈原《楚辞·离骚》。诗中句曰：“朝发轫于苍梧兮，夕余至乎县圃。欲少留此灵锁兮，日忽忽其将暮。吾令羲和弭节兮，望崦嵫而勿迫。路曼曼其修远兮，吾将上下而求索。”曼曼：古本也作“漫漫”，遥远的样子。修：长。求索：寻求。诗中指寻求“美人”，实指追求美好的理想。这两句诗的意思是：道路又长又远啊，美人在何方，我要上天入地到处去寻找。表现了诗人为追求理想而不畏困难的奋斗精神。后人常引用这两句诗来表示对理想的执意追求，或说明任务艰巨，还要作许多艰辛的努力才能达到目标。

例如

①“路曼曼其修远兮，吾将上下而求索。”这是我国古代伟大的诗人屈原的诗句，鲁迅将它作为他的小说集的题记，正是由于它非常形象而深刻地表明了文学创作首先是一种曲折漫长的社会人生探索。（摘自游焜炳《没有探索就没有文学》）

②路曼曼其修远兮，吾将上下而求索。这种占世界1/5人口的大求索，已经有了几个突破口，海南岛，就是迄今为止最大最宽松的一个突破口。（摘自雷铎《中国第二岛》）

③从婴儿坠地的第一声啼哭开始，人的一生就开始了。“路曼曼其修远兮，吾将上下而求索。”古往今来，在人生路上走过了一代又一代。（摘自《妇女之友·〈人生启示录〉稿约》）

④“路漫漫其修远兮，吾将上下而求索”，先生抱着此番信念，执着而且十分坚定。他无悔自己的选择，即使再孤独、再清贫、再默默无闻，先生从无遗憾也从不抱怨，他总是说如果自己的观点、思路能使后来人有所启发，有所感受，有所思索，能够抛砖引玉，那么他就是最大的成功，先生一生都在甘愿为他人作嫁衣裳。（摘自纪燕《愿为他人作嫁衣裳》）

⑤烽火台上游客压肩叠背，庙宇里香烟缭绕，香客们正顶礼膜拜，新老灯塔形态各异，交相辉映：见证了古城的千年兴衰，承载着近代百

余年的风风雨雨，铭刻着民族复兴的艰难历程，昭示后人，路漫漫其修远兮……（摘自哈本厚《故乡夜明珠——烟台山灯塔》）

腰缠十万贯，骑鹤上扬州。

语出南朝·宋梁间殷芸《小说》。文载："有客相从，各言所志，或愿为扬州刺史，或愿多资财，或愿骑鹤上升。其一人曰：'腰缠十万贯，骑鹤上扬州'，欲兼三者。"这两句诗语的意思是：我愿腰间带上十万贯金钱，骑着仙鹤上升，飞到繁华的扬州去做官。盖所谓"一举而三役济"，想要兼得富、贵、仙。既要有大钱，又要有势，还要成仙。实在是痴心妄想。清·文朔曾引用此典撰写一联："手著五千言，乘牛过函谷；腰缠十万贯，骑鹤上扬州。"后人常引用这两句诗语来说明享乐主义者的妄想等。

例如

①在现场，他又自编自演了一幕殉情自杀剧，那痛不欲生的动人情景，博得社会舆论的同情和马玉媛暗中的感动，借此为自己开脱罪责和取得马玉媛的好感，最终实现其全盘计划——带美人，挟巨资，到香港，达到"腰缠十万贯，骑鹤上扬州"的目的，逍遥自在地过着醉生梦死的生活。（摘自陈娟《丽都饭店艳尸记——〈昙花梦〉节选》）

②最好是金面金身，从胡须到指甲，浑然一色。腰间还系上个鼓鼓的金兜囊，再骑上一只大金鹤，显出"腰缠十万贯，骑鹤上扬州"之态，那就绝妙至极了。金者。乃"孔方兄"之母也。（摘自袁应龙《"画皮"新探》）

③唐宋时扬州一带有鹤，有诗为证："腰缠十万贯，骑鹤上扬州"。（摘自海笑《为见仙鹤望白头》）

④"腰缠十万贯，骑鹤上扬州。"五月的季节，我有幸参加了在江苏省扬州市举办的第二届中国扬州琼花节，并观赏到"惟扬一枝花，四海无同类"的琼花。（摘自王晓飞《五月扬州看琼花》）

暖风熏得游人醉，直把杭州作汴州。

语出宋·林升《题临安邸》。诗见"山外青山楼外楼……"条引。汴州：今河南省开封市，当时为北宋国都。这两句诗的意思是：暖洋洋的春风把游人吹得像喝醉了酒似的，那些达官贵人简直把这临时避难的杭州，当作故都汴州了。诗人书写杭州美景，旨在借景抒情，巧妙地表达了沉痛的心情，对南宋统治者进行了大胆地讽刺和挖苦。后人常引用这两句诗或只引前一句来描绘春天的美景之类。

例如

①“做官热”一起，便“暖风吹得游人醉，直把杭州作汴州”了。这些人只顾“热”，也就忘记了“官”这个概念，在新旧两个不同时代早已发生了质的变化。（摘自毛琦《“做官热”可虑》）

②原来，天堂里的司机并非不会笑，笑起来温煦灿烂，如春到西湖，“暖风熏得游人醉”——非不能也，乃不为也。（摘自陈若曦《天堂里的司机》）

③春天晒太阳，更有暖融融、令人陶醉的感觉。诗云：“暖风熏得游人醉”，并非夸张之词。（摘自吕游《话春游》）

④阳春三月，杭州西湖是最令人向往的，不仅在于湖光山色，桃红柳绿，还在于湖边、山里那些清静幽雅的喝茶处。龙井是茶客必到之地，清明谷雨时分，来龙井踏青问茶，正应了那句“暖风熏得游人醉”的诗句。（摘自潘春华《龙井问茶》）

⑤春风十里，暖风熏得游人醉。偶有宝马雕车携带着飘渺的香气从小路上驰过，又有三三两两的俊男美女携手游遍芳丛。（摘自魏心凝《烟花深处的扬州城》）

感时花溅泪，恨别鸟惊心。

语出唐·杜甫《春望》。诗见“国破山河在……”条引。花溅泪：愁人见花而流泪。一说，花因伤感时局而流泪。鸟惊心：愁人闻鸟而惊心。一说，鸟因怨恨离别而惊心。两说皆可通。“感时”句承上，“恨别”句启下。这两句诗的意思是：因感伤国家破亡，时局动乱，见到花开却使人流泪；因和家人久隔，别恨重重，听到春鸟鸣叫却反而惊心。正如司马光所说：“花鸟平时可娱之物，见之而泣，闻之而悲，则时可知矣。”（《温公续诗话》）后人常引用这两句诗来表达人逢离乱时的悲切心情。

例如

①同样是望月，“闺中”（人）在“独看”，而“感时花溅泪，恨别鸟惊心”的诗人自己，更是感到流离兵革中的苦痛：这就是诗中提到的“忆”。（摘自杨承丕《杜诗〈月夜〉》）

②我向他解释一番，他不仅不信，反而振振有词：“啊呀花会哭的，忘了你教我的那首唐诗了？‘感时花溅泪，恨别鸟惊心……’”。小家伙的论证让我哭笑不得。（摘自王永远《送我一支玫瑰花》）

③可是这样一来，将心比心，触景生情，“感时花溅泪，恨别鸟惊心。”一些离休的老同志会怎么想呢？将要离休的那两位又会想些什么？社会上许许多多的人又会想些什么？（摘自陈权《遗孀变成了遗忘》）

④曾几何时，大自然的景物便被文人用作托物言志、借景抒情的工具，大自然披上了一层神秘的感情面纱，与诗人们同悲共喜，“感时花溅泪，恨别鸟惊心”，“落霞与孤鹜齐飞，秋水共长天一色”，“枯藤老树昏鸦，小桥流水人家，古道西风瘦马，夕阳西下……”（摘自李爽《学会放手》）

⑤大凡到过云南大理的人，都对“下关风、上关花、苍山雪、洱海月”不会陌生。贺知章诗中的“二月春风似剪刀”，杜甫诗中的“感时花溅泪”，柳宗元诗中的“独钓寒江雪”，岳飞词中的“八千里路云和月”，就连闭门修炼的佛门禅子也对风花雪月情有独钟，“春有百花秋有月，夏有凉风冬有雪。若无闲事挂心头，便是人间好时节。”风花雪月构成了大理的奇妙。（摘自王景瑞《大理读云》）

衙斋卧听萧萧竹，疑是民间疾苦声。些小吾曹州县吏，一枝一叶总关情。

诗出清·郑燮《潍县署中画竹呈年伯包大中丞括》。衙斋：县衙书房。萧萧：风吹竹叶发出的声音。些小：形容官职低微。吾曹：我辈。关情：关心。诗的意思是：我躺在县衙的书房中，听着风吹竹叶发出的萧萧声，觉得好像是民间百姓发出的痛苦呻吟一样。尽管我辈是地位低微的州县小吏，但对老百姓的“一枝一叶”般的小事都应该关心啊！诗是呈给中丞包括的，是诗人“位卑未敢忘忧国”的写照，是诗人的自励，也是与包括的共勉。后人常引用这首诗或引其中的句子来表示忧国忧民之情，或表示对民情的关心之类。

例如

①其实，一生为老百姓办过不少好事，最后因赈济饥民“忤大吏，罢归”的郑板桥，何曾糊涂过？“衙斋卧听萧萧竹，疑是民间疾苦声。些小吾曹州县吏，一枝一叶总关情”，“直摅血性为文章”，“笔墨之外有主张”，他不过是看透了清王朝的腐败，自己回天无力，便以“糊涂”来自解，虽说有着麻醉自己的成份，却更多地蕴藉着愤慨。（摘自杨迎新《“难得糊涂”析》）

②企业领导注意为职工分忧解难，使工厂如家，职工自然也就爱厂如家。“一枝一叶总关情”，贾炳灿关心爱护职工，这是充满人情味的治厂之道。（摘自《人民日报》短评《一枝一叶总关情》）

③我们常常为一位新人的出现，为一篇作品的成功而喜不自胜。倾注下辛勤的汗水，使一枝一叶总关情，这情，苦乐参半，甘苦自知。（摘自蔡海滨《立足本省　扶植新人》）

④所有伟大的人，无不具有同情之心。雨果在他的遗嘱里说要把他的财产分给巴黎的穷人，是同情。杜甫在自己颠沛流离的时候写出：“安得广厦千万间，大庇天下寒士俱欢颜”，是同情。小小县官郑板桥“衙斋卧听萧萧竹，疑是民间疾苦声”，也是同情。（摘自王建华《解读同情》）

⑤一代雅吏郑板桥曾有诗云：“衙斋卧听萧萧竹，疑是民间疾苦声。些小吾曹州县吏，一枝一叶总关情。”这已经是被人们引用得太滥的话，但其言之殷切却值得为政者时时铭记在心。（摘自看客《一叶一枝总关情》）

遥知不是雪，为有暗香来。

语出宋·王安石《梅花》。诗曰：“墙角数枝梅，凌寒独自开。遥知不是雪，为有暗香来。”为：因为。暗香：幽细的香气。这两句诗的意思是：远远看去，知道那不是白雪压枝，而是梅花在凌寒盛开，因为有阵阵幽细的香味暗中飘来。“暗”字用得传神。后人常引用这两句诗来描写梅花的情态或品格。

例如

①洁白的宣纸上，画的正是花圃里的那棵梅桩，不过已经满枝花

蕾，吐露芳香，色彩淡雅，别具风格。画上题着王安石的两句诗："遥知不是雪，为有暗香来"。（摘自冰夫《难眠的秋夜》）

②你看，不是有一股疏香冷气吗？我说真是梅枝疏淡潇洒，梅花含苞欲放，遥知不是雪，为有暗香来。（摘自金肇野《和邓拓同志在一起的日子里》）

③干枝梅……直到冬季到来，坝上除森林外什么植物都枯萎了，她还独立寒冬，傲然挺立。这时，又使我想起了两首古诗，并顺口改了几处原词，连续地哼着"草原数枝梅，凌空独自开。遥知不是雪，为有暗香来"。"秋游芳草地，秋赏绿茵晖，秋饮坝上酒，秋吟干枝梅。"（摘自潘琪《干枝梅》）

④这时如要分辨是雪还是花，就不得不借助嗅觉了。古人所谓"遥知不是雪，为有暗香来""开时似雪，谢时似雪，花中奇绝。香非在蕊，香非在萼，骨中香彻"，便是这种辨别雪和花的经验之谈。（摘自王春华《料峭枝头细数梅》）

⑤站在冰面上轻轻抚摸杜鹃花，别有一番滋味在心头，不由得想起王安石的名诗《梅》来——"墙角数枝梅，凌寒独自开。遥知不是雪，为有暗香来"。要是王君在此，一定会写出比《梅》更好的绝唱千秋的佳句来。（摘自董得红《高原杜鹃花》）

遥知兄弟登高处，遍插茱萸少一人

语出唐·王维《九月九日忆山东兄弟》。诗见"独在异乡为异客……"条引。茱萸（zhū yú）：一种植物，落叶小乔木，叶子对生，卵形或椭圆形，花绿黄色。古代习俗，九月九日（重阳节）要登高插茱萸。据说，插此能避灾疫。这两句诗的意思是：今天，我在远方想到你们在家乡登高，个个应景遍插茱萸，一定会想起只少我一个人和兄弟们在一起。这样写，好像遗憾的不是自己未能和家乡的兄弟共度佳节，反倒是兄弟们佳节未能完全团聚；似乎自己独在异乡为异客的处境并不值得诉说，反倒是兄弟们的缺憾更须体贴。写得曲折有致，出乎常情。杜甫《月夜》："遥怜小儿女，未解忆长安。"意颇近之。后人常引用这两句诗借以抒发怀人的感伤之情。

例如

①在名单里，我看到过曾勉的名字；在小组会里，我常常听到同行

们议论他，一提起他，总是一阵愤懑、一阵惋惜、一番惆怅、一番哀叹，好一个无可奈何，大有“遥知兄弟登高处，遍插茱萸少一人”的感慨。曾勉这老头子到底怎么啦？（摘自黄宗英《橘》）

②角度是作家所选择的描绘事物的观察点。……它可以由一个镜头体现，“遥知兄弟登高处，遍插茱萸少一人。”也可以由一组镜头体现，“枯藤老树昏鸦，小桥流水人家，古道西风瘦马。夕阳西下，断肠人在天涯。”甚至也可以没有一个镜头，“生命诚可贵，爱情价更高。若为自由故，二者皆可抛。”（摘自王林书《为伊消得人憔悴——谈最佳角度》）

③悠悠三十又五载，两岸藕断丝尚连。多少人倾不完“遍插茱萸少一人”的伤感，多少人诉不尽“过尽千帆皆不是”的惆怅！（摘自阿原《国庆寄语》）

④一杯水端放于书桌之上，在灯光的照射下，泛着晶莹，衬托着相思的情怀。不禁想起王维的那首《九月九日忆山东兄弟》——“独在异乡为异客，每逢佳节倍思亲。遥知兄弟登高处，遍插茱萸少一人。”感怀的诗句，牵长的思念。时难聚首，离乡的人儿漂泊在千里之外的异地，想着家中节日的情景，偏偏只有自己不能回去和家人团聚，无限慨然！（摘自付磊《牵挂是福》）

⑤明年，小侄儿就要上大学了。姐姐说等小侄儿考上大学，她就来北京和家人团聚。每逢佳节，我也不用再替她发出“遥知兄弟登高处，遍插茱萸少一人”的感叹了。（摘自陈思思《思路花语》上）

遥望洞庭山翠小，白银盘里一青螺。

语出唐·刘禹锡《望洞庭》。诗曰：“湖光秋月两相和，潭面无风镜未磨。遥望洞庭山翠小，白银盘里一青螺。”山翠小：洞庭湖中小山很多，其中尤以君山的风景为最美。一作“山水翠”、“山水色”。青螺：指远望青山之状。《桂海虞衡志》：“青螺状如田螺，其大如拳，揩摩去粗皮，如翡色，雕琢为酒杯。”一说，青螺，即青螺髻，喻峰峦之状。这两句诗是描写洞庭湖山光水色的名句，意思是：远远望去，洞庭湖的君山青翠小巧，好像一个白银大盘里盛着一颗青螺酒杯。诗人将洞庭湖比作白银盘，将君山比作青螺杯，互相衬托，更显其美。后人常引用这两句诗来描绘洞庭湖中君山的秀美。

例如

①唐代诗人刘禹锡曾吟出“遥望洞庭山翠小，白银盘里一青螺”，富于形象性地描画了洞庭湖中君山的秀色；而这儿，则千姿百态的大小岛屿，星罗棋布，不可胜数。（摘自陈伯吹《作家楼的窗口》）

②她，历史悠久，有文字记载的，就已四千多年。名胜古迹，星罗棋布，曾有三十六亭、四十八庙。李白、杜甫、白居易等许多文人骚客，为她吟诗作赋，歌咏祖国锦绣河山，抒发诗人博大胸怀。唐代诗人刘禹锡在《望洞庭》中所描写的“遥望洞庭山水翠，白银盘里一青螺”，就是脍炙人口的佳句。（摘自陈淀国《君山美》）

③忽儿船头一转，面前蓦然挺起了一个小岛。突兀耸峙，青翠碧绿，映在波光水影里，让人悠然想起刘禹锡的诗句：“遥望洞庭山水翠，白银盘里一青螺。”（摘自郭建英《啊，小岛》）

④滔流至此，江面豁然开朗，江水徐缓沉静，形成一汪阔大的水域，中间簇拥着葱郁的思礼洲。用“遥望西江山水翠，白银盘里一青螺”来描摹是恰当不过了。（摘自王立球《探幽思礼洲》）

⑤“君山银针”产在岳阳，洞庭湖里洞庭山（又名君山），就是“淡扫明湖开玉镜”（李白）、“白银盘里一青螺”（刘禹锡）、“碧色全无翠色深”（雍陶）那个所在。（摘自秦燕春《潇湘地，湖南人，霸蛮茶》）

满纸荒唐言，一把辛酸泪！都云作者痴，谁解其中味？

诗出清·曹雪芹《红楼梦》第一回。在小说的楔子中，作者假托这部书的底稿是空空道人从石头上抄来的，后经“曹雪芹于悼红轩中，披阅十载，增删五次，纂成目录，分出章回”，题名为《金陵十二钗》，并题了这首绝句。这首诗是《红楼梦》中作者以自己身份来写的唯一的一首诗。荒唐言：没有根据而不尽情理的话，即所谓“假语村言”。痴：呆傻。都云：都说。解：懂得。诗的意思是：满纸上写的都是些没有根据而不尽情理的话，但其中却包含着种种血泪辛酸的现实生活和感受。都说作者呆傻，可是谁能真正懂得这难以直言的衷曲呢？这首诗，道出了作者用心之良苦，希望读《红楼梦》者能真正理解它的社会意义。后人常引用全诗或部分诗句来表述作者写作用心之良苦和恐怕不被别人理解的苦情。

例如

①但是，拍这样的巨著，毕竟谁都没有经验。“满纸荒唐言，一把辛酸泪”，曹雪芹为写《红楼梦》，倾注了几乎毕生心力与血汗，自不待言，王扶林在拍摄《红楼梦》过程中所经历的种种曲折坎坷、内忧外患，也足以编个小册子了。（摘自《大众电视》记者《胆大接红楼　三年辛酸泪——与〈红楼梦〉总导演王扶林一席谈》）

②我是运用“满纸荒唐言，一把辛酸泪”的艺术辩证法写戏，以跨朝越国的“荒诞”形式，去揭示人与社会的密切关系，历史与现实的内在联系，现实与未来的必由之路。（摘自魏明伦《我做着非常“荒诞”的梦——〈潘金莲〉遐想录》）

③“满纸荒唐言，谁解其中味”，这本是《红楼梦》里的诗句，但我们偏在读金庸时想到它。也许是因为他的书总能使我们感到轻松和愉悦，甚至鼓励我们索性荒唐一下。（摘自唐解放等《金庸启示录》）

④曹雪芹在谈到他的毕生心血之作《红楼梦》时，说了这样几句感言：“满纸荒唐言，一把辛酸泪。都云作者痴，谁解其中味。”堪称作者的肺腑之言，泣血心声。没有这样的“痴”，没有这样矢志不渝生死与之的“痴”，又怎么能铸就这座世界文学史上的奇峰呢？（摘自马军《大师的“痴”》）

⑤他们无法揣摩曹雪芹“满纸荒唐言，一把辛酸泪”的人生心境，无法演绎“情切切良宵花解语，意绵绵静日玉生香”的婉约情致，无法体味“明媚鲜妍能几时，一朝漂泊难寻觅”的世态炎凉，无法承载“忽喇喇似大厦倾”的悲壮情感。（摘自蔡恩泽《“闹”+“炒”=“红”》）

慈母手中线，游子身上衣。临行密密缝，意恐迟迟归。

语出唐·孟郊《游子吟》。诗见“谁言寸草心……”条引。题下自注：“迎母溧（lì）上作。”当是他在溧阳县作县尉时的作品。这四句诗的意思是：慈母手中的线，游子身上的衣。临行前的此时此刻，老母一针一线地为儿子密密实实地缝着衣服，是怕儿子迟迟难归啊。苏轼《读孟郊诗》说：“诗从肺腑出，出辄愁肺腑。”这正是一首由肺腑流出的歌颂伟大母爱的诗，千百年来一直脍炙人口。后人常引用这几句诗来歌颂母爱，也有人用来从另一方面反映游子远行之苦的。

例如

①人们的悼念，无法慰藉我无边的哀痛，我痴呆了很多时日，心中只有慈母的一双明澈温柔的眼睛，闪动着悲伤而圣洁的光，身上穿着的是一件我在湖北干校劳动时，母亲在沉疴中为我缝制的棉背心，“慈母手中线，游子身上衣。临行密密缝，意恐迟迟归”，我归来是太迟了，我奔回家中时，母亲已溘然长逝。（摘自范曾《芦荻波影——记我的母亲》）

②我……想起冬夜，瓦楞上薄霜泛着青光，油灯下母亲戴着老花镜，一针一线地缝补棉袄……“慈母手中线，游子身上衣”，如今，这深沉的母爱都织成回忆之网，撒入我的心湖！（摘自巴桐《魂兮归来》）

③游子，自古以来就是吃苦的化身，不然怎么有千古绝唱“慈母手中线，游子身上衣。临行密密缝，意恐迟迟归”呢？（摘自曼曼《“潮”说》）

④“慈母手中线，游子身上衣”，母亲的字典里，最重要的最醒目的就是她的孩子，她永远怕他们饿着、冻着、累着、委屈着。（摘自许朋乐《母亲的字典》）

⑤“慈母手中线，游子身上衣。临行密密缝，意恐迟迟归。”每当我看到家里衣柜中存放的那床色彩纷呈、松松软软的毛毯时，脑海中就涌出这首古诗，而母亲那慈祥、亲切的面容也随之浮现在眼前。（摘自孙丽媛《一针一线慈母情》）

意匠惨淡经营中

语出唐·杜甫《丹青引赠曹将军霸》。诗中句曰：“先帝天马玉花骢，画工如山貌不同。是日牵来赤墀下，迥立阊阖生长风。诏谓将军拂绢素，意匠惨淡经营中。斯须九重真龙出，一洗万古凡马空。”这八句主叙将军曹霸奉诏绘画“玉花骢”图。浦起龙谓：“二衬笔，二生马，二画态，二画妙也。”（《读杜心解》）意匠：陆机《文赋》：“辞程才以效伎，意司契而为匠。”意思是说使意境能巧妙地表现出来。惨淡经营：聚精会神，苦心构思。这句诗的意思是：曹将军奉诏画马，在聚精会神、苦心构思之中，把意境巧妙地表现出来。后人常引用这句诗来说明艺术创作的苦心经营，巧妙构思。

例如

①总之，一切景物的宾主虚实、浓淡深浅交相倚伏，所产生的韵律和节奏也是意境的组成部分，甚至一个镜头画面的远近，仰俯，正光、逆光，也都会产生不同的意念，杜甫有一句“意匠惨淡经营中”，作画如此，搞电影美工设计也一样。（摘自韩尚义《环境·情景·意境》）

②杜甫就曾用“意匠惨淡经营中”、“咫尺应须论万里”等诗句，来表达他对绘画构图艺术的认识。（摘自叶水涛《说“诗情画意”》）

③有比较才有鉴别。古典诗词由于作者写作时一直处于“意匠惨淡经营中”（杜甫《丹青引赠曹将军霸》），往往写时斟酌，写后推敲，出现一些同篇异词的情况。（摘自徐应佩等《比堪异词权衡优劣——古典诗词鉴赏经验之一》）

新竹高于旧竹枝，全凭老干为扶持。明年再有新生者，十丈龙孙绕凤池。

诗出清·郑燮《题画竹》。龙孙：笋的别称。辛弃疾《满江红》：“春正好，见龙孙穿破，紫苔苍碧。”又为竹名。许观《东斋记事·竹之异品》：“辰州有一种小竹，曰龙孙竹，生山谷间，高不盈尺，细仅如针。”善住《盆竹》：“岂知幺凤尾，元是古龙孙。”这里指新生之竹。凤池：“凤凰池”的简称。魏晋时中书省，掌管一切机要，因接近皇帝，故称“凤凰池”。后凡中书省机要位置，也都称为“凤凰池”，亦作“凤池”。李白《赠江夏韦太守良宰》：“君登凤池去，忽弃贾生才。”郑板桥这首诗的意思是：新竹茂盛，越长越高，超过了旧竹枝，但是，新竹全靠旧竹的老干相扶持。明年还要有新竹生出，高达十丈，围绕着凤凰池。此诗寓意深长，富于哲理，形象地表达了新竹（后辈）和老干（前辈）的关系，揭示出后来居上的客观规律。同时，也说明了后起之秀必须依靠前辈的扶持，唯其如此，才能秀色参天，亭亭玉立。后人常引用这首诗或只引前两句来表达这个意思。

例如

①清人郑板桥诗云：“新竹高于旧竹枝，全凭老干为扶持。明年

再有新生者，十丈龙孙绕凤池。”历史赋予我们老干部培养和扶持千千万万青年干部的光荣使命，我们要牢记党和人民的嘱托，以自己的辛勤工作，促使一大批青年干部茁壮成长起来。（摘自李侃《对青年干部要用而不疑》）

②“新竹高于旧竹枝，全凭老干为扶持。明年再有新生者，十丈龙孙绕凤池。”培养年轻干部，是老干部离开第一线前后的一件意义深远的事。（摘自郑赞《应该授予他们大功勋章——记一位老干部选拔、培养年轻干部的事迹》）

③“新竹高于旧竹枝，全凭老干为扶持。”我看，当前“老干”对“新竹”最好的“扶持”，莫过于把党的实事求是思想路线和优良作风传给他们，放手让新干部独立工作，真唱“主角”。（摘自毛书证《想起了子皮和诸葛亮》）

④“新竹高于旧竹枝，全凭老干为扶持”。新教师虽然在师范院校较为系统地学习过教育学、心理学和教材教法，但对于教育教学还缺乏实践经验，分析处理教材以及驾驭课堂教学的能力还比较差，这些都离不开有经验的老教师的指导，使新教师少走弯路，缩短成长周期。（摘自刘小华《如何让新教师脱茧成蝶》）

⑤清代郑板桥喜画竹，不仅留有许多绝妙的翠竹图，还留下《题画竹六十九则》。他称：“竹君子，石大人，千岁友，四时春。”他赞竹：“不是春风，不是秋风，新篁初放，在夏月中，能驱吾暑，能豁吾胸；君子之德，大王之雄。”他歌竹“咬定青山不放松，立根原在破岩中。千磨万击还坚韧，任尔东西南北风”的坚强不屈的性格和“新竹高于旧竹枝，全凭老干为扶持。明年再有新生者，十丈龙孙绕凤池”的老竹用新篁的精神。（摘自晓白《竹趣》）

新松恨不高千尺，恶竹应须斩万竿！

语出唐·杜甫《将赴成都草堂途中有作先寄严郑公》五首之四。诗曰：“常苦沙崩损药栏，也从江槛落风湍。新松恨不高千尺，恶竹应须斩万竿！生理只凭黄阁老，衰颜欲付紫金丹。三年奔走空皮骨，信有人间行路难。”新松：指前时栽下的劲松。恶竹：贾思勰《齐民要术》：“竹之丑者有四：曰清苦、白苦、紫苦、黄苦。”恶竹当指此类。杜甫准备回来后将重新整理草堂周围的花木，这里是预想之辞，意思是：新栽的小松树，恨不得它马上长高长大达到千尺；那些苦恶之竹，应该砍掉它千竿万竿啊！表达了作者爱憎分明的人格，很显然富有寓意，当是以松竹暗喻美好和丑恶的事物。后人常引用这两句诗来表达好恶之情。

例如

①在成都的杜甫草堂，我看到一副笔力雄劲的对联："新松恨不高千尺，恶竹应须斩万竿"，杜甫发自肺腑的诗句，借助陈毅元帅那麾动千军的腕力，像惊雷一样，轰鸣着古代老诗人和当代革命者一脉相继的共同理想。（摘自杨闻宇《走南闯北话对联》）

②新松恨不高千尺，夺取全国冠军对曲晶来说只是事业上的起步，今后的路还很长、很长……（摘自侯国珍《新松恨不高千尺——小记辽宁女柔队员曲晶》）

③这种材料本身还可以回收利用，是一种全新的绿色环保产品。由于它迎合了世界发展潮流，坊间时发"新松恨不高千尺"的喟叹，寄之厚望。（摘自李汉鹏《新材恨不高千尺》）

④老师、家长总是怕孩子不学习，总嫌孩子不努力，"新松恨不高千尺"。其实，你不要急，也不必"恨"，更不要那么"狠"，搞得孩子们眉头长皱，心存压力。（摘自梁衡《说兴趣》）

新栽杨柳三千里，引得春风度玉关。

语出清·杨昌浚《赠左宗棠》。诗曰："大将筹边尚未还，湖湘子弟满天山。新栽杨柳三千里，引得春风度玉关。"关于此诗的写作，《清朝野史大观》四《清朝艺苑（卷十）·塞外上左文襄诗》云："清左宗棠经略西域，出嘉峪关时，沿途插柳，初不过为志归途也，而积久成阴，风景一变。有湘中游士某谒公于塞上，献诗云：'大将征西久未还，……'公大击节，优礼遇之。"王之涣《凉州词》："黄河远上白云间，一片孤城万仞山。羌笛何须怨杨柳，春风不度玉门关。"此用其韵而反其义，歌颂西征将士，诗写得清新可喜。这两句诗的意思是：沿途随手新栽的杨柳树长达三千多里，引来春风吹过玉门关。后人在谈到杨柳或介绍左宗棠时，常引用这两句诗。

例如

①清朝左宗棠在新疆戍边时，令兵士自玉门关至乌鲁木齐、阿克苏沿途植树，"新栽杨柳三千里，引得春风度玉关"，传为美谈，至今这

一带还可以看到一些饱经一百多年风霜的“左公柳”，老树新枝，郁郁葱葱。（摘自贺青《绿叶赋》）

②“新栽杨柳三千里，引得春风度玉关”。今天，我们新一代青年要用自己的实际行动，实现使祖国“有地皆绿化，无处不葱茏”的爱国之志。（摘自刘延东《美我山河 壮我中华》）

③新疆人民念念不忘林则徐曾经挖过的坎儿井。左宗棠抬着棺材进新疆，种树种草，至今仍有左公柳，后人对此有诗赞道：“新栽杨柳三千里，引得春风度玉关。”（摘自徐刚《沉沦的国土》）

④“袅袅古堤边，轻轻一树烟”，美妙得让人窒息的温柔啊；“丝丝愁绪随风乱，濯濯风姿著雨妍”，愁绪在细雨新柳拂风的境界里只好欲说还休；“新栽杨柳三千里，引得春风度玉关”，有柳的阳关，离别便不再那么天愁地惨；“古渡欲牵游子棹，离亭留赠旅人鞭”，还有比柳更能羁绊游人脚步的物事吗？（摘自庄小艳《最爱杨柳青青时》）

数峰清苦，商略黄昏雨。

语出宋·姜夔《点绛唇·丁未冬过吴松作》。词曰：“燕雁无心，太湖西畔随云去。数峰清苦，商略黄昏雨。 第四桥边，拟共天随住。今何许？凭阑怀古，残柳参差舞。”商略：即商量、酝酿之意。这两句诗的意思是：远望秋天里无数山峰，凄清、幽寂，好像在低声商谈着酝酿一场黄昏雨。卓人月《词统》评曰：“诞妙。”清代画家方熏说：“古人用笔，妙有虚实，所谓画法，即在虚实之间。虚实使笔生动有机，机趣所之，生发无穷。”（《山静居画论》）王国维说：“有有我之境……有我之境，以我观物，故物皆著我之色彩。”（《人间词话》）此句写眼前之景物，暗含自我之情感，创造了一种深山清幽的境界。后人常引用这两句词来描述深山景物。

例如

①然而，当我突然感到纽约的高楼在雨雾中有一种特殊的寂寞与凄迷之美，联想到姜白石的“数峰清苦，商略黄昏雨”，我几乎希望交通阻塞的时间可以更长一点，让我充分体会那种新鲜而又繁复的感受。（摘自程步奎《从祝枝山的美感经验到瞿秋白的豆腐》）

②他登美国丹佛山、落基山，蓝天白云、怪石白雪，美则美矣，但他却感到“心寒眸酸”不是滋味。心底萦回的仍是中国诗词里“荡胸生

层云”、“商略黄昏雨”的意趣，仍是中国山水间那“白云回望合，青霭入看无”的境界。（摘自罗田《冷雨澌澌洗热肠——读余光中〈听听那冷雨〉》）

③一来高，二来干，三来森林线以上，杉柏也止步，中国诗词里“荡胸生层云”，或是“商略黄昏雨”的意趣，是落基山上难睹的景象。落基山岭之胜，在石，在雪。（摘自余光中《听听那冷雨》）

④商略黄昏雨，可是这雨终朝不息，如同愁肠百结千结万劫不复。听听那冷雨。林妹妹写道：“冷雨敲窗被未温。”（摘自唐玉霞《冷雨》）

十四画

碧玉妆成一树高，万条垂下绿丝绦。不知细叶谁裁出，二月春风似剪刀。

诗出唐·贺知章《咏柳》。题一作《柳枝词》。碧玉：青绿色的玉石。古代文学作品中常用碧玉形容美女，如“碧玉破瓜时”（乐府歌辞《碧玉歌》），“碧玉小家女”（萧绎《采莲赋》）。这里是形容柳叶的颜色。妆：妆饰，打扮。绦（tāo）：用丝编成的带子，这里形容柳条。这首诗的意思是：一株高高的柳树，宛如用碧玉妆扮成的美人，袅娜多姿，垂下万条丝带似的柳条，静静地不摇不动。有人问：不知这柳树的细叶是哪双灵巧的手剪裁出来的？回答道：是二月的春风，像锋利的剪刀一样把柳叶剪裁出来的呀！诗写早春二月，嫩柳苏条，先概括全貌，后细绘枝条，提问铺垫，比喻绝妙，形象新奇，引人联想。后人常引用这首诗或其中的语句来描绘春风杨柳之类。

例如

①古代诗人用美妙的辞章描写绿色的出现，抒发了心头的喜悦。贺知章写道：“碧玉妆成一树高，万条垂下绿丝绦。不知细叶谁裁出，二月春风似剪刀。”春天来了，诗人看见柳条吐出新绿，像少女的一头长长的秀发，迎风摆舞，这眼前的美丽景色，触发了他对春天的喜悦心情，他尽情地歌唱春风的奇妙力量。（摘自贺青《绿叶赋》）

②这里不是既有“万条垂下绿丝绦”（贺知章《咏柳》）的风景画，又有“折柳送别”的社会风俗画吗？细读全文，清新俊逸，韵味无穷。（摘自杨炽刚《咏物托义 形神兼备——读散文〈柳成荫〉》）

③一片碧绿托起一层嫩黄，“二月春风似剪刀”，是春风把它们裁出的么？（摘自孙伯阳《畲山名茶散记》）

④这不，当“柳丝袅袅风缲出，草缕茸茸雨剪齐”，或者“一树春风千万枝，嫩于金色软于丝”，甚至“碧玉妆成一树高，万条垂下绿丝绦”时，你能不全身心感受到春的悄然降临么？（摘自金伯弢《漏泄春光有柳条》）

⑤世界各地多能看到柳树，一般长得高大茂盛，但北极柳却非常矮小，只能匍匐在地贴着地皮生长，植株就像一蓬草，一年中枝条只能延

长1毫米至5毫米，即使生长多年，北极柳也仅有20多厘米高，全然没有江南柳树“碧玉妆成一树高，万条垂下绿丝绦”的悠然秀色。（摘自邓卉《北极柳》）

蝉噪林逾静，鸟鸣山更幽。

语出南朝梁·王籍《入若耶溪》。诗曰：“艅艎何泛泛，空水共悠悠。阴霞生远岫，阳景逐回流。蝉噪林逾静，鸟鸣山更幽。此地动归念，长年悲倦游。”此诗写泛溪而伤久客。《梁书·文学传》：“籍除湘东王咨议参军，随府会稽。郡境有云门天柱山，籍尝游之，或累月不反。至若耶溪赋诗，其略云：‘蝉噪林逾静，鸟鸣山更幽。’当时以为文外独绝。”若耶溪：在今浙江省绍兴县南若耶山下。噪：虫鸟鸣叫。逾（yú）：越发，更加。幽：深远，僻静。这两句诗的意思是：山林里有蝉和鸟的叫声，更显得环境的寂静和幽雅。《诗经·小雅·车攻》：“萧萧马鸣，悠悠旆旌。”《颜氏家训·文章篇》：“《毛传》曰：‘言不喧哗也。’吾每叹此解有致，籍诗生于此意耳。”诗人除了切身体察事物外，显然是受了《诗经》的启发和影响。后人颇多效法，如“一声啼鸟禁门静，满地落花春日长”（唐·王随），“一鸠鸣午寂，双燕语春愁”（宋·陈师道）等，都属东施效颦，未见佳处；而王安石用其句入《钟山即事》云“茅檐相对坐终日，一鸟不鸣山更幽”，世谓“点金成铁矣”；唯杜甫“春山无伴独相求，伐木丁丁山更幽”（《题张氏隐居二首》之一）稍有点味道。后人常引用王籍这两句诗来描写静境。“逾”多误引用“愈”。

例如

①芙蓉鸟鸣声清脆婉转，使人置身于“蝉噪林逾静，鸟鸣山更幽”的意境。（摘自黄海振《养鸟有益健康》）

②虽然已是秋暮，但山中气温还比较高。鸣蝉在树，山鸟啁啾，此刻真正体会到了“蝉噪林逾静，鸟鸣山更幽”这两句诗的妙谛。（摘自王充闾《三人行》）

③满耳但闻蝉声，“蝉噪林愈静，鸟鸣山更幽”，我们现在进入的正是这种境界。这儿真是安静极了。（摘自蒋永星《“庐结西郊别样幽”——访曹雪芹纪念馆》）

④“稻田凫雁满晴沙，钓渚归来一径斜。”一羽飞禽作陪，温庭筠

的郊居多么惬意自在；“蝉噪林逾静，鸟鸣山更幽。此地动归念，长年悲倦游。”以动衬静，这是南朝王籍倾听鸟鸣的感觉；“人闲桂花落，夜静春山空。月出惊山鸟，时鸣春涧中。”王维由明月、落花、鸟鸣，带人领略幽静迷人的春山景色，一片生机。（摘自潘姝苗《尘世的鸟鸣》）

⑤这里没有汽车、火车的笛声，也没有村舍的狗吠鸡鸣。蝉噪林逾静，鸟鸣山更幽，只有连队的号声间或短暂地打破它的静穆。（摘自孙菁阳《七月随想》）

嘈嘈切切错杂弹，大珠小珠落玉盘。

语出唐·白居易《琵琶行》。诗中句曰：“转轴拨弦三两声，未成曲调先有情。弦弦掩抑声声思，似诉平生不得志。低眉信手续续弹，说尽心中无限事。轻拢慢捻抹复挑，初为《霓裳》后《六幺》。大弦嘈嘈如急雨，小弦切切如私语。嘈嘈切切错杂弹，大珠小珠落玉盘。”嘈嘈：形容粗重舒长的弦声。切切：形容细促轻幽的弦声。“大珠小珠”句：这里是比喻琵琶声的轻脆圆润，悦耳动听。这两句诗的意思是：大弦粗重舒长的嘈嘈声，小弦细促轻幽的切切声，交错地弹奏着，好像大珠小珠落在玉盘里一样轻脆圆润，美妙动听。后人常引用这两句诗或只引后一句来比喻抑扬顿挫、妙语连珠、富于变化的艺术效果。

例如

①草地的夏夜也得烤火，沙力初通此地的取暖之道。一会儿，他点着了炉子，用炊事房使用的那种长柄勺舀起一勺勺羊粪填进炉膛。羊粪硬如钢珠，落在炉盘上叮叮当当响。“嘈嘈切切错杂弹，大珠小珠落玉盘。”他莫名其妙地想起了《琵琶行》。（摘自周永年《遥远的牧场》）

②此外，还使用了双声或叠韵字，如“仿佛”、“抖擞”。这样读起来声音抑扬顿挫，变化多姿和谐动听，收到了“嘈嘈切切错杂弹，大珠小珠落玉盘”的艺术效果。（摘自李彦循《〈春〉的音乐美》）

③水面上，雨滴如珠，像一块长形的玻璃板上，跳跃起无数的玉粒，给人“大珠小珠落玉盘”之感。（摘自张永权《长湖秀色》）

④还有文本打破了散文书写的常规顺序，长句短句相间，恰似白居易笔下“嘈嘈切切错杂弹，大珠小珠落玉盘”的效果，长句读来如行云

流水，短句读来如步步莲花，“听听，那冷雨。看看，那冷雨。嗅嗅闻闻，那冷雨，舔舔吧，那冷雨。”韵律、节奏、灵气，如诗、如画、如歌，可吟、可观、可诵。（摘自马彩娥《至真 至美 至远——对〈听听那冷雨〉的赏析》）

⑤冰凉的叶瓣托在掌心之间，水滴晶莹像谁在调皮弹拨的玻璃珠子，在荷叶做成的琴盘上跳来跳去，似有叮咚之声，虽无声却胜似天籁，这正是：“嘈嘈切切错杂弹，大珠小珠落玉盘。”（摘自潘姝苗《邂逅一片荷塘》）

嘤其鸣矣，求其友声。

语出《诗经·小雅·伐木》。诗第一节曰：“伐木丁丁，鸟鸣嘤嘤。出于幽谷，迁于乔木。嘤其鸣矣，求其友声。相彼鸟矣，犹求友声；矧伊人矣，不求友生。神之听之，终和且平。”这两句诗的意思是：鸟儿嘤嘤地叫呵，要把朋友的声音找。后人常引用这两句诗来比喻社会上的人也同鸟儿一样要找自己的朋友。

例如

①中国人民正在从事着本世纪末把中国建成四个现代化强国的艰巨事业。这是中国历史上的又一关键时刻，很需要一个和平稳定的国际环境，和他国经济、技术的合作与帮助。《诗经》上说：“嘤其鸣矣，求其友声”，我们正处在这种时刻。（摘自赵忆宁《为了中日人民的世代友好》）

②这种心情是可以理解的。“嘤其鸣矣，求其友声”。鸟儿如此，何况人乎！更何况处于集群意识特别强烈时期的青年人呢。（摘自金马《A君，听说你踏上了改革之路》）

③一位哲人说，人生的悲剧大半是不会笑造成的。怨不得天，尤不得人。多愁善感的，怀才不遇的，身残赘心的，改革受压的——笑的艺术是揉碎黑暗，嘤其鸣矣，求其友声。（摘自苏开《笑吧，给时代一束朝霞》）

④“嘤其鸣矣，求其友声。”当一种看法得到附和固然高兴，有不同音调也是一种愉快，尤其是争辩后的思考，往往有出其不意的长进，我与小野先生就因为有不同见解成为挚友，交往25年。（摘自刘志琴《不拘一格求真知》）

⑤人之交友出于天性，“嘤其鸣矣，求其友声”，为的是人生路上能有几位同行的伙伴，走得不寂寞，如周华健的歌声：“朋友一生一起走，那些日子不再有，一句话一辈子，一生情一杯酒，朋友不曾孤单过，一声朋友你会懂……”（摘自朱少飞《一声朋友你会懂》）

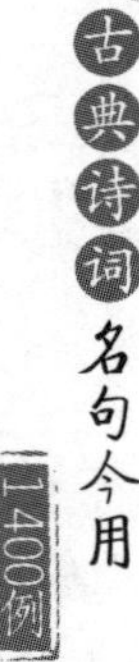

十五画

横看成岭侧成峰，远近高低各不同。

语出宋·苏轼《题西林壁》。诗见“不识庐山真面目……”条引。横看：从正面看。岭：顶端有路可走的山，形状长而平。峰：山的顶峰，形状尖而高。这两句诗的意思是：正面观看庐山，是高岭横空，从侧面观望，又成了峭拔的奇峰，随着远近高低的转移，更是千姿百态，气势不同。诗人从庐山移步换形，写出了庐山变化多端，令人目迷神奇、不可辨认的多种姿态。后人常引用这两句诗来说明从不同的角度看事物，看问题，会得到不同的印象和结论。

例如

①客观事物是极为复杂生动的，它本身就往往包含着多方面丰富的含义。因而，对同一个事物，人们可以表现出不同的认识和看法。正如北宋诗人苏轼所言：“横看成岭侧成峰，远近高低各不同。”（摘自刘子良《怎样选择最佳议论角度》）

②苏东坡的诗：“横看成岭侧成峰，远近高低各不同”，实际上也可以说明，作文中的同一则材料，如果从不同角度去分析，往往可挖掘出其不同的含义，用以表达不同的主题。（摘自钟定武《做积累材料的“巧妇”》）

③即以戏曲片《红楼梦》而言，其中的角色，就恰如其分地反映了原著的原意吗？黛玉哭哭啼啼，宝玉疯疯癫癫，真是“横看成岭侧成峰”，其实也难免有各取所需的地方。（摘自公今度《就算读过〈红楼梦〉》）

④大巴一会儿在山头上，一会儿又在山谷中，远眺似被山峰挡道，驰近又豁然开阔，领略“横看成岭侧成峰，远近高低各不同。不识庐山真面目，只缘身在此山中”的深邃哲理和奇妙意境。（摘自夏天《走进江西千户苗寨》）

⑤宋代诗人苏东坡《题西林壁》云：“横看成岭侧成峰，远近高低各不同。不识庐山真面目，只缘身在此山中。”可谓是对角度的充分肯定。人在庐山中，反而不识庐山真面目；倘若跳出庐山看庐山，则远近

高低，各显异彩。（摘自晓寒《角度比距离更重要》）

稻花香里说丰年，听取蛙声一片。

语出宋·辛弃疾《西江月·夜行黄沙道中》。词曰“明月别枝惊鹊，清风半夜鸣蝉。稻花香里说丰年，听取蛙声一片。　七八个星天外，两三点雨山前。旧时茅店社林边，路转溪桥忽见。”这两句承上景物描写，又转新境，意思是：在浓重的稻花香中，人人畅说今年是个丰收之年，一片青蛙的欢叫声，似乎也在为丰收而欢欣鼓舞。这是一首描写农村夏夜幽美景色的词。作者通过浓馥的稻香和喜人的蛙声，表现出自己对丰收在望的喜悦心情。笔调轻快，摹写逼真，具有乡土气息。后人常引用这两句词来表达丰收的喜悦情怀。

例如

①因此，我十分欣赏宋人词篇里的名句：“稻花香里说丰年，听取蛙声一片。”——论意境之美，是不消说的了，单是选取“丰年听蛙”的角度，就实在耐人寻味不已……（摘自熊述隆《蛙声赋》）

②辛弃疾有首词云：“稻花香里说丰年，听取蛙声一片。”以此来形容丘县农民漫画创作的发展再贴切不过了。（摘自彭占魁等《农民漫画家陈跛子和“青蛙”小组》）

③南海人爱香，实非癖好。芝兰之室以香夺人，山海之珍因香养口。“宝马雕车香满路”，“稻花香里说丰年”。香的反对者，上下古今，估摸无几。（摘自陈伯坚《说香》）

④“稻花香里说丰年”。在那片田野上，土地曾经的贫瘠已成为历史。金黄的稻浪，歌唱着农民的小康生活，歌唱着国土资源卫士对人民的忠诚，对土地的热爱。（摘自黄云清等《金黄的旋律》）

⑤每天放学回家吃过晚饭后，我要么是坐在月光下，听大人教唱“月光光，水光光，照得姐姐洗衣裳……”之类的儿歌；要么坐在门前，独自享受着“稻花香里说丰年，听取蛙声一片”的乐趣。（摘自康美权《五月听蛙鸣》）

醉卧沙场君莫笑，古来征战几人回？

语出唐·王翰《凉州词》。诗曰：“葡萄美酒夜光杯，欲饮琵琶马上催。醉卧沙场君莫笑，古来征战几人回？”沙场：平沙旷野，多指野外战场。这两句诗写边疆战士在盛大的筵席上畅饮的情况，意思是：请你不要笑我多喝了几杯，醉倒在沙场上，要知道，古来出征的将士有几人能够活着回去呢？施补华《岘佣说诗》认为这两句诗：“作悲伤语读便浅，作谐谑语读便妙，在学人领悟。”其实是悲中有壮。戴叔伦《塞上曲》之二有句云：“愿得此身长报国，何须生入玉门关！”意同而写法不同。戴句直言，王用曲笔。语似写战士们借酒消愁，悲伤哀叹，而实是醉后豪言，表达出战士们忠勇报国、视死如归的大无畏气概。当然，“古来”句语涉夸张，从中也暗露出战士们的复杂心情。后人常引用这两句诗来表达悲壮的情怀。

例如

①更主要的是，狄国平是个不折不扣的热血男儿，典型的中国军人。“醉卧沙场君莫笑，古来征战几人回？”“但使龙城飞将在，不教胡马度阴山！……”这些悲壮慷慨并千古流传的诗句无时无刻不在深深激励着他身上本来就沸腾的爱国主义、英雄主义亢奋的基因。（摘自尹西农《中国魂——献给前线红军师》）

②给我讲这些故事的是一位助理研究员，50年代的大学生。他抚着斑斑白发说：“到沙坡头后我方懂得，为什么古人要称战场为沙场了！唐代诗人王翰不有这样的诗句么，‘醉卧沙场君莫笑，古来征战几人回’？”（摘自陆拂为《对弈——“沙都”纪事》）

③眼下丰收，家乡的醪糟更香了，更甜了，更多了。何日凯旋，再来一次“醉卧沙场君莫笑”呢？（摘自赵敏《乡情，飘荡在金风中》）

④“醉卧沙场君莫笑，古来征战几人回。”“黄沙百战穿金甲，不破楼兰终不还”。唐诗的豪情，入宋便阑珊，徒增了些悠闲苍老。宋人偏好幽暗里的静谧，连阳光都害怕，更何谈塞外？（摘自韩立平《“死”在句下》）

⑤中国人对悲情概括得精妙，以三句诗为最：“问君何事陷囹圄，怜君何事向天涯”；“昔时人已殁，今日水犹寒”；“醉卧沙场君莫笑，古来征战几人回”。其一为牢狱之灾、终生负痛的悲哀；其二是大业未成、撒手尘寰的悲痛；其三乃黑白难辨、功败垂成的悲壮。（摘自伍一《王的悲情男人》）

踏破铁鞋无觅处，得来全不费功夫。

语出明·施耐庵《水浒》第三十六回。诗曰：“冤仇还报难回避，机会遭逢莫远图。踏破铁鞋无觅处，得来全不费功夫。”话亦有所本。元·马致远《吕洞宾三醉岳阳楼》杂剧：“踏破铁鞋无觅处，算来全不费功夫。”觅（mì）：寻找。这两句诗的意思是：吃尽千辛万苦也无处找到，却偶然间毫不费气力地得到了。后人常引用这两句诗来说明事物的成功带有偶然性等。

例如

①艰苦奋斗同守株待兔是一样的前途，就踏在自己的脚底下。可以是“踏破铁鞋无觅处”，也可以是“得来全不费功夫”的哪！（摘自高晓声《蜂花》）

②正在上岗的约翰逊紧张地摆弄着号码。随着号码组合的变化，只见那把沉重的大锁的一端突然无声地开启了。这真是“踏破铁鞋无觅处，得来全不费功夫”，约翰逊抑制住兴奋的心情，匆忙将它重新锁好。（摘自杨叙《泄密案发生在巴黎信使中心》）

③踏破铁鞋无觅处，得来全不费功夫。其实，不妨让我们去清理一下那些被历史遗忘的角落，或许意想不到的答案就在那里。这个答案未必能够指点迷津，但却可以拨云见日。（摘自王新业《境界本身是一种智慧》）

④其实万事都是要缘分的。譬如我们遇到一个陌生人，第一感就有“顺眼”、“不顺眼”之分，但原先一丁点恩怨也没有。譬如踏破铁鞋无觅处，费尽千辛万苦找不到，突然一个极偶然的机会，碰到了，或者是找到了——得来全不费功夫。（摘自二月河《读书要缘分》）

⑤能够寻觅到一块集文字、图案、象形“三位一体”的奇石，是众多收藏家和奇石爱好者梦寐以求的愿望。“踏破铁鞋无觅处，得来全不费功夫”。十年前，笔者的一位朋友到新疆出差，无意中得到了这块奇石。（摘自王十《“天王”至尊》）

十六画

燕山雪花大如席，片片吹落轩辕台。

语出唐·李白《北风行》。诗曰：“烛龙栖寒门，光耀犹旦开。日月照之何不及此，唯有北风怒号天上来。燕山雪花大如席，片片吹落轩辕台。幽州思妇十二月，停歌罢笑双蛾摧。……”燕山：山名。在今河北省蓟县东南。这里概指燕山一带，并非专指燕山。轩辕台：遗址在今河北省怀来县乔山上。此篇为诗人北游幽州时所作。这两句诗的意思是：北国幽燕一带的雪花大如席子，一片片地吹落在轩辕台上。写环境险恶，极尽夸张渲染之能事，为下面诗中主人公的出场铺写具有典型性的环境，以衬写战士之苦，揭示思妇之痛。后人常引用前一句诗来夸说雪花之大，或用于说明夸张的例句。

例如

①“燕山雪花大如席”，果然名不虚传，风雪弥漫了山路，遍地皆白，呵，绿的军装，红的领章，像条条绿带、朵朵山花。山坡崖角，一夜之间遍布绿色帐篷，把景忠山装点得丰神异彩，这是从津门和内蒙科尔沁草原开来凿12.69公里引水隧洞的人民子弟兵。（摘自解国祯《滦水茶香》）

②漫天飞舞的大雪。李白浪漫主义的诗句：“燕山雪花大如席。”大如席的有序的晶体，踏着复杂的“迪士科”节奏，即兴凌空舞，够刺激！（摘自祖慰《困惑，在双轨上运行——教授和狼孩的同构》）

③李白诗云：“燕山雪花大如席”，极言燕山雪花之大。这自然是文学上的夸张。（摘自陈孙华《六出飞花 异彩纷呈》）

④从地理上看，北京邻近内蒙古大草原，西风东渐，赫赫有名的西伯利亚寒流常经过它而南下，它也首先经历风雪的洗礼与寒流的考验，所以古时即有“燕山雪花大如席”的夸张形容。（摘自洪烛等《北京的风与沙尘暴》）

⑤浩浩冬日，不光有“燕山雪花大如席，片片吹落轩辕台”的壮阔景象，也有“长安雪后似春归，积素凝华连曙辉”的天国胜景。（摘自如明《冬来飞雪总入诗》）

噫吁戏，危乎高哉！蜀道之难，难于上青天。

语出唐·李白《蜀道难》。诗开篇曰："噫吁戏，危乎高哉！蜀道之难，难于上青天！蚕丛及鱼凫，开国何茫然。尔来四万八千岁，不与秦塞通人烟。……"噫吁戏：见物惊诧而发出的叹声，蜀地方言。这四句诗的意思是：唉呀呀！多么高大险峻啊！蜀道的艰难，比上青天还要难啊！诗人凭空起势，用惊讶的口语唱出了对蜀道艰险的感叹。后人常引用这几句诗，主要是引用后两句诗来描绘蜀道的险峻艰难，或借以夸说某种事情之难。

例如

①"噫吁戏，危乎高哉！蜀道之难，难于上青天！"蜀道古栈，自古令人谈虎色变。（摘自宋晖《留在蜀道上的影迹——〈镖王〉摄制组拍摄追记》）

②可是，大约从去年开始，在我省某市某馆的一次演出中，突然卖到18元至20元一张；过了不久的另一次演出，又上升到25元，而在前些天的一次演出中，则卖到40元一张。"噫吁戏，危乎高哉！"这么令人吃惊的大价码，真是不能不让人深思了！（摘自江东《飞涨的票价》）

③诗人李白曾经感叹"蜀道之难，难于上青天"。而今，成渝铁路穿越千山万水，而且还有空运、水运之便，真可谓"蜀道易，易于履平地。"（摘自朱峻峰《时代的画卷　国家的缩影》）

④谁说蜀道之难难于上青天？你不是从蜀道上走出来了吗？你不是已经走过来了吗？你还会走得很稳很稳，你还会攀得很高很高的……我想，是这样。（摘自顾晓军《凝重的绿色》）

⑤会议结束后，我特意前往四川剑门古蜀道寻访李白的足迹，可如今交通之发达，昔日"蜀道之难，难于上青天"的景象已不复存在，但剑门古蜀道上万棵千年古柏，犹如一件件不朽的活化石档案，更似一条条莽莽苍龙，穿峡谷、越沟渠、翻高峰、破云雾，磅礴气势，令我惊叹不已！（摘自黄海《壮哉！蜀道古柏》）

十七画

羁鸟恋旧林，池鱼思故渊。

语出晋·陶潜《归园田居》五首之一。诗曰：“少无适俗韵，性本爱丘山。误落尘网中，一去三十年。羁鸟恋旧林，池鱼思故渊。开荒南野际，守拙归园田。……”是一首写归隐园田的诗。羁（jī）鸟：被关在笼中的鸟。一作“羁马”。池鱼：被养在池塘里的鱼。渊：潭。何孟春注：“《古诗》：‘胡马嘶北风，越鸟巢南枝’。张景阳《杂诗》：‘流波恋旧浦，行云思故山’，陆士衡诗：‘孤兽思故薮，羁鸟悲旧林’。皆言不忘本也。”这两句诗的意思是：被关在笼中的鸟眷恋着旧时的山林，被养在池里的鱼思念着往日的深潭。诗人以羁鸟和池鱼作比喻，写自己在仕途中思恋田园生活的心情，同时兴起下文。后人常引用这两句诗来比喻人不忘记自己的家乡。

例如

①“羁鸟恋旧林，池鱼思故渊。”李铁铮心头完全恢复了平静，只盼着早飞故国。（摘自魏秀堂《他经巴黎归来——李铁铮先生回归纪略》）

②他又顺步来至潭内的春秋阁里，跷首遥望半屏山，在夕阳下，半屏山残彩参差，虚无缥缈，景色可谓迷人，但他恨半屏山为什么不和大陆连起来而是半屏！这一切对他竟是这样索然无味，他无言缓步回转而去，一种“羁鸟恋旧林，池鱼思故渊”之情驱使着他一到小楼便合衣而睡了。（摘自罗湛源《关山难断世间情》）

③当时我很蹊跷：人们对于笑虹为啥这般敬爱？“羁鸟恋旧林，池鱼思故渊”，去人葬故土，古往今来都是这样，这位将军的骨灰为啥不葬在生身之地，却抛在这遥远的异水他乡？（摘自王文杰《他笑在彩虹中》）

④羁鸟恋旧林，池鱼思故渊。有位作家说过：“人生的种种努力不外乎两个字：回家。”（摘自阿榕《不回家，也过年》）

⑤当我于庆祝祖国六十华诞之际终于回到早已在梦中回了多少次的寨子村之时，那种“羁鸟恋旧林，池鱼思故渊”的浓浓眷恋之情，便如窖中储存的老酒，愈来愈浓。（摘自翟峰《苟贵的故事》）

二十一画

露从今夜白，月是故乡明。

语出唐·杜甫《月夜忆舍弟》。诗曰：“戍鼓断人行，边秋一雁声。露从今夜白，月是故乡明。有弟皆分散，无家问死生。寄书长不达，况乃未休兵。”公元759年秋夜，杜甫在秦州，怀念他的分散在河南、山东的几位弟弟而作此诗。这两句诗，出句写自然时序，诗或作于白露节的夜晚，对句写心理幻觉，意思是：秋露从今天开始变白，天气渐冷，月亮无处不明，可是因为怀念亲人，便觉得故乡的月更明。这样写，突出了对“故乡”的感怀。后人常引用这两句诗或只引后一句来表达远离家乡亲友，涌起乡思，故觉得故乡风物更加美好情亲之意。

例如

①“露从今夜白，月是故乡明”；乔木展旧国之思，行云有故山之恋。（摘自周佩红《乡思种种》）

②话虽如此，杜工部句所咏“露从今夜白，月是故乡明”这种什么都觉得故乡最好的心情，在大多数人的胸臆里，还是深深地潜在着的。（摘自秦瘦鸥《阳光下的故乡》）

③女儿陈玉虽然出生在香港，但从小受到曾祖父思乡情怀的熏陶，在她幼小的心灵里，早就播下了“月是故乡明”的种子。（摘自陈国松《沙头角风情》）

④从古至今，人们的心灵深处都潜伏着深厚的恋土和思乡情结。“戍鼓断人行，边秋一雁声。露从今夜白，月是故乡明”，唐代杜甫这千古流传的诗句正是这一故乡情结的写照。（摘自韩玉洁《军工乡恋》）

⑤以前读杜甫《月夜忆舍弟》诗：“露从今夜白，月是故乡明”，杜牧《宣城赠萧兵曹》诗：“花时去国远，月西上楼频”。总觉言过其实，然而当远离故乡独处异地后，才真正理解了其中的苍凉。（摘自张世普《月满中秋》）

附录
Fu Lu

名句分类索引

景物描写

接天莲叶无穷碧，映日荷花别样红。/ 249

欲把西湖比西子，淡妆浓抹总相宜。/ 261

晴空一鹤排云上，便引诗情到碧霄。/ 280

遥望洞庭山翠小，白银盘里一青螺。/ 288

月黑杀人夜，风高放火天。/ 82

忽闻海上有仙山，山在虚无缥缈间。/ 194

东风夜放花千树，更吹落，星如雨。宝马雕车香满路。凤箫声动，玉壶光转，一夜鱼龙舞。/ 89

物候气象

借问酒家何处有？牧童遥指杏花村。/ 245

人间四月芳菲尽，山寺桃花始盛开。/ 24

春城无处不飞花，寒食东风御柳斜。/ 208

清明时节雨纷纷，路上行人欲断魂。/ 254

三月三日天气新，长安水边多丽人。/ 33

又是一年春草绿，依然十里杏花红。/ 19

北风卷地白草折，胡天八月即飞雪。/ 95

沾衣欲湿杏花雨，吹面不寒杨柳风。/ 197

春风又绿江南岸，明月何时照我还。/ 205

数峰清苦，商略黄昏雨。/ 295

燕山雪花大如席，片片吹落轩辕台。/ 306

黑云压城城欲摧，甲光向日金鳞开。/ 270

羌笛何须怨杨柳，春风不度玉门关。/ 198

夜来风雨声，花落知多少？/ 199

春眠不觉晓，处处闻啼鸟。/ 209

咏物抒情

人有悲欢离合，月有阴晴圆缺，此事古难全。但愿人长久，千里共婵娟。/ 25

夕阳无限好，只是近黄昏。/ 48

无可奈何花落去，似曾相识燕归来。/ 73

无意苦争春，一任群芳妒。零落成泥碾作尘，只有香如故。/ 74

华开不并百花丛，独立疏篱趣未穷。宁可枝头抱香死，何曾吹落北风中。/ 132

好风频借力，送我上青云。/ 134

好雨知时节，当春乃发生。/ 135

红豆生南国，春来发几枝？劝君多采撷，此物最相思。/ 135

明月几时有？把酒问青天。不知天上宫阙，今夕是何年。/ 188

春蚕到死丝方尽，蜡炬成灰泪始干。/ 210

衰兰送客咸阳道，天若有情天亦老。/ 236

流水落花春去也，天上人间。/ 240

随风潜入夜，润物细无声。/ 248

海上生明月，天涯共此时。情人怨遥夜，竟夕起相思。/257

疏影横斜水清浅，暗香浮动月黄昏。/268

落红不是无情物，化作春泥更护花。/278

遥知不是雪，为有暗香来。/286

碧玉妆成一树高，万条垂下绿丝绦。不知细叶谁裁出，二月春风似剪刀。/297

幽情闲趣

小楼一夜听春雨，深巷明朝卖杏花。/42

晚来天欲雪，能饮一杯无？/267

童孙未解供耕织，也傍桑阴学种瓜。/271

稻花香里说丰年，听取蛙声一片。/303

鸟宿池边树，僧敲月下门。/93

曲径通幽处，禅房花木深。/125

蝉噪林逾静，鸟鸣山更幽。/298

只在此山中，云深不知处。/99

此中有真意，欲辩已忘言。/117

回首向来萧瑟处，归去，也无风雨也无晴。/114

采菊东篱下，悠然见南山。/191

羁鸟恋旧林，池鱼思故渊。/308

喜怒哀乐

昔我往矣，杨柳依依。/183

昨夜西风凋碧树，独上高楼，望尽天涯路。/217

何以解忧，唯有杜康！/164

近乡情更怯，不敢问来人。/178

忽见陌头杨柳色，悔教夫婿觅封侯。/192

欲将心事付瑶琴，知音少，弦断有谁听？/262

月落乌啼霜满天，江枫渔火对愁眠。姑苏城外寒山寺，夜半钟声到客船。/81

一封朝奏九重天，夕贬潮州路八千。/10

上穷碧落下黄泉，两处茫茫皆不见。/37

司空见惯浑闲事，断尽江南刺史肠。/97

还君明珠双泪垂，恨不相逢未嫁时。/156

男儿有泪不轻弹，只因未到伤心处。/161

剑外忽传收蓟北，初闻涕泪满衣裳。/222

两岸猿声啼不住，轻舟已过万重山。/152

朝辞白帝彩云间，千里江陵一日还。/275

故人西辞黄鹤楼，烟花三月下扬州。/204

却看妻子愁何在，漫卷诗书喜欲狂。/154

春风得意马蹄疾，一日看尽长安花。/206

愁情困境

一种相思，两处闲愁。此情无计可消除，才下眉头，却上心头。/ 12

风萧萧兮易水寒，壮士一去兮不复还！/ 78

问君能有几多愁？恰似一江春水向东流。/ 147

别时容易见时难。/ 160

抽刀断水水更流，举杯消愁愁更愁。/ 185

枯藤老树昏鸦，小桥流水人家，古道西风瘦马，夕阳西下，断肠人在天涯。/ 214

相见时难别亦难，东风无力百花残。/ 215

莫道不消魂，帘卷西风，人比黄花瘦。/ 232

梧桐更兼细雨，到黄昏、点点滴滴。/ 250

剪不断，理还乱，是离愁。别是一般滋味在心头。/ 255

欲黄昏，雨打梨花深闭门。/ 263

感时花溅泪，恨别鸟惊心。/ 284

寻寻觅觅，冷冷清清，凄凄惨惨戚戚。/ 121

云横秦岭家何在？雪拥蓝关马不前。/ 70

古来圣贤皆寂寞，唯有饮者留其名。/ 88

欲渡黄河冰塞川，将登太行雪满山。/ 264

惶恐滩头说惶恐，零丁洋里叹零丁。/ 281

噫吁戏，危乎高哉！蜀道之难，难于上青天。/ 307

怀古思今

一去紫台连朔漠，独留青冢向黄昏。/ 8

力拔山兮气盖世，时不利兮骓不逝。/ 20

大江东去，浪淘尽、千古风流人物。/ 34

今逢四海为家日，故垒萧萧芦荻秋。/ 64

江东子弟多才俊，卷土重来未可知。/ 139

杨家有女初长成，养在深闺人未识。/ 155

昔人已乘黄鹤去，此地空余黄鹤楼。黄鹤一去不复返，白云千载空悠悠。/ 182

春寒赐浴华清池，温泉水滑洗凝脂。/ 212

谈笑间，樯橹灰飞烟灭。/ 238

新栽杨柳三千里，引得春风度玉关。/ 294

感悟人生

人生七十古来稀。/ 21

今人不见古时月，今月曾经照古人。/ 63

今朝有酒今朝醉，明日愁来明日愁。/ 65

少年不识愁滋味，爱上层楼。爱上层楼，为赋新词强说愁。/ 74

世事洞明皆学问，人情练达即文章。/ 94

对酒当歌，人生几何。/ 96

生年不满百，常怀千岁忧。/ 102

有人问我事如何？人海阔，无日不风波。/ 108

朱雀桥边野草花，乌衣巷口夕阳斜。旧时王谢堂前燕，飞入寻常百姓家。/ 129

好一似食尽鸟投林，落了片白茫茫大地真干净！/ 133

江畔何人初见月？江月何年初照人？人生代代无穷已，江月年年只相似。/ 142

云想衣裳花想容，春风拂槛露华浓。/ 70

春宵一刻值千金，花有清香月有阴。/ 211

赤条条，来去无牵挂。/ 150

诚知此恨人人有，贫贱夫妻百事哀。/ 200

亲戚或余悲，他人亦已歌。死去何所道，托体同山阿。/ 223

前不见古人，后不见来者。念天地之悠悠，独怆然而涕下。/ 224

养怡之福，可得永年。/ 227

十年一觉扬州梦，赢得青楼薄幸名。/ 18

门前冷落鞍马稀，老大嫁作商人妇。/ 49

人生得意须尽欢，莫使金樽空对月。/ 23

为他人作嫁衣裳。/ 84

事理规律

一夫当关，万夫莫开。/ 7

历览前贤国与家，成由勤俭破由奢。/ 50

天涯何处无芳草。/ 55

天意怜幽草，人间重晚晴。/ 56

不识庐山真面目，只缘身在此山中。/ 57

不畏浮云遮望眼，只缘身在最高层。/ 58

尔曹身与名俱灭，不废江河万古流。/ 105

周公恐惧流言日，王莽谦恭未篡时。向使当初身便死，一生真伪复谁知？/ 185

鸳鸯绣了从教看，莫把金针度与人。/ 252

锄禾日当午，汗滴禾下土。谁知盘中餐，粒粒皆辛苦。/ 272

野火烧不尽，春风吹又生。/ 251

千淘万漉虽辛苦，吹尽狂沙始到金。/ 47

无边落木萧萧下，不尽长江滚滚来。/ 72

近水楼台先得月，向阳花木易为春。/ 179

青山遮不住，毕竟东流去。/ 181

横看成岭侧成峰，远近高低各不同。/ 302

踏破铁鞋无觅处，得来全不费功夫。/ 305

哲学思考

人事有代谢，往来成古今。/ 26

山雨欲来风满楼。/ 39

山重水复疑无路，柳暗花明又一村。/ 40

小荷才露尖尖角，早有蜻蜓立上头。/41

风乍起，吹皱一池春水。/79

它山之石，可以攻玉。/97

半亩方塘一鉴开，天光云影共徘徊。问渠那得清如许，为有源头活水来。/98

有意栽花花不发，无心插柳柳成荫。/110

此时无声胜有声。/117

尽日寻春不见春，芒鞋踏遍陇头云。归来笑拈梅花嗅，春在枝头已十分。/123

众里寻他千百度。蓦然回首，那人却在，灯火阑珊处。/125

纸上得来终觉浅，绝知此事要躬行。/167

我欲乘风归去，又恐琼楼玉宇，高处不胜寒。/171

沉舟侧畔千帆过，病树前头万木春。/175

沧浪之水清兮，可以濯我缨；沧浪之水浊兮，可以濯我足。/176

沧海月明珠有泪，蓝田日暖玉生烟。/177

桃花流水窅然去，别有天地非人间。/229

莫道桑榆晚，微霞尚满天。/233

假作真时真亦假，无为有处有还无。/256

珍惜时光

一寸光阴一寸金。/6

日月忽其不淹兮，春与秋其代序。惟草木之零落兮，恐美人之迟暮。/60

一年好景君须记，最是橙黄橘绿时。/9

劝君莫惜金缕衣，劝君惜取少年时。花开堪折直须折，莫待无花空折枝。/77

明日复明日，明日何其多！我生待明日，万事成蹉跎。/187

流光容易把人抛。红了樱桃，绿了芭蕉。/239

朝看水东流，暮看西日坠。/274

莫等闲，白了少年头，空悲切。/234

少壮不努力，老大徒伤悲。/75

年年岁岁花相似，岁岁年年人不同。/130

真挚情感

天长地久有时尽，此恨绵绵无绝期。/52

东边日出西边雨，道是无晴却有晴。/90

去年今日此门中，人面桃花相映红。人面不知何处去，桃花依旧笑春风。/91

在天愿作比翼鸟，在地愿为连理枝。/111

过尽千帆皆不是，斜晖脉脉水悠悠，肠断白蘋洲。/116

此情可待成追忆，只是当时已惘然。/119

衣带渐宽终不悔，为伊消得人憔悴。/146

两情若是久长时，又岂在朝朝暮暮！/153

身无彩凤双飞翼，心有灵犀

一点通。/ 172

柔情似水，佳期如梦，忍顾鹊桥归路！/ 219

窈窕淑女，君子好逑。/ 244

曾经沧海难为水，除却巫山不是云。/ 271

同是天涯沦落人，相逢何必曾相识！/ 120

洛阳亲友如相问，一片冰心在玉壶。/ 225

莫愁前路无知己，天下谁人不识君？/ 235

谁知对床语，胜读十年书。/ 237

劝君更尽一杯酒，西出阳关无故人。/ 76

海内存知己，天涯若比邻。/ 258

巧笑倩兮，美目盼兮。/ 92

嘤其鸣矣，求其友声。/ 300

谁言寸草心，报得三春晖。/ 237

独在异乡为异客，每逢佳节倍思亲。/ 220

遥知兄弟登高处，遍插茱萸少一人。/ 287

床前明月光，疑是地上霜。举头望明月，低头思故乡。/ 174

慈母手中线，游子身上衣。临行密密缝，意恐迟迟归。/ 290

悲莫悲兮生别离，乐莫乐兮新相知。/ 276

露从今夜白，月是故乡明。/ 309

远大志向

三十功名尘与土，八千里路云和月。/ 30

马思边草拳毛动，雕眄青云睡眼开。/ 43

天生我材必有用，千金散尽还复来。/ 53

长风破浪会有时，直挂云帆济沧海。/ 86

生当作人杰，死亦为鬼雄。/ 101

老骥伏枥，志在千里；烈士暮年，壮心不已。/ 113

凭崖揽八极，目尽长空闲。/ 195

会当凌绝顶，一览众山小。/ 137

海阔从鱼跃，天空任鸟飞。/ 259

欲穷千里目，更上一层楼。/ 260

路曼曼其修远兮，吾将上下而求索。/ 282

襟怀操守

一点浩然气，千里快哉风。/ 11

大鹏一日同风起，扶摇直上九万里。/ 36

不要人夸好颜色，只留清气满乾坤。/ 59

出师未捷身先死，长使英雄泪满襟。/ 100

尽挹西江，细斟北斗，万象为宾客。/ 124

江南有丹橘，经冬犹绿林。岂伊地气暖，自有岁寒心。/ 141

安得广厦千万间，大庇天下寒士俱欢颜，风雨不动安如山！呜呼！何时眼前突兀见此屋，吾庐独破受冻死亦足！/ 143

亦余心之所善兮，虽九死其犹未悔。/ 144

我自横刀向天笑，去留肝胆两昆仑。/ 170

咬定青山不放松，立根原在破岩中。千磨万击还坚劲，任尔东西南北风。/ 216

虽惭老圃秋容淡，且看寒花晚节香。/ 218

疾风知劲草，板荡识诚臣。/ 241

粉骨碎身全不怕，要留清白在人间。/ 242

朝饮木兰之坠露兮，夕餐秋菊之落英。/ 273

新松恨不高千尺，恶竹应须斩万竿！/ 293

讽刺丑恶

一骑红尘妃子笑，无人知是荔枝来。/ 15

山外青山楼外楼，西湖歌舞几时休。/ 38

丑女来效颦，还家惊四邻。寿陵失本步，笑杀邯郸人。一曲斐然子，雕虫丧天真。/ 51

机关算尽太聪明，反算了卿卿性命。/ 111

各人自扫门前雪，莫管他家瓦上霜。/ 127

朱门酒肉臭，路有冻死骨。/ 128

直如弦，死道边；曲如钩，反封侯。/ 202

城中桃李须臾尽，争似垂杨无限时。/ 204

商女不知亡国恨，隔江犹唱后庭花。/ 266

煮豆燃豆萁，豆在釜中泣。本是同根生，相煎何太急！/ 279

腰缠十万贯，骑鹤上扬州。/ 283

暖风熏得游人醉，直把杭州作汴州。/ 283

战争军事

车辚辚，马萧萧，行人弓箭各在腰。/ 69

白骨露于野，千里无鸡鸣。/ 105

可怜无定河边骨，犹是春闺梦里人。/ 106

君不见青海头，古来白骨无人收。新鬼烦冤旧鬼哭，天阴雨湿声啾啾。/ 162

秦时明月汉时关，万里长征人未还。但使龙城飞将在，不教胡马度阴山。/ 231

烽火连三月，家书抵万金。/ 259

渔阳鼙鼓动地来，惊破霓裳羽衣曲。/ 265

落日照大旗，马鸣风萧萧。/ 277

醉卧沙场君莫笑，古来征战几人回？/ 303

爱国丹心

人生自古谁无死，留取丹心照汗青。/ 22

长太息以掩涕兮，哀民生之多艰。/ 85

白日不照吾精诚，杞国无事忧天倾。/ 104

死去元知万事空，但悲不见九州同。王师北定中原日，家祭无忘告乃翁。/ 114

位卑未敢忘忧国，事定犹须待阖棺。/ 166

辨才惜才

读书创作